DROEMER

CHANG KUO-LI

DIE KUGELN DES BÖSEN

THRILLER

Übersetzt nach der englischsprachigen Ausgabe
von Alice Jakubeit

Titel der taiwanischen Originalausgabe: 第三顆子彈

Besuchen Sie uns im Internet:
www.droemer.de

Aus Verantwortung für die Umwelt hat sich die Verlagsgruppe
Droemer Knaur zu einer nachhaltigen Buchproduktion verpflichtet.
Der bewusste Umgang mit unseren Ressourcen, der Schutz unseres Klimas
und der Natur gehören zu unseren obersten Unternehmenszielen.
Gemeinsam mit unseren Partnern und Lieferanten setzen wir
uns für eine klimaneutrale Buchproduktion ein, die den Erwerb von
Klimazertifikaten zur Kompensation des CO_2-Ausstoßes einschließt.
Weitere Informationen finden Sie unter: www.klimaneutralerverlag.de

Deutsche Erstausgabe Januar 2024
© 2022 by Chang Kuo-Li. German translation rights arranged in agreement
with The Grayhawk Agency through Liepman AG Literary Agency.
© 2022 der englischsprachigen Übersetzung Roddy Flagg
© 2024 der deutschsprachigen Ausgabe Droemer Verlag
Ein Imprint der Verlagsgruppe
Droemer Knaur GmbH & Co. KG, München
Alle Rechte vorbehalten. Das Werk darf – auch teilweise – nur
mit Genehmigung des Verlags wiedergegeben werden.
Redaktion: Sigrun Zühlke
Covergestaltung: ZeroMedia, München
Coverabbildung: Collage von ZeroMedia, München
unter Verwendung eigener Motive von FinePic®.
Satz: Adobe InDesign im Verlag
Druck und Bindung: GGP Media GmbH, Pößneck
ISBN 978-3-426-28414-8

2 4 5 3 1

*Ich danke Tseng Cheng-chung für seine
Beratung zur Waffentechnik.
Er stand mir beim Schreiben dieses Romans zur Seite,
ebenso wie vor all den Jahren bei meinem Comic* Change-Up.

*Ein Roman ist wie ein Spielfilm ein fiktionales Werk.
Das bedeutet aber nicht, dass sie das Gleiche sind.*

1. TEIL: UNTER BESCHUSS GERATEN

»Im vierten Jahrhundert v. d. Z., in der Zeit der Frühlings- und Herbstannalen, gab es einen berühmten Attentäter. Jetzt dürft ihr nicht vergessen, Leute, dass viele Attentäter berühmt wurden, es aber nicht so vielen gelang, ihre Ziele tatsächlich zu töten. Jemanden zu töten ist nicht so einfach, wie ihr vielleicht glaubt.
Jedenfalls, dieser Attentäter hieß Zhuan Zhu und war, so die Geschichtsbücher, bekannt für seine Treue und seinen Gerechtigkeitssinn. So. Der König von Wu war gerade gestorben. Alle seine Kinder und Enkel zankten sich darum, wer ihm nachfolgen sollte. Prinz Guang war der rechtmäßige Erbe, aber sein Cousin, Prinz Liao, riss den Thron an sich. Wütend befahl Guang Zhuan Zhu, den Usurpator zu beseitigen. Zhuan Zhu holte Erkundigungen ein und erfuhr, dass Prinz Liao gern Fisch aß. Also machte er sich auf zum Tai-See, um zu lernen, wie man zarten, köstlichen Fisch zubereitet. Denkt an den Fisch, den man in einem Sichuan-Restaurant bekommt. In Sojasoße und Chili-Bohnen-Paste gedünstet ... Oder an den Fisch in gelber Sojabohnensoße, den es neulich in der Kantine gab. Könnt ihr ihn nicht auch riechen?
Zhuan Zhu hatte also einen Auftrag. Und jeder Auftrag erfordert seine eigene Waffe. Auftritt Ou Yezi, der legendäre Waffenschmied aus der Zeit der Frühlings- und Herbstannalen, Schöpfer von fünf berühmten Schwertern. Für die ersten vier verbrauchte er den Großteil seines Metalls, deshalb wurde das fünfte Schwert kürzer, eher ein Dolch. Aber er hämmerte und hämmerte auf die Klinge ein, bis

sie schimmerte wie die Schuppen am Bauch eines Fischs. Und sie war auch nicht länger als ein Fisch, deshalb wurde sie entsprechend genannt. Fischbauch.

Liao, nunmehr König von Wu, wurde berichtet, sein Cousin Guang habe einen Koch, der den köstlichsten Fisch zubereite, und so besuchte er ihn, um zu sehen, ob das stimmte. Natürlich wurde er während des Essens streng bewacht. Vertrauenswürdige Diener kosteten jedes Gericht vor, bevor es die Lippen des Königs passierte. Die Bediensteten wurden nach Waffen durchsucht, ehe sie sich dem Tisch nähern durften. Nach zahlreichen Gängen wurde das Paradestück serviert: der Fisch. Zhuan Zhu trug ihn selbst zum Tisch und beschrieb den Gästen die Zubereitung. Mit einem Mal riss er mitten im Satz den Fisch auf, entnahm ihm den darin verborgenen Dolch Fischbauch und durchstieß mit einem einzigen Hieb die mehrschichtige Rüstung des Usurpatorkönigs. Der König starb. Als die Wachen des Königs begriffen, was geschehen war, starb auch Zhuan Zhu.«

Der Ausbilder zeigte mit seiner halb gerauchten Zigarre auf die Schüler, die vor ihm saßen. »Versteht ihr die Moral der Geschichte?«

»Ja, Herr Oberst! Haltet euch an Sushi und Sashimi und lasst die Finger von ganzen Fischen.«

Die ganze Klasse lachte schallend.

»Es ist erst halb fünf, Tuan, hast du schon Hunger? Hättest du gern Ausgang, damit du dir Sushi besorgen kannst, hm? Zweimal Wache für dich heute Nacht, von elf bis eins und von fünf bis sieben, mal sehen, ob das deiner Verdauung hilft.«

Der Ausbilder tippte mit dem Zeigefinger auf die Zigarre, und Asche schwebte zu Boden.

»Diese Geschichte lehrt uns, dass ein Attentäter zuerst die

Gewohnheiten und Vorlieben seines Ziels in Erfahrung bringen und dann, zweitens, die Umgebung erkunden muss. Und drittens, und das ist für Scharfschützen entscheidend, die richtige Waffe auswählen. Zhuan Zhu hat Fischbauch gewählt, weil es keine schärfere Klinge gab und weil sie klein genug war, um sie in einem Fisch zu verbergen, wodurch sie den Durchsuchungen entging. Wenn ihr wisst, dass euer Ziel nicht weiter als vierhundert Meter entfernt sein wird, benutzt ihr nicht das M200. Das ist selbst schon einen Meter vierzig lang. Plus fünfzig Patronen – jede zehn Zentimeter lang –, und ihr Schwächlinge hebt euch einen Bruch, bevor ihr auch nur in Stellung gegangen seid.«

Wieder Gelächter unter den Schülern.

»Denkt an Fischbauch. Fortschrittliche Technologie, leicht, praktisch. Ihr seid Scharfschützen, vergesst das nicht. Wir gehen nicht in den Supermarkt und kaufen die größte Tüte Teigtaschen, nur weil das am günstigsten kommt. Wobei ihr Vielfraße das garantiert so macht.«

> Oberst Huang Hua-sheng, Scharfschütze bei einer Spezialeinheit der Armee, Scharfschützenausbilder

1

Um 9:17 Uhr schlug der Präsident sich die rechte Hand auf den Bauch. Er krümmte sich zusammen wie eine Garnele, dann kippte er nach rechts. Seine Hand löste sich vom Bauch, er packte das Geländer vor sich und hinterließ einen leuchtend roten Fleck darauf. Blut tropfte auf den Boden des Jeeps und bildete dort eine Pfütze in Form einer Chilischote.

Um 9:11 Uhr war Präsident Hsu Huo-sheng – von seinen Personenschützern seines Vornamens wegen, der wörtlich »der Feuergeborene« bedeutete, mit dem Codenamen »Phönix« belegt – mit seiner Fahrzeugkolonne in die Huayin Street eingebogen. Es war die Endphase des Präsidentschaftswahlkampfs. Hsu war als Workaholic bekannt, der morgens um sechs aufstand. Das hatte er schon als einfacher Anwalt getan, und als er Präsident geworden war, hatte er diese Gewohnheit beibehalten. Jeden Morgen ging er eine halbe Stunde aufs Laufband, bevor er beim Frühstück die Papiere zu seinem Briefing für den Tag las. Und diese Zeit war ihm heilig. Niemand, nicht einmal die First Lady selbst, wagte es, ihn zu stören.

Das Frühstücksmenü des Präsidenten fand Erwähnung in den Lebenserinnerungen eines kürzlich in Rente gegangenen Butlers im Wohnsitz des Präsidenten: Rindfleischsuppe auf Tainan-Art, um zu zeigen, woher er kam. Zwei einseitig gebratene Spiegeleier, wie die Amerikaner sie mochten, dazu acht Teigtaschen nach Festlandart mit Schweinefleisch und Frühlingszwiebeln, um zu zeigen, dass er nach allen Seiten hin offen war.

Der Präsident glaubte daran, so sein ehemaliger Butler, dass das Frühstück die Energie für den gesamten Tag lieferte. Es war daher von entscheidender Bedeutung zu essen, bis der Bauch voll war. Das Mittagessen konnte er auslassen, es sei denn, er hatte einen dienstlichen Termin, und dann bestand es in der Regel aus einem Bambusblattpäckchen mit Klebreis und Fleischfüllung und einer Vier-Kostbarkeiten-Suppe. Zum Abendessen bevorzugte er Steak, idealerweise in Streifen geschnitten und mit einem Hauch Sojasoße, Wasabi und kross gebratenem Knoblauch. Dazu Reis.

Präsident Hsus Vor-Frühstückslaune war berüchtigt. Einer Geschichte zufolge, die nach außen gesickert war, hatte er sich einmal an der Krawatte gestört, die man ihm herausgelegt hatte: »Was soll ich nur machen?«, hatte er getobt. »Einen Krawattendiener beschäftigen?« Diese Anekdote war selbstverständlich mehrfach von einem Sprecher des Präsidialamtes bestritten worden. Doch es stimmte, dass niemand den Präsidenten ansprach, bevor er gefrühstückt hatte. Und er lächelte nie, solange er sich in seinem Wohnsitz befand, auch nach dem Frühstück nicht. Sein Lächeln war das eines Politikers – seine Mitarbeiter, selbst der Premierminister, bekamen es nur selten zu sehen. Den Wählern hingegen war sein ungetrübtes Strahlen sicher.

Sehen Sie, Politiker lieben Wählerstimmen noch mehr als Wähler das Geld.

Der von seiner Wahlkampfzentrale veröffentlichte Zeitplan war in halbstündliche Slots unterteilt. Jeder Tag begann um 7:30 Uhr mit einer Besprechung in der Zentrale, an der Hsu teilnahm. Allgemeine Fragen wurden bis acht Uhr abgehandelt, danach besprach Hsu sich vertraulich mit seinen engeren Beratern. Um 8:45 Uhr stieg er dann in den Jeep und begab sich auf Wahlkampftour.

Der Start war auf 9:00 Uhr terminiert, um dem dichtesten Berufsverkehr zu entgehen. Die Fahrzeugkolonne fuhr auf der langsamen Spur, und Hsu im Heck des Jeeps winkte den Wählern und Wählerinnen zu, die aus ihren Bürofenstern sahen.

Präsident Hsu liebte den Wahlkampf. Während seiner ersten Amtszeit war im Leitartikel einer Zeitung gespottet worden: »Hsu ist möglicherweise der einzige Mensch in Taiwan, der am liebsten jedes Jahr Wahlen hätte.«

In den vorigen Wahlkampf war er mit einem Rückstand von siebzehn Prozentpunkten gegangen, den er auf drei Prozentpunkte gesenkt hatte. Letztlich hatte er mit einer Mehrheit von bloß 38 808 Stimmen sensationell den Sieg errungen.

Den Lebenserinnerungen des Butlers zufolge hatte Hsu gleich am Tag seines Einzugs den gesamten offiziellen Wohnsitz erkundet. Der Butler hatte angenommen, der neue Präsident sei bloß neugierig auf sein neues Zuhause, doch dann wurde der wahre Grund ersichtlich. In dem Flur, an dem die Zimmer für ausländische Gäste lagen, war er stehen geblieben und hatte auf die Wand gedeutet: »Hängen Sie diese Gemälde in die Bibliothek. Ich möchte hier ein Foto des amtlichen Wahlergebnisses hängen haben.« Und zwar nicht nur mit den Stimmen für ihn selbst, stellte der Butler klar, sondern mit den Stimmen für alle Kandidaten.

Denn es gibt keinen Sieg ohne einen besiegten Gegner, und Gäste, die mit einer Einladung in den offiziellen Wohnsitz geehrt wurden, sollten wissen, dass sie einen Mann mit einer Leidenschaft für das Siegen trafen. »Seht«, würde dieses Foto verkünden, »hier sind meine besiegten Gegner.«

Reportern erzählte Hsu gern, dass er als Kind an Asthma gelitten hatte und seine Mutter mit ihm ins örtliche Krankenhaus gefahren war, wenn er einen Anfall hatte, wo man ihm eine Steroidinfusion gab und ihm Ruhe verordnete. Und während er ruhte, hatte er das Gefühl zu schweben, fühlte sich schwerelos. Anfangs überlegte der junge Hsu, ob das bedeutete, dass er tot war. Später kam er zu dem Schluss, dass er einfach flog.

Und so fühle es sich auch an, eine Wahl zu gewinnen, erzählte er den Reportern. Wie fliegen. Als hätte man ein bisschen zu lange am Steroidtropf gehangen.

Aber diese Wahl war wieder hart umkämpft. Hsu hatte vor Zuversicht gestrotzt, bis zwei Oppositionsparteien eine unerwartete und noch nie da gewesene Allianz eingingen und mit einem gemeinsamen Spitzenkandidaten antraten. Einer Meinungsumfrage vom vorigen Wochenende zufolge lag Hsu mit elf Prozentpunkten zurück.

Bei diesem Rückstand hätte jeder andere Kandidat eingepackt. Nicht so Hsu. Er zeigte nur umso mehr Einsatz. Jeder einzelne von Taiwans dreiundzwanzig Millionen Einwohnern wusste, dass Hsu keiner war, der sich geschlagen gab. Manche liebten ihn dafür, andere nannten ihn einen Dummschwätzer. Bei einer Ansprache vor seinen Wahlkampfhelfern, von der irgendjemand ein Video online gestellt hatte, sah man Hsu mit verzerrtem Gesicht brüllen: »Habt keine Angst, weil wir zurückliegen. Das spornt uns erst recht an.« Folglich war Hsus Terminkalender für die letzte Woche so vollgepackt, dass nicht einmal eine Mücke darin eine Lücke für sich gefunden hätte. Hsu machte seinen Plan deutlich: »Wir steigern die Wahlbeteiligung in unseren Hochburgen, und in ihren nehmen wir ihnen Stimmen ab.«

Und das erinnerte alle daran, was er gesagt hatte, als er sich um das Amt des Bürgermeisters von Taipeh beworben hatte: »Zieht man einen Wähler von der gegnerischen auf die eigene Seite, ist das so gut wie zwei Stimmen. Also sagt mir, wo ihre Wähler sitzen, und da gehe ich hin.«

Hsu im offenen Heck des Jeeps hörte das durch die Lautsprecher verstärkte Geschrei der Menge, noch bevor die Fahrzeugkolonne auch nur in die Huayin Street eingebogen war. Dort waren seine Anhänger, wie er wusste. Passanten auf den Gehwegen sahen ihn an, wenn er stolz und aufrecht vorbeifuhr wie zu einer weiteren vierjährigen Amtszeit bestimmt.

Von Hsus Wahlkampfzentrale in der Zhongshan North Street war die Fahrzeugkolonne durch die Nanjing West Street zur Chengde Street gefahren und bog nun auf die Huayin Street in Richtung Taiyuan Road ab. Dies war eines der wenigen verbliebenen traditionellen Viertel und früher eine Hochburg von Hsu gewesen. Mittlerweile eher nicht mehr. Seine Gegner hatten viel Geld in die Hand genommen und ihn als einen gewieften Politakteur dargestellt, der seine Prinzipien dem Profit opferte.

Aber er wusste, wie er darauf reagieren musste: »Ich bin in einer Gegend wie dieser geboren. Ich bin in einer Gegend wie dieser aufgewachsen. Und ich werde niemals die Mütter und Väter vergessen, die das Schulgeld für ihre Kinder Cent für Cent zusammenkratzen müssen. Sie können versuchen, meinen Namen zu beschmutzen, aber sie werden keinen Erfolg haben. Ich schwöre Ihnen hier, Hand aufs Herz, dass meine Regierung Ihnen dabei helfen wird, die Ausbildung Ihrer Kinder zu bezahlen.«

Die Phrasen, die aus den Lautsprechern des Jeeps tönten, waren zu hören, lange bevor die Fahrzeugkolonne zu sehen war. Hsu stand hinter der Fahrerkabine, eine Hand auf dem Geländer, das dort angebracht war, und mit der anderen winkte er in einem fort wie eine dieser japanischen Katzenfiguren. Er winkte unermüdlich, doch er konnte nicht leugnen, dass der Wahlkampf körperlich fordernd war: An den Innenseiten beider Ellbogen trug er Tapes, um die Muskelschmerzen zu lindern, und am Rücken hatte er runde Hämatome von der Schröpfbehandlung. Dies war ein wichtiger Tag für seinen Wahlkampf. Es waren nur noch sieben Tage bis zur Wahl, und der heutige Tag markierte den Beginn des Endspurts.

Ein Abgeordneter aus Hsus Partei seufzte und flüsterte einem Reporter ins Ohr: »Wenn Sie die Gelegenheit haben, filmen Sie ihn, wenn er das nächste Mal einen Tempel besucht. Er entzündet das Räucherwerk, dann schließt er die Augen und murmelt vor sich hin. Als würde er mit den Göttern reden oder so. Und wenn er fertig ist, ist er nicht mehr zu halten. Billiger als ein Sixpack Red Bull, schätze ich.«

Als die Lautsprecher seine Ankunft ankündigten, wurden auf der Huayin Street die Knallfrösche gezündet. Hsu schrie, hochrot im Gesicht: »Gebt mir noch vier Jahre, und ich verspreche euch, Taiwan wird das Land mit dem schnellsten Wachstum unter den Tigerstaaten sein. Der Aktienmarkt wird die 20 000 erreichen. Das Durchschnittseinkommen wird 30 000 US-Dollar erreichen. Wir schaffen das, wenn wir zusammenarbeiten!«

Hsu hatte noch nie eine Wahl verloren. Bis jetzt.

Um Punkt 9:00 Uhr schloss der Mann – groß und dünn, weiß abgesetzte graue Adidas-Sneakers – das Metalltor zum Treppenhaus auf und eilte in den vierten Stock, begleitet vom Radau der Knallfrösche, der von der Straße hereindrang. Oben angekommen schloss er Zimmer 502 auf. Als er an das Fenster trat, das auf die Huayin Street hinausging, kam die Fahrzeugkolonne des Präsidenten gerade in Sicht.

Allerdings, stellte er fest, war seine Sicht durch Ladenschilder, die auf die Straße hinausragten, stark behindert, aber er wusste, in den anderen Zimmern würde es nicht besser sein, möglicherweise sogar schlechter. Er drückte ein Zielfernrohr ans Auge und stellte es scharf. Kein Zweifel: Dort, im Heck des Jeeps, stand Hsu Huo-sheng.

Der Mann beobachtete Hsu jetzt seit elf Tagen, und dabei war ihm eine Anhäufung von Lachfältchen am linken Mundwinkel des Präsidenten aufgefallen. Aus dieser Entfernung würde eine 5.56-mm-Patrone, auf diese Fältchen gezielt, den Kopf des Präsidenten zerplatzen lassen. Ganz ähnlich wie eine Wassermelone bei Schießübungen.

Als der Jeep hinter einem großen Ladenschild vorbeifuhr, verlor er sein Ziel aus den Augen. Gleich darauf erschien es wieder, doch jetzt verwehrte ihm eine Qualmwolke den Blick auf Hsus Gesicht. Jemand zündete direkt unterhalb des Hotelzimmers Knallfrösche, und dichte Rauchschwaden trieben durch die Straße. Der Mann steckte sich eine Zigarette an und setzte dann seelenruhig und mit geübten Griffen ein Scharfschützengewehr zusammen.

Er mochte das SWD. Ein Klassiker. Baujahr 1964, noch immer gut in Schuss und absolut zuverlässig. Ganz zu schweigen davon, dass es bloß 4,3 Kilo wog. Und dank jahrzehntelanger Handhabung und verschwitzter Wangen war der Kolben jetzt so glatt und weich wie Babyhaut.

Der Mann verwendete nur selten ein Zweibein, sondern stützte sich lieber an der Wand ab, schob den Lauf des SWD behutsam aus dem Fenster und nahm die besagten Lachfältchen ins Visier. Ohne hinzusehen, zählte er fünf Patronen ab, lud sie in ein Magazin und setzte es ein.

Der hinten offene, mit Transparenten geschmückte Jeep und seine Polizeieskorte wurden langsamer, als sie von der Chengde Road in die Huayin Street einbogen. Ein Dutzend uniformierter Polizisten trabte neben dem Jeep her; ein weiteres Dutzend in Zivil hatte sich in der Menge verteilt. Die Uniformierten waren durch kugelsichere Westen geschützt und mit Schlagstöcken, Betäubungsgewehren, geladenen Faustfeuerwaffen, Bodycams, Handschellen, Funkgeräten und ihren Mobiltelefonen ausgestattet. Die Kollegen in Zivil verfügten mehr oder weniger über die gleiche Ausrüstung, abzüglich der Schlagstöcke und Betäubungsgewehre, zuzüglich tragbarer Rechner, auf denen Ausweise und Fotos potenzieller Gefährder für die nationale Sicherheit gespeichert waren. Doch ob uniformiert oder nicht, ihnen allen brannte der Schweiß in den Augen, während sie inmitten der Guten nach einem bösen Jungen suchten, nach einer Bedrohung in der Masse.

Geschwind wie der Wind, standfest wie der Wald und so unerbittlich wie das Feuer starrten die Polizisten diejenigen nieder, deren Begeisterung sie zu nahe an den Jeep herandrängte. Es kümmerte sie nicht, wer die Wahl gewann. Sie wollten lediglich, dass es friedlich zuging.

Der vom Wahlkampfbüro herausgegebene Ablaufplan hatte der Polizei von Taipeh nur eine Stunde Zeit gegeben, um sich mit dem für den Schutz des Präsidenten verantwortlichen Special Service Command Center des Geheimdiensts National Security Bureau abzusprechen und die Route zu überprüfen. Diese Aufgabe war dem Polizeirevier Datong zugefallen. Und vor Abfahrt der Fahrzeugkolonne hatte der Leiter der Polizeieskorte seine Marschorder ausgegeben: Überprüft, ob eure Waffen geladen sind, und wenn jemand Ärger macht, seid nicht zimperlich. Betäubt sie, besprüht sie mit Gas, erschießt sie.

Die von Hsus Anhängern gezündeten Knallfrösche waren nicht der einzige Willkommensgruß für seine Fahrzeugkolonne: Sein Gegner Gu Yan-po hatte dafür gesorgt, dass auch Demonstranten vor Ort waren, die ihn verhöhnten. Gu hatte die Huayin Street bereits dreimal besucht; für Hsu war es der erste Auftritt hier. Von seinem Platz im Heck des Jeeps aus sah Hsu links alte Männer mit Gu-Yan-po-Baseballkappen und rechts alte Frauen in fluoreszierenden gelben Westen mit Gus Namen darauf. Gus Transparente hingen aus den Fenstern mancher Wohnungen. Der leitende Polizeibeamte richtete sich auf und musterte die Menschen noch genauer. Auch wenn Hsus Anhänger ihm einen lärmenden Empfang bereiteten, war dies noch immer feindliches Terrain.

Doch damit konnte Hsu Huo-sheng umgehen, er war nicht leicht abzuschrecken. Die gesamte Straße könnte mit Gus Transparenten gepflastert sein, er würde dennoch kommen.

Eine Wählerstimme ist immer noch eine Wählerstimme. Die Lautsprecher kündeten von seinen Leistungen als Präsident – einige dieser Leistungen waren Hsu selbst nicht bekannt.

Das Pflaster in dem Abschnitt der Huayin Street, der eine Fußgängerzone war, war vor fünf Jahren erneuert worden, hatte sein Wahlkampfbüro herausgefunden. Damals war Hsu Bürgermeister von Taipeh gewesen. Und mit fünfunddreißig hatte er als frischgebackener Stadtrat im örtlichen Tempel an einer Zeremonie zur Feier des Geburtstags der dort residierenden Gottheit, des Göttlichen Herrn Jinchi, teilgenommen. Überdies hatte sich herausgestellt, dass seine Großmutter väterlicherseits, als sie mit Hsus Vater schwanger gewesen war, auf Arzneien eines längst vergessenen, ehemals in der Huayin Street ansässigen Apothekers vertraut hatte. Ohne die Huayin Street hätte es keinen Hsu Huo-sheng gegeben, könnte man sagen.

Das war einer der Vorteile eines Wahlkampfs. Alle diese vergessenen Augenblicke, diese Schnipsel aus der Familiengeschichte, fielen wie Hagelkörner vom Himmel und verschafften sich Gehör.

In Taiwan lebten etwa dreiundzwanzig Millionen Menschen. Wenn man alle abzog, die zu jung zum Wählen waren, alle, die niemals wählen gingen, und alle, die schon bei einem leichten Schauer zu Hause blieben, benötigte man etwa sieben Millionen Stimmen, um zu gewinnen. Also schlug Hsu mit der rechten Faust in die linke Hand und rief der Menge zu:

»Ihre Stimme! Ihre Stimme ist die einzige, die ich brauche!«

Präsidentschaftskandidaten sind nicht für ihre Zurückhaltung bekannt. Sie kämpfen Straße für Straße, Gasse für Gasse, ihren Kontrahenten stets dicht auf den Fersen, eingehüllt in eine gemeinsame Aura aus Schweiß und Geschrei.

Schließlich gaben sich auch Hsus scheuere Anhänger zu erkennen und kamen aus ihren Wohnungen auf die Straße. Sie erwiderten das Winken des Präsidenten und forderten seinen

Sieg. Die derart weiter angewachsene Menge drängte vor zum Jeep.

Obwohl die Huayin Street vor über zehn Jahren ausgebaut worden war, war sie noch immer schmal und hauptsächlich von viergeschossigen Mehrfamilienhäusern mit Blechdächern gesäumt. Von der Witterung korrodierte Fenstergitter aus Metall zeugten von den Ängsten der Anwohner vor Einbrechern.

Von diesen Gittern war zuletzt 1981 die Rede gewesen, als Lin Yang-kang, seinerzeit Innenminister, auf Fragen im Parlament geantwortet hatte, er sei entschlossen, »der Sicherheitsgitterbranche eine Rezession zu bescheren«, indem er die Kriminalität bekämpfte. Die Fenstergitter hatten Lin Yang-kang überlebt und waren immer noch da, nur rostiger als früher.

Winkende Hände wurden zwischen den rostigen Gitterstangen hindurchgestreckt; die Anhänger auf der Straße drängten näher an den Jeep heran. Aus dem Kommandowagen am hinteren Ende der Fahrzeugkolonne kamen Befehle, und die Uniformierten umstellten den Jeep und bildeten eine menschliche Barriere. Dies passte dem Präsidentschaftskandidaten wiederum gar nicht, der sein Publikum dicht um sich haben wollte in der Hoffnung, die Fernsehkameras würden ein paar gute Bilder davon zeigen.

Hsu warf die Arme in die Luft und rief der Menge zu: »Ich, Hsu Huo-sheng, bin euer Diener. Ihr alle wisst, was ich im Amt für euch getan habe, meine Erfolgsbilanz lässt sich nicht bestreiten! Was sagt ihr?«

Applaus und Pfiffe übertönten, was die Leute dazu zu sagen hatten. Die Straße war mittlerweile in dichten Rauch gehüllt.

Zwanzig Minuten zuvor hatte sich Alex in einem japanischen Café an einer Kreuzung auf der Huayin Street zum Frühstück niedergelassen: Reis mit Meeresfrüchten. Die Garnelen waren nicht vollständig aufgetaut, sodass immer wieder Eiskristalle zwischen seinen Zähnen knirschten, während der Thunfisch so häufig eingefroren und wieder aufgetaut worden war, dass der Geschmack, wenn man pingelig sein wollte, als fragwürdig zu bezeichnen war. Es störte ihn nicht groß. Er beträufelte sein Frühstück einfach mit Sojasoße, bis jedweder fragwürdige Geschmack übertüncht war.

Er wartete bereits eine Viertelstunde länger als geplant und war niemand, der sich gern versetzen ließ. Doch Wu war auch kein Mann, der ein Versprechen nicht hielt.

Es war eine ganze Weile her, dass er Wu gesehen hatte. Mit seinem Sohn hatte er mehr Kontakt, wenn auch bloß online und auch nur gelegentlich. Aber das hier, ein Treffen, das Wu persönlich per Textnachricht verabredet hatte, war ungewöhnlich.

Alex, Frühstück? Wir haben etwas zu besprechen.

Und es war nur richtig, dass Alex fünf Minuten zu früh eintraf, wenn er einen Angehörigen einer älteren Generation traf. Er hatte seinen Platz so gewählt, dass er einen Pfeiler im Rücken hatte, und behielt die Straße draußen im Auge. Nur sicherheitshalber. Er hatte nicht damit gerechnet, dass so viel los sein würde. Touristen auf der Suche nach Instagram-tauglichen Spots; Anwohner, die ihre üblichen Frühstückslokale ansteuerten; Ladenbesitzer, die ihre Rollläden hochzogen und die Ware vor die Tür stellten. Alex war kein Fan von belebten Plätzen. Und Wu wusste das. *Warum also hier?*

Explodierende Knallfrösche und ein Reporteransturm kündigten die Fahrzeugkolonne des Präsidenten an. Dies war keine Umgebung mehr, die er kontrollieren konnte. Zeit zu gehen. Er beglich die Rechnung, und als er sah, dass das andere Ende der Straße durch die Fahrzeugkolonne blockiert war, tauchte er in der Menge unter, die Baseballkappe tief ins Gesicht gezogen.

Er konnte nicht einfach davonstürmen. Überall würden bewaffnete Polizisten sein, darauf trainiert, jeden zu entdecken, der nicht ins Bild passte. Also wartete Alex auf eine Gelegenheit, sich davonzustehlen.

Das Gesicht vom Schirm seiner Baseballkappe verborgen, fand Alex einen Platz unter dem Ladenschild eines Sandwichlokals und beobachtete von dort zusammen mit den übrigen Leuten die Fahrzeugkolonne. Er konnte nicht sofort gehen, ohne sich verdächtig zu machen. Alle auf der Straßen drängten sich um den Jeep; er würde auffallen, wenn er in die andere Richtung ginge. Es war dumm gewesen, überhaupt herzukommen, ohne mit Wu gesprochen zu haben, wurde ihm klar. *Warum sollte Wu eine Textnachricht schicken, von seinem eigenen Telefon aus, an einen von der Polizei gesuchten Mann? Und wenn Wu diese Nachricht nicht geschickt hatte, wer benutzte dann seine Nummer?*

Alex suchte sämtliche Gesichter in einem Radius von zehn Metern ab. Nichts Verdächtiges, aber seine Kopfhaut kribbelte trotzdem. Irgendwo war jemand und beobachtete ihn. Er machte sich eine Wolke Knallfroschqualm zunutze und glitt weiter in die Menge hinein, um kein leichtes Ziel abzugeben.

Zwei Polizeiwagen vom Revier Datong rollten vor und drängten die Menge zurück. Der Jeep folgte dicht dahinter. Auf dem gegenüberliegenden Gehweg entzündete jemand eine weitere Schnur Knallfrösche. Durch den Rauch hindurch erspähte er einen Polizisten in Zivil, zu erkennen an der verräterischen Ausbeulung im Rücken der Jacke, wo sich die Faustfeuerwaffe verbarg. Auf den Streifenwagen drehten sich Kameras und nahmen alles auf, was sie sahen. Er senkte den Kopf wieder. Vor ihm drängte ein Mann auf den Jeep zu, eine Frau folgte ihm. Keiner von beiden war bewaffnet, aber irgendetwas sorgte dafür, dass sich das warnende Kribbeln weiter ausbreitete.

Noch immer knallten die Böller. Alex wandte den Blick einen Augenblick lang vom Jeep ab und ließ ihn über die Gebäude gegenüber wandern, eine Etage nach der anderen. Weit oben sah er reflektiertes Licht aufblitzen, nur eine Sekunde lang. Der Jeep war jetzt auf seiner Höhe, und während der Präsident alle Aufmerksamkeit auf sich zog, ging Alex in die Hocke, nahm die Baseballkappe ab und legte sie auf einen der Tische des Sandwichlokals.

Der Erste, der merkte, dass mit dem Präsidenten etwas nicht stimmte, war der zweiundsiebzigjährige Bezirksvorsteher, der beim Wahlkampf half. Er stand auf der Warteliste für eine Kataraktoperation, hatte das Hörgerät verweigert, das ein Enkel ihm vorgeschlagen hatte, und litt unter den Frühsymptomen einer Parkinson-Erkrankung. Doch als der Präsident auf ihn fiel und sie um ein Haar beide vom Jeep gepurzelt wären, konnte ihm das schlecht entgehen.

Der Bezirksvorsteher reagierte nicht sofort, aber nachdem er ein, zwei Sekunden lang stumm den Präsidenten gestützt hatte, brachte er einen Ausruf zustande:

»Blut! Da ist Blut!«

Und Blut ist ein Wort, das einem die Aufmerksamkeit sichert.

Der Leibwächter hinter dem Präsidenten wandte an, was er gelernt hatte. Er stieß den Bezirksvorsteher zur Seite und hechtete vor, um den zusammengesackten Körper des Präsidenten mit seinem eigenen zu schützen. Ein weiterer Personenschützer kniete sich mit gezogener Waffe neben ihn und zielte auf die Fenster der Mehrfamilienhäuser zu beiden Seiten der Huayin Street.

Von irgendeinem Dach stieg ein Vogelschwarm auf und kreiste über dem Jeep, und das löste den einzigen Schuss aus, der am Tatort zu hören war: Der Personenschützer, dessen Nerven bereits zum Zerreißen gespannt waren, feuerte instinktiv auf die Bewegung. Die Vögel stoben auseinander und ließen ein paar Federn zurück, die sachte zu Boden schwebten.

Mit finsterer Miene blaffte der Personenschützer in sein Mikrofon. Bei dem Radau, den die vielen Menschen machten, hörte ihn niemand. In dem schwarzen SUV, der dem Jeep folgte, schaltete jemand die Sirene ein, und zwei Motorräder mit Beiwagen begannen, unterstützt von den Polizeibeamten, die zu Fuß auf der Straße waren, eine Rettungsgasse zu öffnen. Die Beamten um den Jeep herum zogen in einer einzigen, wie choreografiert wirkenden Bewegung ihre Faustfeuerwaffen und liefen mit der Fahrzeugkolonne mit, als diese beschleunigte und aus der schmalen, unübersichtlichen Huayin Street auf die vergleichsweise sichere Taiyuan Road abbog. Die versammelten Menschen blieben verwirrt zurück.

Phönix wurde angeschossen!

Nur sechs Minuten nachdem die Fahrzeugkolonne auf die Huayin Street eingebogen war, war sie wieder fort.

Phönix wurde angeschossen!

Der Mann in dem Hotelzimmer beobachtete, wie der Präsident zusammenbrach und seine Eskorte wie eingeübt reagierte: Einige bewachten mit gezückten Waffen den Jeep; andere schwangen die Schlagstöcke und machten einen Fluchtweg frei. Im Heck des Jeeps huschten geduckte Gestalten umher.

Und der Wagen kam näher. Der Gewehrlauf folgte ihm, als er hinter den Ladenschildern hervor und in Schussweite kam. Der Mann entsicherte, schloss das linke Auge, atmete tief ein und hielt den Atem an. Das rechte Auge ans Zielfernrohr seines Gewehrs gedrückt, ließ er den Blick ein letztes Mal über die Straße wandern. Im überdachten Gang gegenüber fiel ihm ein Mann auf, der unter dem Schirm seiner Baseballkappe hervor zu ihm heraufsah. *War das …?* Doch bevor er einen zweiten Blick auf sein Gesicht werfen konnte – *konnte er es wirklich sein?* –, war der Mann fort, und seine Baseballkappe lag auf einem Tisch und wurde gleich darauf von der herandrängenden Menge zu Boden gestoßen.

Der Mann sicherte die Waffe wieder, wandte sich vom Fenster ab und ging zur Tür. Dann zögerte er. Er nahm zwei Patronen aus dem Magazin, drehte die Kugeln aus der Hülse und schabte mit einem Taschenmesser das Schießpulver heraus. Das Pulver flog aus dem Fenster, dann wurden etwaige Reste in den Hülsen mit einem Feuerzeug abgebrannt. Schließlich stellte er die beiden Patronenhülsen ordentlich nebeneinander auf die Fensterbank. Er spuckte aus, und der Zigarettenstummel fiel auf den gefliesten Boden. Ein Fuß, erhoben, um die Glut auszutreten, hielt auf halbem Weg inne. Er ließ sie brennen.

Vielleicht war ihm nicht klar, was für ein Inferno nur wenige Funken verursachen können.

Er verließ das Haus auf dem gleichen Weg, auf dem er auch gekommen war, schloss zuerst Zimmer 502 und dann die Brandschutztür wieder ab. Auch jetzt kein Aufzug. Leichtfüßig lief er die Treppe hinab, von niemandem gesehen. Draußen ertönten Sirenen. Dann Rufe, dann Schreie. Auf der Straße angelangt, sauste er durch eine Gasse und zeigte keinerlei Bedauern darüber, dass ihm die Show entging.

2

Der stellvertretende Leiter der städtischen Polizei von Taipeh, Lu, saß in einem schwarzen Minivan am hinteren Ende der Fahrzeugkolonne, als das Funkgerät knisternd zum Leben erwachte und meldete, dass auf den Phönix geschossen worden war. Er setzte seinen kugelsicheren Helm auf, sprang aus dem Wagen und schrie die nächststehenden bewaffneten Polizisten an.

»Ich will alle auf den Knien sehen!«

Sechs Automatikgewehre wurden angelegt, und der Leiter der Einheit brüllte: »Auf die Knie! Alle auf die Knie!«

Angst, die beste Methode, einen chaotischen Tatort unter Kontrolle zu bringen. Die beste Methode, Angst einzuflößen? Schusswaffen. Innerhalb weniger Sekunden kniete die gesamte Menschenmenge und war still.

»Tatort sichern!«

Die Uniformierten wie auch die Beamten in Zivil sperrten die Stelle, an der der Jeep gerade eben noch gestanden hatte, mit gelbem Flatterband ab. Bewaffnete Polizisten des Reviers Datong eilten von den nahe gelegenen Wachen herbei und riegelten die Straße an beiden Enden ab.

Der stellvertretende Polizeichef Lu hatte sich bei der Einsatzbesprechung absolut – und wiederholt – klar ausgedrückt: »Wenn was passiert, Tatort abriegeln. Niemand darf weg.« Oder, wie er es lieber ausgedrückt hätte: »Wenn sie pinkeln müssen, sollen sie in den Rinnstein pinkeln. Wenn sie kacken müssen, können sie sich in die Hose kacken. Nicht mal der Göttliche Herr Jinchi selbst darf weggehen, solange ich es nicht erlaube.«

Der Göttliche Herr Jinchi saß ganz ruhig auf einem Altar in einem Tempel in einer Gasse. Er ging nirgendwohin, hatte auch gar kein Verlangen danach. Aber er verfolgte stumm, wie ein großer dünner Mann mit gesenktem Kopf und einem sehr großen Rucksack vorbeiging und nicht stehen blieb, um Räucherwerk zu entzünden oder sich hinzuknien. Einige Sekunden später trabte eine bewaffnete Polizeieinheit in Gegenrichtung vorüber. Auch diesmal kein Räucherwerk, kein Knien.

Einundzwanzig Automatikgewehre und siebenundzwanzig Faustfeuerwaffen hielten die Huayin Street unter Kontrolle. Lu, der stellvertretende Polizeichef, schrie die kniende Menge in einem Ton an, der einschüchtern sollte:

»Nicht mal eine Ratte darf hier raus. Und wenn es eine versucht, wird sie erschossen!«

Die knienden Bürger starrten zu Boden. Suchten vielleicht nach ungehorsamen Ratten. Doch um diese Uhrzeit waren hier keine. Es gab Kakerlaken, die vor den umherstampfenden Polizeistiefeln davonhuschten, und Papierfetzen von den Knallfröschen, auch sie von den stampfenden Polizeistiefeln in Aufruhr versetzt. Aber keine Ratten.

Die Huayin Street begann hinter dem Taipeher Hauptbahnhof und führte zum Einkaufsviertel Yuanhuan. Vor dem Neubau des Bahnhofs hatte dieses Gebiet Großhändler diverser Waren beherbergt: chinesische Medizin in Dadaocheng, Kleidung in der Taiyuan Road, Geschenke in der Chang'an West Road. Und natürlich war es die Heimat des Yuanhuan-Nachtmarkts gewesen, seinerzeit berühmter als sein Konkurrent in Shilin. Die Huayin Street selbst zog, eingezwängt zwischen breiteren und auffallenderen Straßen, nicht viel Aufmerksamkeit auf sich. Doch sie war da, ging weiter ihren Angelegenheiten nach und sah die Zeit vergehen und die Welt sich weiterdrehen. Sie sah mit an, wie Yuanhuan abgerissen wurde und steigende Einkommen den Nachtmarkt zwangen, zur Ningxia Road umzuziehen; wie die Kleidungsgroßhändler begannen, Socken und Damenunterwäsche aus Korea zu verkaufen, während die Tabakläden auf ihren Schildern den Satz »Rauchen schadet Ihrer Gesundheit« ergänzten. Aber die Huayin Street machte so weiter wie immer, und Jahrzehnte vergingen, ein Tag unspektakulärer als der andere. Bis heute.

Zwei uniformierte Polizisten zeichneten mit Kreide auf die Straße, wo der Jeep zum Zeitpunkt der Schüsse gestanden hatte. Ein Zeuge – männlich, das Mobiltelefon in der Hand und mit Sandalen – wartete in der Nähe.

Lu blickte die Huayin Street entlang, in der immer noch der Rauch der Knallfrösche hing.

»Sucht die Straße ab«, befahl er.

Acht Beamte stellten sich an einem Ende der Straße in einer Reihe auf und rückten langsam vor, die Augen auf den Boden vor ihnen gerichtet. Sie wussten, wonach sie suchten: Kugeln, Patronenhülsen, Blut, alles, was mit dem Schuss in Verbindung stehen könnte.

Der Augenzeuge wurde vor den stellvertretenden Polizeichef geschleift.

»Das ist Herr Cai, ihm gehört eins der Geschäfte. Er hat gerade gefilmt, als auf den Präsidenten geschossen wurde.«

Die Aufnahmen waren nicht sonderlich gut: zu viel Rauch, und die kugelsicheren Scheiben an den Seiten des Jeeps waren auch nicht hilfreich. Doch man sah, wie der Personenschützer im Jeep sich über den Präsidenten warf.

»Der Mann mit der Baseballkappe da, wo stand der?«, fragte Lu, dem die einzige Person in der Menge aufgefallen war, die den Kopf gesenkt hielt. »Direkt gegenüber?«

»Ich stand vor meinem Laden, er war direkt gegenüber von mir. Ich habe ihn gesehen, als der Jeep des Präsidenten vorbeifuhr.«

Der stellvertretende Polizeipräsident stellte sich vor Herrn Cais Koffergeschäft.

»War sonst noch jemand in der Nähe?«

»Jede Menge Leute, alle hielten ihre Handys hoch und haben gefilmt.«

Lu ging zu dem überdachten Gang auf der anderen Straßenseite, wobei er seine Schritte zählte, und vollzog dann eine zackige Kehrtwende. Er stand unter einem Schild, das für Sandwiches warb, neben einem wackligen Klapptisch.

»Der Mann mit der Baseballkappe stand also hier?«

Herr Cai nickte, und ein Polizist sprühte einen Kreis aus Farbe um Lus Füße.

Der stellvertretende Polizeipräsident kniff ein Auge zu und blickte die Straße entlang. Wenn er eine Schusswaffe hätte, wenn er der Schütze wäre, wenn er von hier aus geschossen hätte ... hätte er den Präsidenten in den Rücken getroffen.

Er bezähmte den Impuls, »peng« zu sagen, und ging stattdessen in die Hocke, um sich die von zahllosen Füßen niedergetrampelte Baseballkappe näher anzusehen.

»Ist das die Kappe?«

Herr Cai nickte. »Ich glaube schon.«

»Tütet sie ein.«

Lu hatte sein erstes Beweisstück – und damit, hoffentlich, DNA-Spuren.

Die zweite Zeugin war eine alte Dame, die Zünderin all der Knallfrösche und allen Anwohnern der Huayin Street bekannt.

»Oh, ich habe sie nicht für ihn gekauft. Ich habe sie zum Geburtstag des Königs der Affen morgen gekauft. Aber der Präsident war hier, und da dachte ich, das ist ein guter Anlass, um sie zu zünden ...«

Eine schnelle Umfrage unter den übrigen Ladenbesitzern bestätigte, dass morgen tatsächlich der Geburtstag des Affenkönigs war, und mehrere von ihnen hatten aus diesem Anlass Knallfrösche gekauft. Die alte Frau wohnte in der Huayin Street, seit sie mit neunzehn Jahren geheiratet hatte. Abgesehen von gelegentlichen Ausflügen in ihr Heimatdorf in Miaoli verließ sie die Gegend kaum. Niemand hatte ihr Knallfrösche geschenkt oder sie dafür bezahlt, sie zu zünden. Sie hatte einfach vorgehabt, den Affenkönig zu ehren.

Aber als sie den Bezirksvorsteher, den sie gut kannte, im Jeep gesehen hatte, hatte sie ihren Enkel ins Haus geschickt, die Knallfrösche zu holen, sie mithilfe eines Stocks an die Regenrinne gehängt und mit zitternden Händen angezündet.

Im nahe gelegenen Tempel bestätigte man ihre Geschichte: Am nächsten Tag war der Geburtstag von Sun Wukong alias der Affenkönig, und der Stadtrat hatte eine Prozession um die Tempelgebäude genehmigt. Lu wies nicht darauf hin, dass der Affenkönig eine fiktive Gestalt war, die vor einigen Jahrhunderten von einem Romanautor erschaffen worden war und als solche keinen Geburtstag hatte. Oder hatten sie etwa die Geburtsurkunde des Affenkönigs irgendwo vorliegen?

Der dritte Augenzeuge war ein gewisser Herr Xian, ein Tourist aus Hongkong, der zwei Tage zuvor mit Frau und Tochter in Taiwan eingetroffen war. Die Familie war auf der Suche nach Sashimi und Donuts in die Huayin Street gegangen. Vom Besuch des Präsidenten hatten sie nichts gewusst.

»Ich war vor dem Jeep, da in dem Bogengang. Ich habe gesehen, wie der Präsident sich gekrümmt hat, als hätte er Bauchschmerzen, und dann hat die Polizei angefangen, mit Waffen rumzufuchteln.«

Eine rasche Durchsuchung ergab, dass die einzige potenzielle Waffe, die Herr Xian bei sich trug, ein Selfiestick war. Seine Hände wurden vergeblich auf Schussrückstände untersucht. Ebenso wenig bestand Anlass, seine Frau oder seine Tochter zu verdächtigen. Sie mussten noch warten, bis man überprüft hatte, ob sie die waren, die sie zu sein behaupteten, aber nach einer halben Stunde konnten sie gehen. Nicht zurück nach Hongkong natürlich. Sondern um sich in die Donut-Schlange zu stellen. Lu schüttelte den Kopf und fragte sich, was, abgesehen von einem Kometeneinschlag, die Leute davon abhalten würde, nach Snacks zu gieren, mit denen man ihnen auf Instagram den Mund wässrig gemacht hatte.

Dann kam eine Nachricht von seinem Chef, dem Polizeipräsidenten, der direkt ins Krankenhaus gefahren war. Er bestätigte, dass dem Präsidenten in den Bauch geschossen worden war, verlor jedoch kein Wort über seinen Zustand.

Lu steckte das Telefon wieder ein und ließ den Blick nochmals über den Tatort wandern. Das Special Service Command Center hatte im Jeep zusätzliche Sicherheitsvorkehrungen installiert. So war das offene Heck an drei Seiten von kugelsicheren Scheiben geschützt, und an der offenen Rückseite des Fahrzeugs hatten zwei Personenschützer als menschliche Schilde fungiert. Ein Schütze hätte nur dann eine Chance gehabt, wenn der Präsident weiter nach hinten gegangen und der Schuss abgegeben worden wäre, ehe die Personenschützer ihn wieder abschirmen konnten.

Und wenn dem Präsidenten in den Rücken geschossen worden war, warum hatte er sich dann so nach vorn gekrümmt? Gleichermaßen unerklärlich: Wenn dem Präsidenten in den Rücken geschossen worden war, warum berichtete der Polizeipräsident dann von einer Bauchverletzung?

Lu blickte an den heruntergekommenen Mehrfamilienhäusern, die diese Straße säumten, hinauf. Es gab eine weitere Möglichkeit. Das Heck des Jeeps war nicht überdacht. Falls der Schütze irgendwo da oben gewesen war, wäre es ein leichter Schuss gewesen.

Es gab keine Möglichkeit, den Präsidenten vor allen Risiken zu schützen. Und aus jahrelanger Erfahrung wusste Lu überdies, dass es wenig Sinn hatte zu versuchen, einen Mann zu beschützen, der darauf bestand, Märkte, Mehrfamilienhäuser und Busstationen zu besuchen, einen Mann, der keine Hand sehen konnte, ohne sie zu schütteln. Doch in all den Jahren der Volksnähe war nie etwas passiert, abgesehen von dem Tennisarm durch das viele Händeschütteln. Und jetzt ein Schusswaffenattentat.

Und das hier in Taiwan mit seinen strengen Waffengesetzen, den Überwachungskameras in jeder Straße und einer zu konfuzianischer Ethik erzogenen Bevölkerung, die auf jedem Foto Fingerherzen machte.

Als das Special Service Command Center hörte, dass der Präsident angeschossen worden war, ordnete es an, die Fahrzeugkolonne solle mit Vollgas zum Xing'an Hospital fahren, das etwa eine Viertelstunde entfernt lag. Die Ambulanz des Krankenhauses war samstags geschlossen, aber die Notaufnahme war geöffnet, und die herannahenden Sirenen lockten jede Menge Schaulustige aus dem Gebäude. Der Polizeipräsident und der ihn begleitende Trupp Polizisten machten den Weg zur Tür frei, und die Fahrtrage mit dem Präsidenten wurde, geschützt von bewaffneten Personenschützern mit Schutzschilden, zum Operationssaal geleitet.

Der stellvertretende Chefarzt des Krankenhauses hatte Dienst und war ein hervorragender Traumachirurg. Er und drei weitere Ärzte nahmen, bereits mit Handschuhen und OP-Maske, die Fahrtrage in Empfang und schoben sie in den OP. Zwei Personenschützer und der Leiter des Wahlkampfbüros begleiteten sie. Das Krankenhaus ließ verlautbaren, es werde etwa eine Stunde dauern, den Zustand des Präsidenten zu beurteilen, und alle weiteren Informationen werde das Büro des Präsidenten herausgeben.

Über dem Krankenhaus kreisten zwei Hubschrauber, während drei von der Militärpolizei entsandte Nebelparder-Panzer davorstanden und die Maschinengewehre Kaliber .50 beim Laden der Munition lustig klirrten.

Im Netz wurde über das Attentat auf den Präsidenten berichtet.

> Heute Morgen um 9:17 Uhr wurde Präsident Hsu Huosheng während eines Wahlkampfauftritts auf der Huayin Street von einem unbekannten Täter angeschossen. Gegenwärtig wird der Präsident im Xing'an Hospital behandelt. Über seinen Zustand ist nichts bekannt.

Die Vizepräsidentin Hu Tsui-li trat mit ernstem Gesicht im Fernsehen auf. Sie sei, sagte sie, in Taichung, wo sie Wahlkampf mache, und könne zum Gesundheitszustand des Präsidenten nichts sagen. Abschließend kündigte sie an, unverzüglich nach Taipeh zurückzukehren, gab aber keinen Kommentar zu einer möglichen Aussetzung des Wahlkampfs ab.

Als Nächster kam der Vorsitzende des Legislativ-Yuans, der Premierminister, an die Reihe und rief alle Abgeordneten, unabhängig von der Parteizugehörigkeit, auf, für den Präsidenten zu beten.

Der stellvertretende Polizeipräsident Lu hatte zwei Tatorte abzuriegeln und zu untersuchen. Der erste war die Huayin Street. Der andere der Jeep selbst. Da die Huayin Street gesichert und erste Befragungen vorgenommen worden waren, eilte er zum Krankenhaus, wo er seinen Beamten befahl, das Fahrzeug zu beschlagnahmen. Das ging schneller, als mit dem umstehenden Personal des Special Service Command Center zu verhandeln. Er selbst folgte und riss das Flatterband um den Jeep herum ab, dann drehte er sich um und gab dem Spurensicherungsteam, das hinter ihm hertrottete, Anweisungen. »Blut, Einschusslöcher, die Dashcam, und wenn

Sie mich richtig glücklich machen wollen, finden Sie mir eine Kugel!«

Bisher wussten sie nichts. Wer auf den Präsidenten geschossen hatte, wie oft und wo er getroffen worden war – nichts war klar. Momentan wussten sie nicht einmal, ob es überhaupt ein Attentat mit einer Schusswaffe gewesen war.

Der Jeep war von Anhängern des Präsidenten finanziert worden. Die Kabine vorn bot Platz für Fahrer und Beifahrer. Das Heck war offen. Dort gab es keine Sitze, nur ein Geländer, das an der Rückwand der Fahrerkabine befestigt war, und die kugelsicheren Scheiben an drei Seiten.

Die Kriminaltechniker machten sich an die Arbeit und hatten bereits wenige Minuten später einen ersten Bericht für Lu: Nichts wies darauf hin, dass die Kabine oder irgendein anderer Teil des Fahrzeugs von einer Kugel getroffen worden wäre. Der Fahrer und Hsus Wahlkampfleiter, der auf dem Beifahrersitz gesessen hatte, waren vorsichtshalber beide von der Polizei des Reviers Datong zur Befragung mitgenommen worden.

Sieben Minuten später hatten sie mehr: eine Delle im Metallgeländer hinten an der Fahrerkabine.

Acht Minuten später noch mehr: eine Kugel, gefunden in einer Ritze im hinteren Teil der Ladefläche.

Damit war es so gut wie bestätigt: Auf den Präsidenten war geschossen worden.

Der stellvertretende Polizeipräsident Lu, vor Kurzem siebenundfünfzig geworden, schwang sich ins Heck des Fahrzeugs. Niemand applaudierte. Das Projektil, das die Kriminaltechniker ihm zeigten, hatte etwa die Größe eines Erdnusskerns. Lu konnte drei schwache Kratzer darauf ausmachen.

»Geben Sie das ins Labor.«

Ein mobiles Labor des Criminal Investigation Bureau, der nationalen Kriminalpolizei, war vor Ort. Zwölf Minuten später hatten sie eine vorläufige Einschätzung: Die illegal in Taiwan gefertigte Bleikugel war vom Metallgeländer abgeprallt, zu Boden gefallen und dann in eine Ritze im hinteren Teil des Jeeps gerollt. Sie sah aus wie ein Projektil für eine 9-mm-Faustfeuerwaffe, aus einer illegalen Waffenfabrik, eher primitiv, und hinten klebten noch Reste des Treibmittels. Allerdings war es nicht die Kugel, die den Präsidenten getroffen hatte – es gab keine Spuren von Blut daran.

Der Jeep wurde offiziell zum Beweisstück erklärt, und der stellvertretende Polizeipräsident quittierte es dem säuerlich dreinblickenden Major vom Special Service Command Center. Ein Kran hievte das Fahrzeug auf einen Transporter, und dann ging es ab zum Criminal Investigation Bureau zu weiteren Untersuchungen. Lu brauchte mehr Kugeln. Oder wenigstens noch eine. Die, die den Präsidenten getroffen hatte.

Er kehrte in die Huayin Street zurück, ohne auf weitere Nachrichten zum Zustand des Präsidenten zu warten. Dort hatte die Suche etwas Neues ergeben: Patronenhülsen. Auf der Fahrt zurück blaffte er Befehle in sein Mobiltelefon.

»Die Kugel ist Marke Eigenbau, und das bedeutet, das organisierte Verbrechen weiß garantiert etwas darüber. Finden Sie die beiden Waffenbauer – wie heißen die noch? Der Waffenschmied heißt der eine und ... der Büchsenmacher, das ist der andere. Moment, der Waffenschmied sitzt, der hat lebenslänglich wegen Mordes bekommen. Spüren Sie den Büchsenmacher auf und holen Sie ihn auf die Wache, denken Sie sich irgendeinen Vorwurf aus. Falls die Staatsanwaltschaft nicht mitspielt, sprechen Sie selbst mit dem Büchsenmacher. Sagen Sie ihm, Sie arbeiten für mich, und laden Sie ihn zum Tee ein. Herrgott, laden Sie ihn zu einem fünfundzwanzigjährigen Single Malt ein, ich übernehme die Rechnung.«

Als Lu auflegte, hielt sein Wagen gerade auf der Huayin Street vor dem Happy Hotel.

Das Hotel belegte den ersten, zweiten und dritten Stock eines siebengeschossigen Gebäudes. Im Erdgeschoss befand sich ein Feuertopflokal, und auf den drei obersten Etagen waren Wohnungen. Einen vierten Stock gab es nicht. Das hätte Unglück gebracht. Die Hotelrezeption lag im ersten Stock, Dienst hatte eine Frau über vierzig in einer zu eng sitzenden Dreiviertelhose, zu hohen Plateauschuhen und mit einem Kamm im Haar. Als Lu sich näherte, wandte sie sich ab. Vielleicht hatte sie Angst, dass sein Anblick ihr Albträume bescheren würde.

»Wir berechnen fünfhundert für zwei Stunden, und wir führen kein Gästebuch.«

»Dann ist das hier ein Stundenhotel?«, fragte Lu sie.

Lai, der Beamte, der erkannt hatte, dass dieses Hotel einen genaueren Blick lohnte, meldete sich zu Wort. »Ja, ein Stundenhotel, genauer ein Love Hotel: Die Gäste machen Liebe, dann machen sie sich vom Acker. Der Chef interessiert sich nicht für Gästebücher, nur fürs Geldverdienen.«

»Wer war in Zimmer 502, als der Präsident angeschossen wurde? Wie sah er aus?« Lu musterte die Frau und die beiden Feuchtigkeitspflaster unter ihren Augen.

Lai wieder: »Niemand, angeblich. Wer geht schon an einem Samstagmorgen mit einer Nutte ins Stundenhotel?«

»Wo ist der Chef?« Lu betrachtete die Finger der Frau, zwischen denen Fetzen von Papiertaschentüchern klemmten und deren Nägel alle verschiedene Farben hatten.

Er nahm eine vorläufige Einschätzung vor: Die Frau war nicht verdächtig.

Nochmals Lai: »Er ist betrunken und schläft im Hinterzimmer.«

Lu und Lai ließen die Frau und ihren Kamm stehen und gingen nach oben, um einen Blick in Zimmer 502 zu werfen.

Neben dem Aufzug befand sich eine Brandschutztür aus Metall, durch die man auf einen langen Flur mit unbelegten Hotelzimmern zu beiden Seiten gelangte. Lu öffnete die Tür zu 502.

Bad rechts, ein Doppelbett, am Fußende eine Bettdecke mit rosa Blumenmuster, zu einem Dreieck gefaltet. Links eine billige Frisierkommode mit Plastikstuhl davor. Nirgends eine Möglichkeit, sich zu verstecken.

Und auf der Fensterbank mit Blick auf die Huayin Street: zwei Patronenhülsen, ordentlich nebeneinander aufgestellt.

»Gewehrpatronen?«

»Sieht so aus.«

»Holen Sie die Spurensicherung her. Ich will, dass alles untersucht wird. Fußabdrücke, Fingerabdrücke, jedes Schamhaar im Abfluss, alles.«

Dann Neuigkeiten aus dem Krankenhaus, vom stellvertretenden Chefarzt, der, noch in OP-Kleidung, panisch in ein Dutzend Kameras starrte.

»Der Präsident ist wohlauf. Die Kugel hat seinen Bauch durchschlagen ...«

Ein Reporter schrie auf.

»Verzeihung, ich sollte sagen ... Die Kugel hat seinen Bauch gestreift, die Haut, und hat eine Fleischwunde verursacht. Sieben Stiche. Im Augenblick ruht der Präsident, aber in einer Stunde sollte er das Krankenhaus verlassen können.«

Die versammelten Reporter klangen wie ein Schwarm wütender Bienen, als sie dem stellvertretenden Chefarzt ihre Fragen entgegenschleuderten, mit ihren Mikrofonen auf ihn eindrangen und ihn schließlich von allen Seiten umschlossen.

Der Umstand, dass der Präsident nicht ernsthaft verletzt war, war für die Polizei Taipeh kaum von Belang. Er war dennoch angeschossen worden, und sie hatten nichtsdestotrotz einen Attentäter zu suchen und ein Verbrechen aufzuklären. Im Konferenzraum drängten sich hochrangige Polizeibeamte. Das Criminal Investigation Bureau hatte seinen Chief Secretary, den dritthöchsten Beamten in der CIB-Hierarchie, geschickt, zur

»Unterstützung« beziehungsweise, zutreffender, »um die Kontrolle zu übernehmen und dafür zu sorgen, dass niemand Mist baut«.

Der Polizeipräsident hing noch im Krankenhaus fest. Zusammen mit dem Leiter der dem CIB übergeordneten National Police Agency und deren Chef, dem Innenminister, wartete er darauf, zum Präsidenten vorgelassen zu werden. Seine Theorie war wohl, nahm Lu an, dass der Präsident sich sicherer fühlen würde, wenn er aus der Betäubung erwachte und den Polizeichef sah, und ihn deshalb unverzüglich befördern würde. Das war gar nicht einmal so abwegig, denn der Polizeichef hatte seinen Posten ursprünglich von Hsu in dessen früherer Rolle als Bürgermeister von Taipeh bekommen.

Lu, der als Letzter eintraf, setzte sich keuchend an den Tisch, um die Besprechung zu leiten. Vor ihm stand eine nierenförmige Metallschale, wie man sie im OP verwendete. Er betrachtete sie zuerst von Weitem, dann beugte er sich vor und starrte sie aus nächster Nähe scheel an. In der Schale lag eine einzelne Kugel aus Metall, daneben die dunkelblaue Anzugjacke des Präsidenten.

Ja, es wurde auf ihn geschossen.

»Also, es ist uns endlich gelungen, die Kugel zu finden, mit der auf den Präsidenten geschossen wurde. Es liegt auf der Hand, dass dieser Fall von besonderer Bedeutung ist, deshalb werde ich aus dem Bericht des Krankenhauses vorlesen, damit ich die Fakten richtig wiedergebe.«

Er setzte seine Lesebrille auf, senkte den Blick auf das Dokument und sagte erst einmal nichts. Gleich darauf setzte er die Brille wieder ab.

»Tja, es ist eine lange Geschichte, daher kürze ich ab: Die Kugel, mit der auf ihn geschossen wurde, wurde im Futter seines Anzugs gefunden, nicht in seinen Eingeweiden.«

Er sah hinüber zum Leiter des Criminal Investigation Bureau, dann betrachtete er das runde Dutzend am Tisch versammelter Kollegen. Ausnahmsweise schienen sie alle zuzuhören. Das hatte er sehen wollen. Ein bisschen Angst.

»Die Kugel hat seinen Bauch nur gestreift, mehr nicht. Das Glück ist mit den Guten, vielleicht. Jedenfalls, die Kugel fanden nicht die Chirurgen, als sie ihn wieder zusammennähten, sondern eine Krankenschwester entdeckte sie, als sie seinen Anzug aufhängte. Sie hörte etwas zu Boden fallen, hob es auf, und da haben wir sie. Das Krankenhaus sagt, man habe das Blut an der Kugel untersucht, und es stimme mit dem des Präsidenten überein.«

Niemand hob die Hand, um zu fragen, wie die Kugel in den Anzug gekommen war.

»Die Kriminaltechnik hat sich die Jacke angesehen und ist zu dem Schluss gekommen, dass die Kugel über den Bauch des Präsidenten geschrammt ist und sich mit letzter Kraft ins Seidenfutter seines Anzugs gebohrt hat, um später herauszufallen und von der Krankenschwester gefunden zu werden. Sie haben außerdem festgestellt, dass es eine Kupferkugel ist, angefertigt für eine 9-mm-Faustfeuerwaffe, vermutlich aus derselben Waffe abgefeuert wie die aus Blei, die wir im Heck des Jeeps fanden. Die Schusswaffe selbst ist vermutlich ein Eigenbau.«

Niemand hob die Hand, um zu fragen, warum die eine Kugel aus Blei und die andere aus Kupfer war.

»Die Kriminaltechniker haben sich auch die beiden Patronenhülsen angesehen, die wir in Zimmer 502 des Happy Hotels gefunden haben. Normale 7.62-mm-Gewehrpatronen, mit Spuren verbrannten Treibmittels innen.«

»Gewehrpatronen?«, fragte niemand.

»Gewehrpatronen«, wiederholte er ungeachtet dessen. »Wir haben also nach jemandem mit einer 9-mm-Faustfeuerwaffe gesucht, und jetzt sind 7.62-mm-Gewehrpatronen aufgetaucht.

Ich würde meinen, Ihnen allen ist klar, dass eine Faustfeuerwaffe und ein Gewehr sehr verschiedene Waffen sind?«

Lus kühler Blick wanderte um den Tisch. Alte Kollegen, langjährige Untergebene, sie alle merkten, dass er mit seiner Geduld fast am Ende war. Tatsächlich: »Wobei ich den Verdacht habe, dass einige von Ihnen womöglich Probleme haben, ihren eigenen Schwanz von einem Hühnerbein zu unterscheiden.«

Der Chief Secretary des CIB gestattete sich ein Kichern – er und Lu hatten seinerzeit zusammen beim CIB gearbeitet, und er war froh zu sehen, dass der stellvertretende Polizeipräsident Lu, seinen Freunden besser als »Eierkopf« bekannt, nach einem ungewöhnlich betriebsamen Vormittag allmählich wieder ganz der Alte war.

»Tja, ich danke Ihnen allen dafür, dass Sie so schnell zwei 9-mm-Faustfeuerwaffenprojektile und zwei 7.62-mm-Gewehrpatronenhülsen gefunden haben. Sie müssen erschöpft sein. Mensch, Yan, Sie waren mal bei der Armee, oder? Sie müssen mehr Geschosse abgefeuert haben als jeder andere hier. Jedenfalls, eine schnelle Frage an Sie alle, falls Sie so freundlich wären. Kann man mit einem 7.62-mm-Gewehr 9-mm-Faustfeuerwaffenmunition abfeuern? Und falls nicht, würde bitte jemand erklären, warum wir 9-mm-Projektile und 7.62-mm-Hülsen haben?«

Alle runzelten die Stirn und senkten den Kopf, mit einem Mal sehr fasziniert von der Maserung der Tischplatte. Die Mäuse in den Wänden hörten auf zu nagen, aus Angst, sie könnten in der plötzlichen Stille zu hören sein.

»Nein. Aus dem gleichen Grund, warum man kein Pferd mit einer Katze paaren kann und eine schöne Füllerpatrone meinem miesen Kuli nichts nutzt. Möchte also vielleicht jemand darüber spekulieren, was zur Hölle hier eigentlich vorgeht?«

Yan, ein hoher Polizeibeamter, den Lu in Ermangelung anderer Kandidaten zu ihrem Hauptverdächtigen zu küren erwog, stotterte eine Antwort: »Ich würde vielleicht vorschlagen, Herr stellvertretender Polizeipräsident, dass wir nach zwei Schützen suchen. Einen in der Menschenmenge und einen oben im Hotel.«

»Reizend, zwei Schützen, die man finden muss. Einen mit einer Faustfeuerwaffe Marke Eigenbau und einen mit einem so langen Gewehr, dass man einen Lappen an ein Ende hängen und das Ganze Mopp nennen könnte. Und keine der beiden Waffen haben wir gefunden, nur Kugeln aus einer Faustfeuerwaffe und Patronenhülsen von einem Gewehr. Okay, sagen wir also, der mit der Faustfeuerwaffe, nennen wir ihn Schütze A, nutzt den Lärm und den Qualm der Knallfrösche, um seine beiden Schüsse abzugeben, hebt die Patronenhülsen vom Boden auf und verlässt den Tatort. Währenddessen gibt Schütze B, ein viel relaxterer Geselle, seine beiden Schüsse ab und lässt die Patronenhülsen ordentlich nebeneinander auf der Fensterbank für uns stehen. Vielleicht ist er ein kleiner Ordnungsfanatiker, ein bisschen zwanghaft. Ein Ex-Militär vielleicht, daran gewöhnt, immer alles ordentlich zu hinterlassen. Also hebt er seine Hülsen auf, stellt sie auf die Fensterbank, packt sein Gewehr ein und zieht los nach … ich weiß auch nicht, vielleicht belohnt er sich für einen gut erledigten Auftrag mit einem Entenbraten im Guide-Michelin-Sternerestaurant Le Palais? Was halten Sie von dieser Rekonstruktion?«

Wenn Polizisten im Range von Lu Fragen stellten, bedeutete das nicht unbedingt, dass sie Antworten hören wollten. Meistens bedeutete es, dass sie die Antwort bereits kannten. Und deshalb antwortete auch niemand. Lu fuhr fort.

»Schütze A mit der Faustfeuerwaffe muss von hinter dem Jeep, wo keine kugelsichere Scheibe ist, auf den Präsidenten geschossen haben. Warum also ist die Wunde am Bauch und nicht am Rücken? Und wenn Schütze B oben im Hotel war, warum hat der Präsident dann keine Kugel im Kopf oder in der Schulter? Kriminaltechnik, ich will einen ballistischen Bericht.«

Ein junger Beamter schlüpfte in den Konferenzraum und legte einen großen Umschlag vor den Leiter der Kriminaltechnik. Lu verfolgte das und trommelte dabei mit den fünf Fingern seiner rechten Hand nacheinander auf den Tisch.

»Lunchpaket von Ihrer Frau?«, fragte er.

Der Leiter der Kriminaltechnik, nervös wie ein Mann, der seiner Frau die Auszüge eines geheimen Bankkontos aushändigen muss, öffnete den Umschlag und entnahm ihm einen kleinen Plastikbeutel, der eine einzelne Zigarettenkippe enthielt, bis zum Filter heruntergebrannt.

»Die haben wir in Zimmer 502 im Happy Hotel gefunden, zusammen mit den Patronenhülsen. Sie lag unter der Fensterbank auf dem Boden. Wir nehmen an, dass der Schütze sie geraucht hat, während er auf die Fahrzeugkolonne des Präsidenten gewartet hat.«

»Irgendwas von Interesse?«

»Japanische Marke, Hope. Nicht die Kingsize-Version, sondern die kürzere, die sie Short Hope nennen. Wir haben es überprüft, die kann man in Taiwan nicht kaufen, nicht einmal in den Duty-free-Shops am Flughafen.«

»Na toll, er raucht also eine japanische Zigarette, die er hier nicht gekauft haben könnte, und lässt die Kippe zurück, um uns zu sagen, dass er ... was? Dass er in Japan war, gerne reist, dass er zu Mittag gerne ein Schale Ramen isst ...«

»Herr stellvertretender Polizeipräsident, Lai, einer der Beamten am Tatort, kam zu dem Schluss, dass sich ein etwaiger Schütze wahrscheinlich eher in einem Hotelzimmer als in einer der Wohnungen positionieren würde. Er ist mit einem Team da rauf und hat die Patronenhülsen und die Zigarettenkippe in Zimmer 502 gefunden.«

»Erzählen Sie mir was, was ich noch nicht weiß. Und schlagen Sie Lai für eine Belobigung vor. Was noch?«

Der Leiter der Kriminaltechnik präsentierte, nunmehr wie ein Mann, der Quittungen aus einem Stundenhotel vorlegt, einen zweiten Plastikbeutel. In diesem befanden sich versengte Knallfroschfragmente.

»Wir haben die Überbleibsel der Knallfrösche eingesammelt und untersucht. Keine Kugeln, keine Patronenhülsen. Die Ladenbesitzer sagen, sie haben ihre Knallfrösche alle im selben Geschäft gekauft. Wir sind in dieses Geschäft gegangen, und der Inhaber hat zugegeben, dass er seine Bestände von einer illegalen Feuerwerksfabrik bekommt. Sie befindet sich in Chiayi, wir haben die dortige Polizei gebeten zu ermitteln.«

Der stellvertretende Polizeipräsident Lu sah den Leiter des Reviers Datong an.

»Fan, die Huayin Street ist Ihr Revier, was zünden die Leute da Knallfrösche? Und zu Sun Wukongs Geburtstag? Ich dachte, das Umweltamt hätte das untersagt. Ich weiß, dass der Stadtrat versucht zu unterbinden, dass die Ladeninhaber sie zünden.«

»Ich habe das überprüft, es war die neuere, ungefährlichere Sorte. Und den Geburtstag von Göttern zu feiern ist eine volkstümliche Tradition, das können wir nicht untersagen. Jedenfalls, die alte Frau hat uns erzählt, dass sie sie vor fünf Tagen gekauft hat, bevor sie wusste, dass der Präsident kommt. Aber als sie dann ihren Freund, den Bezirksvorsteher, im Jeep beim Präsidenten sah, hat sie sie gezündet. Anscheinend hat er immer Interesse an ihrem Laden gezeigt. Der Bezirksvorsteher, nicht der Präsident.«

»Tja, sagen Sie das nicht dem Präsidenten, das würde ihn verletzen. Andere Ladenbesitzer haben auch Knallfrösche gezündet, war das verabredet?«

»Sieht nicht so aus. Sie hat damit angefangen; die anderen

haben dann einfach mitgemacht. Gruppendynamik.« Lu bekam nicht mit, wer hier der Soziologe war.

»Also, der Schütze muss gewusst haben, dass es Meister Suns Geburtstag war, dass ihm zu Ehren Knallfrösche gezündet werden würden und dass sich das Happy Hotel auf Zimmer für Gäste ohne Registrierung spezialisiert hat, die Angst haben, Überwachungsbilder könnten auf dem Tisch des Scheidungsrichters auftauchen. Für die Landung in der Normandie war nicht so viel Recherche nötig.«

»Ja«, stimmte der Mann aus Datong zu, dem nicht viel anderes übrig blieb.

»Und er muss auch die heutige Route des Präsidenten gekannt haben. Warum benutzt ein solch meisterhafter Planer eine Waffe Marke Eigenbau? Und mit einem Schuss hat er gar nicht getroffen, mit dem anderen hat er ihm gerade mal einen Kratzer beigebracht, und dann hat er aufgegeben und ist nach Hause gegangen? Ergibt keinen Sinn!«

Und niemand versuchte, es ihm zu erklären. Lu war nicht der einzige Verwirrte.

»Gibt es schon was aus Chiayi? Egal, wir warten nicht auf die. Kriminaltechnik, schicken Sie ein Team da runter, vielleicht finden wir heraus, dass die da, wo sie Knallfrösche basteln, auch Schusswaffen bauen.«

Der Leiter der Kriminaltechnik eilte aus dem Raum.

»Es sieht also so aus, als hätten wir zwei Schützen, und wir haben definitiv zwei Waffen. Sie hatten die Route des Präsidenten, und sie wussten, dass die Ladeninhaber Knallfrösche gekauft hatten. Das sieht nach einem gut geplanten Attentatsversuch aus. Wer will den Präsidenten tot sehen? Was ist das Motiv, wer sind seine Feinde? Wer profitiert, wenn der Präsident aus dem Spiel ist?«

Jemand meldete sich zu Wort.

»Gu Yan-po ist die offensichtliche Antwort. Sein Gegner.«

Der stellvertretende Polizeipräsident Lu schnalzte mit der Zunge.

»Hervorragend, ein Verdächtiger! Gehen Sie, sagen Sie der Staatsanwaltschaft, wir wollen eine Verhaftung vornehmen. Können höchstens mehrere Zehntausend Anhänger sein, die sich uns in den Weg stellen würden. Und machen Sie sich keine Sorgen um Ihre Karriere, ich werde der Einzige sein, der zu einem Schreibtischjob auf irgendeiner gottverlassenen Insel degradiert wird.«

»Vielleicht ist es Versicherungsbetrug. Jemand wollte seine Lebensversicherung kassieren?« Irgendjemand hatte aus unerfindlichem Grund beschlossen, Lu eine attraktivere Zielscheibe zu bieten.

»Sie haben zu viele Thriller gelesen! Er hat nur einen Sohn, dem es vermutlich gefällt, der Sohn des Präsidenten zu sein. Außerdem weiß er bestimmt, dass die Pension des Präsidenten mehr wert ist als die Lebensversicherung.«

Wieder wurde es für eine Weile still im Raum.

»Glücksspiel? Wie ich höre, haben die Untergrundbuchmacher eine Menge Geld auf die Wahl angenommen.«

»Das passt schon eher! Jeder, der Wetten auf die Wahl annimmt, wird unter die Lupe genommen. Die gehören sowieso alle zum organisierten Verbrechen. Sagen Sie den CIB-Leuten, sie sollen die Leute für Schwerkriminalität darauf ansetzen, dann haben die was zu tun. Falls sie irgendetwas brauchen, sollen sie mit dem Chief Secretary hier sprechen und ihn zum Essen und Trinken einladen, dann sorgt er dafür, dass sich das Dezernat für organisiertes Verbrechen einschaltet.«

Der Chief Secretary nickte: Er war gern bereit, sich fürstlich bewirten zu lassen und im Gegenzug das Dezernat für organisiertes Verbrechen ins Feld zu schicken.

Mit einem Mal wölbten sich die soeben noch zusammengekniffenen Augen des stellvertretenden Polizeipräsidenten Lu vor, bis sie wie Taubeneier aussahen.

»Und finden Sie mir die Scheißpatronenhülsen zu den Faustfeuerwaffenkugeln und die Scheißkugeln zu den Gewehrpatronenhülsen!«

Als die anderen hintereinander den Raum verließen, sah er auf die Uhr. Zwölf Uhr mittags.

Ein ganzer Vormittag weg. Zwar lebte der Präsident, aber die Polizei hatte außer zwei Kugeln und zwei Patronenhülsen keine weiteren Anhaltspunkte. Auf dem Weg hinaus beugte sich der Chief Secretary hinab, um Lu etwas ins Ohr zu flüstern.

»Es würde Ihnen mehr bringen, mit einem ehemaligen Kollegen zu sprechen. Mit einem, der viel Erfahrung hat, der jahrzehntelang mit organisiertem Verbrechen zu tun hatte. Sicher wissen Sie, wen ich meine.«

Als seine Vorgesetzten endlich fort waren, konnte sich Lu entspannen. Er suchte in seiner Schreibtischschublade nach einer Zigarette, die nicht da war, spielte eine Weile mit seinem Stift herum, und dann legte er die Füße auf den Tisch und tätigte einen Anruf.

»Wu, hey ... Wu, alter Bursche, hier ist Eierkopf. Sie sind erst ein paar Monate im Ruhestand und haben schon meine Stimme vergessen? Muss das ganze üppige Essen sein, das Sie in der freien Wirtschaft bekommen, das Cholesterin schadet Ihrem Hirn. Hören Sie, Sie müssen mir bei dieser Attentatssache helfen. Sie waren lange genug beim Dezernat für organisiertes Verbrechen, Sie können mir helfen herauszufinden, wer die Waffe verkauft hat, woher die Munition kam ... Was soll das heißen, Sie haben keine Zeit? Der Präsident wurde angeschossen, und Sie können sich nicht die Zeit freischaufeln, um zu helfen? Was sind Sie für ein Polizist ... Bloß weil man im Ruhestand ist, hört man doch nicht einfach auf, Polizist zu sein, Wu. Es ist mir egal, ob die Versicherungsgesellschaft Sie mit Goldbarren bezahlt, Sie sind trotzdem ein Polizist.

Folgendes haben wir: zwei 9-mm-Projektile aus illegaler taiwanischer Produktion und zwei 7.62-mm-Gewehrpatronenhülsen, Standardausführungen, an verschiedenen Orten gefunden. Neunzigprozentige Wahrscheinlichkeit, dass es was mit organisiertem Verbrechen zu tun hat. Und niemand kennt die besser als Sie, also müssen Sie für mich in Erfahrung bringen, was da vorgeht. Und finden Sie raus, welche Wetten auf die Wahl laufen, es könnte auch mit illegalem Glücksspiel zu tun haben.

Ach was! Wir gehen Mittag essen. Nein, ich habe keine Zeit. Hey, Wu, hören Sie, wenn Sie das für mich machen, stelle ich Ihnen einen kleinen Tisch hier ins Büro, an dem Sie Versicherungen verkaufen können. Jeder, der nicht unterschreiben will, bekommt es mit mir zu tun. Abgemacht?«

3

Präsidentschaftskandidat Gu Yan-po traf um 12:00 Uhr im Xing'an Hospital ein in der Absicht, seinen verwundeten Gegner Hsu Huo-sheng zu besuchen. Man erklärte ihm, dass der Präsident nach der Operation noch ein wenig benommen sei, und Hsus Wahlkampfleiter begleitete Gu zur Tür, wo die beiden sich freundschaftlich die Hand schüttelten und diese so seltene Unterbrechung der Feindseligkeiten von den Kameras und Mobiltelefonen um sie herum festhalten ließen.

Gu kehrte nicht direkt zu seinem Wagen zurück, sondern sprach mit ernster Miene zu den Reportern, verurteilte jede Gewaltausübung und schwor, sich dem Terrorismus niemals zu beugen. Der Fairness halber, verkündete er stolz, werde er sämtliche Wahlkampfaktivitäten pausieren lassen, bis sein Freund, der Präsident, sich erholt habe und sie ihren freundschaftlichen Wettbewerb wieder aufnehmen konnten.

Mit achtundsechzig war Gu fünf Jahre älter als der Präsident, und dies würde sein letzter Griff nach der Präsidentschaft sein. Sieben Tage vor der Wahl lag er in den Umfragen mit elf Prozentpunkten vorn. Ein toter Präsident, das wusste er, konnte dazu führen, dass die Wahl gerichtlich für ungültig erklärt wurde.

Doch ein weiteres Mal würde er das Geld, das Personal und die Energie für einen Wahlkampf nicht aufbringen können, das wusste er. Wieder in seinem Wahlkampfbüro angekommen, versammelte Gu seine Berater zu einer Strategiebesprechung. Man kam einstimmig zu dem Schluss: Der Präsident musste überleben. Falls er starb, könnte die regierende Partei auch ein Schuppentier in einen Anzug stecken, und das Wahlvolk würde ihm, abgestoßen von diesem Akt der Gewalt, einen Erdrutschsieg bescheren. Und angenommen, der Präsident überlebte, mussten sie so rasch wie möglich beweisen, dass Gu Yan-po nichts mit dem Attentat zu tun hatte. Für Gus Wahlkampf wäre eine schnelle Verhaftung des Attentäters das Beste. Dann würde sich die Strafjustiz um den Verbrecher kümmern und der Wahlkampf auf einer fairen Grundlage fortgesetzt.

Am schlimmsten wäre es, wenn die Polizei sich Zeit ließe und den Täter erst nach der Wahl identifizierte, damit die Wähler Hsu Huo-sheng gewogen blieben. Schließlich war Hsu immer noch der Präsident. Wem sonst sollte die Polizei helfen?

Ihre eigenen Meinungsumfragen waren genauer als die von den Medien zitierten und besagten, dass Gus Vorsprung seit dem Attentat rapide geschrumpft war, besonders in Zentral- und Südtaiwan. Denn sehen Sie, es gibt nirgendwo auf der Welt empathischere Menschen als die Taiwaner. Und auch wenn beide Lager ihren Wahlkampf unterbrochen hatten, waren die Fernsehschirme und das Internet voll mit Bildern des Attentats, was praktisch dem Sammeln von Stimmen für Hsu gleichkam.

Wenn Gu also seinen Vorsprung halten wollte, musste das Verbrechen rasch aufgeklärt werden.

Seine Berater machten einen Vorschlag: einen Kommissar Wu, früher beim Dezernat für organisiertes Verbrechen, jetzt im Ruhestand, doch immer noch mit Kontakten auf beiden Seiten des Gesetzes und von seinen ehemaligen Kollegen respektiert. Und glücklicherweise war Gu Yan-po Bürgermeister von Neu-Taipeh gewesen, als Wu bei der dortigen Kriminalpolizei gearbeitet hatte. Die beiden kannten sich.

Falls Wu für seine Bitte empfänglich war, hätte Gus Wahlkampfteam einen zuverlässigen ehemaligen Polizeibeamten, der ein Auge auf die polizeilichen Ermittlungen hätte und die

Medien zweimal täglich über deren Fortschritte unterrichten würde. Das würde die Polizei unter Druck setzen und dafür sorgen, dass Gu nicht mit dem Attentat in Verbindung gebracht wurde.

Und was die politische Einstellung anging, so schien Wu keine zu haben. Seinen Freunden zufolge mochte er Hsu nicht besonders, während seine Frau eine glühende Anhängerin von Gu war. Und viele Wähler würden sich noch erinnern, dass Wu letztes Jahr bei einer Schießerei mit einem Verdächtigen auf dem Treasure Hill verwundet wurde. Der Verdächtige war gestorben, Wu zum Helden erklärt worden. Die Leute würden ihm zuhören.

Die Entscheidung fiel: Findet Wu und holt ihn ins Team.

Niemand außer den Ärzten hatte den Präsidenten bisher zu Gesicht bekommen. Der First Lady, der Vizepräsidentin, allen verwehrte Hsus Wahlkampfchef, der vor seiner Tür Wache stand, höflich den Zugang.

Kurz nachdem Gu Yan-po wieder gegangen war, tauchte Fang Te-min auf, ein alter Freund von Hsu aus Universitätstagen. Die beiden Männer waren im Jurastudium an der National Taiwan University im selben Jahrgang gewesen. Fang war danach in die USA gegangen und hatte seinen Doktor gemacht, dann war er zurückgekehrt, um die Leitung der Four Seas Group zu übernehmen, des von seinem Vater gegründeten Unternehmens. Alle wussten, dass Fang einer von Hsus wichtigsten Unterstützern war, seit dieser ins Legislativ-Yuan gewählt worden war. Er organisierte Unterstützung in der Wirtschaft und beschaffte Gelder. Er war, ganz plump gesagt, Hsus Mann fürs Geld.

Ihre Beziehung war kein Geheimnis, und die Four Seas Group hatte Hsu bei beiden Präsidentschaftskandidaturen ein Wahlkampfbüro zur Verfügung gestellt. Fahrzeuge, Computer und andere Ausrüstung stammten von Firmen, die mit der Four Seas Group in Verbindung standen.

Als Hsu vor knapp vier Jahren seinen Überraschungssieg eingefahren hatte, hatte Fang geschworen, er werde keinen Fuß in den Wohnsitz des Präsidenten oder in dessen Büro setzen oder ihn auch nur anrufen. Ebenso wenig würde die Four Seas Group für oder gegen Gesetzentwürfe lobbyieren. Und Fang hatte Wort gehalten, jedenfalls bis der Präsident verkündete, er werde für eine zweite Amtszeit kandidieren.

SIEBEN TAGE BIS ZUR WAHL

Doch jetzt, da es nur noch sieben Tage bis zur Wahl waren und der Präsident soeben angeschossen worden war, erschien Fang im Krankenhaus und wurde zu Hsu vorgelassen. Zwanzig Minuten später verließ er das Krankenzimmer wieder. Die Fragen der Reporter wurden ignoriert, aber einer Gruppe Sympathisanten rief er zu, der Präsident sei auf dem Weg der Besserung, ehe er in seinen Mercedes-Benz-SUV stieg. Man sah deutlich, dass er sich um seinen alten Freund sorgte. Die PR-Abteilung der Four Seas Group gab darüber hinaus eine Stellungnahme ab: Fang Te-min und der Präsident seien seit dem Studium miteinander befreundet, und sein Besuch sei eine reine Privatangelegenheit gewesen, zu der das Unternehmen keinen Kommentar abgeben würde.

Gleich darauf war Fang vergessen, denn der Wahlkampfleiter des Präsidenten trat mit guten Neuigkeiten vor das Krankenhaus: Man rechne am frühen Abend mit der Entlassung des Präsidenten, und vorausgesetzt, eine letzte Untersuchung verlaufe gut, werde der Wahlkampf wieder aufgenommen.

Also war der Präsident, so schien es, nicht schwer verletzt.

Die Fernsehkommentatoren kamen rasch auf Fangs Besuch

zurück, für den sie zwei Gründe anführten: Erstens wolle Fang nach der gesundheitlichen Verfassung seiner Investition sehen; zweitens habe Fang den Präsidenten sicher dazu ermuntert, die Wahlkampftour als Zeichen seiner Stärke fortzusetzen, vorausgesetzt, er war dazu in der Lage. Die Four Seas Group war stets vorsichtig. Ein anonym bleibender Vertreter des Unternehmens wurde mit der Aussage zitiert, insgeheim von Fang in Auftrag gegebene Meinungsumfragen belegten, dass die Unterstützung für Hsu wachse und er jetzt nur noch vier Prozentpunkte hinter Gu liege.

Und als eine Crew von *SSB News* Fang zurück zu seinem Unternehmen folgte, konnte sie auf Film festhalten, wie er von seinem dreiundachtzigjährigen Vater empfangen wurde, den man in seinem Rollstuhl in die Lobby hinuntergebracht hatte. Dies war das erste Mal seit über zehn Jahren, dass man Fang senior in der Öffentlichkeit sah. Und den Rollstuhl schob niemand anders als Chao Tso, Sicherheitschef bei Four Seas.

Four Seas hatte eine große Security-Abteilung, die Industriespionage abwehrte und für die Sicherheit eines runden Dutzends Angehöriger der Familie Fang zuständig war. Chao selbst war Absolvent der Polizeihochschule und Chief Secretary des Taichung Police Bureau gewesen, ehe er zur Four Seas Group gewechselt hatte. Während sein Chef im Krankenhaus gewesen war, hatte Chao seinen ehemaligen Kollegen, den stellvertretenden Polizeipräsidenten Lu alias Eierkopf angerufen. Der hatte das Gespräch nicht angenommen, woraufhin Chao eine Nachricht hinterließ.

»Herr stellvertretender Polizeipräsident, rufen Sie mich bei Gelegenheit doch bitte zurück.«

Und so eilte Eierkopf schließlich in ein winziges japanisches Restaurant abseits der Minsheng East Road. Es gab acht Stühle an der Theke, keine Tische und keine Gäste. Der einsame Küchenchef, der die runde Mütze eines japanischen Kochs trug, stellte unaufgefordert ein eiskaltes Bier und ein Tellerchen mit eingelegtem Gemüse vor ihn hin. Eierkopf kaute gerade seinen ersten Bissen, als Chao Tso hereinkam. Chao wischte sich die Hände mit einem Taschentuch ab, dann klopfte er Eierkopf auf die Schulter.

»Herr stellvertretender Polizeipräsident – viel zu tun?«

»Der Tag war bisher ein bisschen hektisch, ja. Ich muss gleich wieder zurück, wenn wir uns die Höflichkeiten also sparen könnten ...«

Chao zeigte Eierkopf das Display seines Mobiltelefons: der stellvertretende Chefarzt des Krankenhauses, der eine Pressekonferenz abhielt.

»Sehr eigenartige Wunde«, kommentierte Chao.

»Habe es selbst erst vor einer halben Stunde gehört.«

»Unfassbar eigenartig, könnte man sagen. Ein Projektil Marke Eigenbau in einer Schusswaffe Marke Eigenbau. Der Lauf einer solchen Waffe hat keinen Zug, die Kugel hätte also wer weiß wo landen können. Und doch ist es ihr gelungen, dem Präsidenten die perfekte Wunde zuzufügen.«

»Wir ermitteln. Aber ist Ihr Boss nicht Hsus größter Unterstützer?«

Während er das fragte, fiel Eierkopf eine Kugel an Chaos Gürtel auf.

»Ich hoffe, das ist nicht die, die den Präsidenten erwischt hat«, witzelte er. »Nach der haben wir überall gesucht. Wollen Sie sich stellen?«

Chao legte die Hand auf die Kugel und tätschelte sie ehrfürchtig.

»Wissen Sie noch, was vor zwanzig Jahren passiert ist? Hätte mein Ende sein können. Zum Glück hatte der Kerl Angst. Seine Hand zitterte, und er hat mich bloß gestreift. Die Sache war die, ich hatte mir damals den Rücken gezerrt, deshalb trug ich eine

Rückenstütze. Die Kugel traf den Metallverschluss. Er stand bloß da, konnte nicht fassen, dass ich nicht umfiel. Schien mir nicht klug, ihm eine zweite Chance zu geben, also habe ich ihn erschossen. Der Arzt sagte, jemand müsse über mich gewacht haben – ich hatte nicht mal einen Kratzer. Ich habe die Kugel auf eine Kette ziehen lassen und trage sie immer bei mir, als Glücksbringer. Wer weiß, wie oft sie mich seitdem gerettet hat? Sie haben auch einen Talisman, habe ich gehört. Etwas, das Sie aus dem Tempel der Meeresgöttin haben?«

Eierkopf zog seine Brieftasche hervor und entnahm ihr ein rotes Stück Papier, zu einem Achteck gefaltet.

»Meine Frau hat ihn bekommen. Man könnte sagen, meine Frau ist mein Talisman.«

Chao lachte schallend, dann wandte er sich auf Chinesisch an den Koch, der eigentlich nur Japanisch sprach.

»Wie immer.«

Chao kam weiter in das Lokal herein, und hinter ihm trat ein großer dünner Mann ein. Fang Te-min von der Four Seas Group höchstpersönlich, mit dunklem Anzug und Brille mit Metallgestell, das Haar sorgfältig gekämmt. Eierkopf wollte aufstehen, aber Fang kam ihm zuvor und setzte sich neben ihn.

»Herr stellvertretender Polizeipräsident, ich hatte gehofft, etwas mit Ihnen besprechen zu können.«

»Nur zu.«

»Ich hoffe, es wird eine gründliche Untersuchung des Attentats auf den Präsidenten geben. Wenn so etwas passiert, am helllichten Tag ... Die Täter müssen die volle Wucht des Gesetzes zu spüren bekommen. Und ich habe eine persönliche Bitte. Wenn Sie den Schuldigen finden, lassen Sie es mich vor der Öffentlichkeit wissen. Eine Stunde früher, zehn Minuten früher, was immer Ihnen möglich ist.«

Eierkopf war seit dreißig Jahren Polizist und bis in die

schwindelerregenden Höhen eines stellvertretenden Polizeipräsidenten des Taipei City Police Bureau aufgestiegen. Unterwegs hatte er das eine oder andere darüber gelernt, wie man keine Miene verzog und einen ausdruckslosen Ton bewahrte.

»Bitte seien Sie versichert, Herr Fang, wir werden alles tun, was in unserer Macht steht, um den Vorfall schnell aufzuklären.«

»Ich bin froh, dass wir uns einig sind.«

»Und dürfte ich fragen, warum speziell dieser Gefallen?«

»Meine Unterstützung für Hsu ist kein Geheimnis, aber ich darf nicht zulassen, dass sie dem Unternehmen schadet. Sollte sich erweisen, dass der Schütze ... uns nähersteht, als uns vielleicht lieb ist ... werde ich Schritte unternehmen müssen, um unsere Interessen zu wahren.«

»Selbstverständlich. Und vielleicht gibt es auch etwas, wobei Sie mir helfen können. Eine befreundete junge Dame, früher beim Verteidigungsministerium, ist letztes Jahr verschwunden, als sie sich von einer Schussverletzung erholte. Zufälligerweise ist Ihre Firma einer der Hauptspender der Rehaklinik, in der sie war ... Ihre Freunde würden sie gern wiedersehen.«

Fang überlegte nicht lang. »Selbstverständlich.«

»Ich melde mich bei Ihrem Herrn Chao, sollte es Neuigkeiten geben.«

»Und lassen Sie ihn bitte wissen, wenn es etwas gibt, das wir für Sie tun können.«

Eierkopf schob fünf Hundertdollarscheine unter die Bierflasche und wünschte Fang einen guten Tag.

Keine Gratisgetränke, keine Geschenke, das war seine Regel. Nicht unbedingt aus Integrität. Er war schlicht zu stolz dafür.

Zwei Projektile, jedes anders, und zwei Patronenhülsen, die nicht zu den Projektilen passten. Und ein verwundeter Präsident. Dies war kein Attentat. Es war nicht einmal eine echte Kriminalermittlung. Es war eine politische Krise, und es bestanden die besten Aussichten, dass sie seine Karriere ruinieren würde.

Eierkopf sah auf die Uhr und bat seinen Fahrer, schneller zu fahren. Immer noch jede Menge zu tun.

Dieser Fall machte ihn nervös. Er war kein politischer Mensch, aber er verstand, wie Politik funktionierte. Er hatte ein Zeitfenster, in dem er die Chance hatte, alle Anhaltspunkte miteinander zu verbinden. Wenn er zu lange brauchte, wenn er den Fall erst nach der Wahl aufklärte, würde man ihm vorwerfen, er habe die Ermittlungen verzögert, um Hsu zu begünstigen; falls er den Fall vor der Wahl aufklärte, würde der Präsident wütend sein, wenn die Sympathiestimmen sich in Wohlgefallen auflösten, ebenso der Premierminister und jeder andere Regierungsangehörige, und man würde ihm vorwerfen, Gu Yan-po zu unterstützen.

Und da die beiden Kandidaten in den Meinungsumfragen beinahe gleichauf lagen, konnte die Wahl so oder so ausgehen. Falls Hsu eine zweite Amtszeit gewann und der Vorfall unaufgeklärt blieb, würde Gus Seite ihm die Schuld geben, während Hsu die Karriere eines einfachen stellvertretenden Polizeipräsidenten ohne Bedauern opfern würde, um die Öffentlichkeit zu besänftigen. Falls andererseits Gu gewann und der Vorfall nicht aufgeklärt wurde, würde man ihm sein Versagen trotzdem vorwerfen, und auch dann würde er geopfert, um Hsus Anhänger zu beschwichtigen.

Sieben Tage bis zur Wahl. Sieben Tage, um seinen Posten zu retten. Wenn einer von beiden in den Meinungsumfragen deutlich geführt hätte, wäre er vielleicht in der Lage gewesen, sich zu entscheiden, welche Seite er favorisieren sollte. Aber so ... musste er den Beweis in der Hand und die Schuldigen hinter Schloss und Riegel haben, bevor er entschied, wie er seine Karten ausspielen sollte.

Mit Beweis und Schuldigen konnte er verhandeln. Selbst wenn er noch nicht wusste, mit wem.

Er schrie in sein Telefon: »Es ist mir egal, ob Sie ihn nicht zu fassen bekommen. Rufen Sie so lange an, bis er abnimmt.«

Und dann zum Chauffeur: »Fahren Sie zu diesem Lokal, wo sie den geschmorten Schweinebauch machen.«

4

Wu war ein hochrangiger Kriminalpolizist gewesen, bis er vor einem Jahr in den Ruhestand gegangen war, an seinem sechzigsten Geburtstag. Und keinen Tag später. Er hatte zwei Wochen im Schlafanzug zu Hause verbracht, um sich von den Verletzungen aus der Schießerei auf dem Treasure Hill zu erholen, und in dieser Zeit hatte seine körperliche Betätigung im Wesentlichen aus dem Kauen von Essen und dem Umblättern der Tageszeitung bestanden. Seine Frau hatte allerdings klargestellt, wenn das so weitergehe, werde es mit ihrer Ehe nicht mehr lange weitergehen, und so hatte er sich von einem ehemaligen Kollegen einen Job bei einer Versicherungsgesellschaft besorgen lassen. Nach einer dreimonatigen Einarbeitungszeit war er nun Schadensinspektor. Sein Sohn hatte ihn gefragt, was genau ein Schadensinspektor machte.

»Na ja, ich muss Möglichkeiten prüfen – legale Möglichkeiten –, wie die Versicherung vermeiden kann zu zahlen.«

Sein Sohn starrte ihn einige Sekunden an, dann sagte er behutsam: »Papa, kann es sein, dass diese Tätigkeit ein bisschen unmoralisch ist?«

Aber Arbeit ist Arbeit. Moral spielte dabei keine Rolle.

Und im Moment sprach er mit einer trauernden Familie und suchte nach der besten Möglichkeit, den Leuten zu erklären, warum die Versicherung ihre Ansprüche zurückwies.

Er war mit einer Schachtel von Taipehs feinstem Mungbohnengebäck bewaffnet gekommen, für deren Beschaffung er eine vierzigminütige Metrofahrt zu einer ganz bestimmten Bäckerei in der Chang'an East Road, eine halbe Stunde Schlangestehen und einen zweiminütigen Kampf an der Ladentheke auf sich genommen hatte. Jahrelange Erfahrung hatte ihn gelehrt, dass man in diesem Leben das bekommt, was man gibt. Und im Austausch für das Geschenk einer Schachtel von Taipehs edelstem Mungbohnengebäck hatte er einen dampfenden Becher Kaffee bekommen.

Er begann zu erklären, warum die Versicherungsgesellschaft die Versicherungssumme beim Tod des Versicherten nur unter bestimmten Umständen auszahlen konnte.

Mit den Umständen dieses Falls verhielt es sich wie folgt: Zwei Monate zuvor war eine Frau auf ihrem Abendspaziergang an einem fünfzehnstöckigen Gebäude vorbeigegangen und hatte zu ihrem Entsetzen eine Leiche entdeckt, die mit völlig verrenkten Gliedern auf dem Rasen neben dem Gehweg lag. Frau und Tochter des Verstorbenen waren gleichzeitig mit der Polizei am Unfallort eingetroffen. Eine Familie hatte Ehemann und Vater verloren.

Der Rechtsmediziner war zu dem Schluss gekommen, dass die Todesursache ein Schlag auf den Hinterkopf gewesen war. Die Art von Verletzung, die man sich zuzog, wenn einem jemand von hinten eins mit dem Baseballschläger überzog oder man von einem hohen Gebäude sprang und mit dem Hinterkopf auf dem Boden aufschlug.

Da die Leiche mit dem Gesicht nach oben dagelegen hatte und sich Schmutz und Gras in der Wunde befunden hatten, grenzte das die Möglichkeiten auf einen Unfall oder Selbstmord ein. Bei einem Besuch in der Wohnung des Verstorbenen stellte man fest, dass der Balkon über ein brusthohes Geländer verfügte; die Wohnungstür war von innen abgeschlossen gewesen; man fand keine unerklärlichen Fingerabdrücke und im Blut des Verstorbenen keinen Alkohol. Die Wahrscheinlichkeit eines Missgeschicks oder eines Verbrechens sank gen null. Und nun, zwei Monate später, hatte man auf Suizid als Todesursache entschieden.

Die Familie war nicht dieser Meinung. Der Verstorbene hatte

ein Restaurant geleitet, in seiner Arbeit Erfüllung gefunden und keine Feinde gehabt. Bei der letzten ärztlichen Untersuchung waren keine medizinischen Probleme festgestellt worden. Er hatte schlicht keinen Grund gehabt zu springen. Als die Polizei darauf hinwies, dass dem Verstorbenen vor Kurzem gekündigt worden war und dies zu Selbstmordgedanken geführt haben mochte, erklärte die Familie, er habe sich keine Sorgen gemacht. Im Gegenteil, er sei in Hochstimmung gewesen: Er habe vor Kurzem einen Investor gefunden und geplant, sein eigenes Restaurant zu eröffnen.

Das Verdikt wurde nicht geändert.

Wus Aufgabe bestand nun darin, Artikel 109 des Versicherungsgesetzes zu erklären: Zwar deckte die Police einen Suizid ab, aber das Unternehmen konnte nur dann zahlen, wenn der Versicherungsschutz seit mindestens zwei Jahren bestand.

»Er hat jahrelang die Prämien bezahlt. Ihr Blutsauger habt doch bis zu dreimal täglich angerufen, wenn er es vergessen hatte, das hat nicht mal die Bank wegen der Hypothek gemacht. Und jetzt weigert ihr euch einfach zu zahlen?« Die Tochter des Verstorbenen blickte grimmig und vorwurfsvoll.

Wu öffnete den Mund, um weitere Erklärungen abzugeben, aber dann überlegte er es sich anders. Der Verstorbene war mit den Prämien sieben Monate im Rückstand gewesen, daher bestand kein Versicherungsschutz mehr. Doch das wusste die Familie offensichtlich nicht. Sollte er es den beiden sagen?

»Er war unser Ernährer. Wir müssen noch eine Dreiviertelmillion an Hypothek abzahlen, was sollen wir denn jetzt machen?« Die Witwe diesmal, jammernd.

Wu war gezwungen zu erklären, dass ihr Ehemann seine Lebensversicherung tatsächlich hatte erlöschen lassen. Im Nu wurde ihm die Tür gewiesen, den Kaffee durfte er nicht austrinken. Niemand mochte Schadensinspektoren, das musste er zugeben. Als er auf den Aufzug, seinen Fluchtweg, wartete, wurden diverse Wohnungstüren einen Spaltbreit geöffnet, und neugierige Nachbarn spähten heraus, um zu sehen, worum es bei dem Geschrei gegangen war. Wu musste daran denken, dass man bei der Polizei schlechte Nachrichten immer von speziell ausgebildeten Beamten überbringen ließ. Vorzugsweise von Beamtinnen, denn Frauen schienen ein Gefühl von Sicherheit zu vermitteln, Männer nicht. Wie sein Sohn häufig sagte:

»Mama ist nicht zu Hause, was sollen wir zu Abend essen?« Und dann: »Nein, Papa, bitte, du kannst doch nicht kochen. Zieh die Schürze aus, ich besorge dir unten eine Schale Nudeln.«

Als er gerade das Gebäude verließ, purzelte eine Schachtel von Taipehs edelstem Mungbohnengebäck vom Himmel. Sie verfehlte ihn zum Glück, landete jedoch genau an derselben Stelle wie der Verstorbene. Wu war versucht, sie aufzuheben – der kleine Aufprall ruinierte ja den Geschmack nicht. Er hatte solche Mühen dafür auf sich genommen und das Gebäck von seinem eigenen Geld bezahlt.

Doch da klingelte sein Telefon. Er nahm das Gespräch an, und eine übellaunige Stimme redete sofort drauflos. Wu antwortete im gleichen Ton: »Wer ist da?«

Eierkopf. Stalkte der Mann ihn etwa?

Nachdem er sich mit Eierkopf auseinandergesetzt hatte, läutete das Telefon gleich wieder. Eine Frauenstimme diesmal.

»Wu, ich hoffe, Sie vergessen Ihre alten Freunde nicht, jetzt, wo Sie im Ruhestand sind. Mein Vater möchte Sie sehen. Kommen Sie auf einen Kaffee vorbei?«

Dieser Vormittag schuldet mir einen Kaffee, dachte er.

Siebenundzwanzig Minuten später stand Wu vor Julies Café. Am Ende der Gasse war das Gebäude des Criminal Investigation Bureau zu sehen. Julie, nicht jung, aber irgendwie nicht weiter alternd, trug ihre üblichen schwarzen Strümpfe und

High Heels. Sie stöckelte herüber und bohrte ihm den rot lackierten Zeigefinger in die ein wenig schlaffe Brust.

»Ich höre, Sie verkaufen Versicherungen. Sie hätten mich besuchen sollen. Ich bin vielleicht nicht reich, aber ich tue, was ich kann, um einem Freund zu helfen. Jedenfalls, meine Kraftfahrzeugversicherung läuft demnächst ab. Es ist nur eine Haftpflicht, aber ...«

Julie hatte sich mit siebenunddreißig scheiden lassen – oder vielmehr, sie hatte ihren Gatten vor die Tür gesetzt und sich geweigert, auch nur Unterhaltszahlungen zu fordern – und daraufhin ihr kleines Café eröffnet. Mit Wu hatte sie sich angefreundet, als er begann hierherzukommen, um dem Lärm und den Ablenkungen im Büro zu entfliehen. Ursprünglich hatte er sich gefragt, ob da eine außereheliche Affäre drin wäre, doch seine Frühlingsgefühle waren rasch abgekühlt – förmlich eingefroren –, als er Julies Vater kennengelernt hatte, einen Triadenboss im Ruhestand. Jedenfalls behauptete er, im Ruhestand zu sein. Wu konnte sich nicht vorstellen, dass man in dieser Branche jemals in den Ruhestand ging.

Jetzt richtete Julie ihm den Kragen.

»Wie kommen Sie und Ihre Frau miteinander aus, jetzt, wo Sie im Ruhestand sind? Passen Sie auf, dass Sie ihr nicht auf die Nerven gehen. Sie sollten öfter herkommen, ein bisschen aus dem Haus gehen, sie ein bisschen in Ruhe lassen ... Gucken Sie nicht so erschrocken, ich falle nicht über Sie her. Dafür sind wir zu alt. Na ja, Sie jedenfalls. Ach, und ich glaube, meine Feuerversicherung muss vielleicht auch erneuert werden.«

Wu nickte dankbar, hielt sich aber nicht damit auf, ihr den Unterschied zwischen einem Versicherungsvertreter und einem Schadensinspektor zu erklären.

Julies Vater saß wie immer auf einem Rattanstuhl unter einem Sonnenschirm neben dem Eingang des Cafés. Wu nahm gerade ihm gegenüber Platz, da sprang etwas vom Bauch des alten Mannes. Der Kater, ein Geschöpf von unbestimmter Abstammung, landete auf den Füßen, machte fix ein bisschen Yoga und stolzierte davon, ohne Wu eines Blickes zu würdigen.

Der Kater war mindestens zwölf Jahre alt, wie Wu wusste, aber immer noch gut in Form. Musste wohl der ganze gebratene Wolfsbarsch sein, mit dem Julie ihn fütterte.

»Kommissar Wu, nehmen Sie Platz. Bedienen Sie sich.«

Ohne Kater, auf den er Rücksicht nehmen musste, konnte Julies Vater sich aufrecht hinsetzen. Er deutete auf die Teekanne auf dem Tisch.

»Sie helfen also Gu Yan-po, wie ich höre?«, fragte Wu.

»Na ja, wenn man so lange wie ich in meiner Branche arbeitet, hat man am Ende viele Gefallen. Gefallen, die man schuldet, Gefallen, die einem geschuldet werden. Gefallen allenthalben. Sie haben gehört, dass auf Hsu Huo-sheng geschossen wurde? Im Netz macht so ein Quatsch die Runde, dass Gu dahinterstecken soll. Verdammt noch mal, was sollte das bringen, er lag doch ein Dutzend Prozentpunkte vorn? Aber der gesunde Menschenverstand hat noch nie ein Gerücht aufgehalten. Wir müssen Beweise dafür finden, dass die Vorwürfe aus Hsus Lager nicht stimmen. Und das muss vor der Wahl passieren. Gu und seine Leute haben darüber gesprochen. Sie haben den Ruf, die Glaubwürdigkeit, die wir brauchen. Also haben sie mich angerufen und namentlich um Sie gebeten.«

»Ich bin vor einem Jahr in den Ruhestand gegangen.«

»Ändert nichts. Sie haben Sie unter die Lupe genommen, und ihnen gefällt, was sie sehen. Sie sind der Einzige, der das kann. Nennen Sie Ihren Preis, und Sie bekommen noch einmal so viel obendrauf, wenn Sie ihnen helfen können.« Julies Vater hob alle zehn Finger. Zehn Millionen? Wu fragte nicht.

»Ich will es nicht. Ich schulde Ihnen immer noch einen Gefallen, ich würde mich wohler damit fühlen, den zu erwidern, als dass er weiter über mir schwebt.«

»Lassen Sie mich wissen, falls Sie irgendetwas brauchen. Ich habe immer noch meine Beziehungen.«

»Ich melde mich«, sagte Wu.

»Ich habe gehört, man hat zwei Kugeln und zwei Patronenhülsen gefunden, stimmt das? Könnte gefährlich werden, Herr Kommissar.«

»Knifflige Sache, das stimmt.«

»Sie sind mit dem stellvertretenden Polizeipräsidenten Lu befreundet? Wie ist er so? Ist er auf Gus Seite oder auf Hsus?«

»Na ja, Lu sagt immer, er hätte keine Zeit, um Politiker zu unterstützen, weil er zu sehr damit beschäftigt sei, seine Frau zu unterstützen. Und wie Sie wissen, nehmen wir Staatsbediensteten unsere Befehle immer von demjenigen entgegen, der an der Macht ist.«

»Ich hatte mich gefragt, ob Hsu den üblichen Trick anwenden und sich durch Spendierfreudigkeit wieder in Führung katapultieren würde. Aber das hier, sich anschießen zu lassen, um Sympathiestimmen zu bekommen ... Das ist ziemlich schlau.«

Julie kam aus dem Café, reichte ihrem Vater ein Tablet und deutete aufs Display. Ihr Vater sah hin, dann nickte er Wu zu, der sein Telefon hervorholte und eine Nachrichtensite aufrief. Eine weitere Pressekonferenz aus dem Xing'an Hospital. Unvermittelt stiegen fünf Elstern über ihnen zum Himmel auf und verstreuten sich verwirrt in fünf verschiedene Richtungen.

Der stellvertretende Chefarzt des Krankenhauses zeigte Bilder von Hsus Wunde. Eine Fleischwunde, 11,7 Zentimeter lang, dicht über dem Bauchnabel. Selbst auf dem winzigen Telefondisplay konnte Wu sehen, dass es nicht bloß ein Kratzer war. Dem Krankenhaus zufolge war sie an der tiefsten Stelle zwei Zentimeter tief und hatte sieben Stiche erfordert. Glücklicherweise waren keine inneren Organe verletzt. Die Wunde würde in sieben bis zehn Tagen verheilt sein, vorausgesetzt, sie wurde trocken gehalten und der Verband regelmäßig gewechselt. Wu hatte sich letzten Monat versehentlich verbrüht. Der Heilungsprozess klang sehr ähnlich.

Auf die Fragen hin, die ihm zugerufen wurden, erklärte der stellvertretende Chefarzt, normalerweise untersuchten sie Wunden nicht nach Rückständen von Schießpulver, und den Präsidenten in den Operationssaal zu bringen, um seine Wunde zu reinigen, zu untersuchen und zu nähen, habe Vorrang gehabt. Die dabei verwendeten Tupfer seien jedoch zur Analyse bei der Polizei.

Warum der Präsident mit einer so leichten Verletzung davongekommen war, konnte man im Krankenhaus nicht sagen und verwies auch in diesem Punkt an die Polizei.

»Ein höllisch genauer Schuss«, sagte Julies Vater und legte das Tablet auf den Tisch. »Selbst der beste Scharfschütze der Armee könnte nicht sicher sein, dass ihm eine so perfekte Fleischwunde gelingen würde. Wenn ich der Präsident wäre, würde ich befehlen, den Täter zu finden und ihn in die Olympiamannschaft zu stecken.«

Wu hatte nichts für unbegründete Spekulationen übrig. Ihm schien es ein annehmbares Ergebnis für einen Attentäter, den sowohl von kugelsicherem Glas als auch Personenschützern abgeschirmten Präsidenten mit einem von zwei Schüssen zu treffen. Und auch wenn die Chance, mit einem Schuss nur eine so gelegen kommende Fleischwunde zu verursachen, vielleicht bei eins zu tausend lag – nun, eine Chance war eine Chance.

Die Unterhaltung wandte sich von der Treffsicherheit des Schützen anderem zu.

»Wir hoffen, Sie finden den Schuldigen. Und wenn es am Vorabend der Wahl ist, das spielt keine Rolle. Solange uns noch Zeit bleibt, die Fakten in die Medien zu bekommen. Sobald die Wahl begonnen hat, ist es gelaufen. Dann spricht das Ergebnis für sich, und ein bloß versuchtes Attentat, ob nun echt oder nicht, wird vergessen sein.«

Wu aß weder Julies Steak, noch trank er vom Pu-Erh-Tee ihres Vaters oder auch nur einen Schluck Wasser. Er nahm die Zhongxiao East Road und lief Richtung Sun-Yat-sen-Gedächtnishalle. *Muss mindestens meine zehntausend Schritte schaffen.*

Sein Telefon klingelte. Es war sein Sohn:

»Papa, Alex ruft dich gleich an. Geh auf jeden Fall ran.«

Und wie versprochen rief Alex an, sobald sein Sohn aufgelegt hatte.

»Kommissar Wu, ich habe die Nachrichten gesehen. Die Gewehrpatronenhülsen aus dem Hotel sind garantiert wichtiger als die Kugeln im Jeep. Da ist noch mehr, aber darüber reden wir später.«

5

Es war fünfzehn Uhr, und Alex briet Tintenfischmäuler, die zweiundzwanzigste Bestellung seit seinem Arbeitsbeginn um elf Uhr. Er hatte einen Umweg von der Huayin Street zur Metrostation Beimen genommen, um dem Schützen im Happy Hotel auszuweichen und etwaigen Verfolgern zu entwischen. Doch er war pünktlich zur Arbeit erschienen. Beim Braten benutzte er nie einen Pfannenwender, sondern hob die Pfanne lieber vom Herd und warf die Speisen in die Luft, um sie zu wenden. Zuerst mit der linken Hand, dann mit der rechten, um seine Muskeln gleichmäßig zu beanspruchen.

Die Küche war ein illegal errichteter Wellblechschuppen in einer finsteren Seitengasse, aber recht geräumig und luftig. Alex schüttelte die Pfanne mit einer Hand und warf mit der anderen eine Handvoll Erdnüsse hinein. Das Öl zischte, und ein Rauchwölkchen stieg auf wie ein Geist aus der Flasche.

Er arbeitete seit drei Monaten hier. Länger als an jeder anderen Arbeitsstelle in letzter Zeit. Die kleineren Lokale kürzten immer seinen Lohn, wenn das Geschäft schlecht lief. Die größeren waren nicht viel besser und hatten Buchhalter, die wegen Ausweispapieren und Krankenversicherungskarte hinter ihm her waren. Aber der Chef dieser Braterei, ein älterer Mann namens Yao, schikanierte ihn nicht, zahlte pünktlich und hatte keinerlei Interesse an Alex' Identität oder Referenzen.

Und die Speisekarte war kurz, das Kochen war also leicht. Die drei Monate waren in einem Nebel aus Chilidämpfen vergangen. Diese Braterei war nicht Yaos Haupteinnahmequelle – das waren Drogen und Waffen. Ein zwielichtiges kleines Lokal wie dieses zog alle möglichen Typen an, was Yao sein Gewerbe erleichterte. Beim Einstellungsgespräch hatte Yao Alex aufgefordert, gebratenen Reis zuzubereiten.

»Wenn du einen guten gebratenen Reis hinbekommst, kannst du alles braten. Das ist meine Erfahrung.«

Auch für gebratenen Reis benutzte Alex nie einen Pfannenwender. Er zerteilte den Reis mit langen Essstäbchen und demonstrierte dabei Körperbeherrschung und Geschwindigkeit. Yao stand neben ihm und nickte. Als er das Gericht probierte, schüttelte er staunend den Kopf.

»Der ist gut. Die Reiskörner kleben nicht zusammen, toller Eiergeschmack, und soweit ich es beurteilen kann, hast du mich nicht vergiftet.«

Yao hatte über seinen eigenen Witz gelacht und dann den Küchenchef von Alex' Werk kosten lassen. Der Mann verzog keine Miene, nur seine Augen weiteten sich kaum merklich, dann gab er ein knappes Urteil ab: »Erstklassig.«

Der Küchenchef, von Yao seiner Bifokalbrille wegen Specs genannt, war ein stiller, sorgfältiger Arbeiter. Die Tätowierung auf seinem Rücken hätte eine Schlange oder auch ein Drache sein können. Es hieß, sie sei mit Kugelschreibertinte gemacht worden, als er in den Achtzigern nach einer groß angelegten Razzia gegen das organisierte Verbrechen im Yanwan-Gefängnis gelandet war. Der Aufbau war solide, die Ausführung nicht sonderlich detailliert. Niemand fragte ihn je, was sie wirklich darstellte. Kurz nach seiner Entlassung aus Yanwan hatte es eine neue Anklage gegeben, wegen Körperverletzung. Ein von Gefängnisaufenthalten durchsetztes Jahrzehnt später war die Welt, die er kannte, verschwunden, seine Frau und sein Kind mit ihr. Einsam und verloren hielt er sich jetzt an seinen Wok und mied nach Möglichkeit jeden Ärger.

Alex machte es im Gegensatz zu Yao wie der Rest des Personals und nannte Specs Meister. Und er war auch ein Meister, stellte Alex fest, als er von ihm lernte, Tintenfischmäuler zu frittieren und zu braten und das Fett richtig einzusetzen. Die chinesische Küche hat einiges zum Einsatz von Fett zu sagen.

»Schweineschmalz ist am besten, benutz nichts anderes.«

Yao betrat die Küche nur, wenn er ein Geschäft abzuschließen hatte. In einer Ecke stand ein kleiner quadratischer Tisch, an den er sich dann setzte, die dicken Beine gespreizt, um kühlere Luft an seine Schenkel zu lassen. Diesmal trank Yao ein Bier, während er mit einem mittelalten Mann in einem schwarzen Anzug sprach. Alex bemerkte am Rücken des Mannes eine Ausbeulung in Höhe der Taille.

»Bruder, lass mich wissen, was ich tun kann, und es wird erledigt, ohne Fragen zu stellen. Wenn sie während der Wahl Druck machen, sag einfach, was du brauchst. Drogen, Waffen, sag einfach, was du brauchst, und ich besorge es. Die üblichen Regeln, ich sage dir wo, und du organisierst die Razzia. Falls du Festnahmen brauchst, kann ich dir ein paar Jungs besorgen, die du in Handschellen abführen kannst. Allerdings nur Jugendliche. Saubere Weste, minderjährig, damit sie nicht mehr als zwei Jahre auf Bewährung bekommen, wenn sie geschnappt werden. Sonst würde es zu teuer, die Familien zu entschädigen. Ich bin nur ein kleiner Fisch, ich kann es mir nicht leisten, die Leute gegen mich aufzubringen.«

Alex sah, dass der andere Mann antwortete, aber seine Worte gingen in den Küchengeräuschen unter.

»Hey, du machst wohl Witze. Ich habe erst in den Mittagsnachrichten gehört, dass er angeschossen wurde. Was erwartest du von mir? Dass ich die Waffe aus dem Hut zaubere? Ich würde ja helfen, wenn ich könnte, aber ich habe nichts für dich. Und was haben die gesagt? Die Kugeln und Patronenhülsen, die sie gefunden haben, passen nicht zusammen? Ich kenne gar niemanden, der darin verwickelt sein könnte. Insofern, sorry, aber wenn du Ruhm willst, musst du dir jemand anderen suchen, der dir hilft. Und hör zu, ich habe nichts damit zu tun, wenn du dich also raushalten ...«

Der andere Mann lachte, dann sprach er wieder so leise, dass Alex nicht hörte, was er sagte.

»Das könnte ich tun. Eine aus Blei, eine aus Kupfer, ja? Das wird der Büchsenmacher gewesen sein, wie er genannt wird. War mal Mechaniker bei der Armee. Seit er da weg ist, baut er Waffen und Munition. Also die Bleidinger, die sind billiger, aber es dauert genauso lange, sie zu gießen, wie die aus Kupfer. Und den Käufern ist es egal, welche sie bekommen, insofern ...«

Yao hielt inne und sah den Mann ihm gegenüber an.

»Du würdest mich doch nicht reinlegen, oder?«

Der andere lächelte, dann legte er Telefon, Brieftasche und Waffe auf den Tisch und öffnete seine Jacke, um zu zeigen, dass er nicht verkabelt war.

»Da war noch ein Waffenbauer, ist schon länger her, hast du mal von dem gehört? Der war ein Original, die Waffen, die der gebaut hat, hatten sogar einen Zug. Und wenn er sich gelangweilt hat, ist er hier aufgetaucht und hat das Geschirr abgewaschen. Aber er hat auch Munition hergestellt, wenn er in Stimmung war. Früher hat er die Munition manchmal gratis abgegeben. Kupfer, Blei, sämtliche Kaliber. Aber hör zu – und das habe ich nur gehört, ja? Die Waffen hat er wegen des Geldes gebaut, die Kugeln waren nur ein Nebenprodukt. Dafür hat er einfach benutzt, was gerade zur Hand war, konnte Blei sein, konnte Kupfer sein. Du trinkst nicht? Du musst trinken, ich trinke.«

Yao winkte Alex zu, der jetzt seinen Wok reinigte.

»Noch zwei Bier!«

Yaos Braterei hatte eine kleine Online-Gefolgschaft und machte den größten Teil ihres Geschäfts abends und bis in die Nacht hinein. Aber sie hatte auch mittags geöffnet, denn wie Yao sagte, der Vermieter gab ihm keinen Nachlass, bloß weil der Laden nicht geöffnet war. Alex erschien zuverlässig zur Arbeit und briet Tintenfischmäuler im Wok für einen festen Stundenlohn – mit zweihundert hatte er angefangen, nach einem Monat hatte Yao den Lohn auf dreihundert erhöht, weil Specs darauf bestanden hatte.

Yao hatte sechs ähnliche Läden. Aber jeder kannte seine wahre Vergangenheit: stellvertretender Boss des Chapters Brüllender Tiger der Triade Gewaltige Einheit. Er hatte sogar einen Spitznamen, der einem Roman entsprungen sein könnte: der Vollstrecker. Einmal hatte er Alex gegenüber beklagt, ein Triadenboss zu sein sei auch nicht mehr das, was es einmal war. Vorbei die Zeiten, als man einem Regierungsbeamten durch Drohungen einen lukrativen Vertrag aus den Rippen leiern konnte – heute gab es Bieterverfahren und Hintergrundüberprüfungen bis in die sechste Vorfahrengeneration. Und man konnte kaum noch die Rückzahlung von Spielschulden einfordern, ohne dass sich gleich jemand bei der Polizei ausheulte. Also war er trotz der glorreichen Vergangenheit hier und betrieb billige Speiselokale, um seine Familie zu ernähren. Eine Schande.

Alex brachte ihnen ihr Bier an den Tisch und öffnete mit zwei Fingern die Drehverschlüsse. Der mittelalte Mann sah ihn an, zeigte jedoch keinerlei Anzeichen von Wiedererkennen.

»Ich frage mal rum, aber das war's dann auch, Bruder. Du warst zwanzig Jahre lang bei der Spionageabwehr, und genauso lange kennen wir uns. Du kennst jedes Schamhaar an meinen Eiern. Du weißt also, wie ich arbeite. Bei mir gibt's keine miese Qualität Marke Eigenbau, ich habe Glocks und Uzis.« Yao spuckte auf den Boden. »Ich begreife nicht, warum sich jemand mit Revolvern abgibt. Zuverlässig und leicht, klar, aber wie viele Kugeln bekommst du da rein? Und wie die Trommel sich dreht! Was soll das sein, eine Waschmaschine? Außerdem, wie genau kann man mit einem so kurzen Lauf schießen? Könnte nach links gehen, könnte nach rechts gehen. Könnte wer weiß wo landen. Total unbrauchbar.«

Der mittelalte Mann lachte mit Yao zusammen.

»Hör zu, Bruder«, sagte Yao. »Wenn auf den Präsidenten geschossen wird, gibt es da nicht polizeiliche Ermittlungen? Was mischt sich das Justizministerium da ein? Wen ziehen sie sonst noch hinzu? Das National Security Bureau? Andere Geheimdienste? Den militärischen Geheimdienst? Die Militärpolizei? Das Verteidigungsministerium? Na ja, lass uns austrinken. Ich melde mich dann. In zwei Tagen max. Wenn es etwas so Großes ist, müssen wir alle helfen, ich kapier's. Und ich will nichts dafür haben. Gib mir vielleicht mal einen aus. Aber was du auch machst, Bruder, behalt das für dich. In meiner Branche hat man keine große Zukunft, wenn die Leute rausfinden, dass man geplaudert hat.«

Yao drehte sich um und winkte Alex.

»Portion Tintenfischmäuler für meinen Freund hier, mit reichlich scharfen Erdnüssen. Er kann's vertragen.«

Ursprünglich war das Tintenfischmaul immer weggeworfen worden. Jeden anderen Teil des Tiers konnte man essen, aber das Maul? Ungenießbar. Dann war irgendein unbekannter Held jedoch zu dem Schluss gekommen, dass das Verschwendung war, und hatte ein Tintenfischmaul genommen, es mit Mehl paniert und knusprig gebraten. Das Gericht war auf Anhieb ein Erfolg gewesen, und jetzt wäre eine taiwanische Braterei ohne Tintenfischmäuler wie … ein Restaurant in Zhejiang ohne geschmorten Schweinebauch Dongpo Rou. Wie Peking ohne die Ente. Wie Sichuan-Küche ohne Sichuan-Pfeffer. Die Gäste kämen nicht wieder.

Man erhitze Öl in einem Wok, gebe Chilis und Knoblauchpulver hinzu. Wenn es duftet, werfe man die (bereits frittierten)

Tintenfischmäuler, Knoblauch-Erdnüsse und noch mehr Chilis dazu. Kurz rühren und sofort essen. Knusprig, salzig, würzig. Ideal zu Bier.

Gleich Alex' erster Versuch hatte Anklang bei Specs gefunden. Mit seiner von dreißig Jahren Nikotin und heißem Öl imprägnierten Stimme hatte er angemerkt: »Früher wollte die keiner. Jetzt essen sie so viel davon, wie wir nur braten können.«

Alex wusste, wie es war, wenn einen keiner wollte. Er war in einem Waisenhaus aufgewachsen, Eltern unbekannt, dann von einem alten Mann adoptiert worden, mit dem er nicht verwandt war. In der Schule hatte ein Lehrer ihn gefragt, warum sie unterschiedliche Nachnamen hätten. Alex hatte ihn verständnislos angesehen und nicht gewusst, was er antworten sollte. Er war ein ungewolltes Tintenfischmaul. Aber, das wusste er, es bestand Hoffnung für ihn. Solange er lecker war, würde sich irgendeine Verwendung für ihn finden.

In der chinesischen Mythologie gibt es ein Drachentor, das am oberen Ende eines Wasserfalls liegt. Jeder Fisch, der den Sprung vom Fuß des Wasserfalls aufwärts durch das Tor schafft, wird zum Drachen. Und jedes mit Chili und Knoblauch gebratene Tintenfischmaul wird zu einer Köstlichkeit.

Yao wog hundertzwanzig Kilo und hatte eine Taille, auf die ein Flusspferd stolz gewesen wäre. Wenn er sich umdrehte, rotierte er eher um die eigene Achse. Jetzt vollzog er eine halbe solche Rotation, um das Foto zu betrachten, das der mittelalte Mann ihm zeigte.

»Nie gesehen. Und du sagst, er war Scharfschütze bei einer Spezialeinheit? Nein, hab ihn hier nie gesehen. Wie heißt er? Alex Li? Okay, überlass alles von Shipai bis Beitou mir. Wir werden gründlicher sein als die Bullen bei ihren Haustürbefragungen. Wenn er gefunden werden kann, finde ich ihn. Hat er auf den Präsidenten geschossen?«

Der mittelalte Mann zeigte Yao etwas auf seinem Telefon.

»Scheiße, das ist ja allerhand. Aber hat er wirklich versucht, den Präsidenten zu töten? Ergibt doch keinen Sinn. Ex-Scharfschütze einer Spezialeinheit, Ex-Fremdenlegionär ... Wie kommt es, dass so einer einen Eigenbau nimmt, um auf den Präsidenten zu schießen? Ist ja nicht so, als wäre hier keine anständige Waffe zu bekommen. Ich muss es wissen.«

Die beiden verstummten und knusperten Tintenfischmäuler mit Erdnüssen.

»Hör zu, Bruder«, fuhr Yao fort. »Ich war beim Militär, das weißt du. Ich kenne immer noch ein paar Leute von damals. Ich kann mich umhören. Aber gib mir etwas, womit ich arbeiten kann. Wie bewegt er sich fort? Auto, Motorrad, Fahrrad? Wo finde ich ihn? Beim Basketball am Strand, über einen Billardtisch gebeugt? Isst er in einer Kantine, betrinkt er sich in einem Veteranenheim? Du musst mir ein paar Infos geben, sonst bleibt mir nichts anderes übrig, als stumpf an jede Tür in Taipeh zu klopfen.« Yao klopfte auf den Tisch und sagte laut: »Ist da irgendwo ein Alex Li? Und wenn nicht, scheiß auf deine Ahnen!«

Der mittelalte Mann lachte und schenkte Yao Bier nach.

»Sag mir, wo er gedient hat. In welchem Regiment, in welchem Bataillon. Ich bringe das in Umlauf, könnte gut in ein, zwei Tagen schon was hören. Was hat dieser ausländische Diplomat gesagt? Taiwan ist ein Fliegenschiss auf der Landkarte. Tja, das bedeutet, er hat nicht viel Platz, um sich zu verstecken. Also finde ich ihn, früher oder später. Ich weiß, wer meine Freunde sind. Ich finde ihn, du wirst befördert. Kommt mir am Ende alles zugute. Und ich bin Patriot, das weißt du. Kriminell und korrupt durch und durch, das ja. Aber ich liebe mein Land, da kann keiner was anderes sagen.«

Sie lachten, den Mund so weit aufgerissen wie Jim Carrey, und gewährten jedem innerhalb eines Radius von drei Metern Einblick in ihren Rachen.

Alex reinigte wieder seinen Wok, dann nahm er von Specs eine Zigarette entgegen. Rauchend standen die beiden an der Tür und genossen eine Pause in ihrem Arbeitstag. Alex warf einen Blick in die Küche auf die Silhouette des mittelalten Mannes.

Sie waren hinter ihm her. Er war auf Tauchstation gegangen, hatte kein Auto und kein Haus gekauft, sich nicht um Regierungsaufträge beworben. Er war so gut wie vom Erdboden verschluckt. Aber ein einziges versuchtes Attentat auf ein hohes Tier, und schon suchten alle nach ihm.

Alex wurde mit drei Morden, allesamt im Ausland geschehen, und einem Todesfall in Taiwan in Verbindung gebracht.

In Rom hatte er im vergangenen Jahr einen Militärberater des Präsidenten erschossen, auf einen, wie er geglaubt hatte, rechtmäßigen Befehl hin. Infolge der Ereignisse, die dieses Attentat nach sich gezogen hatte, wurde er nun im Zusammenhang mit vier Todesfällen gesucht: der Militärberater; Fat, ein alter Armeekamerad von Alex; ein weiterer Scharfschütze, der ihn bis an einen tschechischen See verfolgt hatte; und Eisenschädel, der Alex und Fat zu Scharfschützen ausgebildet hatte. Überdies war da Eisenschädels Komplizin, Luo Fen-ying, auch Baby Doll genannt, die angeschossen worden war, aber überlebt hatte. Sagen wir viereinhalb. Aber Wu hatte ihm gesagt, dass die Beweise nicht ausreichten. Der einzige Mensch, der hätte bestätigen können, dass Alex den Militärberater erschossen hatte, war Eisenschädel, und der war tot, erschossen von Wu selbst, in Selbstverteidigung bei einer Schießerei, die der Kommissar nur knapp überlebt hatte.

Und nun wollten sie ihm auch das hier anhängen?

Das ergab keinen Sinn. Gestern eine Textnachricht, angeblich von Wu versandt, um sich mit ihm zum Frühstück in der Huayin Street zu verabreden. Aber als er dort angekommen war, keine Spur von Wu, nur der Präsident, auf den kurz darauf geschossen worden war. Und jetzt tauchte das Justizministerium an seiner Arbeitsstelle auf und stellte Fragen. Alex wusste, wann es Zeit war, sich einen neuen Job zu suchen. Er entdeckte einen Motorroller in der Gasse, die Schlüssel steckten. *Nur für den Fall, dass ich schnell den Abgang machen muss*, dachte er.

Es waren kaum Menschen in der Nähe. Zwei Highschool-Schüler, die herummachten und nichts wahrnahmen als die Körperteile, auf denen ihre Hände lagen, und Specs, der vor sich hin starrte. Alex zog sein Telefon heraus und versandte eine kurze Nachricht.

»Okay, zwei Dinge: Ich finde den, der diese Scheißwaffen und die Munition gemacht hat, und ich finde diesen Alex-Li-Scheißer. Überlass das mir«, grölte Yao. Die beiden Männer hatten in der letzten halben Stunde drei große Flaschen Bier geleert, und Yao wurde allmählich krawallig.

»Ich gehe heute Nachmittag rum und spreche mit den Bossen. Sie wissen, dass so was schlecht für alle ist, auch für uns. Frieden und Harmonie, das brauchen wir. Damit alle Geld verdienen, das wir ihnen abknöpfen können.«

Yao nuschelte inzwischen, den Arm um die Schultern des mittelalten Mannes gelegt, während er ein Glas Bier nach dem anderen kippte.

»Ich sage dir noch was, Bruder. Die Ehe ist harte Arbeit, so ist das. Meine Mutter hasst meine Frau, hat sie von Anfang an getan. Lass dich scheiden, lass dich scheiden, sagt sie ständig. Aber meine Frau, die hat zu mir gehalten. Kein schickes Haus, kein schickes Auto, nichts davon hat sie. Aber sie hat dafür gesorgt, dass die Kinder hübsch wohlgenährt sind. Wie könnte ich mich von ihr scheiden lassen nach allem, womit sie sich abgefunden hat? Hey, meine Schöne, meine Mutter will dich hier raushaben, also raus hier, soll ich das etwa sagen? Was wird dann aus meinem guten Ruf? Ich musste sie in separaten Häusern unterbringen. Die beiden Jungen gehen nach dem Kindergarten zu ihrer Oma, da hole ich sie ab und bringe sie zu ihrer Mutter. Ich bin ein verdammter Chauffeur. Und das ist noch nicht das Schlimmste. Sieh mich an. Weißt du, weshalb ich so fett geworden bin? Ich esse jeden Abend zweimal, deshalb. Einmal bei meiner Mutter, einmal zu Hause. Und ich kann kein Essen auslassen. Meine Mutter fängt sofort an zu heulen und sich bei meinem toten Vater zu entschuldigen, weil sie nicht besser für mich sorgt. Und meine Frau wirft ein Kissen nach mir und sagt, ich könne ja hier schlafen. Dadurch bin ich so fett geworden. Weil ich ein braver Sohn und ein treuer Ehemann bin.«

Das Highschool-Pärchen hatte jetzt alles um sich herum vergessen, und eine Hand verschwand unter einem Rock. Der Winter kommt in Taiwan erst Ende Dezember, und die Temperatur lag noch immer bei über dreißig Grad, kaum kühler als im Hochsommer. Specs trank seine Dose Root Beer aus, zerdrückte sie in der Faust und warf sie Richtung Abfalleimer.

Der mittelalte Mann war fort. Yao drehte sich zur Hintertür um.
»Specs, gib mir eine Kippe.«
Specs warf ihm eine Zigarette zu, die Yao anzündete und in aller Ruhe rauchte, während Specs, ebenfalls in aller Ruhe, die Darbietung des Highschool-Pärchens genoss. Alex stand auf und beobachtete die beiden Männer. Wiederum in aller Ruhe. Er wusste, es würde sich regeln. Er wusste nur noch nicht, wie.
»Okay, Jungs, ihr beide habt das alles gehört. Es gibt nichts, was ich mehr hasse als die Vorstellung, jemanden zu verpfeifen, aber ich kann es mir auch nicht leisten, dass mir die Spionageabwehr im Nacken sitzt. Wir müssen also entscheiden, was wir tun. Specs, du scheinst mit unserem neuen Koch gut auszukommen, also kümmere du dich um ihn. Ich will nicht wissen, was du mit ihm machst. Und …« Yao bohrte Alex ei-

nen schwabbeligen Zeigefinger in die Brust. »Du, Kleiner, siehst dem Foto da nicht mehr sehr ähnlich. Wir Männer können uns nicht darauf verlassen, dass unsere DNA uns auch im Alter gutes Aussehen garantiert, weißt du, und bloß weil man hübsch geboren wurde, heißt das nicht, dass man es auch bleibt. Du musst dich pflegen. Dafür ist die Kosmetikabteilung da. Ich habe ein gutes Auge, aber ich kann mir nicht vorstellen, dass jemand anders dich auf diesem Foto erkannt hätte. Wenn sie allerdings hierherkommen und nach dir suchen, dann müssen sie eine ungefähre Vorstellung davon haben, wo du bist.«

Er hob die Hand und kniff Alex in die Wange.

»Du bist dunkler, magerer. Wo bist du gewesen, im Nahen Osten? Zu schade, dass du keine Zeit hast, uns deine Geschichten zu erzählen. Komm auf ein Bier vorbei, wenn der Trubel rum ist. Specs wird seinen Lehrling vermissen, also lass von dir hören. Und erzähl uns nicht, du wirst uns vermissen, außer du meinst es ernst.«

Yao schnipste seine Zigarettenkippe in die Luft und watschelte davon.

Specs sagte nichts, warf lediglich seine eigene Kippe weit weg und deutete auf ein Fahrrad, das in der Gasse an der Mauer lehnte.

Die Fahrradkette knirschte besorgniserregend, als Alex davonradelte, vorbei an dem Motorroller, den das Highschool-Pärchen bei seiner Pettingsession umgestoßen hatte. Wenigstens manche hatten heute einen guten Tag.

Zwei Ampeln später ließ er das Fahrrad in einer Zweiradreihe, die hauptsächlich aus Motorrollern bestand, stehen und schlenderte, die Hände in den Taschen, in die Metrostation. Sein Telefon klingelte, und er meldete sich leise.

»Habt ihr was erreicht?«

»Mein Vater ist seit einem Jahr im Ruhestand, er weiß nicht, ob ein Haftbefehl gegen dich vorliegt. Er findet es raus, aber das wird ein Weilchen dauern. Er ruft dich an. Ich habe ihm gesagt, er soll ein öffentliches Telefon suchen.«

»Danke.«

Er wartete auf seinen Zug. Als der gerade einfuhr, klingelte sein Telefon erneut. Alex meldete sich, während er einstieg, und blieb dicht an der Tür stehen. Er hörte eine volle Minute zu, dann sagte er:

»Bitte machen Sie sich keine Sorgen, Kommissar Wu. Das Telefon ist sauber, heute Morgen neu gekauft. Es ist Ihr Telefon, um das ich mir Sorgen mache. Derjenige, der mir diese Nachricht geschickt hat, hat es so aussehen lassen, als hätten Sie sie verschickt.«

Der Zug erreichte die nächste Haltestelle, und während Fahrgäste ein- und ausstiegen, fand Alex einen Eckplatz.

»Ja, ich war dort. Aber hören Sie, Kommissar Wu, diese Leute sind gewieft. Wie viele Menschen wissen, dass Sie mich kennen und wie man meine Nummer findet? Und warum wollten sie mich in der Huayin Street haben? Als Zeugen? Als Sündenbock?«

Er stieg aus und am Gleis gegenüber wieder ein und fuhr dorthin zurück, wo er hergekommen war.

»Sie haben also zwei Faustfeuerwaffenkugeln und zwei Gewehrpatronenhülsen? Schicken Sie mir Fotos, vielleicht kann ich helfen. Gratis natürlich. Geld verkompliziert immer alles, und ich bin eine schlichte Seele. Außerdem bin ich Soldat und sollte über der Politik stehen. Es ist sowieso ein langweiliges Spiel.«

Dann, nach einem tiefen Atemzug:

»Wie kommen Sie mit dem Gefallen voran, um den ich Sie gebeten habe? Ich muss Baby Doll finden ... Ja, diese Baby Doll, die Frau, die ich angeschossen habe.«

Der Zug hielt an, und ein junger Mann mit Kopfhörer setzte sich auf den freien Sitz neben Alex.

»Danke, und danken Sie auch dem stellvertretenden Polizeipräsidenten Lu von mir. Und ja, ich verstehe, dass Sie sie vielleicht nicht finden können. Aber ich weiß, Sie werden Ihr Bestes tun.«

Alex steckte das Telefon ein und ließ den Kopf hängen. Noch nach einem Jahr hörte er Baby Doll im Regen schreien.

2. TEIL: ALLEIN DASTEHEN

»Ein Scharfschütze weckt nicht weniger Angst im Herzen eines Feindes als eine zehntausendköpfige Armee. Eine zehntausendköpfige Armee kann man entdecken, man kann ihr ausweichen. ›Sie kommen hier lang, dann gehen wir da lang.‹ Leichte Sache. Einen Scharfschützen kann man nicht sehen. Wir sind wie Moskitos, die mitten in der Nacht an eurem Ohr sirren. Verdammt nervtötend.
Die erste dokumentierte Schlacht zwischen Scharfschützen fand in der Tang-Dynastie statt. Der berühmte General Xue Rengui – ja, der, über den ihr in den Fortsetzungsgeschichten gelesen habt, das ist er. Die Historiker haben viel über General Xue geschrieben, aber man kann es in vier Worten zusammenfassen: ein verdammt guter Schütze.
Im Jahr 662, Tang-Dynastie, während der Herrschaft von Kaiser Gaozong, hatte eine Uiguren-Armee von hunderttausend Mann es gewagt, das Himmelsgebirge zu überqueren, und gegen die Tang-Streitkräfte Aufstellung genommen. Sie hatten Geschichten über Xues Treffsicherheit gehört, daher schickten sie mehrere Dutzend ihrer besten Bogenschützen, um ihn herauszufordern. Denkt mal drüber nach: alle diese Männer gegen einen einzigen Gegner. Kommt einem wohl kaum fair vor, oder? Worin liegt da die Ehre?
Scharfschützen brauchen Mut, Entschlossenheit. Die könntet ihr euch bei Xue Rengui abschauen, der allein hinausritt, um sich diesen feindlichen Bogenschützen zu stellen. Sie verhöhnten ihn von Weitem. Unser Mann antwortete nicht einmal. Er ließ einfach drei seiner Pfeile los,

und drei ihrer Bogenschützen fielen tot zu Boden. Die Uiguren-Armee geriet in Panik. Einige flohen, die anderen ergaben sich.

Unterschätzt eure Waffe nicht. Sie mag nicht die Feuerkraft eines Maschinengewehrs haben, und ja, mit einem Sturmgewehr könntet ihr mehr Menschen töten. Auch wird euer Feind sich nicht schon beim Anblick eurer Waffe in die Hose scheißen, wie es vielleicht beim Panzerabwehrsystem FGM-148 Javelin passieren würde. Wie Sunzis *Die Kunst des Krieges* uns lehrt, verstecken sich diejenigen, die geschickt in der Verteidigung sind, während diejenigen, die geschickt im Angriff sind, sich wie vom Himmel auf den Gegner herabstürzen. Apropos, herzlichen Glückwunsch an Tuan für seinen Erfolg im Tarnwettbewerb: Der Prüfer hat zweieinhalb Stunden gebraucht, um ihn zu finden, was auf nur zweitausend Quadratmetern ziemlich gut ist.«

Tuan erhob sich unaufgefordert, fuhr mit der Hand über seinen Bürstenschnitt und verbeugte sich. Der Ausbilder fuhr fort: »Scharfschützen müssen in der Lage sein, sich zu verstecken. Ich rede nicht davon, sich ein hübsches warmes Fleckchen für ein Nickerchen zu suchen. Ich rede davon, sich unsichtbar zu machen, sich so zu verstecken, dass der Feind nicht weiß, woher die Kugeln kommen, wenn man angreift. Die strecken den Kopf raus, wir drücken ab, tot. Die Kugeln landen einfach da, wo wir sie hinschicken. Wie der Rebellenführer Gelber Tiger auf die Siebenfach-Töten-Stele schrieb: Der Himmel bringt zahllose Dinge hervor, um den Menschen zu nähren. Der Mensch hat nichts Gutes, um es dem Himmel zu vergelten. Töten. Töten. Töten. Töten. Töten. Töten. Töten. Wartet, lasst mich einen Schluck Wasser trinken. Also, die Geschichte von Xue Rengui sagt uns …

Was sagt sie uns? Was habt ihr kleinen Scheißer aus meiner Geschichte gelernt? Keine Antworten? Vielleicht habt ihr Angst, dass ich euch den Urlaub streiche, wenn ihr die falsche Antwort gebt. Angst, dass euer Mädchen das Wochenende nur mit dem Vibrator zwischen den Beinen verbringen muss.
Mumm. Das lehrt sie uns. Kapiert? Und wie bekommen wir Mumm? Durch Selbstvertrauen. Und wie bekommen wir Selbstvertrauen? Durch Übung. Und wie bekommen wir Übung? Durch hartes Training und Schweiß. Nicht durch Urlaub und das Wiedersehen mit euren Mädchen.
Seht euch doch an. Ich erwähne eure Mädchen, und ihr denkt an ihre Titten, und schon denkt ihr daran, euch ins Scheißhaus zu stehlen, um euch einen runterzuholen. Falls euer Schwanz nicht aus Mangel an Gebrauch schon abgefallen ist.«
Er deutete mit seiner halb aufgerauchten Zigarre auf die versammelten Scharfschützenanwärter, die leise lachten.
»Erinnert ihr euch an das alte Revolutionsmotto? ›Seid standhaft, selbst wenn der Berg Tai fällt‹? Scharfschützen arbeiten schnell. Wenn wir einen Feind in einer Sekunde töten können, warum sollten wir dann mehr als zwei brauchen? Versetzt sie in Angst und Schrecken, genau wie Xue Rengui.
Ihr findet das lustig? Glaubt mir, wenn der Feind vor der Tür steht, werden eure vollbusigen kleinen Freundinnen nicht da sein. Aber euer Gewehr? Das schon.
Zur Belohnung für seine Heldentat bekam Xue übrigens keine Belobigung oder Belohnung. Aber er bekam etwas Besseres, zwei Gedichtzeilen, an die man sich noch heute, über tausend Jahre später, erinnert: ›Der General hält die Himmelsberge mit drei Pfeilen; die Krieger singen ihre

Lieder, während sie die Grenze nach Han überschreiten.‹«
Eisenschädel stieß einen dicken Strom Zigarrenrauch aus. »Nur drei Pfeile. Das ist ein Held.«

Oberst Huang Hua-sheng, Scharfschütze bei einer Spezialeinheit der Armee, Scharfschützenausbilder

1

Sie sahen sich das Attentat auf Hsu Huo-sheng aus sämtlichen Blickwinkeln und in unterschiedlichen Geschwindigkeiten an, doch es gab nichts Neues zu sehen, nur immer wieder die Hand des Präsidenten, die zu seinem Bauch fuhr, während er sich krümmte und auf den armen alten Bezirksvorsteher fiel.

»Könnt ihr irgendetwas erkennen?«, fragte der alte Mann im Rollstuhl. Die vier Männer um ihn herum, jünger, aber keineswegs jung, schüttelten den Kopf.

»Was sagen die Experten?«

Einer der Männer, über sechzig und mit einem leuchtend grünen Halstuch, rieb sich das Kinn und antwortete: »Zhu von der Marineinfanterie hat es sich immer wieder angesehen. Er sagt, wenn eine Kugel mit hoher Geschwindigkeit durch die Luft fliegt, entsteht eine Verwirbelung, und die müsste man sehen können. Aber selbst in Zeitlupe ist da nichts. Er meint, es muss aus nächster Nähe geschossen worden sein, höchstens fünf Meter. Aber der Rauch der Knallfrösche erschwert die Sicht. Am besten, wir kaufen noch mehr Videos. Die meisten Touristen auf der Huayin Street waren jung, die haben bestimmt alle gefilmt. Je mehr Videos wir bekommen, desto besser unsere Aussichten, den Schützen zu finden.«

»Und was macht die Verletzung des Präsidenten?«

»Das Xing'an Hospital äußert sich nicht«, antwortete ein anderer Mann, ebenfalls über sechzig, in einem karierten Polohemd. »Wir haben aber mit anderen Ärzten gesprochen. Du kennst Gu, den Leiter des Veterans General, Johnny. Er hat sich die Fotos angesehen, die sie veröffentlicht haben, und sagt, das sieht nicht tief aus. Eher eine Fleischwunde als eine richtige

Schussverletzung. Wenn Hsu in den letzten drei Jahren nicht so stark dem Steak und dem Rotwein zugesprochen hätte, hätte er vielleicht nicht derart zugenommen und wäre der Kugel ganz entgangen.«

»Zhu fand die Wunde kurios«, warf der Mann mit dem grünen Halstuch ein. »Er sagt, eine so perfekte Fleischwunde hat er sonst nur im Kino gesehen. Hsu wurde verwundet, er hat geblutet, aber die Kugel hat ihm keinen richtigen Schaden zugefügt. Und das alles in der Öffentlichkeit. Und das Seltsamste daran: sieben Tage vor einer Wahl, die er drauf und dran war zu verlieren.«

»Was ist mit dem jungen Ke?«

»Abgeordneter Ke ist noch im Parlament und wartet auf Neuigkeiten.«

»Und der Mann, den wir beauftragt haben?«, fragte der Mann im Rollstuhl ungeduldig.

»Der letzte Stand ist, dass es immer noch keine Spur von ihm gibt. Wir haben die Ausreisedaten überprüft, aber er könnte auch einen anderen Pass benutzt haben. Wir lassen jemanden die Überwachungsbilder vom Flughafen prüfen«, sagte ein anderer Mann – dieser hielt einen Putter in Händen.

»Wann hast du das erfahren? Warum weiß ich davon nichts?«

»Entschuldige, Johnny, ich weiß, ich hätte es dir sagen sollen«, erwiderte der Golfer lächelnd. »Aber unser Mann hat mir eine Textnachricht geschickt. Nur ein Wort: fehlgeschlagen.«

»Und wir sind sicher, dass unser Mann nicht der Schütze war?«

»Dann wäre Hsu jetzt tot. Außerdem passen die Projektile nicht. Wir haben das Gewehr und die Munition durch den Zoll geschmuggelt, und er ist nicht von hier, woher sollte er also eine andere Waffe bekommen haben? Und ein Profi wie er würde sowieso keine Waffe Marke Eigenbau verwenden.«

»Was ist mit Alex Li, dem Fremdenlegionär?«

Nach langem Schweigen meldete sich der Mann mit dem grünen Halstuch zu Wort.

»Alle suchen nach ihm. Die Spionageabwehr sagt, er sei untergetaucht. Ich habe ihnen gesagt, sie sollen Wu im Auge behalten. Wenn Alex Li sonst nirgendwo hinkann, wird er sich an ihn um Hilfe wenden.«

»Und Wu selbst?«

»Julies Vater hat ihn gebeten, zu helfen, Gu zu entlasten. Gerade haben wir erfahren, dass der stellvertretende Polizeipräsident von Taipeh, Lu, ebenfalls nach ihm sucht, auch er, weil er seine Hilfe bei den Ermittlungen will.«

Johnny drehte mit dem Rollstuhl eine Runde durch den Raum. Die vier anderen Männer warteten schweigend.

»Jeffrey, halte uns Gus Leute noch einen Tag vom Hals.«

»Dir gefallen seine Aussichten nicht?«, fragte der Mann mit dem grünen Halstuch.

»Jetzt, wo Hsu ein Attentat überlebt hat? Gu kann nicht mehr gewinnen.«

»Aber Gu hat uns fünf stellvertretende Minister und Stellvertreterposten bei drei staatlichen Banken versprochen.«

»Mag sein, aber das heißt nicht, dass er auch liefern kann. Selbst wenn er gewinnt, muss er mit einer Koalition arbeiten, und die werden ebenfalls Posten wollen. Wenn wir zu viele Versprechungen machen, die wir nicht halten können, werden die Leute protestieren. Besser, wir gehen dieses Risiko nicht ein.«

»Sollen wir Hsu noch einen kleinen Schubs geben?«

»Ja! Wenn er nicht nachgibt, halten wir uns einfach an den Plan.«

»Seine Umfragewerte gehen durch die Decke. Was, wenn er nicht mitspielt?«

»Wenn er sich nicht zu uns ins Boot holen lässt, klettern wir zu ihm ins Boot. Wir werden ihm ein paar Gefallen tun.«

»Wie meinst du das, Johnny?«

»Wir wissen, dass unser Mann keinen Schuss abgegeben hat. Aber selbst wenn er es getan hätte: Er hat ein Gewehr benutzt, woher kommen also die beiden hausgemachten Pistolenkugeln? Die Polizei hat keine Hülsen dazu gefunden, aber die Kugeln sind echt. Hsus Wunde ist echt. Und die Veränderungen bei den Umfragewerten sind echt. Wer steckt also dahinter, was meint ihr? Spart euch die Antwort. Wir bestimmen, wer dahintersteckt.«

»Okay, ich glaube, ich verstehe, was du meinst.«

»Lass hören.«

Jeffrey schenkte sich zuerst einen Whiskey ein.

»Also ... Wenn Hsu da nur eine Show abgezogen hat, dann spielen wir unsere Rolle darin. Es gibt eine Wunde, es gibt Kugeln ... wir müssen nur einen Schützen finden.«

»Genau.« Johnny nickte.

»Moment«, warf Joe ein. »Also willst du einen Schützen präsentieren, selbst wenn es gar keinen gab, mit Beweisen, damit Hsu weiß, dass wir sein Spiel durchschaut haben?«

»Gu hat gesagt, er holt einen erfahrenen Ermittler aus dem Ausland, nicht wahr? Nun, die Stiftung wird alle damit verbundenen Kosten übernehmen, um der Öffentlichkeit ihre Sorgen zu nehmen und dem Gerücht, Hsu habe das Attentat selbst arrangiert, die Grundlage zu entziehen. Und wenn wir den Ermittler bezahlen, bekommen wir alle Informationen aus erster Hand. Und Hsu darf sich den Kopf darüber zerbrechen, was wir damit bezwecken.«

»Ich verstehe.«

»Und wo bekommen wir einen Schützen her?«, fragte Joe.

»Das können wir Jeffrey überlassen. Joe, finde du jemanden, der sich um Alex Li kümmert. Jacob, du kennst den Leiter der National Police Agency, schau, ob die irgendwelche Fortschritte machen. Er weiß, dass unser Te-min und Hsu ganz dicke sind, er wird es dir erzählen. Jackson, triff dich mit ... egal, wie er heißt, mit dem, mit dem du zur Schule gegangen bist, aus Gus Team. Allen, so heißt er. Aber unauffällig. Wir brauchen die Garantie, dass Gu auf unsere Forderungen eingehen will.« Der alte Mann drehte seinen Rollstuhl um. »Und sagt dem Fahrer, ich will nach Hause.«

»Mache ich.« Joe, der Mann mit dem Putter, schlug einen Golfball und verfehlte das Glas, auf das er gezielt hatte. Der Ball ging weit, weit daneben.

Der Direktor der Versicherung wollte Wu dringend sprechen. Nicht der Direktor der taiwanischen Filiale, bei der er angestellt war. Der Generaldirektor, der in Singapur. Er rief um kurz nach Mitternacht an, und Wu, der schon halb schlief, versuchte nach Kräften, sein Englisch zu verstehen. Es gelang ihm, selbst das eine oder andere Wort anzubringen, und schließlich legte er mit seinem besten »Ja, Sir!« auf. Er sah auf die Uhr auf seinem Nachttisch. Es war bereits ein neuer Tag.

2

SECHS TAGE BIS ZUR WAHL

Die Temperatur sollte wieder auf über dreißig Grad steigen, und der Wettervorhersage zufolge sollte es auch so heiß bleiben. Deshalb beschloss Hsu, die Klinik bereits um 6:30 Uhr zu verlassen, wenn es noch kühler war.

Gestützt von zwei Helfern erschien er an der Tür des Krankenhauses. Er hätte vielleicht gern ein wenig länger geruht, doch das Gerücht, das online die Runde machte – er sei gar nicht angeschossen worden, er täusche das nur vor, um Wählerstimmen zu gewinnen –, hatte ihn aus dem Bett getrieben.

Vor der Presse gab er eine kurze Erklärung ab und sagte, seine Verletzung sei nicht schwer, die Ärzte schickten ihn nach Hause, er solle sich ein wenig ausruhen, und schon am Nachmittag werde er den Wahlkampf wieder aufnehmen.

»Es braucht mehr als Kugeln, um mich aufzuhalten«, verkündete er und grinste seine applaudierenden Anhänger an.

Hsu hatte nicht vor, bei Gericht eine Verschiebung der Wahl zu beantragen. Es blieben noch sechs Tage bis zum Urnengang, und er beabsichtigte, jeden einzelnen davon zu nutzen. Wie es Gu Yan-po neulich entfahren war, hatte das Volk von Taiwan verdammt zu viel Empathie, und seine Unterstützung fiel jemandem, dem Unrecht geschehen war, ganz von allein zu. In nur einem Tag war der Abstand zwischen den Umfragewerten der beiden Kandidaten auf drei Prozent geschrumpft. Das fiel unter die Fehlertoleranz. Im Prinzip lag Hsu jetzt gleichauf.

Vor seiner Entlassung aus dem Krankenhaus hatten sie fünf Journalisten eingeladen, sich die Wunde des Präsidenten mit eigenen Augen anzusehen. Kameras waren nicht zugelassen, aber das Büro des Präsidenten stellte Fotos zur Verfügung, die verwendet werden durften. Dadurch reduzierte sich die Zahl derer, die behaupteten, er sei gar nicht angeschossen worden. Manche jedoch begannen darüber zu spekulieren, ob Hsu sich womöglich selbst angeschossen habe.

Überall wurde über Hsu und das Attentat auf ihn berichtet. Gu gelang es, ebenfalls in einem Artikel vorzukommen, und konnte seinem Widersacher damit ein paar Punkte wieder abjagen, aber nur, indem er eine Belohnung in Höhe von zehn Millionen Taiwan-Dollar für Hinweise aussetzte, die zur Verhaftung des Attentäters führten.

Das Attentat verdrängte jede inhaltliche politische Auseinandersetzung. Beide Lager widmeten sich dem Streuen und Entkräften von Gerüchten. Gus Wahlkampfleiter warf Hsu ganz offen vor, das Attentat fingiert zu haben. Hsus Lager forderte von Gu, er solle den von ihm angeheuerten Attentäter ausliefern. Diese zwei Kugeln hatten die Umgangsformen in der Politik um zwanzig Jahre zurückgeworfen. Im Internet, im Fernsehen, im Radio, überall warfen sich die beiden Seiten Beschimpfungen an den Kopf.

Gu stellte fest, dass ihm nichts anderes übrig blieb, als sich vor den Tempel des Stadtgottes zu stellen und einen feierlichen Eid zu schwören, dass er mit dem Attentat nichts zu tun hatte. Er rief den ihn umringenden Reportern zu:

»Zehn Millionen Taiwan-Dollar von meinem eigenen Geld, nicht aus den Wahlkampfspenden meiner Unterstützer, für Informationen, die zu einer Verhaftung führen.«

Darauf ging Hsus Lager gar nicht ein. Hsu selbst trug bei seiner Entlassung den zerknitterten Schlafanzug und die blau-weißen Flipflops, die ihm das Krankenhaus zur Verfügung gestellt hatte. Ein Berater hielt einen seiner Arme, seine andere Hand lag über der Wunde. Gleichgültig, wie leicht diese war, er war angeschossen worden. Und wenn ihm das Theater vor den Kameras half, die Wahl zu gewinnen, dann sei es so.

Hsu straffte sich und informierte die Reporter, dass er diesem Akt der Gewalt nicht nachgeben, sondern den Wahlkampf zu Ende führen werde. Dann übernahm sein Wahlkampfleiter das Mikrofon. Er verurteilte Gus Lager lautstark dafür, dass es Falschinformationen verbreite, um Hsu den Wahlerfolg zu rauben, und forderte die Zentrale Wahlkommission zu Ermittlungen auf. Eine körperliche Auseinandersetzung zwischen den beiden Gruppen von Anhängern konnte nur durch das Eintreffen von Bereitschaftspolizisten mit Schlagstöcken und Schilden haarscharf verhindert werden.

Wu machte einen Bogen um die lebhafte Menschenmenge vor dem Eingang des Krankenhauses. Die Erklärung des Präsidenten interessierte ihn nicht. Durch einen Seiteneingang betrat er eilig den Verwaltungstrakt. Er war auf der Jagd nach dem Arztbericht über die Verletzung des Präsidenten. Man schlug ihm vor, in ein paar Stunden wiederzukommen. Aber die Versicherung wollte den Bericht sofort, allerspätestens heute Vormittag. Dreißig Jahre zuvor hatte Hsu offenbar Versicherungen bei Wus Arbeitgeber abgeschlossen: Lebens-, Unfall- und Krebsversicherung, Gebäude- und Kfz-Haftpflichtversicherung. Der Angestellte, der Hsu seinerzeit die Versicherungen verkauft und sich unterdessen auf einem Bauernhof in Miaoli zur Ruhe gesetzt hatte, hatte die Nachrichten gesehen und den Geschäftsführer der Filiale Taipeh angerufen, um ihn an Hsus Versicherungspolice zu erinnern. Dies wurde in der Hierarchie immer weiter nach oben gemeldet, bis der Big Boss in Singapur Wu anrief und von ihm verlangte, sofort Ermittlungen aufzunehmen. Das würde, so der Boss begeistert, großartige Publicity geben.

Eine Nacht im Krankenhaus wegen einer harmlosen Verletzung würde die Versicherung nur einige Zehntausend Taiwan-Dollar kosten, eine unbedeutende Summe. Dennoch musste dieser Versicherungsfall mit größtmöglicher Eile bearbeitet werden. Dies war kein einfacher arbeitsloser Ehemann und Vater, der vom Balkon gesprungen war. Wu, wenig begeistert über die Prioritäten, die sein Arbeitgeber setzte, hatte das Gefühl, die kalten Dezemberwinde hätten dieses Jahr früher eingesetzt.

Er rief den Chefarzt an. Nicht da. Der stellvertretende Chefarzt sollte Dienst haben, sagte man ihm, aber in seinem Büro nahm niemand ab. Der Leiter der Chirurgie wiederum war nicht da.

Ich will doch nur einem Versicherten sein Geld auszahlen, dachte Wu. *Muss das denn so schwer sein?*

Endlich rief jemand zurück. Eierkopf.

Wu winkte ein Taxi heran. Unterwegs tätigte er sieben Anrufe und nahm einen an. Neue Aufgaben türmten sich auf, alte blieben unerledigt.

Unterdessen tätigte Eierkopf in einem Zivilfahrzeug der Polizei elf Anrufe und nahm einen an. Neue Aufgaben türmten sich auf, alte blieben unerledigt.

Wus Taxi hielt vor einem traditionellen Teehaus in Banqiao, einem dieser Lokale, die aussahen, als gäbe es sie schon seit Generationen. Am Eingang fläzten sich zwei junge Männer und rauchten, als bestraften sie ihre Zigaretten für irgendetwas. Sie sprachen kein Wort, sondern winkten Wu einfach hinein.

Drinnen fand er drei Gäste, einen Geschäftsführer und einen Buchhalter, der auf einem Taschenrechner tippte. Keiner von ihnen reagierte auf seine Ankunft, und Wu kam sich unsichtbar vor, als er ins Hinterzimmer ging, wo Aal auf der Nachbildung eines Ming-Stuhls saß.

»Trinken Sie einen Tee.«

»Ich habe keine Zeit für Tee. Ich muss nur zur Toilette.«

Aal nickte und deutete auf einen Vorhang, hinter dem sich ein Türrahmen verbarg. Wu ging hindurch.

Er kannte Aal, einen lokalen Triadenboss, seit über zwanzig Jahren. In dieser Zeit hatten sie einander den ein oder anderen Gefallen getan. Als Wu einen flüchtigen Mörder und Entführer namens Schwarzer Hund gejagt hatte, hatte Aal ihm einen Tipp gegeben: Schwarzer Hund konnte nicht ohne eine Frau neben sich schlafen, und auch wenn er zwischen vielen Frauen wählen konnte, gab es doch nur eine, der er vertraute. Wu spürte die Familie der Frau auf und ließ sie beschatten. Ihr jüngerer Bruder wurde zu einem Supermarkt verfolgt. Der Kurier, dem er seine Einkäufe übergab, fuhr zu einer Wohnung. Dort fand Wu die Frau von Schwarzer Hund und mit ihr auch Schwarzer Hund selbst.

Manche Gewohnheiten sind wie eine Sucht. Schwarzer Hund konnte nicht schlafen ohne eine Frau an seiner Seite. Seine Frau wiederum konnte nicht leben ohne diese Milchbrötchen mit Buttercremefüllung aus diesem bestimmten Supermarkt.

Der Gefallen war mehr als erwidert worden, als Aal später wegen Körperverletzung angeklagt wurde. Wu hatte sich die Beweise angesehen und auf einem Blatt des Vernehmungsprotokolls einen rotbraunen Fleck entdeckt. Er ließ es den Anwalt wissen. Die Analyse ergab, dass der Fleck von einer Mischung aus Speichel und Blut herrührte, und die DNA stimmte mit der von Aal überein. Aals Anwalt beschuldigte die Polizei, seinen Mandanten geschlagen zu haben, und da die fragliche Polizeiwache zufälligerweise kein Video von der Vernehmung aufbewahrt hatte, fiel die Anklage in sich zusammen, und die Katastrophe wurde abgewendet. Jedenfalls für Aal.

Aal hatte Wu nicht persönlich gedankt, aber er hatte ihm etwas ausrichten lassen: Ich schulde Ihnen was.

Und jetzt war Wu nichts anderes eingefallen, als diesen Gefallen mit knirschenden Zähnen einzufordern. Deshalb war er hier, in Aals Teehaus. Nicht des Tees wegen. Sondern wegen eines Fluchtwegs, den Aal unterhielt.

»Wenden Sie sich nach rechts, dann immer geradeaus. Ihr Uber wartet schon«, rief Aal ihm hinterher.

Der Lagerraum war voller Teesäcke, und Klimageräte sorgten für konstante Temperatur und Feuchtigkeit. Nicht viele Menschen durften hier herein, und Gerüchte besagten, der Raum stecke bis unter die Decke voller Drogen und Waffen. Wu aber wusste, dass Aal Tee mehr als alles andere schätzte.

Hinter dem Lager lag ein Waschraum mit Toilette und Dusche, und eine weitere Tür führte auf eine finstere Gasse. Na ja, eigentlich nicht einmal eine richtige Gasse, bloß eine Feuergasse, fast zu eng, um hindurchzugehen, ohne sich die Schultern aufzuschrammen. Überdies war sie, wie es in diesen älteren Vierteln üblich war, von Topfpflanzen gesäumt und mit Motorrollern vollgestellt. Von außen würde sie so gut wie unpassierbar aussehen. Wie angewiesen, wandte sich Wu nach rechts und ging bis zur Mündung der Gasse weiter, wobei er sich an den Motorrollern vorbeidrängen musste. Ein Auto wartete auf ihn.

»Wohin geht es?«, fragte der Fahrer, als er einstieg.

Die Autofenster waren schwarz getönt, um die Hitze abzuhalten. Wu sah zwei Fords vor dem Teehaus parken, beide mit zwei Glücks-Achten auf dem Nummernschild. Autokennzeichen mit zwei oder mehr Achten waren hochbegehrt, und die Kfz-Zulassungsstelle verdiente gutes Geld damit. Die Preise waren so hoch, dass man diese Kennzeichen hauptsächlich an Bentleys, Mercedes-Benz und BMWs sah. Der durchschnittliche Ford-Fahrer hingegen konnte sich ein solches Glück normalerweise nicht leisten. Wu wusste jedoch, dass Ford die Ausschreibung der Spionageabwehrbehörde Counterintelligence Bureau gewonnen und deren Fuhrpark ausgestattet hatte. Und dem Counterintelligence Bureau war es mit nur einem Anruf gelungen, Nummernschilder mit doppelten Achten für alle seine Wagen zu ergattern.

Er schickte Eierkopf eine Nachricht mit diesen Autokennzeichen und obendrein ein Foto von den beiden Fords. Eierkopf rief sofort zurück.

»Was tun Sie um diese Zeit da draußen, es ist fast dunkel. Werden Sie verfolgt? Vielleicht glauben die, Sie hätten den Präsidenten erschossen. Ich überprüfe die Kennzeichen für Sie. So weit zum Ruhestand, Wu, als Sie noch gearbeitet haben, hatten Sie nie so viel zu tun. Kommen Sie zu unserem geheimen Rendezvous, wir sehen uns in fünf Minuten.«

Geheimes Rendezvous? Eierkopf hatte einen Hang zum Abstoßenden.

»Dürfte ich mir Ihr Telefon ausborgen?«, fragte Wu den Fahrer.

Dieser reichte ihm eines nach hinten. »Der Boss hat gesagt, ich soll Ihnen das hier geben.«

Wu wählte aus dem Gedächtnis eine Nummer. Es gab nicht viele Nummern, bei denen er das konnte. Seine eigene Festnetznummer, die Zentrale der Versicherungsgesellschaft, die Zentrale seines ehemaligen Arbeitgebers, die Festnetz- und Mobilnummern seines Vaters. Und jetzt diese. Vor dem Aufkommen der Mobiltelefonie hatte er Hunderte von Telefonnummern im Kopf gehabt. *Die Technologie schwächt uns,* dachte er. Dann sprach er ins Telefon:

»Hauen Sie ab. Die beobachten mich. Rufen Sie meinen Sohn nicht an, rufen Sie mich nicht an, gehen Sie nicht nach Hause. Aber Sie wissen, wo Sie mich finden können, ja?«

»Ich folge einfach diesem Sonnenstrahl, der Ihnen überallhin folgt.«

»Warten Sie dreißig Minuten, dann rufen Sie bei Eierkopf an. Ich schicke Ihnen die Nummer.«

»Verstanden.«

Wu beendete das Telefonat und blickte durchs Schiebedach nach oben. Da war kein Sonnenstrahl, der ihm folgte. Nur ein Himmel voller Schäfchenwolken, die westwärts zogen.

Nicht mehr lange bis zum Winter.

Eierkopf fuhr nicht mehr zurück ins Büro zu den Berichten über ihre Ermittlungsfortschritte, die ihn dort erwarteten, sondern ließ sich von seinem Fahrer zu einem kleinen Lokal bringen, wo es geschmorten Schweinebauch auf Reis gab. Dort traf er Wu an. Er rümpfte die Nase über die Kuttelfischsuppe, die Wu gewählt hatte, und bestellte für sich selbst einen großen Teller Schweinebauch mit Reis, dazu vier Tellerchen mit eingelegtem Gemüse.

»Geben Sie mir Ihr Telefon«, sagte Wu.

»He! Ich bin der stellvertretende Polizeipräsident. Vergessen Sie nicht, mit wem Sie sprechen. Jedenfalls dachte ich, Sie vertrauen mir.«

»Ich würde Ihnen vertrauen, wenn Sie nicht stellvertretender Polizeipräsident wären. Aber hohe Tiere wie Sie gieren nach immer mehr Macht. Deshalb werde ich Ihnen zu meiner eigenen Sicherheit nicht vertrauen.«

Eierkopf reichte ihm sein Telefon, und Wu legte es an die Seite.

»Wir erwarten einen Anruf.«

Eierkopf beugte sich über sein Essen und sagte nichts.

»Langsamer«, ermahnte ihn Wu. »Wenn Sie an Ihrem Essen ersticken, werde ich Ihre Versicherungsansprüche bewilligen müssen, und der Boss hasst es, wenn ich das mache. Außerdem sieht es verdächtig aus, wenn ich bei Ihrem Tod zugegen bin. Hey, haben Sie Versicherungen bei uns?«

»Ich hingegen würde lieber an meinem Essen ersticken, als zu verhungern«, sagte Eierkopf. »Ersticken dauert wenige Minuten, Verhungern eine Woche. Und meine Frau kümmert sich um Versicherungen und so was, deshalb weiß ich das nicht.«

»Das ist ein Anzeichen dafür, dass man alt wird, Eierkopf, wenn man über die effizienteste Todesart nachdenkt.«

»Vielleicht hat sie ja eine Lebensversicherung auf mich abgeschlossen. Womöglich über mehrere zehn Millionen. Dann ist sie reich, sobald der Sarg zugenagelt ist. Ich weiß nicht, ob ich versichert sein will.«

Eierkopfs Telefon rappelte auf dem Tisch. Wu nahm den Anruf an und reichte Eierkopf einen Ohrstöpsel.

»Kommen Sie, Wu, Kopfhörer teilen, das machen doch nur verliebte Teenager. Was, wenn die Paparazzi uns sehen? Wir kommen auf sämtliche Titelseiten. Da können wir auch gleich Händchen halten.«

Wu ignorierte sein Frotzeln und sprach ins Telefon: »Der stellvertretende Polizeipräsident hört mit. Sprechen Sie.«

Alex' Stimme tönte aus den Kopfhörern: »Guten Abend, meine Herren. Ich habe die Nachrichten gesehen, und ich habe ein paar Fragen an Sie, Herr stellvertretender Polizeipräsident. Sind Sie sicher, dass die beiden Gewehrpatronenhülsen vom selben Typ waren?«

»In jeder Hinsicht gleich.«

»Und es waren 7.62-mm-Patronen?«

»Ja.«

»Wie lang waren sie?«

Eierkopf streckte die Hand nach dem Telefon aus.

»Keine Tricks, sehen Sie nur in die Dateien«, warnte Wu ihn, als er ihm das Gerät reichte.

Alex hörte das. »Keine Sorge, ich telefoniere von einem Münzsprecher und bin weg, bevor man mich orten kann.«

»Sehen Sie?«, murrte Eierkopf. »Kein Grund zur Sorge.« Er rief den kriminaltechnischen Bericht auf. »Standard-7.62-mm-Gewehrpatronenhülsen.«

»Danke, Herr stellvertretender Polizeipräsident, aber ich brauche mehr Details. Wie lang sind sie?«

»Wozu müssen Sie das wissen?«

»Die 7.62 mm bezeichnen den Durchmesser des Laufs, das Kaliber. Die Patronen müssen die gleiche Größe haben. Oder vielleicht sogar ein bisschen größer, weil der Lauf sich ausdehnt, wenn er heiß wird. Verstanden, meine Herren?«

»Ich denke, wir können folgen. Fahren Sie fort.«

»Aber auch die Länge ist wichtig. Die NATO-Patrone 5.56 × 45 mm ist weltweit am weitesten verbreitet, wobei die 45 mm die Länge angeben. Unsere T65- und T91-Sturmgewehre verwenden sie zum Beispiel. Die einzige Waffe in Taiwan, die 7.62-mm-Patronen verwendet, ist das amerikanische M14-Selbstladegewehr, aber das ist vierzig Jahre alt. Ein paar Scharfschützen verwenden es noch, aber die meisten sind an Reservisten ausgegeben worden und taugen nicht mehr viel. Damit würde man nicht auf einen Präsidenten schießen. Und wenn nicht mehr viele in Gebrauch sind, sollten Sie in der Lage sein, sie aufzuspüren. Und die M14-Patronen sind 51 mm lang.«

Alex legte auf. Eierkopf scrollte mit einer Hand weiter durch sein Telefon und schaufelte sich mit der anderen Schweinebauch mit Reis in den Mund.

»Also könnte es eine Verbindung zum Militär geben?«, fragte Wu. »Lust, sich mit dem Verteidigungsministerium anzulegen, Eierkopf?«

»Himmel, nein. Ich verstehe nicht mal die Hälfte von dem, was er gesagt hat. Sie können mich nicht einfach mit einem Waffenexperten verbinden. Bin ich etwa Waffenhändler? Ich habe nie begriffen, was ein Kaliber ist.«

»Was ist los, Mann? Schlechte Laune, weil der Reis mit Schweinebauch, mit dem Sie sich vollstopfen, zur Neige geht?«

»Nein, bloß Angst, meine Frau könnte rausfinden, dass wir uns Kopfhörer teilen.«

Das Telefon vibrierte erneut.

»Wie lang sind sie?«

»Nicht 45 mm. Anders herum, 54 mm.«
Alex schwieg.
»Sind Sie noch da, Alex?«
»Herr stellvertretender Polizeipräsident, sind Ihre Kriminaltechniker sicher, dass die Patronen keine Spuren eines Zündstifts aufweisen?«
»Ich weiß nicht. Moment, ich frage nach.«
»Aber es gab Spuren von Treibmittel?«
»Ja.«
»Und Sie haben keine Kugeln zu diesen Hülsen gefunden, und der Präsident wurde nicht mit einer 7.62-mm-Kugel getroffen?«
»Ja.«
»Das ist seltsam. Wenn der Schütze ein M14 oder das M21-Scharfschützengewehr verwendet hat, heißt das, er ist ein Profi. Die Huayin Street ist schmal, er schießt also nach unten, und der Jeep hatte oben keine kugelsichere Scheibe. Er könnte ihn unmöglich verfehlt haben.«
»Was denken Sie also, Alex?«
»Bitte bestätigen Sie noch einmal die Länge. Es waren auf jeden Fall 54 mm?«
»Auf jeden Fall.«
»Lassen Sie mich nachdenken.«
Alex legte wieder auf und ließ Eierkopf diesmal Zeit, aufzuessen. Aus der Kriminaltechnik traf eine Nachricht ein. Sie hatten die Länge der Patronenhülsen noch dreimal nachgemessen: 54 mm.

Wu rülpste zufrieden und trank sein Root Beer. Als Eierkopfs Telefon erneut vibrierte, war Wus Flasche halb leer.
»Es waren 54 mm?«
»Ja.«
»Können Sie erkennen, was unten auf der Hülse steht?«
»Da sind ein paar Buchstaben und Nummern.«

»Ja?«

»Ich kann sie nicht richtig erkennen. Sieht ein bisschen merkwürdig aus. Wie ein Code oder so.«

»Ist da irgendetwas, das wie ein spiegelverkehrter lateinischer Buchstabe aussieht?«

Eierkopf setzte die Lesebrille auf und starrte aufs Display.

»Ich kann es nicht klar erkennen. Ich frage die Kriminaltechnik, rufen Sie später wieder an.«

Eierkopf rief in der Kriminaltechnik an:

»Holen Sie diese schicke Kamera, für die Sie Ihr Budget vergeudet haben, und machen Sie mir Fotos von den beiden Patronenhülsen. Ich will sie aus jeder Perspektive, von oben, von der Seite, von unten. Und ich will Nahaufnahmen von den Ärschen der Patronenhülsen, damit ich erkennen kann, was da draufsteht. Beeilung.«

Alex wieder: »Also, können Sie irgendwelche verkehrten Buchstaben erkennen?«

»Nein. Da steht eine Seriennummer oder so: JAOW96.«

»Das ergibt sogar noch weniger Sinn. Aber lassen Sie mich erklären, meine Herren. Es gibt zwei Arten von Scharfschützengewehren. Die Standardausgaben und die Spezialscharfschützengewehre. Die Standardausgaben wurden entwickelt, um Logistik und Wartung zu erleichtern. Zum Beispiel verwendet das M21 NATO-Patronen vom Kaliber 7.62×51 mm, was es einfacher macht, auf dem Schlachtfeld an Munition zu kommen. Als 2002 ein kanadischer Scharfschütze einen Maschinengewehrschützen der Taliban aus einer Entfernung von 2430 Metern ausschaltete und einen Weltrekord für den längsten bestätigten Scharfschützenschuss aufstellte, verwendete er das US-amerikanische TAC-50. Das ist ein spezielles Scharfschützengewehr, es verwendet größere Patronen vom Kaliber 12.7×99 mm. Größere Patronen bedeuten mehr Treibmittel. 2017 hat ein anderer kanadischer Scharfschütze einen neuen Rekord aufgestellt, mit 3540 Metern. Wieder mit dem TAC-50 und diesen größeren Patronen.«

»Also fliegen größere Patronen weiter?«

»Korrekt. Die effektive Reichweite hängt von der Länge des Laufs und der Treibmittelmenge ab. Aber größere Patronen sind schwerer, es ist eine elende Plackerei, die mit sich herumzuschleppen. Nur ein Fan oder jemand mit einer speziellen Mission würde sie verwenden. Und die Huayin Street ist so schmal, dass eine Standardausgabe genügt.«

»Alex, was wollen Sie uns sagen?«, unterbrach ihn Wu.

»Die Russen verwenden 54-mm-Patronen.«

»Scheiße. Eine internationale Verschwörung.« Eierkopf wurde beinahe lebhaft.

»Nicht unbedingt. Manche privaten Scharfschützen verwenden sie auch. Aber es sind nicht viele russische Waffen im Umlauf, sie fallen also auf.«

»Gibt es welche in Taiwan?«

»Nicht viele. Ich kann mich umhören. Das Komische ist, selbst wenn es eine russische Waffe wäre, ist diese Seriennummer unten an der Patronenhülse nicht in kyrillischen Schriftzeichen, sie kam also nicht aus einer russischen Munitionsfabrik.«

»Ich komme mir vor, als wäre ich wieder auf der Grundschule. Könnten Sie das so erklären, dass ein Laie folgen kann?«

»Ich denke, das reicht fürs Erste. Ich melde mich, meine Herren.« Alex legte auf und rief nicht wieder an.

»Und haben Sie darüber nachgedacht, mir diesen Gefallen zu tun, Eierkopf?«, fragte Wu.

»Hey. Ich bin der stellvertretende Polizeipräsident von Taipeh. Haben Sie ein bisschen Vertrauen, Wu.«

Alex verließ die Telefonzelle, schwang sich aufs Fahrrad und hielt erst in der Nähe der National Taiwan University wieder an.

Er betrat ein kantonesisches Restaurant und bestellte einen Reis Drei Kostbarkeiten. Nach dem vielen Radeln von einer Telefonzelle zur anderen hatte er Appetit bekommen. Während er aß, erschien eine Nachricht auf seinem Telefon: eine Adresse in Yilan. Er antwortete:

> Danke, Kommissar Wu. Ich wusste, ich kann mich auf Sie verlassen. Ich melde mich.

»Also, das ist einfach ungerecht. Er muss wissen, dass ich Ihnen gesagt habe, wo Fen-ying zu finden ist. Wieso dankt er Ihnen? Bekommen Ehestifter sonst nicht einen Umschlag voller Bargeld?«

»Sie haben es nicht nötig, sich um solche Bagatellen zu sorgen, Eierkopf.«

»Es geht ums Prinzip. Ich habe Himmel und Hölle in Bewegung gesetzt, um diese Frau zu finden, und wer bekommt das ganze Lob? Sie.«

»Was halten Sie davon, wenn ich Ihr Essen bezahle?«

»Ach, so kleinlich bin ich nicht. Aber wenn Sie darauf bestehen, dann lasse ich Sie. Und da wäre eine kleine Sache, mit der Sie den Gefallen erwidern könnten.«

»Fahren Sie fort.«

»Was haben Sie bei Aal gemacht?«

»Tee getrunken.«

»Sparen Sie sich das auf für jemanden, der es glauben würde.«

»Ich wurde verfolgt. Er hat mir geholfen, ihnen zu entwischen.«

»Deshalb sollte ich also diese Autokennzeichen für Sie überprüfen? Sie wissen, dass ich im Moment Wichtigeres zu tun habe, als Ihre ganze Drecksarbeit zu erledigen, oder?«

»Und wem gehören diese Nummernschilder nun?«

»Sie waren nicht im Computer.«

»Geheimdienst?«

»Ja. Counterintelligence Bureau, um genau zu sein. Hinterhältige Mistkerle, keine aufrechten Polizisten wie wir.«

»Woher wissen Sie dann, dass die es waren? Und warum folgen die mir?«

»Wir haben alle Freunde, Wu. Sie haben Aal in seinem Teehaus. Ich habe Freunde mit respektableren Jobs. Nicht weiter verwunderlich.«

»Sie wissen also, dass ich dort war, Sie wissen, dass ich verfolgt wurde. Wenn Sie so viel wissen, warum fragen Sie mich dann?«

»Das war bloß ein kleiner Test. Um zu sehen, wie stark unsere Freundschaft ist.«

»Machen Sie ruhig so weiter, Eierkopf, dann hat es sich was mit Freundschaft.«

»Verstanden. Ich werde mir vornehmen, meinen Freunden zu vertrauen. Okay, legen wir beide die Karten auf den Tisch. Wir, die Polizei, sind hinter den Beweisen her: den Kugeln, den Hülsen, der Waffe, dem Schützen. Das ist das, was wir wollen. Das Counterintelligence Bureau spielt ein ganz anderes Spiel. Die betrachten das im Licht der nationalen Sicherheit und haben eine Liste mit Verdächtigen aufgestellt. Da Ihr Mann, Alex Li, ein ehemaliger Scharfschütze des Heers und ein Veteran der Fremdenlegion, sowohl in die Schießerei am Treasure Hill als auch in das Attentat auf einen Berater des Präsidenten letztes Jahr verwickelt war, steht er natürlich auf dieser Liste. Und ich nehme an, sie konnten den Herrn Attentäter nicht finden, also sind sie Ihnen gefolgt in der Hoffnung, Sie führen sie zu ihm.«

»Mir? Einem einfachen Schadensinspektor? Ich muss wissen, wer für diese Missachtung meines Rechts auf Privatsphäre verantwortlich ist.«

»Jedenfalls haben die Sie überwacht, weil sie Alex finden wollen. So einfach ist das. Und Sie um der nationalen Sicherheit willen in der Öffentlichkeit im Auge zu behalten ist wohl kaum eine Verletzung Ihrer Privatsphäre. Und Alex ist ein Scharfschütze, zweifellos mit Zugang zu Waffen, da ist es kaum verwunderlich, dass das Counterintelligence Bureau wissen will, wo er sich im Moment aufhält. Und letztlich: Alex würde ja nicht zum Spaß plötzlich beschließen, den Präsidenten zu erschießen. Falls er es also war, für wen hat er gearbeitet? Ich nehme an, nicht für Sie.«

»Zu liebenswürdig. Alex würde keine Waffe Marke Eigenbau verwenden, und er würde keine Patronenhülsen zurücklassen. Und er raucht nur in Gesellschaft, diese Zigarettenkippe ist also nicht von ihm. Ihm ist nur wichtig, Fen-ying zu finden. Der Präsident ist ihm egal.«

»Das weiß ich alles. Aber die Spionageabwehr nicht, und die wollen den Fall schnell abschließen, um ihre Erfolgsbilanz aufzupolieren.«

»Hätten Sie denen das nicht erklären können, Eierkopf?«

»Kommen Sie, Wu, Sie wissen genauso gut wie ich, wie die sind. Hätten die zugehört? Da hätte ich auch in den Park gehen und es den Enten erzählen können.«

»Na ja, wenigstens bin ich bei Ihnen, das wird sie beruhigen.«

Eierkopf setzte dieses besondere Lächeln auf, das er vor über fünfzig Jahren zum ersten Mal im Gesicht gehabt hatte, nachdem er seiner Mutter Geld aus dem Portemonnaie gestohlen hatte, um Fluppen zu kaufen, und nicht erwischt worden war.

»Wahrscheinlich haben sie uns dabei fotografiert, wie wir uns Kopfhörer teilen, und sind davongehuscht, um einen Bericht zu schreiben. Sie werden dem National Security Bureau melden, dass ich mit der Versicherungsbranche konspiriere. Die beobachten uns übrigens auch, das National Security Bureau. Ihr Special Service Command Center hat beim Schutz des

Präsidenten keine gute Figur abgegeben, deshalb versuchen sie jetzt, das Gesicht zu wahren.«

»Was ist mit dem militärischen Geheimdienst? Die wollen doch bestimmt nicht außen vor bleiben.«

»Logisch. Alex ist ein Ex-Soldat, also tun sie alles, was in ihrer Macht steht, um ihn zu finden.«

»Alex wird nicht als Verdächtiger gesucht, und es gibt keinen Haftbefehl. Sie haben kein Recht, ihn zu jagen.«

»Allerdings. Es war Eisenschädel vom National Security Bureau, der ihn nach Rom geschickt und einen Militärberater des Präsidenten erschießen lassen hat, um einen Waffen-Deal zu retten. Aber Eisenschädel ist tot, und die italienische Polizei kann nicht beweisen, wer es war. Also hat die Justiz nichts gegen Alex in der Hand. Und ich habe Vertrauen in die Justiz. Aber es gibt Leute, die einen Schuldigen suchen, und Alex ist einer der wenigen plausiblen Kandidaten.«

»Tja, wenigstens hat er öffentliche Telefone benutzt.«

»Hey, was, wenn sie mein Mobiltelefon überwachen?«

»Sie sind von der Polizei. Und stellvertretender Polizeipräsident. Es ist nichts Falsches daran, Quellen zu kontaktieren, das gehört zum Job.«

»Was, wenn Sie mich verpfeifen?«

»Mache ich nicht. Jedenfalls macht das alles die Wahl interessanter.«

»Ich habe gehört, Ihre Firma will dem Präsidenten Schadensersatz zahlen? Sie sollen versucht haben, an den ärztlichen Bericht heranzukommen.«

»Stimmt. Jemand hat eine Gelegenheit erkannt, ein bisschen kostenlose Publicity zu generieren.«

»Schlau.«

»Und wie kommen Sie zurecht?«

»Ich sage Ihnen was, Wu, erst in den schwindelerregenden Höhen, die ich erreicht habe, merkt man, dass jeder Rangniedere einem den Posten neidet und jeder Ranghöhere bedingungslose Loyalität will. Das Terrain, auf dem ich mich bewege, ist gefährlich.«

»Sie sind gerissen genug, um damit fertigzuwerden.«

»Ach, natürlich werde ich damit fertig. Aber es ist ein einsames Geschäft, Wu. Wie wär's, wenn Sie mit einem Beratervertrag zurückkommen? Wir können zusammen abhängen, und Sie können uns darüber auf dem Laufenden halten, was Julies Vater und seine Kumpel im Schilde führen. Immer noch ein Hingucker, diese Julie, oder?«

Wu ging, ohne Eierkopfs Essen zu bezahlen, und nahm ein Taxi. Manche Menschen machen es einem schwer, mit ihnen befreundet zu sein.

3

Alex kehrte in seine Wohnung zurück. Er hatte keine große Lust, sich zu verstecken, und er war neugierig darauf, wer bei ihm auftauchen würde.

Es war eine alte Wohnung abseits der Bade Road, ausgewählt aufgrund der niedrigen Miete und des desinteressierten Vermieters, vor allem aber wegen der gewendelten Feuerleiter vorn, einem bei Immobilien in Taipeh seltenen Ausstattungsmerkmal. Die Treppe war nachträglich mit einem Gitter gesichert worden, vielleicht von einem ehemaligen Bewohner, der Angst gehabt hatte, ein Kind könne beim Spielen abstürzen. Aus der Ferne sah diese Treppe wie ein riesiger Schornstein aus, wodurch das Haus etwas von einem Industriegebäude bekam. Oder vielleicht ähnelte sie auch eher einer bösartigen Geschwulst. Doch mit der Feuerleiter und der Haupttreppe standen Alex zwei Fluchtwege zur Verfügung. Bald darauf hatte er noch weitere gefunden und sich alle für den künftigen Gebrauch eingeprägt.

Die Feuerleiter hatte am unteren Ende keine Tür, und das Schloss an der Haustür war seit Jahren kaputt. Dadurch war die Wohnung schwer zu verteidigen. Aber wie langjährige Bewohner wussten, grenzte das Dach an die Nachbardächer. Für Alex war das ein dritter Weg, auf dem er kommen und gehen konnte. Er betrat Haus Nummer 71 und stieg hinauf zum abbröckelnden Betondach, von wo er bequem hinüber auf das Dach von Nummer 33 treten konnte. Unter Vermeidung der Feuertreppe kletterte er an einer Regenrinne hinab und schwang sich durch ein Fenster in seine Wohnung.

Es gab keinerlei Spuren eines Eindringlings, nur die Katze, die angeblich den Nachbarn im zweiten Stock gehörte, hatte sich wieder hereingeschlichen und schlief auf dem Teppich. Von Alex' ungewöhnlicher Ankunft bekam sie nichts mit. Und da die Milch und das Katzenfutter, die Alex ihr hingestellt hatte, verzehrt waren, durfte er wohl annehmen, dass es keine größeren Störungen gegeben hatte. *Und da heißt es immer, so etwas wie eine Wachkatze gebe es nicht.*

Er ließ das Fenster offen, griff unters Bett und zog einen staubigen Rucksack hervor, in dem er die wenigen Besitztümer, die ihm wichtig waren, für Gelegenheiten wie diese verwahrte. Daraufhin schaltete er das Licht im Schlafzimmer sowie einen Projektor ein, kraulte die Katze hinter den Ohren und kletterte wieder durchs Fenster hinaus.

Hätten Agenten des Counterintelligence Bureau ihn zu seiner Wohnung verfolgt, hätten sie am Ende der Gasse vor dem Park zwei Transporter in Position gebracht, Erkundigungen bei seinen Nachbarn eingeholt und würden ihm mit oder ohne Durchsuchungsbefehl einen Besuch abstatten. Die Polizei indes würde mit dem Bezirksvorsteher sprechen, dessen Sorge um die Sicherheit im Viertel ihn veranlassen würde, an der Wohnungstür auf Alex zu warten. Oder vielleicht seinen Vermieter anzurufen und ihm nahezulegen, dass es Zeit für einen Mieterwechsel war. Aber die Leute, die hinter Alex her waren, wollten nicht, dass er festgenommen wurde, und sie beabsichtigten nicht, Zeit damit zu verschwenden, ihn zu beobachten. Sie wollten ihr Ziel einfach eliminieren.

Wieder auf dem Dach angekommen, holte Alex lautlos eine Schleuder und zwei Murmeln aus der Seitentasche des Rucksacks heraus. Die Schleuder hatte er vor vielen Jahren während eines Survivaltrainings angefertigt. Sie war nicht völlig zielgenau und ihre Reichweite minimal, aber das Mehrfamilienhaus gegenüber war nur sechs Meter entfernt, und er wollte ja niemanden töten. Für seine Zwecke würde die Schleuder genügen.

Er legte sich aufs Dach, atmete tief und regelmäßig und

lauschte. Ein vertrautes Geräusch erreichte seine Ohren: eine Schusswaffe wurde durchgeladen.

Ein Scharfschütze – falls er es denn mit einem solchen zu tun hatte – würde sich im obersten Stock oder auf dem Dach des gegenüberliegenden Gebäudes verbergen. Von dort aus könnte er direkt in Alex' Wohnung sehen und dürfte hoffen, Alex mit heruntergelassenen Hosen zu erwischen. Und eigenartigerweise brannte gegenüber im obersten Stockwerk nirgendwo Licht.

In der Gasse unten herrschte abends mehr Betrieb als tagsüber. Miteinander plaudernde Arbeitnehmer und Studierende auf dem Heimweg, plärrende Fernseher und Eltern, die ihre Kinder zum Abendessen riefen, versuchten allesamt, sich Gehör zu verschaffen. Ein geschickter Scharfschütze nutzte jede Deckung, die ihm zur Verfügung stand. Aber ein geschicktes Ziel konnte das zu seinem eigenen Vorteil nutzen. Jeden Morgen hängte Alex ein Bettlaken auf dem Dach gegenüber auf, beinahe so positioniert, dass ein Scharfschütze sich dahinter verbergen könnte, wenn er von gegenüber seine Wohnung überwachen wollte. Heute war das Laken so zurechtgezogen worden, dass es genau diesen Zweck erfüllte. Nur Alex und die Katze wussten über das verräterische Bettlaken Bescheid. Und die Katze würde nicht über die Straße laufen, um das Laken zurechtzuziehen. Sie war von Natur aus kein aktives Geschöpf. Eher eine Stubenhockerin.

Der Projektor, den Alex eingeschaltet hatte, warf nun sich bewegende Schatten an die Wand. Diese Show würde mindestens zehn Minuten laufen, womit Alex ebenso lange Zeit hatte, um seinen Feind zu entdecken, wenn dieser sich rührte. Falls das nicht geschah, blieben ihm zwei Optionen: Rückzug oder ein riskanter Ausflug auf das andere Dach.

Solange der Feind wartet, warte auch ich. Wenn der Feind sich bewegen will, bewege ich mich zuerst. Ein Grundprinzip für jeden Scharfschützen, aus uralter Weisheit gewonnen. Ein Großteil von Alex' Ausbildung hatte sich damit befasst, wie man sich verbirgt. In einer Ausbildungseinheit war es bloß darum gegangen, so lange wie möglich reglos auszuharren. Und heute Abend könnte Alex so lange wie nötig warten, ohne sich zu rühren. Teils weil es ein angenehm kühler Abend war, vor allem aber, weil er Antworten brauchte. Wer wollte ihn tot sehen? Er war im vergangenen Jahr mit niemandem aneinandergeraten. Aber diese Nachricht, die er am Abend vor dem Besuch des Präsidenten in der Huayin Street angeblich von Wu erhalten hatte, machte deutlich, dass ihn irgendjemand im Visier hatte.

Das Laken auf dem Dach gegenüber bewegte sich im Wind. Hinter den Fenstern flackerte das bläuliche Licht der Fernseher. Nur im obersten Stock war alles dunkel. Alex' Geduld zahlte sich aus: ein Gewehrlauf erschien am infrage kommenden Fenster im obersten Stock, nicht auffälliger als ein beliebiges Rohrstück. Kein Mündungsfeuerdämpfer, keine Montage für ein Vordervisier. Wahrscheinlich ein T93-Scharfschützengewehr, hergestellt von der Waffenfabrik 205 des zum Verteidigungsministerium gehörenden Armaments Bureau. Basierte auf dem Repetiergewehr Remington 700, verwendete Standard-NATO-7.62-mm-Patronen und ein schienenmontiertes TS95-Zielfernrohr mit Zehnfachvergrößerung, um seine Beute zu finden.

Die Projektion in seiner Wohnung würde in knapp zwei Minuten enden. Alex legte eine Murmel in die Schlinge und spannte das dicke Gummi.

Dann entdeckte er auf dem Dach von Haus Nummer 36 einen weiteren Gewehrlauf. Ein zweiter Schütze stand bereit, Alex auszuschalten, sollte der erste ihn verfehlen und er versuchen, das Feuer zu erwidern. Noch ein T93.

Wenn sie zwei Scharfschützen geschickt hatten, dann vielleicht auch einen dritten. Aus reiner Höflichkeit. Alex suchte die Umgebung ab. Da, auf dem Dach von Nummer 72. Dieser Scharfschütze deckte sowohl seine Wohnung als auch seinen

Fluchtweg durch die Gasse ab. Aber das Laken zu bewegen war ein Fehler gewesen.

Alex nahm eine Neueinschätzung des Schlachtfelds vor. Die beiden Scharfschützen, die nur seine Wohnung ins Visier nahmen, waren nicht seine Hauptsorge. Der dritte, der die Gasse abdeckte, war das Problem. Auch wenn er weiter weg war, stellte dieser Gegner eine größere Gefahr für seine Fluchtaussichten dar.

Alex veränderte seine Position und balancierte auf einem seiner Schuhe einen kleinen Schminkspiegel, ohne die Schatten in der Wohnung gegenüber aus den Augen zu lassen.

Irgendjemand verliert immer die Geduld. Ein Schuss ertönte, und in Alex' Wohnung fiel etwas zu Boden. Ein guter Schuss, mitten ins Objektiv des Projektors. Alex brachte seine Atmung zur Ruhe und gestattete es den beiden Fingern, die das Gummiband der Schleuder hielten, loszulassen. Das Gummi schnellte vor, und ihn durchlief ein Schauder der Erregung. Fast so gut wie ein Gewehr, dachte er. Die Murmel flog in einem Bogen durch die Luft und prallte hinten gegen den Lauf des T93, das aus dem Fenster im obersten Stock ragte. Gleichzeitig hob Alex den Fuß, und der Spiegel reflektierte das Licht, das eine Straßenlaterne auf eine niedrige Brüstung warf. Der Schütze hinter der Brüstung verfehlte den Spiegel, seine Kugel flog harmlos in den Himmel hinauf, bis ihr Schwung sich erschöpfte und sie zur Erde zurückfiel.

Alex drehte sich und zielte mit der Schleuder auf sein zweites Ziel – nicht auf den Lauf diesmal, sondern dorthin, wo der Gewehrkolben sein müsste. Ein kräftigerer Schuss, gegen ein im Dunkeln verborgenes Ziel. Aber er gelang. Die Murmel schlug dumpf gegen das T93, das daraufhin lautlos auf die Markise über dem Balkon im dritten Stock fiel, hinabrutschte und dann gegen die Fernsehkabel der Wohnung im zweiten Stock prallte, sodass es sich in der Luft drehte.

Alex packte seine Schlinge ein. Während seine Nachbarn die

Fenster öffneten, um nachzusehen, was das für ein Lärm war, und seine Gegner hastig verschwanden, setzte er den Rucksack auf und rutschte an der Regenrinne nach unten. Am Boden wartete er auf den dritten Schützen, der sich ebenfalls zurückzog, und schlug ihn mit einem einzigen Boxhieb k. o. Eine schnelle Durchsuchung der Taschen des Mannes förderte einen Ausweis des National Security Bureau zutage.

Es ergab keinen Sinn, dass das National Security Bureau so darauf erpicht war, ihn tot zu sehen. Es sei denn ...

Sie hatten die Nachricht von Wus Telefon fingiert und dafür gesorgt, dass Alex in der Huayin Street sein würde, um den Kopf für das Attentat auf den Präsidenten hinzuhalten. Aber sie hatten nicht damit gerechnet, dass er so früh wieder gehen würde, und erst recht nicht damit, dass die Polizei von den beiden Gewehrpatronenhülsen in einem Zimmer im Happy Hotel abgelenkt würde. Deshalb jetzt dieser versuchte Mordanschlag auf ihn, um sicherzustellen, dass Alex keine Gelegenheit hatte, seine Geschichte zu erzählen, und man das Attentat auf den Präsidenten jemandem anhängen konnte, der nichts mehr ausplaudern konnte.

Drei Schützen, allesamt mit Scharfschützengewehren des Militärs. War das Special Service Command Center mit dem Schutz des Präsidenten nicht ausgelastet und hatte daher beschlossen, Jagd auf Scharfschützen im Ruhestand zu machen?

Doch jetzt war keine Zeit, um sich zu fragen, warum das National Security Bureau ihn als Sündenbock wollte. Jetzt war es Zeit für die sechsunddreißigste der Sechsunddreißig Kriegslisten: Wenn alles andere versagt, Rückzug. Unterwegs kaufte er zwei Pfannkuchen mit Frühlingszwiebeln und einen Bubble Tea und verschickte eine E-Mail. Die Pfannkuchen, weil er Hunger hatte, den Bubble Tea zur Entspannung. Die E-Mail war kurz:

Fahren wir nach Seoul. Ich will Bibimbap.

4

Wu rief von einer Telefonzelle aus Julies Vater an, um von seinen nicht vorhandenen Fortschritten zu berichten, dann ging er ins Büro, um ein wenig Schreibtischarbeit zu erledigen. Er sah auf das Mobiltelefon in seiner Schreibtischschublade: eine einzelne kryptische Nachricht von seinem Sohn.

Du magst doch Bibimbap, oder?

Es ist okay,

antwortete Wu. Er schaltete das Telefon aus und fuhr mit der Metro nach Hause.

Sein Sohn wartete schon auf ihn. Wu zog die Jacke aus – nicht dass man im Dezember in Taipeh eine gebraucht hätte, aber es war eine alte Angewohnheit aus seiner Zeit bei der Polizei, als er lieber geschwitzt hatte, um Waffe und Handschellen verbergen zu können. Sein Sohn zog die Jacke und eine von Wus Baseballkappen an. Wu musterte ihn. *Braucht ein paar Tageszeitungen unter dem Hemd, damit es echt aussieht,* dachte er. Sein Sohn fand das auch und sah mit einem Haufen Zeitungspapier um die Taille im Nu genauso aus wie sein Vater.

Kein Zweifel, dachte Wu, *das ist mein Sohn.* Abgesehen von einem minimalen Größenunterschied und den unvermeidlichen Verheerungen des Alters sahen sie jetzt wirklich gleich aus. Wu warf einen Blick auf seinen eigenen Bauch und seufzte. *Zeit für eine Diät.*

»Hör zu, wie haltet ihr Kontakt, du und Alex? Mach da nicht so ein Geheimnis daraus. Ich habe dein IT-Studium bezahlt, da kannst du deinem alten Vater ja wohl zeigen, wie du das machst ...«

»Du würdest es nicht verstehen, Papa. Überlass das schlauen Leuten. Mir, Bill Gates, Steve Jobs ...«

»Sehr witzig. Ich nehme normalerweise Bibimbap, oder das Sanuki Udon. Halt dich an das Bibimbap. Und bleib weg vom Burger King, sonst fliegst du auf.«

»Du könntest ja auch zu Burger King gehen, Papa. Da gibt es doch keine Altersbegrenzung.«

»Geh nicht zu Burger King.«

»Na gut. Dann eben Bibimbap.«

»Und wo sitze ich normalerweise?«

»An dem Tisch mit Blick auf den Burger King. Weil du es aus irgendeinem Grund gern anguckst, auch wenn du es nicht essen willst.«

»Setz dich einfach da hin.«

Sein Sohn zog den Schirm der Baseballkappe tiefer ins Gesicht und ging. Er nahm die Treppe statt des Aufzugs, dann trat er hinaus auf die Jingye Third Road. Vorausgesetzt, alles lief nach Plan, würde er direkt nach Norden zum Einkaufszentrum Miramar an der Kreuzung mit der Bei'an Road gehen, wo er sich in den Gastronomiebereich im Tiefgeschoss begeben würde. Er würde die rund zwei Dutzend Alternativen ignorieren und Bibimbap mit einem Spiegelei obendrauf bestellen, und er würde, genau wie sein Vater immer, das Eigelb unter den Reis und die Nori-Algen rühren. Und dann würde er essen, bis jedes Reiskorn verschwunden war und den Geschirrspülern nicht viel zu tun blieb.

Wu ließ das Licht in der Wohnung an, schlüpfte hinaus und stieg die beiden Etagen hinunter zur Wohnung von Herrn Shi, einem pensionierten Lehrer, mit dem er gelegentlich Spaziergänge am Fluss unternahm.

Herr Shi holte zwei Bier aus dem Kühlschrank, Wu schaltete das Balkonlicht ein, und die beiden Männer setzten sich, um Baseball zu schauen. Che-Hsuan Lin versuchte, einen Homerun zu verhindern, und jagte einem Ball nach, der auf das Outfield zuflog. Mit ausgestrecktem Handschuh sprang er in die Luft, fing den Ball, und Herrn Shis Telefon läutete. Wu sah seinen Gastgeber an. Der bedeutete ihm mit einem Winken: »Nur zu.«

»Bei Herrn Shi, wie kann ich Ihnen helfen?«
»Da ist was faul, Wu. Sie haben mir aufgelauert. Drei Scharfschützen, alle mit T93-Scharfschützengewehren des Militärs.«
»Das muss das National Security Bureau sein.«
»Passen Sie auf sich auf, Herr Kommissar.«
»Und Sie halten sich bedeckt. Versuchen Sie, sich da rauszuhalten.«
»Ich stecke schon drin, Herr Kommissar. Und ich werde wütend, wenn Leute mich für Schießübungen benutzen. Hören Sie, die T93, die sie hatten, die verwenden die NATO-Patronen Kaliber 7.62 × 51 mm. Ebenso wie das M24 der Armee. Aber die Hülsen, die man im Happy Hotel gefunden hat, waren 7.62 × 54 mm. Die Leute, die mir heute aufgelauert haben, waren nicht die, die die Patronen im Hotel liegen gelassen haben.«
»Haben Sie nicht gesagt, die seien für ein russisches Scharfschützengewehr?«
»Ja, ich habe mich umgehört. Es gibt davon keine in Taiwan, nicht einmal deaktivierte Modelle.«
»Sie glauben, wir suchen nach einem Ausländer?«
»Danach sieht es aus.«
»Einem Russen?«
»Diese Patronen sind nicht russischer Herkunft.«
»Also stecken wir in einer Sackgasse?«
»Nein. Ich habe ein bisschen nachgedacht. Kann sein, dass ich ihn kenne.«
Wu wartete darauf, dass Alex fortfuhr.

»Er ist kein Taiwaner. Das Letzte, was ich über ihn gehört habe, war, dass es nicht gut läuft für ihn und er zu viel trinkt. Aber er würde auf keinen Fall eine Waffe Marke Eigenbau verwenden. Das wäre wie ...« Alex brach ab.

»Ein Rennfahrer, der den Bus nimmt?«

»So in der Art. Aber wenn er beauftragt worden wäre, hätte kein Bedarf an einem Mann mit einer Waffe Marke Eigenbau als Back-up bestanden, und es wäre ausgeschlossen, dass er das Ziel aus Versehen am Bauch getroffen hat. Ein Schuss aus dem Hotelzimmer, mehr wäre nicht nötig gewesen, dann wäre er verschwunden. Vielleicht ist der andere Schütze ein Störfeuer, ein Ablenkungsmanöver? Aber der Schütze im Hotelzimmer hat, soweit wir wissen, keinen Schuss abgegeben. Die einzigen Kugeln, die gefunden wurden, waren die hausgemachten 9-mm-Kugeln. Wenn überhaupt jemand als Störfeuer gedient hat, dann der Scharfschütze. Aber das ergibt keinen Sinn.«

»Wie wäre es damit? Es gibt zwei Schützen, beide wurden geschickt, um den Präsidenten zu erschießen, der Scharfschütze ist das Back-up. Der Kerl mit der Neunmillimeter gibt seinen Schuss ab, der Präsident bricht zusammen, der Scharfschütze glaubt, der Auftrag sei erledigt, und macht sich davon.«

»Oder vielleicht wusste keiner der beiden vom anderen, sie haben sich bloß zufällig den gleichen Zeitpunkt ausgesucht, um den Präsidenten zu ermorden. Der Mann im Hotelzimmer sieht, dass ihm jemand zuvorgekommen ist, und haut ab.«

»Okay, aber warum lässt er die Hülsen und die Kippe da?«

»Vielleicht musste er zeigen, dass er da war.«

»Wem?«

»Mir, glaube ich.«

»Warum Ihnen?«

»Vielleicht damit ich weiß, dass er gesehen hat, was wirklich passiert ist. Er kennt in Taiwan sonst niemanden.«

Wieder wartete Wu. Alex fuhr fort: »Das Problem ist, wie der Präsident angeschossen wurde. Es ist unmöglich, dass jemand den Präsidenten in den Bauch geschossen oder das Geländer getroffen hat. Lassen Sie Lu das noch mal aufrollen und prüfen, ob die Fakten zusammenpassen. Sind Kratzer an den Kugeln? Spuren von Metall vom Geländer?«

»Sie glauben, das wurde fingiert?«

»Das ist noch nicht alles. Zwischen dem ersten Schuss und dem Eingreifen der Polizei sind ja gerade mal ein paar Sekunden vergangen. Es war voll auf der Straße, und wegen des Rauchs von den Knallfröschen konnte man kaum etwas sehen. Wie soll der Schütze es da geschafft haben, seine Patronenhülsen zu finden und aufzuheben, bevor er verschwunden ist? Ich müsste direkt neben ihm gestanden haben. Nach dem, was der stellvertretende Polizeipräsident in den Nachrichten gesagt hat, kann er nicht mehr als ein paar Meter entfernt gewesen sein. Mir wäre zumindest aufgefallen, dass sich da jemand verdächtig verhält.«

»Niemand hat Patronenhülsen von den 9-mm-Projektilen gefunden, und Ihnen sind keine Verdächtigen aufgefallen – Sie glauben also, es gibt weder die Patronenhülsen noch diesen Schützen?«

»Es ist einfach seltsam. Vielleicht mit einem sehr guten Schalldämpfer ... Ich muss herausfinden, was man hier an hausgemachten Waffen bekommen kann.«

»Nein, Alex. Ich fühle mich jetzt schon dafür verantwortlich, dass ich Sie da hineingezogen habe. Halten Sie sich bedeckt.«

»Das kann ich nicht.«

»Haben Sie sich schon mit Fen-ying getroffen?«

»Noch nicht.«

»Okay. Melden Sie sich wieder. Ich hoffe, alles geht gut.«

»Danke. Ich auch.«

Wu blieb bei Herrn Shi sitzen, bis das Baseballspiel zu Ende war, und kam gleichzeitig mit seiner Frau wieder in seiner Wohnung an. Sie war auf einen Supermarkt gestoßen, in dem nichts los war, und hatte die Gelegenheit genutzt, um den halben Warenbestand zu kaufen, so kam es Wu vor. Er fragte sich schon lange, wie es sein konnte, dass seine Frau zwar kein Sofa durch den Raum schieben und keinen Fernseher hochheben, aber problemlos ihr eigenes Körpergewicht in Lebensmitteln in einen Bus hieven konnte. Jetzt stand sie in der Küche und sortierte ihre Beute. Ein Glück, dachte Wu, dass Kühl- und Küchenschränke weder übergewichtig werden noch Diabetes bekommen konnten.

»Hast du wieder mit Herrn Shi getrunken?«

»Nur ein Bier.«

»Das ist trotzdem trinken.«

»Stimmt. Wobei ich mich an eine Zeit erinnern kann, als meine Frau mit mir etwas trinken gegangen ist, anstatt sich darüber zu beschweren.«

»Und wenn deine Cholesterinwerte wieder sinken, mache ich das vielleicht auch wieder.« Seine Frau war nicht zum Scherzen aufgelegt.

Sein Sohn kam nach Hause und beschwerte sich, die Jacke sei zu warm, die Baseballkappe zu hässlich und das Bibimbap zu fade. Er befreite sich von der Jacke, warf die Baseballkappe fort, zog die Zeitungen unter dem Hemd hervor und ging in die Küche.

»Mama, was hast du mir mitgebracht?«

»Was denn, ist das Essen an der Polizeihochschule nicht gut genug für dich? Warte ein Weilchen, ich habe ein hübsches Stück Steak für dich. Du musst doch bei Kräften bleiben.«

»Und was ist mit mir?«, fragte Wu.

»Falls du nicht plötzlich gelähmt bist, kannst du dir selbst etwas machen. Es ist Rindfleischsuppe im Kühlschrank, wärm sie dir auf.«

»Weißt du, es gibt in der chinesischen Kultur eine lange Tradition von Frauen, denen ihre Ehemänner wichtiger als ihre Söhne sind.«

»Ach ja? Das klingt faszinierend. Dazu wirst du deine Vorfahren befragen müssen, wenn du sie das nächste Mal siehst. Und denk dran, morgen besuchen wir deinen Vater im Krankenhaus. Du entscheidest, wann, ich richte mich danach. Müssen wir ihm irgendetwas mitbringen?«

»Ich gehe allein hin. Es könnte eine Weile dauern, ich muss mit den Ärzten sprechen. Du kommst nächstes Mal mit.«

»Du bist der Boss, Gatte.«

Wu beließ es dabei. Ihm war bewusst, dass sowohl er selbst als auch seine Frau in letzter Zeit übellaunig waren und achtlose Bemerkungen oft zu Streit führten. Sein Sohn drückte ihm zwei Patronenhülsen in die Hand. Sie waren warm.

Anscheinend genau gleich.

»Es war eine Nachricht dabei. Du sollst sie ausmessen.«

Das würde er. Nach seinen Nudeln.

»Was willst du hier drin? Siehst du nicht, dass ich zu tun habe?«, schimpfte seine Frau, möglicherweise als Auftakt zu einem Hinauswurf.

Die Nudeln würden warten müssen. Ein Berg ist nicht groß genug für zwei Tiger, ein Haushalt nicht groß genug für zwei erwachsene Männer. Kein Wunder, dass bei den Löwen jugendliche Männchen aus dem Rudel vertrieben werden.

Die Patronenhülsen waren nicht gleich. Eine war 51 mm lang – eine NATO-Patrone, Kaliber 7.62 × 51 mm, ebenfalls von Taiwans eigenem Armaments Bureau hergestellt. Die andere war 54 mm lang. Wu sah online nach: Die Gewehre der russischen AK-Serie verwendeten 39 mm lange Patronen, und neuere Scharfschützengewehre verwendeten entweder Standard-NATO-Patronen oder größere 12.7-mm-Patronen.

Aber die Scharfschützengewehre des älteren Modells Dragunow SWD, sah er, verwendeten 54 mm lange Patronen. Und das SWD wurde in vielen Ländern überall auf der Welt verwendet. *Kein Wunder, der hölzerne Kolben sieht sehr stilvoll aus.*

Sein Sohn kam mit zwei Glas Rotwein herein.

»Hab dir was zu trinken besorgt, Papa.«

Sie stießen an. Argwöhnisch musterte Wu die rubinrote Flüssigkeit. *Hat sie dem Jungen den Château Latour zum Steak gegeben? Den habe ich mir aufgehoben. Gibt es denn gar nichts mehr, was mir gehört, das sie nicht …*

»Ich habe ihn im Miramar gekauft«, sagte sein Sohn, als ihm der besorgte Blick seines Vaters auffiel.

Puh. Vergesst Etikett oder Weingut. Den hier konnte er wenigstens ohne Groll trinken.

»Hast du ihn gesehen?«, fragte er.

»Sozusagen. Er ist vorbeigegangen und hat die Patronenhülsen zu Boden fallen lassen.«

»War das alles?«

»Er hat mir nur das hier geschickt. Sieh's dir an.« Sein Sohn zeigte ihm das Display seines Telefons: **Japan Asahi Okuma Waffe 1996.** »Was bedeutet das, Papa?«

»Die Gewehrpatronenhülsen, die am Tatort gefunden wurden, waren mit JAOW96 gestempelt.«

»Ah.«

»Also, hergestellt in Japan, 1996.«

»Kapiert. Was bedeutet Asahi Okuma?«

»Das ist der Herstellername.«

Wu leerte sein Glas.

»Sachte, Papa.«

»Ich habe es geknackt.«

»Was geknackt?«

»Der Schütze im Hotel war ein Ausländer, der ein russisches Gewehr und japanische Patronen verwendet hat«, erklärte Wu.

»Alex hat herausgefunden, was die Prägung unten auf den Patronenhülsen bedeutet.«

»Klingt, als hätte er es geknackt, nicht du.«

»Und er weiß, wer es war.«

»Machst du Witze? Wie hoch ist die Wahrscheinlichkeit ...«

»Jemand hat es auf ihn abgesehen. Jemand Mächtiges. Achte darauf, dass du alles, was du von ihm bekommst, von deinem Computer löschst. Und sei vorsichtig. Hinter dir ist niemand her, aber wenn du dich zu weit aus dem Fenster lehnst, könnte sich das ändern.«

»Okay, Papa. Aber es gibt keinen Grund zur Sorge, Alex und ich wissen, wie wir sicher Verbindung halten können.«

Alex konnte allerdings auf sich selbst aufpassen. Sein Sohn nicht. Ein Jahr zuvor hatte die Neugier seines Sohns ihn in die Ermittlungen zu dem Attentat in Rom hineingezogen, und später hatte er online Kontakt zu Alex aufgenommen. Alex hatte ihm sogar sein streng geheimes Rezept für gebratenen Reis überlassen. Und obwohl die beiden einander bis heute Abend noch nie begegnet waren, wusste Wu, dass Alex für seinen Sohn zu so etwas wie einem Idol geworden war. Doch jetzt hatte es jemand wirklich auf Alex abgesehen, ob das nun das National Security Bureau war oder nicht. Und sein Sohn war gerade mal im ersten Jahr auf der Polizeihochschule und wusste noch nicht, wie es in dieser für ihn neuen Welt zuging ...

»Papa, hör auf, dir Sorgen zu machen. Morgen gehe ich wieder zur Uni, und niemand wird hinter mir her sein. Außerdem habe ich ja dich und Onkel Eierkopf, die mich beschützen.«

Aber Wu wusste, dass diese Geschichte etwas sein könnte, womit selbst Eierkopf und er überfordert waren.

Der Polizeichef von Tongxiao stand ehrfürchtig an der Tür des Schulgebäudes und grüßte die Lamettaträger und hohen Tiere, die aus ihren Wagen stiegen, bemüht, sich seinen Groll darüber nicht anmerken zu lassen, dass er von einer eindeutig bedeutenden Operation in seinem eigenen Revier ausgeschlossen wurde.

Ein Kommandofahrzeug des Criminal Investigation Bureau war um 1:40 Uhr als Erstes eingetroffen. Zügig waren zwei Drohnen ausgeladen und lautlos gestartet worden, um die Umgebung zu überwachen.

5

FÜNF TAGE BIS ZUR WAHL

Das Criminal Investigation Bureau hatte eine Grundschule neben dem Bahnhof von Tongxiao vorübergehend zur Kommandozentrale erklärt. Angesichts der Bedeutung und Dringlichkeit dieses Falls trafen bald darauf der stellvertretende Leiter der National Police Agency und der Leiter des Criminal Investigation Bureau ein.

Das Counterintelligence Bureau hatte drei Wagen geschickt, je einen von den Standorten Taipeh, Miaoli und Xinzhu. Die Behörde stufte das Attentat auf den Präsidenten als terroristischen Versuch ein, die Wahl zu beeinflussen, möglicherweise seitens einer ausländischen Macht, weshalb das Verbrechen in ihre Zuständigkeit fiel. Der Leiter des Criminal Investigation Bureau hatte sich die Nase gerieben, als er das gehört hatte, aber keinen Einspruch erhoben. Ebenso wenig hatte er allerdings zu erkennen gegeben, dass er dem Counterintelligence Bureau das Kommando überlassen würde.

Beide Behörden hatten je einen Wagen zur Telekommunikationsüberwachung geschickt. Die Fahrzeuge standen nebeneinander auf dem Schulparkplatz wie hässliche Zwillinge; Parabolantennen auf ihren Dächern fingen Signale auf und verfolgten sie zurück. Wenn man die beiden auseinanderhalten wollte, müsste man sich bloß die Automarken ansehen. Das Counterintelligence Bureau hatte ein europäisches Fahrzeug, das des Criminal Investigation Bureau war ein einheimisches Produkt. Das hatte nichts mit Vorlieben zu tun, sondern spiegelte einfach die Budgets der beiden Organisationen wider: Das Counterintelligence Bureau hatte am Ende eine Null mehr. Das Criminal Investigation Bureau war der National Police Agency unterstellt und diese wiederum dem Innenministerium. Das Counterintelligence Bureau unterstand dem Justizministerium. Insofern trugen zwar beide Behörden »Bureau« im Namen, aber das Counterintelligence Bureau war eine Stufe höher in der Hierarchie angesiedelt und um eine Null reicher.

Niemand hatte das Counterintelligence Bureau hinzugezogen, weder Eierkopf noch sonst jemand. Eierkopf hatte lediglich den geforderten Bericht an den Polizeipräsidenten geliefert. Und dennoch waren die Kollegen zu seiner Überraschung in solcher Zahl herbeigeeilt, um ihre Hilfe anzubieten.

Ebenfalls auf dem Parkplatz präsent waren je ein Spezialeinsatzkommando der Polizei Taipeh und eine Thunder-Squad-SWAT-Einheit der National Police Agency mit einer Bewaffnung von zusammen zwölf Scharfschützengewehren, vierzehn Schnellfeuergewehren und vierundzwanzig Faustfeuerwaffen. Es würde eine Weile dauern, bis die lokalen Bullen über ihren Neid hinwegkamen.

Das Special Service Command Center des National Security Bureau hatte, obwohl es das größte Budget von allen hatte, lediglich zwei Fahrzeuge geschickt. Eins davon war zugegebenermaßen ein Panzerwagen in Tarnfarben. Dennoch, es waren nur zwei. Ein Generalmajor in Kampfuniform stieg aus dem zweiten Wagen, einem Kommandofahrzeug, und brachte neben der schweren Feuerkraft auch Befehle mit: Das Criminal Investigation Bureau sollte das Kommando übernehmen, die Polizei Taipeh den Zugriff anführen, das Counterintelligence Bureau beobachten.

Dem SWAT-Team missfiel es sichtlich, dass sie den Kaliber-.50-Maschinengewehren, die auf dem Panzerfahrzeug montiert waren, waffentechnisch unterlegen waren. Die Kaliber-.50-Maschinengewehre ihrerseits blickten höhnisch herab auf die mickrigen M24-Scharfschützengewehre.

Der stellvertretende Leiter der Polizei Taipeh, Lu, betrat die taktische Kommandozentrale, die das National Security Bureau in einem Klassenzimmer im Erdgeschoss eingerichtet hatte, um die versammelten Offiziere über die Details des Falls und die Einsatzmittel auf dem Parkplatz zu unterrichten.

Der Generalmajor des National Security Bureau gab mechanisch wieder, was seine Vorgesetzten verlangten: Angesichts der bevorstehenden Wahl war eine rasche Aufklärung entscheidend. Außerdem teilte er den Anwesenden mit, dass der Schuldige und seine Komplizen, zwischen drei und fünf Personen, laut einem telefonischen Hinweis, den seine Behörde erhalten hatte, zu einer Bande des organisierten Verbrechens gehörten, die mit Faustfeuerwaffen und Gewehren ausgerüstet war. Da dies nun eine Operation im Rahmen der Terrorismusbekämpfung war, stand das Spezialkräftekommando der Armee bereit, um zu helfen. Die Polizei des Landkreises Miaoli ihrerseits hatte an Kreuzungen in der Nähe Position bezogen und wartete auf Befehle, um Straßen zu sperren und Autos zu durchsuchen.

»Der Befehl, gezielt zu töten oder nicht, wird bei Bedarf vom stellvertretenden Polizeipräsidenten Lu situationsbezogen gegeben.«

Eierkopfs Augen verengten sich, und sein Magen krampfte sich zusammen. Der Tonfall des Generalmajors hatte deutlich gemacht: Das National Security Bureau sah keine Notwendigkeit, Gefangene zu machen. Wenn niemand am Leben blieb, der reden konnte, würde das allen viel Ärger ersparen, und Eierkopf durfte den Ruhm dafür einheimsen, den Fall abgeschlossen zu haben. Ob nun verdient oder nicht. Nur war Eierkopf gar nicht scharf darauf. Er war schon zu lange bei der Polizei. Das Einzige, was ihn mehr juckte als sein Fußpilz, war der Wunsch, immer genau zu wissen, was vor sich ging.

Wu war in Eierkopfs Wagen nach Tongxiao gekommen, aber ein Stück vor dem Parkplatz der Grundschule ausgestiegen. Sein alter Dienstausweis verschaffte ihm Einlass in die benachbarte Polizeiwache, wo er am Empfang darauf wartete, dass die Action losging. Einer der lokalen Bullen, Luo, erkannte ihn wieder.

»Wieder im Dienst, Herr Kommissar?«

»Nein, nein. Ich arbeite jetzt bei einer Versicherungsgesellschaft, und der Präsident hat Policen bei uns. Ich bin beim stellvertretenden Polizeipräsidenten Lu mitgefahren, aber ich soll nur in Erfahrung bringen, was passiert ist und ob wir ihm die Versicherungssumme auszahlen müssen oder nicht.«

»Und kann man Sie vielleicht irgendwie bestechen? Ich kenne viele Leute, die es lieber sähen, wenn der Präsident diese Auszahlung nicht bekäme. Ach, und wir stellen Essen auf den Tisch. Wir haben Rippchen, Hähnchenschenkel, Cheeseburger mit Pilzen, Chickenburger, Schweinefleisch mit Pflaumensoße, gebratenen Reis nach Hakka-Art ...«

»Davon steht mir eigentlich nichts zu, ich bin ja ausgeschieden.«

»Ein Esser mehr macht den Kohl nicht fett. Und der Landkreis bezahlt, also warum nicht ...«

Der Landkreis Miaoli war, wie Wu wusste, streng genommen bankrott. Es käme ihm nicht sehr anständig vor, den Schulden noch die Kosten eines Imbisses für einen Außenstehenden hinzuzufügen.

»Danke, ich habe schon gegessen.«

»Sie sind immer noch ein Mann mit Prinzipien, Herr Kommissar.«

Während die offiziellen Essensbestellungen in den Imbisslokalen zubereitet wurden, die in Miaoli so spät noch geöffnet hatten, konnte Wu schon beobachten, wie seine Uber-Eats-Lieferung durch das Tor der Polizeiwache gewunken wurde. Luo, der hinausgegangen war, um den Lieferfahrer einzulassen, begleitete ihn zur Eingangstür, wo Wu wartete. »Sieht sowieso besser aus als das, was Sie bei uns bekommen hätten«, witzelte Luo, als der Lieferfahrer eine Isoliertüte mit Essen aus dem überdimensionierten Kasten hinten auf seinem Motorroller nahm.

In der Tüte befand sich ein runder Behälter mit Suppe. Hühner- und Dattelsuppe, wenn Wus Nase ihn nicht täuschte. Wurde normalerweise jungen Müttern serviert, um sie wieder zu kräftigen. Dann Kartons voller Klebreis mit Schweinefleisch und Shiitakepilzen. Wurde traditionell von einer jungen Mutter an ihre Freundinnen geschickt, um bekannt zu geben, dass das Kind ein Junge war.

»Ist alles zu Ihrer Zufriedenheit, Herr Wu?«, fragte der Fahrer, ein Vorbild an Serviceorientiertheit. »Falls ja, würden wir uns über eine gute Bewertung sehr freuen.«

»Wie ich sehe, habe ich kürzlich entbunden. Sehr gut, fünf Sterne«, sagte Wu.

»Kann ich noch etwas für Sie tun?«

»Sie können mir sagen, was Sie gemeint haben, als Sie sagten, dass Sie den Mann im Hotel vielleicht kennen«, flüsterte Wu.

Alex steckte den Isolierbeutel zurück in den Kasten und fuhr ohne Antwort davon.

Der Klebreis war ein bisschen viel, dachte Wu. Niemand würde das wirklich bestellen. Eierkopf tauchte aus dem Nichts auf und nahm sich einen großen Klumpen Reis. Anscheinend war er dem Duft von Schweinefleisch und Pilzen gefolgt.

»Erholen Sie sich von einer Schwangerschaft, Wu? Ich dachte, Sie hätten bloß zugenommen. Aber vergessen Sie nicht, wie Yang Guifei gestorben ist.«

»Durch eine Diät, um ihre Figur zu halten? Schließlich wollte sie nicht, dass der Kaiser das Interesse an ihr verliert.«

»Es war während des An-Lushan-Aufstands. Die Rebellenarmee stand vor den Toren von Chang'an, deshalb versammelte Kaiser Xuanzong seinen Haushalt um sich und floh. Aber sie nahmen nicht genug Essen für ihre Wachen mit, die hungrig zusehen mussten, wie der kaiserliche Haushalt sich vollstopfte. Dem Kaiser selbst konnten die Wachen nichts antun, also hielten sie sich an seine geliebte Konkubine Yang Guifei. Sie forderten ihren Tod; der Kaiser ließ sie erdrosseln. Jedenfalls, hinter dem Zaun da sind etwa hundert schwer bewaffnete und sehr hungrige Männer, also essen Sie leise.«

»Warum wollten Sie mich hier überhaupt dabeihaben? Was könnte ein einfacher Zivilist wie ich zu einer Polizeioperation beitragen?«

»Sie können mir den Rücken decken. Der Polizeipräsident selbst, mein eigener Chef, ist Hsu Huo-shengs Mann. Und ich bin es nicht. Der Leiter der National Police Agency ist Hsu Huo-shengs Mann. Und ich bin es nicht. Der Leiter des National Security Bureau ist Hsu Huo-shengs Mann. Und ich bin es nicht. Ich sage Ihnen, Wu, jeder, der hier einen gewissen Rang hat, hat einen Politiker, der ihn protegiert. Außer mir. Ich bin das ungeliebte Stiefkind. Hier ist niemand, der dem Präsidenten weniger wichtig wäre als ich. Und wem haben sie die Leitung übertragen? Mir. Falls der Verdächtige stirbt, geben sie mir die Schuld. Falls der Verdächtige überlebt, geben sie mir die Schuld. Nicht dass ich etwas gegen ein bisschen Schuld hätte. Aber dann möchte ich sie auch verdient haben. Da ist ein Komplott im Gange, das sage ich Ihnen.«

»Wie meinen Sie das, ein Komplott?«

»Wenn ich das wüsste, wäre es kein sonderlich gutes Komplott, oder? Halten Sie die Augen offen, Sie werden es wissen, wenn Sie es sehen. Und dann, wenn die mir ein Messer in den Rücken rammen, können Sie in den Nachrichten auftreten und allen sagen, dass ich einem Komplott zum Opfer gefallen bin.«

Mit diesen Worten nahm sich Eierkopf noch etwas Reis und ging zurück zu seiner Polizeioperation.

»Das ist zu viel Essen. Ich werde nach Taipeh zurückjoggen müssen«, beschwerte sich Wu.

Alex hockte in seiner Uber-Eats-Kluft draußen vor der Wache und gab vor, einen Platten zu flicken.

»Tja, ich war so geehrt, dass ich mit Ihnen kommen darf, da wollte ich meine Dankbarkeit zeigen«, erwiderte Alex und schob das Visier seines Helms hoch.

»Wollen Sie die Hälfte ab?«

»Ich habe schon gegessen. Und Sie sollten das aufessen, sieht so aus, als könnten Sie eine Weile hier festsitzen.«

Während er das sagte, holte Alex eine Thermosflasche hervor und goss Wu eine Tasse dampfenden Gerstentee ein.

»Wenn ich nicht aufpasse, ende ich wirklich noch wie Yang Guifei.«

Zwei Uhr zwanzig. Eine dichte Wolkendecke hing über Miaoli, und jetzt strömte Regen herab, so heftig wie ein Wolkenbruch an einem Sommernachmittag.

Informationen waren bestätigt und Ziele identifiziert worden. Bewaffnete Polizeibeamte hatten sich auf ihre Positionen rund um ein Bauernhaus am Rand von Tongxiao geschlichen.

Der Hof vor dem Haus war leer, abgesehen von ein paar Wäschestücken, die jemand vergessen hatte abzunehmen. Das Feld dahinter war voller Scharfschützen mit schlammigen Gesichtern. Am Fischteich an der Seite leuchteten ein paar Solarlichter.

Es gab keine Warnung. Keine Aufforderung, mit erhobenen Händen herauszukommen. Eierkopf – nass bis auf die Haut – leitete den Zugriff.

In der Küche saß eine alte Frau und hielt eine Schale Reis in

Händen. In ihrem Alter schlief sie nicht mehr viel, und sie hatte schon um halb sechs zu Abend gegessen. Das war viele Stunden her. Sie hatte Hunger.

Im Schlafzimmer lagen eine jüngere Frau und zwei Kinder. Sie hatten eindeutig den besseren Schlaf – oder keinen Hunger –, denn auch ein Dutzend Polizeistiefelpaare, die durchs Haus trampelten, weckten sie nicht, und man musste sie eigens wach rütteln. Eierkopf beneidete sie.

Die Leiche wurde im Fischteich an einer Seite des Grundstücks gefunden. Mittleres Alter, männlich, T-Shirt, Shorts, Gummistiefel. Ein Krankenwagen wurde aus dem Umkreis herbeordert und parkte in der Nähe. Sein rotes Licht drehte sich lautlos, unablässig. Vertreter der verschiedenen Behörden standen nervös herum und beobachteten den regentropfengesprenkelten Teich, während zwei von Eierkopfs Männern die Leiche herausholten. Sie schritten behutsam durch das trübe Wasser, um nicht etwa Beweise zu zertrampeln.

Die lokale Polizei holte den Dorfvorsteher aus dem Bett und führte ihn unter dem gelben Tatortband hindurch. Er identifizierte die Leiche rasch als Tsai Min-hsiung, Eigentümer des Bauernhauses, der angrenzenden Felder und des Fischteichs. Die Regelungen zum abgeleiteten Besitzrecht machten ihn auch zum mutmaßlichen Besitzer einer Faustfeuerwaffe, die vom Grund des besagten Fischteichs geborgen wurde.

Die Leute vom National Security Bureau versammelten sich, um die Waffe in ihrem Beweisbeutel zu betrachten. Die Abordnung des Counterintelligence Bureau zog sich zu ihren Wagen zurück, wo sie die ihnen gelieferten Mahlzeiten verzehrten. Die Polizei des Landkreises war damit beschäftigt, den abgesperrten Bereich zu erweitern. Die Kriminaltechnik des Criminal Investigation Bureau überlegte sich, wie man das Wasser aus dem Teich ablassen konnte. Das Spezialeinsatzkommando der Polizei Taipeh errichtete ein Zelt zum Schutz vor dem Regen, zog die Ausrüstung aus und wartete auf weitere Anweisungen.

Sämtliche hochrangigen Beamten des National Security Bureau, der National Police Agency und des Criminal Investigation Bureau begleiteten den vor Kurzem per Hubschrauber eingeflogenen Innenminister auf einem Rundgang über den Tatort. Der stellvertretende Polizeipräsident Lu von der Polizei Taipeh ließ sich zurückfallen, sodass ihm die Gelegenheit entging, dem Innenminister den Regenschirm zu halten. Dezember, der Beginn des Winters. Keine gute Zeit, um draußen in der Kälte festzusitzen.

Zwei Stunden vor Beginn der Operation hatte das National Security Bureau den Hinweis erhalten, dass sich drei bewaffnete Männer in Tsai Min-hsiungs Bauernhaus aufhielten. Der Anruf wurde zu einem bekannten Hersteller illegaler Waffen zurückverfolgt, dem Büchsenmacher. Eine verlässliche Quelle, wurde befunden. Das National Security Bureau informierte die Polizei Taipeh, und Eierkopf gab aus Sorge, jemand könnte die Zielpersonen warnen, nur denen Bescheid, die gebraucht wurden, und machte sich auf den Weg nach Süden. Man fand vier Menschen in dem Bauernhaus: Tsai Min-hsiungs Mutter, seine Frau und seine beiden Kinder. Männer waren keine da, weder bewaffnet noch unbewaffnet, und das SWAT-Team konnte keine Schießübungen veranstalten. Das einzige Todesopfer war Tsai selbst, den man, wie gesagt, aus dem Fischteich gezogen hatte. Die Kriminaltechnik schätzte, er sei etwa zwei Stunden zuvor gestorben. Während seine Familie geschlafen hatte, hatte er sich also mutmaßlich plötzlich Sorgen um die Fische gemacht, hatte nach ihnen sehen wollen, war im flachen Wasser ausgerutscht und ertrunken.

Der Leiter des Criminal Investigation Bureau war nicht glücklich.

»Stellvertretender Polizeipräsident Lu, was war das denn für eine Überwachung? Sie haben nicht einmal gemerkt, dass da ein Mann gestorben ist?«

Eierkopf antwortete nicht. Es hatte wenig Sinn, zu versuchen, die Schuld auf das National Security Bureau abzuwälzen.

Der Generalmajor vom National Security Bureau reagierte nicht so vernichtend, sondern murmelte bestürzt vor sich hin: »Wie ist das ... Ich verstehe nicht ...«

Eierkopf war nicht in der richtigen Position, um sich zu beklagen. Also ging er zu Wu.

»Ich nehme nicht an, dass Sie irgendetwas beizutragen haben, Herr Schadensinspektor?«

Die Behördenleiter telefonierten alle mit Taipeh. Eierkopf, ein einfacher stellvertretender Leiter einer städtischen Polizeibehörde, hatte noch zu arbeiten, und nachdem er allen seinen Vorgesetzten gestattet hatte, ihn der Reihe nach für seine Operation zu kritisieren, entfernte er sich aus diesem erlesenen Zirkel der Mächtigen. Er und Wu stapften jetzt am Rand des Felds entlang, wischten sich den Regen aus dem Gesicht und teilten sich eine Tüte Süßigkeiten.

»Tsai Min-hsiung hat den Präsidenten nicht erschossen«, sagte Wu.

»Seiner Familie zufolge war er wütend wegen der Agrarsubventionen. Seine Mutter hat uns erzählt, er hätte bei politischen Sendungen immer den Fernseher angeschrien. Ein Unzufriedener.«

»Das genügt nicht. Es gibt dreiundzwanzig Millionen Menschen in Taiwan, und mindestens zehn Millionen von ihnen sind unzufrieden mit irgendetwas. Das macht den Mann noch nicht zum Attentäter.«

»Das National Security Bureau hat den Anruf bekommen, und ich habe Befehl bekommen, hierherzufahren und sie alle hochzunehmen. Ich habe Dutzende von bewaffneten Beamten mobilisiert und nichts als eine tropfnasse Leiche bekommen. Das sieht nicht gut aus für mich.«

»Klingt nach einem fragwürdigen Hinweis. Die hätten sich erst mal das Grundstück richtig ansehen müssen.«

»Das National Security Bureau scheint dem Büchsenmacher zu vertrauen, und der Büchsenmacher hat behauptet, er hätte Tsai die Kugeln verkauft.«

»Und wo ist der Büchsenmacher?«

»Das Criminal Investigation Bureau ist hinter ihm her. Und ich stecke mittendrin, verdammte Scheiße. Nimmt mein Pech denn nie ein Ende? Und was zur Hölle soll ich jetzt machen?«

»Lassen Sie die mit dieser Geschichte nicht durchkommen, Eierkopf. Ich weiß, es würde Ihnen einiges erleichtern, aber Tsai war nicht der Schütze.«

»Ich weiß, ich habe das auch nicht ernst gemeint. Aber die haben die Waffe, und das heißt, sie werden es Tsai anhängen, wenn sie können.«

»Sie denken das nicht bis zu Ende durch. Wir haben beide die Waffe gesehen, die sie aus dem Teich gezogen haben, und wir wissen beide, was es für eine ist: eine auf dem Festland hergestellte Black Star. Vor dreißig Jahren hatten alle Triadenmitglieder so eine.«

»Ja. Wusste ich, sobald ich sie gesehen habe, trotz des Schlamms. Aber was macht's, dass sie alt ist? Könnte trotzdem tödlich sein, sogar wenn der Lauf so verstopft ist wie Ihre Prostata.«

»Sie braucht 7.62-mm-Patronen.«

»Wie die, die wir im Happy Hotel gefunden haben?«

»Nein, viel kürzer. 25 mm, nur halb so lang wie eine Gewehrpatrone. Und wie Sie sich erinnern werden, wurde auf den Präsidenten sowieso mit 9-mm-Kugeln geschossen.«

»Was für eine Verschwendung eines Verdächtigen, ob nun

tot oder nicht. Es ist nicht möglich, eine 9-mm-Patrone mit einer Black Star zu verschießen?«

»Natürlich nicht. Sie würde nicht passen.«

»Und wenn sie den Bauch eingezogen hätte, wie wir es tun?«

»Rechnen Sie sich das hier nicht an, Eierkopf. Der Beweis steht noch aus, und diese Waffe wird da auch nicht helfen.«

Alex sah, wie die Black-Star-Pistole aus dem Teich gezogen wurde, tippte Wu auf den Rücken und fuhr davon. Er wurde verfolgt, diesmal vom Counterintelligence Bureau. Eine Videoübertragung wurde an den Standort Taipeh übermittelt, dessen Leiter sein Display betrachtete und die Bilder an das Panzerfahrzeug des National Security Bureau weiterleitete, wo der Generalmajor es sich auf einem Laptop ansah, den ein Untergebener auf den Knien balancierte.

Der Generalmajor ließ sich das Video an sein verschlüsseltes Mobiltelefon schicken, von wo aus es ein letztes Mal weitergeschickt wurde:

»Ist er das?«

Das Bild von Alex auf seinem Motorroller traf in einem Zimmer ein, das Sherlock Holmes als Arbeitszimmer hätte dienen können. Es war nicht groß, konnte sich aber eines Klaviers (zugegeben, Holmes hätte vielleicht eine Geige bevorzugt), eines Ledersofas und einer Zimmerbar mit einem Dutzend Whiskeys und Brandys rühmen. Außerdem erfüllte dichter Zigarrenrauch die Luft. Drei Augenpaare waren auf einen Bildschirm gerichtet.

»Unser junger Freund ist jedenfalls kühn, einfach so da aufzutauchen. Niemand hat ihn festgenommen?«

»Die Spionageabwehr verfolgt ihn. Bis jetzt gibt es nicht genug Beweise, um ihn hochzunehmen. Johnny, was meinst du?«

Johnny antwortete nicht. Joe, wie immer, bei Tag wie bei

Nacht, bei Regen wie bei Sonnenschein, im Golfdress, tat es an seiner Stelle: »Ich sage, wir warten. Wir können sehen, wie die Sache sich entwickelt, und dann entscheiden.«

Johnny winkte gereizt ab. »Je länger wir warten, desto mehr kann schiefgehen. Sie sollen ihn beseitigen. Ein Autounfall, was auch immer. Außer das wird schwierig. Wäre Generalmajor Liu mit im Boot?«

»Generalmajor Liu möchte die Beförderung auf einen Stabsoffiziersposten nicht annehmen.«

»Er will Leiter der Ausbildungsstätte werden, ich weiß. Für diesen Posten hat Hsu aber schon jemanden, das wird also nicht einfach.«

»Dann sorgen wir dafür, dass es einfach wird!«

Joe und Jeffrey wandten sich vom Bildschirm ab und sahen den alten Mann im Rollstuhl an. Seine Hände zitterten vor Wut, seine Augen traten hervor. Jeffrey klopfte ihm beschwichtigend auf die Schulter.

»Johnny, wir sind alt genug, um zu wissen, dass wir nicht in Panik geraten dürfen. Lass uns einfach gelassen bleiben und abwarten. Du hast deinen Zug getan, jetzt müssen sie mitspielen. Egal, wie sehr es ihnen missfällt.«

Schweigen trat ein, und sie wandten sich alle wieder dem Bildschirm zu.

»Das ist der Mann, der den drei besten Scharfschützen des National Security Bureau entkommen ist?«, fragte Johnny besorgt. »Wenn wir ihn jetzt nicht ausschalten, kann er vielleicht fliehen. Und was dann? Hat das National Security Bureau nicht beim Abhören des stellvertretenden Polizeipräsidenten Lu erfahren, dass der Schütze die Gewehrpatronen absichtlich zurückgelassen hat, damit Alex Li sie findet? Wir haben eine unerledigte Sache: Unser Auftragskiller ist verschwunden. Aber er wird nicht riskieren, sich zu erkennen zu geben, und selbst wenn, würde man ihm nicht glauben. Das Problem ist, wenn

Alex Li ihn kennt und ihn findet ... das wäre nicht hilfreich. Sag der Spionageabwehr, sie sollen ihn vom Motorroller stoßen. Es regnet, so etwas kann leicht passieren. Wir übernehmen etwaige Anwalts- und Gerichtskosten oder Schadensersatzzahlungen. Los, kümmere dich darum.«

Joe nickte, nahm eine Tablette aus einem Fläschchen ein und beugte sich über sein Telefon.

»Nachricht ist abgeschickt.«

»Jeffrey, finde den Mittelsmann, frag ihn, wer unser Schütze war. Sag ihm, wir zahlen die letzte Rate nicht, da der Auftrag nicht erledigt wurde. Mach ein bisschen Druck.«

»Warum lassen wir den Schützen nicht einfach vom Mittelsmann töten? Das könnte uns das Leben erleichtern.«

»Nein. Wir kennen ihn nicht gut genug. Wir haben es einmal vermasselt, also versuchen wir, das jetzt nicht zu wiederholen. Haben wir irgendwas von Hsu gehört?«, fragte Johnny.

»Noch nicht. Wir warten ab, was er macht, wie du gesagt hast.«

»Tja, mittlerweile wird er wohl gehört haben, dass sein Klassenkamerad aus Kindertagen tot in einem Fischteich gefunden wurde. Er wird nicht klar denken. Gebt ihm etwas Zeit. Joe, du sendest Hsus Leuten eine Nachricht, sag ihnen, du hast für ihn aufgeräumt. Dann sehen wir, wie er reagiert.«

»Wird gemacht.«

»Und setz das Gerücht in die Welt, dass Tsai Min-hsiung vom Abgeordneten für Miaoli aufgehetzt wurde, nach Taipeh zu gehen, um zu protestieren. Chih Hu oder so heißt er.«

»Shih Fu. Aber ist der nicht in Gus Partei?«

»Na, wir halten eben beide auf Trab. Bis zur Wahl kann noch alles Mögliche passieren, halten wir uns alle Optionen offen.«

Die anderen beiden Männer nickten.

»Mir wird es zu spät, dafür bin ich zu alt. Macht ihr zwei weiter, wie ihr es für richtig haltet.« Johnny bewegte den Joystick an seinem elektrischen Rollstuhl und fuhr hinaus.

»Joe, ruf ihm seinen Fahrer«, sagte Jeffrey.

»Moment mal«, unterbrach ihn Joe. »Die Spionageabwehr hat ihn verloren.«

Der Livestream aus dem Fahrzeug des Counterintelligence Bureau zeigte eine leere Straße. Da war keine Spur von einem Uber-Eats-Motorroller.

»Jeffrey, triff deinen Kontakt bei der Spionageabwehr morgen zum Mittagessen, finde raus, was da los ist. Die können nicht ständig so versagen.«

6

Wu fuhr mit der Metro zur Arbeit, ließ beide Mobiltelefone in seiner Schreibtischschublade und nahm dann den Aufzug hinunter in die Tiefgarage. Er unterzeichnete für einen Firmenwagen und fuhr davon, wobei er den Rückspiegel im Auge behielt. Die Luft schien rein zu sein.

Er nahm die Küstenstraße nach Yilan und genoss unterwegs die Aussicht: Flugzeuge wie Pfeilspitzen auf ihren Kondensstreifen an einem mit hellen Wolken gesprenkelten blauen Himmel; Yachten und Fischerboote, die gemächlich auf einer von Wellen ungestörten See dümpelten. An Land bewegte sich nichts, nur ein Angler rang an einem Strand mit einem Degenfisch. Der Fisch kämpfte um sein Leben und ließ mit den letzten Zuckungen Sonnenglitzer von seinen Schuppen fliegen.

Wu bog rechts ab zum Berg Taiping und wurde langsamer. Er suchte nach einer Kirche an einer Kreuzung.

Er entdeckte sie zwischen den Bäumen. Der Priester, ein ausländisch aussehender Mann mit einem chinesischen Namen, erwartete ihn bereits und lächelte, als er zu ihm ging.

In einer Ecke des großen Hofs standen ein paar Leute über einen Gemüsegarten gebeugt und diskutierten darüber, ob der Kohl schon geerntet werden konnte oder nicht. Ein schweißüberströmter junger Mann trug Bücherkartons von einem Lastwagen in die Kirchengebäude. Die Kirche war nicht groß, verfügte aber über eine Bibliothek, Schlafsäle und eine Küche. Alles, was nötig war.

Der Priester begleitete Wu zur Bibliothek und ging wieder. Luo Fen-ying saß in einem Sonnenstrahl und hatte einen Heiligenschein aus Staubkörnchen. Der Duft der Süßen Duftblüte schwebte von draußen herein, und Wu blieb einen Augenblick stehen, um den Anblick zu genießen.

Sie war in ein Buch vertieft. Wu setzte sich in ihre Nähe und beschloss, sie lesen zu lassen. Der Mann, der die Bücherkartons hereintrug, nahm seine Aufgabe sehr ernst: Die Kartons wurden nicht einfach auf den Boden gepfeffert, sondern die Bücher behutsam an ihren Platz im Regal gestellt. Das wird ihnen helfen, sich einzugewöhnen, dachte Lu.

Luo Fen-ying, Baby Doll genannt und seinerzeit im Dienstgrad eines Oberleutnants zum Verteidigungsministerium abgeordnet, war bei der Schießerei auf dem Treasure Hill im vergangenen Jahr verletzt worden. Alex Li, der Wu damals bei einer Ermittlung unterstützt hatte, hatte ihr in den Kopf geschossen – kein tödlicher Schuss, aber einer, von dem sie sich noch nicht erholt hatte, obwohl das Heer sie vom Tri-Service General Hospital zu den Spezialisten im Veterans General verlegt hatte. Sie war aus der Armee entlassen worden, und das Amt für Veteranenangelegenheiten hatte sie in ein Genesungsheim in Hualian verlegen wollen. Zur allseitigen Überraschung hatte sie abgelehnt und war hierhergezogen, in diese Kirche tief in den Bergen von Yilan. Sie war jetzt eine Gläubige. Eines von Gottes Kindern.

Sie hatte die Scharfschützenausbildung unter Oberst Huang Hua-sheng, genannt Eisenschädel, im selben Jahrgang wie Alex absolviert. Danach hatte sie zuerst für den militärischen Geheimdienst des Verteidigungsministeriums gearbeitet und dann als Sekretärin des stellvertretenden Verteidigungsministers. Oberst Huang Hua-sheng, Angehöriger einer Geheimorganisation namens *Die Familie*, hatte sie in ein Komplott verwickelt, das er mit einem weiteren Mitglied dieser Organisation, einem Waffenhändler namens Peter Shan, geschmiedet hatte, um einen Militärberater des Präsidenten in Rom erschießen zu lassen. Der Berater hatte Geldströme so umgelenkt, dass Peter

Shan weniger in die Schatulle der *Familie* hatte einzahlen können.

Im Polizeibericht über den Fall wurden Huang Hua-shengs Verbrechen und sein Tod ausführlich geschildert. Luo Fenyings Rolle als seine Komplizin hingegen wurde nur flüchtig erwähnt, und gegen sie wurde keine Anklage erhoben. Aber das Heer brauchte kein Gericht, das ihm sagte, was es zu tun hatte, daher entließ man sie.

Wu hatte während der Ermittlungen einmal mit ihr telefoniert und ihr bei der Schießerei in jener regengepeitschten Nacht gegenübergestanden, als sie versucht hatte, ihren Mentor Eisenschädel zu schützen. Doch dies war ihre erste persönliche Begegnung gewesen. Wus Aussage hätte genügt, sie wegen versuchten Mordes an einem Polizeibeamten zu verurteilen. Aber als er aus dem Krankenhaus entlassen wurde, war er bereits im Ruhestand, und ihm schien, die Frau hatte genug gelitten. Eine Gefängnisstrafe war unnötig.

Der Bursche, der die Bücher einsortierte, arbeitete leise, fiel Wu auf, um sie nicht zu stören. In welches Buch war sie so vertieft?

Es war eine gebundene Ausgabe der Bibel, logisch eigentlich. Schließlich war dies eine Kirche.

Eine dunkelrote Narbe schlängelte sich um ihre Schläfe. Ihre Haut war so bleich, so durchscheinend, dass Wu sich einbildete, er könne dort eine Ader pochen sehen.

Er hatte ihr ein Geschenk mitgebracht, eine Schachtel mit von seiner Frau handverlesenen gesunden Lebensmitteln. Als er an diesem Morgen das Haus verlassen hatte, hatte sie mit ihrer Meinung zu dieser Angelegenheit nicht hinter dem Berg gehalten: »Ich fasse es nicht, dass du auf dieses arme Mädchen geschossen hast. Beim Training hast du nie irgendwas getroffen, hättest du nicht danebenschießen können wie sonst auch? Ehrlich, was schießt du ausgerechnet an deinem letzten Tag Menschen an?«

Er erklärte ihr nicht, dass es Alex' Kugel gewesen war, die Luo Fen-ying getroffen hatte, und nicht seine. Diesen Schuss hätte er nicht einmal bei Tageslicht und mit einer Schachtel Ersatzmunition geschafft. Aber er wusste es besser, als seine Frau zu berichten. Sie hatte die Angewohnheit, seine Versuche, ihre Fehler zu korrigieren, als unbegründete Widerworte zu verstehen.

Fen-ying trug ein weißes T-Shirt und eine so ausgeblichene Jeans, dass sie auch fast weiß wirkte. Ihr Haar wuchs allmählich nach, war aber noch kurz, was ihr ein jungenhaftes Aussehen verlieh.

Es schien ihr gut zu gehen.

»Sie spricht nicht«, hatte der Priester gesagt. »Und ich will sie nicht dazu drängen. Gott hat sicher seinen Plan.«

Wu verstand den Wink. Er hätte ohnehin nicht gewusst, was er sagen sollte. *Vielleicht sollte ich sie fragen, ob sie versichert ist, und ihr beim Ausfüllen der Antragsformulare helfen.*

Er blieb nicht lange. Die Schachtel mit den Lebensmitteln ließ er ihr da, dann schloss er die Bibliothekstür leise hinter sich. Auch von dem Priester verabschiedete er sich nicht, sondern setzte sich einfach ins Auto und folgte den Windungen und Kurven der Bergstraße zurück an die Küste. Kurz bevor er die Küstenstraße erreichte, fuhr er an den Straßenrand, weil er das dringende Bedürfnis nach einer Zigarette verspürte.

Er hatte keine. Aber als er seine Taschen durchsuchte, fand er die noch halb volle Tüte Süßigkeiten, die Eierkopf ihm dagelassen hatte.

Der Lastwagen der Kirche kam neben ihm zum Stehen, und der junge Mann streckte den Kopf aus dem Fenster. »Sie haben nicht zufällig eine Kippe, oder?«

»Nein, nur die hier.«

Der Mann nahm ein Gummibärchen. Vielleicht, dachte Wu, während sie beide kauten, habe ich gerade einen jungen Mann vor einem Leben in Tabakabhängigkeit bewahrt, indem ich ihn in die wunderbare Welt des Zuckers eingeführt habe. Wu versuchte, mit der Zunge ein Toffee von einem falschen Zahn hinten im Mund zu lösen, der bereits locker saß.

»Sie haben also Ihre Baby Doll gesehen. Sind die alten Gefühle vergangen? Oder wurde die Kerze der Liebe neu entzündet?«

»Ich weiß, was Sie sagen wollen.«

»Stört es Sie nicht, Eisenschädel und sie?«

»Vorsicht, Herr Kommissar. Das ist ein wunder Punkt.«

»Tut immer noch weh?«

»O ja.«

»Tja, er war ein bisschen alt, aber ziemlich fesch. Sie können es ihr nicht verübeln.«

»Herr Kommissar, es scheint Ihnen Spaß zu machen, Salz in die Wunde zu streuen. Ich beiße hier die Zähne zusammen.«

»Lassen Sie mich Ihnen einen Rat geben. Wenn man über eine verlorene Liebe hinwegkommen will, muss man sie in ein anderes Gefühl verwandeln. Hass ist am einfachsten. Liebe tut weh, Hass kann viel vergnüglicher sein. Dann, wenn Sie fertig sind mit Hassen, vergessen Sie das alles und suchen sich eine neue Freundin. In fünf Jahren werden Sie sich fragen, was der ganze Aufstand sollte.«

»Erinnern Sie sich an das, was Sie mir über diese Papierzielscheiben auf dem Schießstand gesagt haben, Kommissar Wu?«

»Ja. Ich wundere mich, dass Sie sich erinnern.«

»Sie haben gesagt, niemanden interessieren die hübschen sauberen Zielscheiben, die da aufgestellt werden. Es sind die mit den Einschusslöchern, die die Leute als Andenken behalten. Weil es diese ganzen Löcher sind, die ihre Fortschritte und das jahrelange Üben belegen.«

»Habe ich diesen ganzen Quatsch wirklich gesagt?«

»Allerdings, Herr Kommissar.«

»Und Sie wollen die Löcher behalten?«

»Ich glaube schon. Ich habe sonst nichts zu behalten.«

»Doch, Alex. Mehr als ich jedenfalls.«

»Was denn?«

»Jugend!«

Alex hielt die Hand auf, er wollte noch ein Gummibärchen. Seine Zähne waren gesund, und er war noch mindestens zwanzig Jahre davon entfernt, dritte Zähne zu brauchen. Er konnte sämtliche Süßigkeiten der Welt genießen, ohne Angst vor dem Kopfschütteln des Zahnarztes haben zu müssen.

»Sie geben mir immer viel zum Nachdenken, wissen Sie?«, sagte Alex.

»Ha. Ich sage nur, was ich denke, mehr nicht.«

»Ganz und gar nicht. Es ist tiefgründig. Wenn Sie es aussprechen, denke ich, alles klar, aber dann gehe ich nach Haus und erkenne die tiefere Bedeutung.«

»Was meinen Sie?«

»Es ist, als würden Sie fragen, ob eins plus eins zwei ergibt oder vielleicht eher null. Oder wie damals bei der Fremdenlegion, als dieser Japaner mir Japanisch beigebracht hat. Vornweg kam eine lange Reihe höflicher Worte und erst ganz am Ende der wichtige Teil. Auf den musste man warten, man musste aufmerksam zuhören, damit er einem nicht entging. Oder man hörte ihn nur ›Okay‹ sagen und musste dann herausfinden, ob es wirklich okay war oder nicht.«

»Und so rede ich?«

»Allerdings. Sie sagen einem nicht, wie man irgendwohin kommt. Nur wie man darüber nachdenkt, wohin man unterwegs ist.«

»Und wissen Sie, wohin Sie wollen?«

»Ja. Da ist ein bestimmtes Ziel, im Haus bei elf Uhr, linkes Fenster. Genau der Ort, wo man einen Scharfschützen platzieren würde.«

»Wie detailliert. Viel Glück auf der Reise. Und vergessen Sie nicht, irgendwann loszulassen.«

»Ja, Herr Kommissar. Aber ich halte lieber an meinen Prinzipien fest.«

»Könnten Sie nicht wenigstens dieses eine Mal?«

Alex ließ den Motor an. »Na bitte, schon sagen Sie mir wieder, eins plus eins ist zwei.«

»Aber so ist es doch!«

»Da ist noch etwas. Das gestern Abend hat mich an etwas erinnert, worüber Eisenschädel mal gesprochen hat: die Schlange aus ihrem Erdloch locken.«

»Sie meinen Tsai Min-hsiung?«

»Ja. Wenn man nicht weiß, wo auf dem Schlachtfeld der Feind ist, lässt man einen Scharfschützen einen Schuss auf die wahrscheinlichste Stelle abgeben. Entweder gerät der Gegner in Panik, oder er schießt instinktiv zurück. So oder so weiß man, wo er ist.«

»Ich verstehe nicht, inwiefern das relevant ist.«

»Die Black Star, die sie gefunden haben … Tsai war Bauer; er war nicht oft in der Stadt. Aber ich glaube, er ist aus irgendeinem Grund wichtig. Er ist nicht der Schütze, aber es muss einen Zusammenhang geben. Warum sonst den weiten Weg nach Tongxiao fahren, um ihn auszuschalten? Ich glaube, das sollte dazu dienen, den wahren Attentäter hervorzulocken, Herr Kommissar, oder jemanden, der in die Sache verwickelt ist«, sagte Alex.

»Tja, das ergibt Sinn. Ebenso sehr wie, dass eins plus eins zwei ergibt.«

»Ich wusste, Sie würden verstehen.«

»Okay, ich werde sehen, was ich herausfinden kann. Da bleibt wenigstens mein Gehirn in Übung.«

»Auf Wiedersehen, Kommissar Wu. Mögen Sie einen langen, glücklichen Ruhestand haben.«

Mit einem Satz erwachte der Laster zum Leben. Alex wendete und fuhr dorthin zurück, woher er gekommen war.

7

Der Kopf des Direktors des Criminal Investigation Bureau nahm ein Drittel des Fernsehschirms ein. Er verlas eine vorbereitete Erklärung: »Der Tod des Verdächtigen, Tsai Min-hsiung, könnte ein Unfall gewesen sein, aber wir schließen nicht aus, dass er mit dem Attentat in Verbindung steht. Wir haben die verfügbaren Überwachungsbilder vom Tag des Attentats ausgewertet, und wie Sie gleich sehen werden, betritt etwa eine halbe Stunde nach dem Attentat ein Mann in einem Regenmantel sichtlich in Eile den Busbahnhof Taipeh. Wir glauben, dieser Mann war Tsai Min-hsiung. Weiterführende Ermittlungen haben ergeben, dass Tsai und der Präsident auf der Grundschule Klassenkameraden waren.«

Die versammelten Journalisten tuschelten untereinander. Der Direktor nutzte die Gelegenheit, um ausgiebig zu husten.

Auf dem Bildschirm waren jetzt, wie angekündigt, Überwachungsbilder eines Mannes im Regenmantel zu sehen, der die Straße überquerte und in den Busbahnhof Taipeh eilte. Auf dem nächsten Bild war das Innere des Bahnhofs zu sehen: Derselbe Mann stieg in einen Bus nach Xinzhu.

Und dann zwei Fotos: eines von Tsai, das andere ein Standbild aus einem Überwachungsfilm.

»Was Tsais Motiv für sein Attentat auf den Präsidenten angeht, so scheint es, dass er unglücklich über die Höhe der Ausgleichszahlungen war, die den Bauern für die letzten Dürreperioden geboten wurden. Er hat seinen Abgeordneten Shih Fu aufgesucht, der ihm vorschlug, nach Taipeh zu fahren und mit seinem ehemaligen Klassenkameraden, dem Präsidenten, zu sprechen. Das Büro des Präsidenten hat uns darüber informiert, dass keine Aufzeichnungen über irgendwelche Anfragen von Tsai vorliegen und sein Name auch nicht auf den Besucherlisten steht. Es ist möglich, dass er mit einer Waffe in die Huayin Street gegangen ist, um die Wagenkolonne des Präsidenten aufzuhalten und seine Beschwerden öffentlich vorzutragen, dann aber wütend wurde und auf ihn geschossen hat. Der Präsident selbst hat uns gesagt, er und Tsai seien zwei Jahre lang Klassenkameraden gewesen, hätten sich aber nicht gut gekannt, und er habe seit dem Schulwechsel nach dem vierten Schuljahr nicht mehr mit ihm gesprochen.«

Nach dieser langen Passage nahm sich der Direktor einen Augenblick, um sich den Schweiß von der Stirn zu wischen und einen Schluck Wasser zu trinken.

»Das CIB ist sich sehr sicher, dass der zweite Schütze, der mit einem Gewehr bewaffnet war, ein ehemaliger Soldat namens Alexander Li war, der vermutlich in das Attentat auf einen taiwanischen Militärberater letztes Jahr in Rom verwickelt war. Li war früher Scharfschütze beim Heer und hat auch in der Fremdenlegion gedient. Dies ist ein Foto von ihm, als er letztes Jahr die Grenzkontrolle am Flughafen Taiwan Taoyuan passierte. Wie Sie sehen, hatte er sich als Frau verkleidet. Es wurde ein Haftbefehl gegen ihn erlassen, und wir bitten jeden, der ihn wiedererkennt, sich mit uns in Verbindung zu setzen. Lis Rolle im aktuellen Fall ist gegenwärtig unklar, und wir rufen ihn auf, sich zu stellen.«

Der Direktor blickte kurz hoch in die Kamera, dann las er weiter vor: »Wir ermitteln dreigleisig. Erstens sehen wir uns die Feinde des Präsidenten an. Zweitens politische Gegner – das bedeutet, wir müssen auch mit Gu Yan-po sprechen, aber bitte behalten Sie im Kopf, dass dieser Teil der Ermittlungen reine Routine ist. Drittens gehen wir Hinweisen auf einen möglichen Zusammenhang mit illegalem Glücksspiel nach, wie es in den Medien erörtert wurde. Seien Sie versichert, wir drehen jeden Stein um.«

Die Pressekonferenz zog sich hin. Der Direktor wich von

der vorbereiteten Erklärung ab und sah die versammelten Reporter an.

»Unsere anfängliche Vermutung war, dass Tsai sich nach seiner Rückkehr nach Tongxiao der Waffe entledigen wollte, indem er sie in den Fischteich warf. Es regnete, der Boden war aufgeweicht, und er rutschte unter Wasser und ertrank. Die noch in der Nacht durchgeführte Obduktion hat bestätigt, dass Tsai Wasser in der Lunge hatte und somit ertrunken ist. Andere Verletzungen weist er nicht auf. Was den Einwand betrifft, dass die Projektile, mit denen auf den Präsidenten geschossen wurde, nicht mit der im Teich gefundenen Black-Star-Faustfeuerwaffe abgegeben worden sein können, so untersuchen wir diesen Punkt noch. Wir haben auch ein Team von Spezialisten nach Miaoli geschickt, das den Fischteich Zentimeter für Zentimeter absuchen wird. Das Wasser wurde bereits abgelassen. Falls da noch eine Waffe oder weitere Beweise sind, werden wir sie finden.«

Drei alte Männer saßen um einen Fernseher versammelt. Joe gestikulierte mit einem Glas, in dem sich hauptsächlich Eiswürfel befanden.

»Ich habe Hsus Leuten gesagt, wer Tsai Min-hsiung war. Sieht aus, als wären sie dankbar für dieses Geschenk. Wir dürften bald von ihnen hören.«

»Nicht von Hsu selbst?«, fragte der alte Mann im Rollstuhl missbilligend.

»Seine beiden kleinen Freunde danken uns immer wieder für unsere Hilfe bei der Aufklärung ihres Falls. Hsu mag sich darüber den Kopf zerbrechen – er weiß natürlich, dass Tsai nicht der wahre Schuldige ist. Aber er wird darüber schweigen müssen.«

»Und was wäre das im Baseball?«

»Na, das ist, als hätte er den Ball schlagen wollen, aber der wäre an seinem Schläger entlanggerollt und hätte ihn voll in die Eier getroffen.«

Die drei gönnten sich ein seltenes Kichern.

»Was war das mit der Black Star im Teich?«, fragte Jeffrey und stieß eine Wolke Zigarrenrauch aus.

»Das war der Bursche, den wir auf Tsai angesetzt hatten. Er konnte sich nicht dazu überwinden, eine gute Waffe in den Teich zu werfen, da hat er stattdessen eine alte Black Star genommen«, sagte Joe, und sein Puttversuch ging daneben.

»Wie machst du das nur?«, fragte Johnny, und seine Stimme bebte vor Wut. »Der erste Killer, den du gefunden hast, beschließt eigenmächtig, Beweise zurückzulassen, der zweite beschließt, den falschen Beweis zurückzulassen.«

»Es war ...«

»Das war schlampig!« Johnny schlug mit der flachen Hand auf die Armlehne seines Rollstuhls, und seine Augen funkelten wütend.

Jeffrey versuchte, den älteren Mann zu beschwichtigen: »Lasst uns nicht streiten. Wir müssen jetzt nur langsamer machen und eins nach dem anderen in Angriff nehmen. Wir sind zu alt, um uns aufzuregen. Diese Sache ist den Bluthochdruck wohl kaum wert. Wie klingt das: Das Criminal Investigation Bureau überprüft die illegalen Glücksspielkartelle und findet heraus, dass das meiste Geld auf Gu gesetzt wurde. Wenn er gewinnt, müssen die Kartelle richtig viel Geld auszahlen. Also haben sie vielleicht einen Schützen beauftragt, der Hsu anschießen sollte, damit er Sympathiestimmen und vielleicht sogar den Sieg bekommt. Die sorgen sich nur um ihr Geld, wer Präsident ist, ist ihnen egal. Die perfekten Sündenböcke. Da der Schütze, Tsai, tot ist, können sie ihn mit den Kartellen in Verbindung bringen, und Hsu ist den Verdacht, dass er das Ganze selbst fingiert hat, los. Dafür muss er dankbar sein. Was die Diskrepanz zwischen den Kugeln und der Black Star betrifft, hatte Johnny eine Idee.«

Johnny übernahm: »Wir sorgen dafür, dass die Polizei sich im Kreis dreht!« Die anderen nickten. »Vorher ging die Initiative von Hsu aus, und niemand wusste, wer auf ihn geschossen hatte oder warum. Jetzt haben wir ihnen Tsai und eine Waffe gegeben. Das Criminal Investigation Bureau hat es geschluckt und bei der Pressekonferenz erklärt, dass der Täter ihrer Meinung nach Tsai gewesen ist. Das bedeutet, wir haben die Initiative übernommen, und Hsu wird uns geben, was wir wollen. Aber es gibt keinen Grund zur Eile. Er wird einlenken. Jedenfalls, was ist mit dem Schwachkopf, der Tsai getötet hat?«

»Wir haben ihn bezahlt, aber unsere Leute beobachten ihn«, berichtete Joe vorsichtig.

»Was hören wir von Gus Leuten?«

»Sie geraten in Panik«, erwiderte Jeffrey. »Und versuchen, diesen amerikanischen Experten zu überreden, sich in ein Flugzeug zu setzen.«

Joe sah auf sein Telefon und unterbrach Jeffrey: »Hsus Leute sind nicht glücklich. Sie wollen wissen, wo die echte Tatwaffe ist.«

»Besorgt eine Neunmillimeter und versteckt sie irgendwo in Tsais Haus«, befahl der Alte. »Und erinnert Hsu daran, dass wir ihm geholfen haben, den Schützen zu finden. Lasst den Mann, der Tsai getötet hat, nicht laufen. Sobald wir die echte Waffe haben, sagt ihnen, Tsai hätte einen Abschiedsbrief hinterlassen, und zwar einen, der nichts Gutes für Hsu bedeutet, aber wir würden versuchen, ihn in die Finger zu bekommen. Er wird wissen, was das bedeutet – entweder er stimmt unseren Forderungen vor der Wahl zu, oder der Abschiedsbrief geht an die Medien.«

»Es gibt einen Abschiedsbrief?« Das war Joe neu.

»Nein. Aber noch vor vierundzwanzig Stunden war Tsai auch noch kein Möchtegernmörder. Jetzt ist er es, und er ist tot. Und Tote können nicht reden, wenn wir also sagen, es gibt einen Abschiedsbrief, wer wollte da behaupten, dass das nicht stimmt? Ihr habt seine Frau und seine Mutter doch überall in den Nachrichten heulen sehen. Die grämen sich mehr über den Verlust ihres Ernährers als um ihren Ehemann und Sohn. Die Stiftung hat ihnen schon eine Million Dollar Trauergeld gezahlt.«

»Also kann Hsu nicht riskieren, abzustreiten, dass Tsai der Schütze war, und er kann nicht sagen, dass er weiß, dass der Abschiedsbrief gefälscht ist. Das ist eine gute Idee, Johnny.«

»Wie geht's den Jungs, die Hsu rübergeschickt hat?«, fragte Johnny und ignorierte das Lob.

»Der eine ist schnell auf hundertachtzig, der andere einfach unterwürfig. Wir haben das gut gelöst. Hsu hätte nie gedacht, dass wir einen Schützen präsentieren würden, geschweige denn einen alten Klassenkameraden. Jetzt fragt er sich, was wir sonst noch im Ärmel haben.«

»Wir müssen noch zwei Patronenhülsen für die Kugeln präsentieren«, sagte Johnny leise.

»Das hängen wir auch Alex Li an, sobald sie ihn schnappen. Unseren japanischen Attentäter haben sie vergrault, der kommt nicht zurück und stellt sich.«

»Beobachtet Li und Wu. Li ist gerissen, aber Wu hat ein Zuhause und eine Familie. Der geht nicht weit weg.«

Ein Mitglied von Wus Familie lag in einem Krankenhausbett, und nur am Zischen des Beatmungsgeräts merkte man, dass er noch lebte. Wu saß am Bett seines Vaters und hielt dessen schlaffe Hand.

In einer Zeitschrift hatte er einmal gelesen, dass alte Menschen, deren Partner sterben, oft bald darauf ebenfalls sterben. Es fehlt der Halt, es fehlt ein Sinn im Leben. Sein Vater hatte in den Jahren seit dem Tod von Wus Mutter zu kämpfen gehabt. Er war schneller gealtert, sein Gedächtnis hatte nachgelassen, sein Geschmacks- und sein Geruchssinn ebenfalls.

Doch er hatte sich geweigert, zu Wu und seiner Familie zu ziehen, und ihnen auch nicht erlaubt, ihm eine Pflegekraft zu besorgen. Er würde ihnen nur zur Last fallen, hatte er gesagt. Und er sei an seine Wohnung gewöhnt. Sie rieche, darauf hatte er bestanden, nach seiner Frau.

An dem Tag, an dem Wus Vater gestürzt war, wurde Wu von den Nachbarn benachrichtigt und traf nur fünf Minuten nach dem Rettungswagen ein. Auf einer Fahrtrage wurde sein Vater ins Heck des Wagens geschoben. Er hatte nicht geöffnet, als ein Nachbar bei ihm geklingelt hatte, um nach ihm zu sehen. Glücklicherweise hatte dieser Nachbar einen Schlüssel, mit dem er in die Wohnung gelangte, und fand Wus Vater im Bad auf dem Boden.

Bei diesem Sturz vor drei Monaten und zwölf Tagen hatte Wus Vater sich den Kopf angeschlagen. Seither lag er im Koma und reagierte weder auf Geräusche noch auf Licht oder Berührung.

Vielleicht, dachte Wu, *hätte ich mehr tun sollen.*

Wu bezahlte für zusätzliche Pflege, damit sein Vater täglich gewaschen und bewegt wurde. Er hätte selbst mehr getan, aber er musste arbeiten, um die Krankenhausrechnungen bezahlen zu können. Zwar hatte er seine Polizeipension, aber damit kam man nicht weit.

Wus Mobiltelefon vibrierte immer wieder. Er ignorierte es immer wieder. Er kam alle paar Tage, um eine halbe Stunde bei seinem Vater zu sitzen. Er wusste nicht, ob er ein liebender Sohn war oder nur sein Gewissen beruhigte.

Der Pfleger schickte ihn nach Hause, vielleicht, weil er sah, wie erschöpft er war, und keinen weiteren Patienten wollte, um den er sich kümmern musste.

Als Wu ging, sah er aufs Telefon: sechs entgangene Anrufe, alle von Eierkopf. Er rief nicht zurück. Er war Eierkopf leid. Dann ein weiterer Anruf, von einem ehemaligen Kollegen, Chih-ming. Den zu ignorieren wäre ihm unhöflich vorgekommen.

»Kommissar Wu, hier ist Chih-ming. Der stellvertretende Polizeipräsident Lu schickt mich, Sie abzuholen, sind Sie noch im Krankenhaus? Er hat sehr deutlich gemacht, was mit mir passiert, wenn ich Sie nicht finde.«

»Ich habe keine Zeit. Ich muss meine Frau abholen.«

»Bitte, Herr Kommissar. Der stellvertretende Polizeipräsident geht die Wände hoch. Ich setze Sie da ab, und dann hole ich Ihre Frau ab. Ich bringe sie, wohin sie will. Nach Hause, zum Abendessen, zum Shoppen. Ich mache einen guten Tee, meine geschmorte Schweinehaxe nach Wanluan-Art ist unübertroffen, und falls ich sie zum Shoppen fahren soll, weil sie japanische Gesichtsmasken oder eine Louis-Vuitton-Tasche möchte, ist es das wert.«

»Sie spielt Mah-Jongg. Ich muss sie nur nach Hause fahren.«

»Wo ist sie und was isst sie gern? Fächerfisch-Nudeln vom Yongle-Markt? Teigtaschen vom Dongmen-Markt?«

Wu gab auf und lachte. »Chih-ming, ist es so schlimm?«

»Es ist Ihnen vielleicht entgangen, Herr Kommissar, aber es gab da neulich diesen Attentatsversuch …«

Wu saß in Eierkopfs Büro und wurde so gut behandelt, wie Chih-ming seine Frau zu behandeln versprochen hatte.

»Hier, versuchen Sie den Tee«, empfahl Eierkopf ihm, bevor er sich an einen Untergebenen wandte: »Sie, gehen Sie zum Kühlschrank und holen Sie das Mungbohnengebäck – wo wollen Sie hin, ich bin noch nicht fertig –, Kommissar Wu trinkt gern ein Gläschen Kaoliang, und im Safe ist eine Flasche Black Gold Dragon. Sie kennen die Kombination. Falls da drin Schokolade ist, bringen Sie die auch mit.«

»Also, mein geschätzter stellvertretender Polizeipräsident Lu, mir ist aufgefallen, dass es das Criminal Investigation Bureau war, das den Durchbruch in den Ermittlungen verkündet hat, nicht die Polizei Taipeh«, sagte Wu. »Das macht es ein bisschen weniger wahrscheinlich, dass Sie an einem Schreibtisch neben dem Scheißhaus enden.«

Eierkopf richtete seine Uniform: »Das CIB war unerklärlich erpicht darauf, das bekannt zu machen, wenn man bedenkt, dass es eindeutig nicht die Waffe war, nach der wir gesucht haben. Von daher der Spott in den Medien. Natürlich haben sie mir trotzdem die Schuld daran gegeben. Vor nicht mal einer halben Stunde haben mich der Innenminister und der Leiter der National Police Agency zusammengestaucht und mir vorgeworfen, ich hätte fehlerhafte Informationen weitergegeben. Und zur Hölle mit den beiden, denn die Info kam vom National Security Bureau, und ich habe nur einen Haftbefehl ausgeführt. Trotzdem ist jetzt alles meine Schuld. Wenn ich gewusst hätte, dass es auf der Leitungsebene so zugeht, wäre ich lieber als Dozent an die Polizeihochschule gegangen. Wer will in Taiwan schon Staatsbediensteter sein, frage ich Sie ...«

Wu antwortete nicht. Eierkopf kaute auf einem Gummibärchen. Er kam auf mindestens fünfzehn pro Tag, seit er das Rauchen aufgegeben hatte. Der Zigarettenverzicht würde nur dann gut für seine Gesundheit sein, sagte er gern, wenn es ihm irgendwie gelang, keinen Diabetes zu bekommen.

Eierkopf steckte sich ein weiteres Gummibärchen in den Mund.

Wu gähnte. »Kommen Sie schon, was gibt's?«

»Halten wir Sie von was Wichtigem ab, Wu? Jedenfalls, die folgen Ihnen, also dachte ich, warum nicht ganz offenherzig sein und Sie herkommen lassen?«

»Was wollen Sie?«

Eierkopf schob ein einzelnes Blatt Papier über den Schreibtisch:

1935: Wang Jingwei, Chiang Kai-sheks Premierminister, von Sun Feng-ming mit drei Kugeln angeschossen. Überlebte.

1981: Ein Möchtegernattentäter gab mit einem Revolver Kaliber .22 sechs Schüsse auf US-Präsident Ronald Reagan ab. Bis auf einen Querschläger gingen alle fehl, und Reagan überlebte.

1981: Papst Johannes Paul II. wurde von drei Kugeln aus einer halbautomatischen Browning-Pistole Kaliber 9 mm getroffen. Er überlebte.

1995: Der israelische Premierminister Jitzchak Rabin wurde zweimal von einer halbautomatischen Pistole Kaliber 9 mm mit Hohlspitzgeschossen getroffen. Er starb.

»Was soll das werden, eine Geschichtsstunde? Dafür haben Sie mich den weiten Weg kommen lassen?«

»Zeigen Sie das sonst niemandem. Wang von der Kripo hat es mir zusammengestellt. Sehen Sie das Muster?«

»Erleuchten Sie mich ...«

»Das mit Wang Jingwei ist sehr lange her, aber wir wissen, dass der Attentäter einen Revolver benutzte und sehr nahe herankam. Reagans Attentäter war ein Verrückter, auch er kam nahe heran. Beide Opfer überlebten. Die Schüsse auf den Papst 1981 sollten ihn eindeutig töten, die Browning ist viel tödlicher als der Revolver. Rabins Mörder ging noch weiter, er verwendete Hohlspitzgeschosse, die sich beim Aufprall aufpilzen. Und es hat funktioniert, Rabin starb.«

»Ich sehe es.«

»Genau. Eine Evolution des Attentats. Wenn man schon schießt, dann mit etwas, das das Ziel auch tötet.«

»Also würde niemand, der den Präsidenten wirklich töten wollte, eine hausgemachte Waffe und hausgemachte Projektile verwenden?«

»Sie hätten niemals in den Ruhestand gehen sollen, Wu. Behalten Sie das aber für sich. Himmel, ich wache neuerdings mitten in der Nacht auf und denke darüber nach. So versucht doch niemand, einen Präsidenten zu ermorden – indem er mit einer lausigen Waffe rumballert.«

»Wenn einer verzweifelt ist oder verrückt, dann nimmt er vielleicht einfach das, was zur Hand ist.«

»Und der Kugel, die den Präsidenten erwischt hat, ist zufällig im Futter seiner Jacke die Puste ausgegangen? Muss schon eine echte Niedrigenergiekugel gewesen sein, finden Sie nicht auch?«

»Also sind Sie jetzt sauer, weil wir Taiwaner nicht mal effizient nationales Führungspersonal ermorden können, und das bringt Sie um den Schlaf?«

»Nein, Wu, ich bin sauer, weil ich vielleicht nicht herausfinde, was wirklich passiert ist.«

Wu wusste, was jetzt kam. Aber er wartete, bis Eierkopf es aussprach.

Eierkopf stand auf. »Tsai war nicht der Schütze. Wir haben keine Patronenhülsen gefunden, die zu den Kugeln passen, und wir haben keine Kugeln gefunden, die zu den Gewehrpatronenhülsen im Hotelzimmer passen.«

»Ich glaube nicht, dass irgendjemand auf Hsu geschossen hat, außer vielleicht Hsu selbst. Tsai musste den Kopf hinhalten, weil sie einen Schuldigen brauchten, aber sie haben ihm die falsche Waffe untergeschoben.«

»Wenn man lügt, muss man weiterlügen. Lüge eins führt zu Lüge zwei und so weiter ...« Eierkopf seufzte und schüttelte den Kopf.

Wu musterte Eierkopf kühl. »Okay, wir glauben also nicht, dass auf Hsu geschossen wurde. Er hat die ganze Sache fingiert. Aber dafür haben wir keine Beweise. Wir können uns den lieben langen Tag mit Theorien vergnügen, aber das hilft uns nicht weiter. Was können wir also tun? Lassen wir das Criminal Investigation Bureau, das Counterintelligence Bureau und das National Security Bureau untereinander ausfechten, wer zuerst darauf kommt?«

»Und was sonst könnten wir tun?«, fragte Eierkopf.

»Eierkopf, hören Sie auf, Theater zu spielen.«

»Hey, Sie haben gesagt, das National Security Bureau hat Alex gestern Abend Leute auf den Hals geschickt? Das passt. Wenn Tsai nicht ihr Sündenbock sein kann, würde Alex sich eignen. Und sie hätten ihn lieber tot. Das würde ihnen diese ganzen ermüdenden Ermittlungen ersparen.«

»Haben Sie es schon erkannt?«

»Was erkannt?«

»Wir haben zwei Männer, die verdächtigt werden, dass sie den Präsidenten ermorden wollten. Einer von ihnen wird beschuldigt, eine hausgemachte Waffe dafür benutzt zu haben, trotz des Umstands, dass die Waffe, die sie gefunden haben, nicht passt. Der andere hat zwei Gewehrpatronenhülsen hinterlassen, was auf einen Profi hindeutet, und wenn man einen Attentäter dafür anheuern wollte, wäre Alex die ideale Wahl. Tsai ist schon tot. Wenn Alex auch stirbt, haben sie gut hinter sich aufgeräumt. Und das Beste daran ist, es bedeutet ...«

»Der einzige Mensch mit einem Motiv, einen Anschlag auf Hsu zu beauftragen, ist Gu Yan-po«, unterbrach ihn Eierkopf.

»Das haben Sie gesagt«, sagte Wu. »Nicht ich.«

»Und dass es keine Beweise gibt, wird keine Rolle spielen. Allein die Gerüchte werden Gu Hunderttausende Stimmen kosten.«

»Noch einmal, das habe ich nie gesagt.«

»Wo ist Alex?«

»Ich weiß es nicht. Und ich will es auch nicht wissen. Sie sind der, der auf Beförderung und Gehaltserhöhungen aus ist.«

»Nur kein Neid. Ich bin nur ein kleiner Angestellter im öffentlichen Dienst, das ist alles. Sie haben ihn aber gesehen, am Taiping-Berg?«

»Ja.«

»Und wo ist er hin?«

»Nachdem er Fen-ying gesehen hatte, habe ich ihm geraten, sich aus dem Staub zu machen. Er hat keinen Grund, sich da hineinziehen zu lassen.«

»Kommen Sie, Wu, helfen Sie einem alten Freund. Sie machen es mir sehr schwer.«

»Na ja, in seiner Wohnung wird er nicht sein. Dort hat er die Scharfschützen vom National Security Bureau schon alt aussehen lassen.«

»Kann er irgendwo anders hin?«

»Ich habe ihn nicht gefragt.«

»Das war nicht sehr nett von Ihnen.«

»Er lädt mich nie zum Abendessen ein, und ich schicke ihm keine Weihnachtskarten. Wozu brauche ich dann seine Adresse? Einmal hat er Daguan erwähnt.«

»In Xindian?«

Eierkopf zog ein Foto aus seiner Schreibtischschublade.

»Das National Security Bureau hat einen USB-Stick zugeschickt bekommen, anonym. Darauf war ein Video vom Attentat auf den Präsidenten, aus einer anderen Perspektive. Es zeigt ein Gesicht in der Menge. Alex.«

Wu machte sich nicht die Mühe hinzusehen und blieb über seinen Black Gold Dragon gebeugt. *Schade, dass ich nicht in der Stimmung bin, ihn zu genießen,* dachte er, schenkte sich noch ein Glas ein und kippte es.

»Eierkopf, warum haben Sie mir das nicht sofort gesagt? Sie machen es mir sehr schwer, mit Ihnen befreundet zu bleiben.«

8

»Sind wir sicher, dass es Lis Motorroller ist?«
Der alte Mann im Rollstuhl klebte mit dem Gesicht am Bildschirm.

»Ja, vor einem Nudellokal in Tucheng. Das National Security Bureau hat das Foto gemacht. Sie haben bestätigt, dass da ein Mann und eine Frau waren: Alex Li und seine Freundin, Luo Fen-ying.«

Ein weiteres Foto: derselbe Motorroller auf einem Hotelparkplatz.

»Das ist jetzt in Zhongli, in der Nähe des Flughafens. Generalmajor Liu will wissen, ob er ihn verhaften soll.«

Der alte Mann fuhr mit dem Rollstuhl durch den Raum, während er nachdachte.

»Ich sage euch, was ich denke«, sagte Jeffrey und richtete sein Halstuch. »Das National Security Bureau stürmt das Hotel. Alex Li stirbt bei der Schießerei. Wir erzählen der Öffentlichkeit, dass er auf den Präsidenten geschossen hat. Wir haben Bilder von Tsai am Tatort und Fotos von Alex, die von Bürgern zur Verfügung gestellt wurden. Noch besser werden wir das nicht hinbekommen.«

Jeffrey beobachtete den alten Mann und versuchte, seine Reaktion einzuschätzen, ehe er fortfuhr. »Aber Johnny, wenn Alex Li tot ist, wird das Criminal Investigation Bureau den Fall für abgeschlossen erklären. Sie werden sagen, Li und Tsai seien Verschwörer gewesen. Die Öffentlichkeit wird sich keine Gedanken darum machen, wer eine Faustfeuerwaffe und wer ein Gewehr benutzt hat, oder warum die Pistole zweimal abgefeuert wurde, während der Mann mit dem Scharfschützengewehr den für ihn einfachen Schuss nie abgegeben hat. Mit zwei toten Verdächtigen, die nicht mehr reden können, muss Hsu sich keine Sorgen mehr machen. Selbst wenn wir dann Tsais Abschiedsbrief veröffentlichen, können sie einfach sagen, er sei gefälscht.«

»Du hast recht. Alex darf noch nicht sterben«, sagte Johnny.

»Wir können ihn nicht töten«, bekräftigte Jeffrey. »Im Moment brauchen wir ihn lebendig.«

»Aber wenn wir ihn nicht töten, wird es jemand anders tun«, sagte der alte Mann.

»Wir beschützen ihn.«

»Wie meinst du das?«

»Wir lassen Li nach Japan fliegen und unseren Auftragskiller suchen. Er ist stur, er wird der Sache auf den Grund gehen wollen, und er weiß, dass das National Security Bureau darauf aus ist, ihn zu töten ...«

»Und jeder echte Mann würde Rache wollen.«

»Genau.«

»Also verfolgen wir Li, er führt uns zu unserem Auftragskiller, und wir beseitigen sie beide?«

»Ja. Er stirbt in Japan, wir vernichten die Leichen, und selbst wenn die japanische Polizei DNA-Spuren findet, werden sie Li nicht in ihren Datenbanken haben. Hsu wird nicht wissen, was passiert ist, und wir werden es ihm bestimmt nicht sagen, also wird er nervös sein, weil er denkt, wir haben Li noch in der Hinterhand, und tun, was wir sagen.«

Der Alte sah Jeffrey eine volle Minute lang an, und seine Brauen sanken herab. »Hsu wird also in Angst vor einem Toten leben. Gute Arbeit, Jeffrey. Du hast dich weiterentwickelt.«

»Habe ich alles von dir gelernt, Johnny.«

»Wird er Luo Fen-ying mit nach Japan nehmen?«

»Mit Wus Hilfe.«

Der alte Mann drehte seinen Rollstuhl zu Joe um.

»Geh und erinnere Hsus Leute daran, dass Ernennungen im Ermessen des Präsidenten liegen und dass wir nicht den Premierminister oder auch nur Ministerposten verlangen. Nur das Übliche: sieben stellvertretende Minister und einen Direktorenposten bei einer staatlichen Bank. Vor allem, Jeffrey, du bekommst die stellvertretende Leitung der Zentralbank. Du und Hsu, ihr kennt euch gut. Und das ist unser letztes Wort. Mach das klar: keine weiteren Verhandlungen mehr.«

»Wird gemacht.«

»Geh es noch mal durch.«

»Okay.« Jeffrey sah zu Joe. »Joe redet mit Hsus Leuten. Die stellvertretende Leitung der Zentralbank ist unverzichtbar, steht nicht mehr zur Diskussion. Ich sage den Behörden, sie sollen Alex überwachen. Wenn er sich in Japan mit unserem Schützen trifft, beseitigen wir beide und vernichten die Leichen. Bis die japanische Polizei herausfindet, wer sie sind, ist die Wahl vorbei. Hsu wird nicht wissen, dass Li tot ist, also wird er unser Angebot ernst nehmen müssen. Aber du weißt, wie Hsu ist, Johnny. Er kann überredet werden, aber ich weiß nicht, wie es mit Drohungen ist. Wenn er dagegenhält ...«

»Wird er nicht. Er ist kein idealistischer Revolutionär. Er ist Geschäftsmann. Bis zur Wahl sind es nur noch Tage, er wird nicht riskieren, dass irgendetwas dazwischenkommt, das ihm seinen Aufwind nimmt. Er wird zu uns ins Boot kommen.«

»Ja.«

»Was Li betrifft ... sprich mit Generalmajor Liu, er muss absolut sicherstellen, dass er den richtigen Mann hat. Wir dürfen ihn nicht wieder entkommen lassen.«

»Wird gemacht.«

»Ist unser neuer Mann dem Auftrag gewachsen? Egal, was es kostet, wir brauchen sie beide tot. Anders geht es nicht.«

Es war tatsächlich Alex' Motorroller. Er hatte Fen-ying in Yilan abgeholt, dann war er zurück nach Taipeh gefahren, wo der Motorroller wartete.

Nachdem er sich von Wu verabschiedet hatte, war Alex zurück zur Kirche gefahren, wo er sich vor Fen-ying gekniet hatte. »Erinnerst du dich an mich?«

Sie sah ihn verständnislos an. Er nahm ihre Hand. »Ich bin's, Alex. Hasst du mich?«

Ihr Gesichtsausdruck blieb unverändert, aber die Hand, die er hielt, begann zu zittern. »Es tut mir leid«, sagte er. »Ich wusste, dass du das warst da an dem Fenster, aber als ich sah, dass du auf Kommissar Wu zielst, habe ich einfach instinktiv geschossen. Es tut mir leid.«

Ihre Augen bewegten sich nicht. Aber eine Träne bildete sich, ein winziges Tröpfchen, das wuchs, bis es über den Lidrand lief und ihr über die Wange rann.

»Komm mit, Baby Doll.« Alex zog sie auf die Füße. »Das ist kein Leben für dich. Dafür bist du zu jung. Es ist mir egal, was es kostet, wir finden einen Arzt, der dir hilft.«

Sie ließ sich widerstandslos von Alex aus der Bibliothek und zu seinem Laster führen. Das Sonnenlicht an diesem Tag schien wie immer zu Beginn des Winters im Vergleich zur kalten Erde besonders warm zu sein.

In Zhongli gingen er und Fen-ying in ein Hotel. Zehn Minuten später strömten Paare mit in Unordnung geratener Kleidung aus dem Gebäude und fuhren in Autos oder auf Motorrollern davon. Aus einem Transporter sprangen drei Männer in schwarzen Anzügen und griffen sich eine Rezeptionistin, die erklärte, ein Polizist habe ihnen befohlen, das Gebäude zu räumen, weil man gleich einen Drogendealer verhaften wolle. Die drei handelten sofort: Einer stürzte mit schussbereiter Waffe ins Hotel, der zweite rief Verstärkung, der dritte versuchte, die Gäste zusammenzutreiben.

Aber die waren nicht aufzuhalten. Es waren keine Ehe-, sondern Liebespaare. Sie durften sich nicht erwischen lassen, und überhaupt, der Kerl trug ja nicht einmal eine Uniform, warum sollten sie stehen bleiben, nur weil er es sagte?

Die Polizei stellte Straßensperren auf, aber zu spät. Mindestens fünf Autos gelangten auf die Autobahn. Eines davon fuhr bald wieder ab.

Unglücklich sahen die drei alten Herren die Autos über den Bildschirm sausen.

»Jeffrey, finde heraus, was da los ist«, befahl Johnny.

Jeffrey schickte eine Textnachricht ab und wandte sich an Joe: »Das sieht nicht gut aus. Es gibt keine Spur von Alex Li oder Luo Fen-ying.«

Der Mann im Rollstuhl winkte ab:

»Lasst sie laufen. Postiert Leute an den Flughäfen. Und Jeffrey, setz dich mit Kommissar Wu in Verbindung. Ich glaube, ich möchte ihn kennenlernen.«

Am Flughafen Taiwan Taoyuan, an dem viel Betrieb herrschte, trafen, eine Minute bevor der Check-in-Schalter der EVA Air schloss, zwei weibliche Passagiere mit Tickets und Pässen in den Händen ein. Aus Serviceorientierung und um einen pünktlichen Abflug zu gewährleisten, wurden die beiden Passagierinnen von einem Angehörigen des Bodenpersonals durch die Pass- und Sicherheitskontrollen geleitet. Die kleinere der beiden Frauen wurde einige Minuten von einer pflichteifrigen Mitarbeiterin des Sicherheitsdienstes aufgehalten: Abtasten von oben bis unten und ohne Schuhe durch den Körperscanner.

Im Laufschritt kamen die beiden am Gate an und dankten ihrer Begleitung keuchend. Sie waren die letzten Passagiere, die an Bord gingen.

Das Flugzeug, das siebzehnte, das an diesem Tag zwischen dem Flughafen Taoyuan und Japan verkehrte, hob pünktlich ab. Doch da schliefen die beiden Frauen schon und wachten erst auf, als die Stewardess ihnen etwas zu essen anbot.

Das Essen in der Businessclass war selbstverständlich hervorragend: vier Brotsorten und vier Vorspeisen zur Auswahl, als Hauptgang Meeresfrüchte oder Steak, verschiedene Desserts und zwei Sorten Kaffee.

Eine der Frauen hatte nicht viel Appetit. Die andere war offensichtlich ausgehungert. Sie aß ihre eigene Portion auf, verzehrte die Reste ihrer Begleiterin und bestellte sich ein zweites Steak. Dann schlief sie wieder ein. Der Flugbegleiter konnte die Augen nicht von den Waden der Frau losreißen.

»Sieh dir das an«, sagte er zu seiner Kollegin. »Für solche Waden muss man trainieren.«

Zweieinhalb Stunden später landete die Maschine auf dem Flughafen Kansai in Osaka. In Japan herrschte Winter, und die Meteorologen sagten kalten Nordwind voraus, möglicherweise einen plötzlichen Temperatursturz in der Stadt und Schneefälle auf ganz Hokkaido und im Norden Honshus. Auch die Bergregionen Zentralasiens und Chinas würden unter Umständen Schnee bekommen.

Als besagtes Flugzeug in Taoyuan abhob, setzte Wu sich zu einer seltenen Besprechung mit dem stellvertretenden Direktor der National Police Agency zusammen. Die Beziehung zwischen den beiden Männern reichte bis in ihre Zeit an der Polizeihochschule zurück, wo der stellvertretende Direktor Wu zwei Jahre voraus gewesen war. Sie hatten zusammen auf Posten überall in Taiwan gearbeitet, wobei Wu immer der untergeordnete Beamte gewesen war. Nach einigen Gläschen hatte der stellvertretende Direktor einmal ein paar Kollegen erzählt, solange er auf seinem Posten sitze, könne Wu einen weiteren Aufstieg vergessen. Warum, hatte er nicht gesagt, und als es Wu zugetragen wurde, war es ihm egal. So ist der Beamtenapparat nun mal. Jemand kann jemand anderen nicht leiden, und eine die gesamte berufliche Laufbahn umspannende Feindschaft ist geboren. Wu kam bei seiner Arbeit gezwungenermaßen dem organisierten Verbrechen näher als die meisten, und so etwas gab Anlass zu Gerede.

Die Höhergestellten hatten sehr gern Mitarbeiter mit solchen Verbindungen. Schließlich erleichterte es die Aufklärung manch schwieriger Fälle deutlich. Aber das waren dann nicht die Beamten, die befördert wurden. Diese Art von Schmutz schickte sich nicht für Positionen, auf denen ein sauberes Paar Hände unerlässlich war. Blitzsaubere manikürte Hände. Nicht die Sorte, die Waffen trug.

Philosophenkönige, dafür hielten sich diese hohen Beamten, die ihre Gegner aus tausend Meilen Entfernung mit einem wohlgewählten Befehl und einem Wink mit dem Fächer besiegten.

Der stellvertretende Direktor der NPA brachte Wu die gleiche Höflichkeit entgegen, die jeder hohe Beamte einem Zivilisten bezeigen würde: einen großen Besprechungsraum, einen Handschlag und Plätze an entgegengesetzten Enden des Tischs.

»Sie sind gar nicht vorbeigekommen, bevor Sie in den Ruhestand gegangen sind, Wu. Sie müssen es eilig gehabt haben, aus der Uniform herauszukommen. Ich hätte Sie gern gesehen.«

Schwachsinn. Wu setzte ein Lächeln auf. Der andere Mann fuhr fort.

»Waren Sie nicht zufrieden? Sie hätten mit mir reden können, es ist eine Schande, Sie so früh zu verlieren.«

Schwachsinn. Wu hielt das Lächeln aufrecht.

»Wie ich höre, haben Sie ein wenig Arbeit für Gu Yan-po erledigt. Was hat er Ihnen versprochen, wenn er gewinnt? Den Job meines Chefs und eine hübsche Beraterrolle?«

Der stellvertretende Direktor lachte über seinen eigenen Witz. Wu spielte mit.

»Da ist etwas, was Sie wissen sollten«, fuhr der Mann fort. »Wir haben Alex Li verloren.«

Wu bemerkte, dass sein Lächeln nicht mehr angemessen war, und heuchelte stattdessen Überraschung: *Wie kann das sein?*, besagte seine Miene. *Wo doch Taiwans Ordnungshüter hinter ihm her sind, zumal mit Luo Fen-ying im Schlepptau, da kann doch gewisslich ...*

»Und Luo Fen-ying war bei ihm.«

Wu entschied sich für eine verwirrte Miene.

»Lassen Sie das Schauspielern, Wu. Dafür kennen wir uns zu lange. Ich war bei Ihrer Hochzeit, wissen Sie noch? Ich habe den Großteil des Alkohols getrunken, wie ich mich erinnere. Also, wo sind sie? Erzählen Sie mir nicht, Sie wüssten es nicht. Ich weiß, wie nahe Sie und Li sich stehen. Ich weiß, Sie haben Eierkopf dazu gebracht, Ihnen zu sagen, wo das Mädchen war, und ich weiß, dass Li sie von dort abgeholt hat. Und dann hat er uns abgehängt. Sie dürfen ihn nicht decken, Wu. Wir sprechen hier von einem versuchten Attentat auf den Präsidenten. Sie wollen in dieser Sache nicht auf der falschen Seite stehen.«

Wu konnte einer Antwort nicht länger ausweichen. Mit einem höflichen Räuspern und in gemessenem Ton sagte er: »Herr stellvertretender Direktor ... Vielen Dank für Ihr langjähriges Interesse an meiner Karriere. Was Alex Li betrifft, war er, wie Sie wissen, einer meiner Informanten, aber leider stehen wir nicht mehr in Kontakt. Ich könnte mir vorstellen, dass er Taiwan verlassen hat.«

»Wohin?«

»Nun, ich tippe auf Griechenland. Die Ägäis.«

»Warum Griechenland?«

»Es klingt, als würden sie zusammen durchbrennen. Und um diese Jahreszeit ist es dort herrlich.«

Der stellvertretende Direktor der National Police Agency unterdrückte einen Fluch. Aber Wu hörte ihn gegen die Innenseiten seiner Kehle prallen.

Und während Alex und Luo Fen-ying von Taoyuan abhoben und Wu sich mit dem stellvertretenden Direktor der National Police Agency unterhielt, war Eierkopf zu einem Einsatz nach Daguan unterwegs. Diesmal reiste er mit leichtem Gepäck, keine SWAT-Teams, keine wuchtigen Begleitfahrzeuge, nur er und sechs Beamte, auf zwei Wagen verteilt. Sie fuhren auf der Keelung Road zum New Taipei Expressway, über den Xindian-Fluss und dann eine steile Bergstraße hinauf.

Am Wohnkomplex angekommen, postierte Eierkopf einen Mann beim Wachhäuschen am Tor, um die Überwachungskameras im Blick zu behalten. Die Autos ließen sie stehen, um weniger aufzufallen. Allerdings bereute Eierkopf das auf dem Fußweg bergauf zum Haus recht bald. Ein weiterer Beamter blieb im Erdgeschoss, während Eierkopf und die übrigen vier mit dem Aufzug in den zehnten Stock fuhren. Unterwegs schlossen sie ihre kugelsicheren Westen und zogen ihre Waffen, und oben angekommen umstellten sie die Tür zu Wohnung Nummer sieben. Eierkopf klopfte an, wenn auch nur in der Absicht, gleich darauf die Tür aufbrechen zu lassen. Doch sie öffnete sich unverhofft, und ein dicker Mann in Shorts und Unterhemd sah ihn an. Mit einem breiten Grinsen und ohne die auf ihn gerichteten Waffen zur Kenntnis zu nehmen, rief der Mann nach hinten in die Wohnung: »Ching-jung, Schwager ist hier. Mach ein paar Teigtaschen warm!«

Eierkopf steckte die Waffe ins Holster und folgte seinem Schwager in die Wohnung.

»Und er hat ein paar Kollegen mitgebracht. Keine Angst, es ist reichlich da, wir haben gerade heute einen ganzen Haufen Teigtaschen gemacht. Kommen Sie rein, meine Herren, ich hole Ihnen Pantoffeln.«

Eierkopf hatte sich immer auf sein Gedächtnis verlassen, und während er jetzt seine kugelsichere Weste auszog, wandte er sich an ebendieses. *Das ist es,* dachte er, als ihm das Päckchen mit den selbst gemachten gedämpften Hefebrötchen einfiel, das seine Frau ihm gegeben hatte, damit er es von einem Botendienst zustellen ließ. Es hatte während seiner Unterhaltung mit Wu auf seinem Schreibtisch gelegen. Er sah es ganz deutlich vor sich. Es war an seinen Schwager adressiert gewesen.

Wu hat mich hereingelegt. Und ich habe verloren.

So sei es. Es würde eine Schale Teigtaschen für ihn dabei herausspringen, die würde ihn dafür entschädigen. Bloß ... sein Schwager zog ihn in die Küche.

»Schwager, du hättest die Brötchen einfach mit dem Boten schicken können. Deswegen hättest du doch nicht selbst kommen müssen.« *Ah. Die Brötchen.*

Die Brötchen lagen in seinem Büro auf dem Schreibtisch. Und nach einem Tag in dieser feuchten Hitze ... Sie würden muffig sein. Mindestens pappig.

Und so bestand er darauf, mit seinen Mitarbeitern einen Toast auszubringen, bevor er seine erste Teigtasche genoss:

»Auf unseren früheren Kollegen, den allseits respektierten Kommissar Wu. Möge der stellvertretende Leiter der National Police Agency ihm nur den edelsten Tee vorsetzen, und möge er davon den grausamsten Dünnpfiff bekommen.«

3. TEIL: SCHATTEN JAGEN

»Was passiert, wenn sich zwei Scharfschützen treffen? Das ist eine gute Frage und nicht allzu schwer zu beantworten. Alles hängt davon ab, dass der Feind nicht herausfindet, wo man ist, während man selbst herausfindet, wo er ist.
Ihr könnt mir nicht folgen? Unbelehrbare Kinder, allesamt. Es geht um eure Tarnung, um eure Umgebung. Es geht darum, mit dem Gras und den Bäumen zu verschmelzen. Damit das alles ist, was er durch sein Zielfernrohr sieht – Gras und Bäume –, und er keine Ahnung hat, wo ihr seid. Und wenn ihr versucht, ihn zu entdecken, meine jungen Freunde, dann müsst ihr euer Köpfchen anschmeißen. Er wird sich nicht von selbst zeigen, wie wollt ihr ihn also in Zugzwang bringen?
Drücke ich mich nicht klar genug aus? Hier ist ein Ansatz: Überzeugt ihn davon, dass ihr überall seid, dann kann er nur fliehen oder sich ergeben. Gibt allerdings nicht viele Scharfschützen, die das können, und falls ihr es mit so einem zu tun bekommt ... Tja, dann werdet ihr eure Mutter dafür verfluchen, dass sie euch nur ein Paar Beine zum Fliehen gegeben hat. Und ihr werdet euch beim Rennen einscheißen, das verspreche ich euch.«
Der Ausbilder hatte seine Fallschirmjägerstiefel auf den Tisch gelegt und den Stuhl nach hinten gekippt, damit er ein wenig Sonnenschein abbekam. Er zündete sich eine frische Zigarre an und genoss die Wirkung seiner Worte.
»Wenden wir uns wieder Xue Rengui zu. Im Jahr 659 wiederum während der Herrschaft von Kaiser Gaozong. Xue führte eine Streitmacht gegen das Reich Goguryeo – für die Ungebildeten: die Koreaner. Er leitete einen direkten

Kavallerieangriff auf den Feind. Zwei Bögen hingen an seinem Gürtel. Wie es in den Geschichtsbüchern heißt: ›Jeder Schuss ein Treffer.‹ Oder wie es in den Fortsetzungsromanen formuliert wäre: ›Mit jedem Sirren der Bogensehne fiel ein feindlicher Soldat.‹ Hey, spart euch den Applaus, Kinder. Der Mann ist seit tausenddreihundert Jahren tot, der wird euch nicht hören. Es sei denn, ihr wollt mir schmeicheln, aber das könnt ihr euch auch sparen. Ich habe Bücher gelesen, von denen ihr Kulturbanausen nicht mal träumen könnt.«
Mit einem selbstzufriedenen Lächeln tat er einen tiefen Zug an seiner Zigarre und ließ die Asche seine Uniform bestäuben.
»Nach dem Sieg zog das Tang-Heer weiter, um Shicheng einzunehmen. Doch hier traf Xue auf einen furchterregenderen Feind: einen hinter den feindlichen Linien verborgenen Bogenschützen, der zehn Tang-Generäle ausschaltete. Die Moral war erschüttert. Die Armee wollte nicht vorrücken, konnte sich aber auch nicht zurückziehen. Xue ritt hinaus. Er musste diesen lästigen Bogenschützen töten, sonst würde sein Heer alle Hoffnung fahren lassen.
Doch wie will man einen einzelnen Bogenschützen in einer tausendköpfigen Armee finden, die unter Staubwolken liegt? Nun, wie? Es wird Zeit, dass ihr kleinen Scheißer mal was sagt.«
»Alle erschießen?«
Schallendes Gelächter im Klassenraum, nur der Mann mit den Füßen auf dem Tisch blieb ernst.
»Du wieder, Tuan? Flüsse ändern ihren Lauf, Berge bewegen sich, aber Menschen verändern sich nie, sagt man. Und es sieht so aus, als stimmte das, denn du kannst einfach nicht den Mund halten, was? Aber heute keine Ge-

waltmärsche für dich. So albern du bist, du liegst nicht ganz falsch.

Auf dem Schlachtfeld herrschte Chaos, und Xue konnte den Bogenschützen nicht entdecken. Aber er ritt weiter in die Richtung, aus der die Pfeile kamen, und schoss im Reiten – jeder Pfeil ein Treffer. Die feindlichen Soldaten flohen, und schließlich entdeckte er in einer Ecke des Schlachtfelds einen Mann mit einem Bogen, der sich zu verstecken versuchte. Und wie wir aus den Geschichtsbüchern erfahren, wurde dieser feindliche Bogenschütze entwaffnet und lebend gefangen genommen. Cool, was? Ich gehe auf dich los, du gerätst in Panik, du gehörst mir.

Irgendwelche Gedanken dazu? Okay, Fat, was hast du zu sagen?«

»Herr Oberst, warum hat der Bogenschütze nicht einfach Xue Rengui erschossen?«

»Du bist wirklich kein Leser, was? Ich kann dir die Geschichten erzählen, aber dir entgeht die Moral der Geschichten. Was soll ich nur mit dir machen? Dich köpfen und deinen Kopf an einen Sattel hängen? Kannst du damit was anfangen? Vielleicht wäre das eine gute Warnung für alle, die genauso schwer von Begriff sind wie du, mich nicht zu ärgern.

Aber sehen wir uns Xues Taktik an. Wir wissen, dass er allein hinausgeritten ist, ein abrupter, wendiger Angriff. Und alle müssen versucht haben, ihn zu erschießen, auch der Bogenschütze, hinter dem er her war. Aber dann löste sich die Schlachtordnung auf, die Soldaten zerstreuten sich und ließen den Bogenschützen ungeschützt zurück.

Wie hat er ihn also gefangen? In diesem Punkt sind die Geschichtsbücher unklar. Vielleicht ging der Bogen des anderen kaputt, vielleicht gingen ihm die Pfeile aus. Vielleicht hat er sie in seiner Panik zu Boden geworfen. Ich nehme an, der Goguryeo-Bogenschütze hat so viele Pfeile verschossen, wie er konnte, während Xue auf ihn losstürmte. An seiner Stelle würde man Xue in ein Stachelschwein verwandeln wollen. Aber im Staub und Lärm des Schlachtfelds ... vielleicht kann einem da ein stolz heranreitender Mann wie zehn Männer erscheinen. Und das wäre einschüchternd, und wenn man erst einmal Angst hat, trifft man nichts mehr. Und so kam Xue Rengui über ihn.

Macht ihnen Angst, und ihr habt die Schlacht schon halb gewonnen.

Kapiert? Scharfschützen kämpfen nicht von Angesicht zu Angesicht. Wir sind nicht für ritterliche Kämpfe gemacht. Denn wir sind keine edlen Ritter, oder? Wir sind gottverdammte Scharfschützen, und wenn die Leute unsere Namen hören, sollen sie heulend zu ihren Müttern rennen. Nicht bei euren Namen natürlich.

Das müsst ihr euch erst noch verdienen.«

      Oberst Huang Hua-sheng, Scharfschütze bei einer Spezialeinheit der Armee, Scharfschützenausbilder

TARO 'N JIRO'S BAR

Alex und Fen-ying betraten ein hohes, schmales Gebäude. Den Schildern nach zu urteilen, die draußen hingen, drängte sich zwischen diesen vier Wänden so einiges an Gastronomie. Ein Sushi-Lokal namens Sushi, ein Tempura-Lokal namens Tempura und ein Kaffee-und-Curry-Lokal namens Snack waren drei davon, aber bei vier Adressen pro Stockwerk und acht Stockwerken gab es noch viel mehr. Nach einem Blick auf die Schilder wählte Alex eines aus, das Taro 'n Jiro's hieß. Der Name klang vielversprechend.

Taro 'n Jiro's erwies sich als kleine Bar im vierten Stock. Drei Tische, jeder mit Platz für drei Gäste, und ein langer Tresen, an dem weitere sechs sitzen konnten. Im hinteren Teil stand ein Klavier, und an der Wand lehnte ein Cello. Es war 22:45 Uhr, und nur noch drei Plätze waren frei. Die Gäste konzentrierten sich auf ihre Getränke oder ihre Telefone. Alex führte Fen-ying zum Tresen, wo er den dünnen, gut aussehenden Barkeeper in einer Mischung aus Japanisch und Englisch ansprach.

»Zankyo. Zwei.«

Der Barkeeper zog eine Augenbraue hoch, doch er verstand Alex' Kommunikationsversuch.

Sie setzten sich an die Theke, und Alex atmete tief durch. Seit er Fen-ying aus der Kirche geholt hatte, folgte sie ihm sanftmütig, akzeptierte, was er ihr sagte, und gab kurze Antworten, wenn er sie etwas fragte. Doch sie hatte ihm nicht gesagt, was sie wollte, von einem Hinweis darauf, dass sie sich an ihre Freundschaft erinnerte, ganz zu schweigen. Er wusste, er hätte sie nicht nach Japan bringen dürfen. Aber er hatte sie doch nicht in Taiwan allein lassen können. *Und wer weiß?*, dachte er. *Vielleicht hilft ihr der Tapetenwechsel.*

Er hatte ihre Krankenakte eingesehen. Der Arzt aus dem Tri-Service General war in seiner Diagnose sehr knapp gewesen, wie man es von einem Militärarzt erwarten konnte: »PTBS«, hatte er geschrieben, und kein Wort mehr. Der Arzt aus dem Veterans General war mehr ins Detail gegangen: »Geringfügige Schädigung des Frontallappens, wird sich mit der Zeit erholen.« Wie viel Zeit, hatte er nicht geschrieben, und Alex wusste, er konnte nur abwarten. Was gut war, denn Zeit war das eine, was er hatte.

»Ist Taro da?«, fragte er den Barkeeper.

»Sie kennen ihn?«

»Ich bin Alex. Aus Taiwan.«

Der Barkeeper zog eine Augenbraue hoch und musterte Alex schweigend, als fragte er telepathisch bei Taro nach, ob Alex wirklich Alex war.

Die Atmosphäre in der Bar machte Alex gesprächig: »Ein japanischer Freund hat mir von einer Bar in Osaka erzählt, wo es einen Cocktail namens Zankyo gibt. Er sagte, er hätte einen köstlichen Abgang, der noch lange im Mund nachhallt.«

Ihre Getränke kamen. Es war ein Cocktail auf Whiskey-Basis, der durch Alex' Nebenhöhlen barst, ehe er weicher wurde und sein Aroma durch Mund und Nase wabern ließ. Fen-ying trank einen Schluck und hielt dann reglos ihr Glas fest. Alex genoss derweil die sich entwickelnden Aromen.

Der Barkeeper schob ihm einen Touristenstadtplan über den Tresen zu, mit einer Notiz in einer Ecke. Alex nickte und nahm ihn. Fen-ying fragte nicht, was da vor sich ging. Alex setzte zu einer Erklärung an und brach wieder ab.

Es war jetzt nach dreiundzwanzig Uhr, und in der Bar wurde es warm. Immer mehr Gäste trafen ein, manche warteten draußen auf einen freien Tisch. Die Band erschien: drei Musiker, je einer für das Klavier und das Cello plus ein Gitarrist.

Die Musik schien Fen-ying wieder mehr in die Gegenwart

zurückzuziehen, ihr Blick wurde scharf. Der Cocktail hatte sie entspannt, aber es war die Musik, die sie zurückholte.

Osaka war eine lebendige Stadt und die Einkaufsstraße am Bahnhof Namba noch lebendiger. Alex hatte eine Pension für sie gefunden. Er überließ ihr das Bett und rollte für sich selbst am Boden einen Schlafsack aus. Doch als er aus dem Bad kam, war sie fort.

Er fand sie auf der Dachterrasse. Sie betrachtete die Neonlichter auf der Straße unten. Er setzte sich neben sie und zog eine Zigarette aus dem Päckchen – die japanische Marke, Hope. Die kurze, nicht die Kingsize-Variante, doch selbst ein bisschen Hoffnung ist besser als gar keine. Das war etwas, was der Krieg ihn gelehrt hatte.

Außerdem hatte er gelernt, dass eine Zigarette etwas Eigentümliches war. Alex rauchte in einsamen Momenten, aber auch, um im Umgang mit Fremden das Eis zu brechen. *Ein krasser Widerspruch,* dachte er. *Einsamkeit und Gesellschaft in einem.*

»Dieser japanische Freund, von dem ich gesprochen habe, er heißt Sasaki. Wir waren zusammen bei der Fremdenlegion. Eisenschädel hatte für mich arrangiert, dass ich den Dienst quittieren konnte, um zur Fremdenlegion zu gehen. Er sagte, da würde ich die Kampferfahrung erwerben, die ich brauche. Er hatte recht. Die Ausbildung war heftiger als alles in Taiwan. Danach haben sie uns in alle Welt geschickt.

Sasaki habe ich in Afghanistan kennengelernt. Wir haben zusammengearbeitet, uns gegenseitig unterstützt. Ich war Scharfschütze, er Beobachter. Wenn ich verletzt wurde, hat er das Schießen übernommen, und ich war der Beobachter. Und wenn es zu viele Ziele für mich allein waren, hat er neben mir geschossen. Erinnerst du dich daran, als wir in der Ausbildung waren, Baby Doll? So haben wir auch zusammengearbeitet, indem wir uns unterstützt haben.

Einmal hat er deinen Namen auf einem Brief gesehen, den ich dir geschrieben hatte. Er nahm ihn mir ab und sagte, er hätte gar nicht gewusst, dass man diesen Nachnamen haben kann. Er hat mir das japanische Zeichen für deinen Nachnamen genannt – Luo ist in Japan ein alter Name für Kyoto. Aber er fand, es sei ein schöner Nachname. Und dann habe ich ihm gesagt, dass dein Vorname, Fen-ying, fallende Blütenblätter bedeutet, und er sagte, eine Frau mit einem so schönen Namen muss er unbedingt kennenlernen.«

Am Himmel explodierte Feuerwerk, ein Farbkaleidoskop, das rasch verblasste. Vielleicht versuchte da jemand, die Pracht eines Sommerhimmels nachzuerschaffen. Oder einer verlorenen Erinnerung.

»Natürlich«, fuhr Alex fort, »hast du diese Briefe nie bekommen. Ich habe sie nicht abgeschickt. Keinen davon.«

Alex senkte den Kopf und seufzte, dann sah er wieder hoch.

»Die Japaner haben sich an den großen Tang-Städten Chang'an und Luoyang orientiert, als sie Kyoto erbaut haben, daher die Verbindung mit dem Schriftzeichen Luo. Vielleicht sollten wir uns Kyoto ansehen? Jedenfalls, Sasaki hat die Fremdenlegion vor mir verlassen. Er sagte, wenn ich ihn finden wollte, müsse ich aber nur den Alkoholdünsten nachgehen. Er hat immer getrunken. Und er hat mir erzählt, er hätte einen Bruder namens Jiro mit einer Bar in Osaka. Jiro ist in Japan ein Name für den zweitgeborenen Sohn, Taro ist der Erstgeborene. Sasaki war natürlich Taro. Jedenfalls, das Letzte, was ich über Sasaki gehört habe, war, er sei Alkoholiker und hätte seine Ersparnisse und seine Abfindung versoffen.«

Fen-ying zitterte. Dies war Japan, und der Winter war dem Herbst dicht auf den Fersen.

»Er hatte da draußen ein russisches Scharfschützengewehr aufgegabelt, ein Dragunow SWD. Eins von den alten, nur etwas über vier Kilo. Eine gute Waffe, hat er gesagt. Allerdings ungewöhnliche Patronen, 7.62 × 54 mm.« Alex zündete sich eine weitere Zigarette an und betrachtete die glühende Spitze. »Zwei von diesen Patronen haben sie in einem Hotelzimmer in der Nähe der Stelle gefunden, wo der Präsident angeschossen wurde. Und den Stummel einer Short Hope. Ich glaube, das war er.«

Alex zog an seiner Zigarette. Fen-ying griff nach der Packung und nahm sich auch eine.

»Die Straße, die Huayin Street, ist schmal. Er war im vierten Stock, er muss also gesehen haben, was passiert ist. Und er hat diese beiden Hinweise hinterlassen, damit ich weiß, dass ich ihn suchen soll. Also bin ich hier. Sein Ururgroßvater ist Anfang des zwanzigsten Jahrhunderts nach Brasilien ausgewandert, Sasaki und sein Bruder gingen erst als junge Erwachsene zurück nach Japan. Aber sein Japanisch hatte einen Akzent, und solange er in Tokyo war, hatte er nie das Gefühl, dorthin zu gehören. Er konnte sich nie so schnell anpassen wie Jiro. Als sie nach Osaka zogen, kam er besser zurecht. Allerdings war er nur wenige Jahre hier, dann ist er zur Fremdenlegion gegangen.«

Alex erinnerte sich noch an den Tag, an dem Sasaki die Fremdenlegion verlassen hatte. Es sei an der Zeit, hatte er melancholisch gesagt, nach Japan zurückzukehren. Er könne es nicht mehr aufschieben. Vor seiner Bekanntschaft mit Sasaki hatte Alex sich als wurzellos empfunden. Er hatte geglaubt, als Waise, dessen Adoptivvater auch bereits tot war, sei ihm ein Wanderleben bestimmt. Doch als er an jenem Abend mit Sasaki sprach, hatte er erkannt, dass dieses Wanderleben mitnichten sein Schicksal war. Es war vorübergehend, etwas, das er tun musste, ehe er sich niederließ. Es war eine Suche.

»Als ich also den Namen der Bar sah, habe ich es einfach probiert, zumal wir ja irgendwohin mussten.«

Alex faltete den Stadtplan auseinander.

»Jetzt wissen wir also, wohin wir müssen. Und wenn wir dort ankommen, werde ich nach dem nächsten Hinweis suchen müssen. Sasaki hat Landkarten geliebt. Papierkarten meine ich, nicht GPS-Karten. Er hat immer gesagt, da will er sofort auf Schatzsuche gehen, wie ein Kind. Ich weiß noch, wie Eisenschädel sagte, Männer gingen zur Armee, weil sie nicht erwachsen werden wollten. Also ziehen sie eine Uniform an, um es zu vermeiden.«

Immer noch zitternd betrachtete Fen-ying den Stadtplan.

»Es ist zwei Uhr morgens«, sagte er zu ihr. »Na komm, es ist kalt. Gehen wir rein.«

1

VIER TAGE BIS ZUR WAHL

Alex nahm Fen-yings Hand und führte sie die Treppe hinab. Ein Hauch ihres Parfüms stieg ihm in die Nase, ein Duft, den er mit ihr verband, seit sie sich zum ersten Mal begegnet waren.

Es war nach Mitternacht, und Wu stieg aus einem Rolls-Royce, über dessen Ausmaße er noch immer staunte. Das Essen und die Getränke, die für ihn bereitstanden, hatte er nicht angerührt. Er würde einen klaren Kopf brauchen.

Der Anruf war von einem ehemaligen Vorgesetzten gekommen, der seit Jahren im Ruhestand war. »Junger Wu, lange nicht gesehen. Hören Sie, ich habe einen Freund, der Sie treffen möchte. Es hat mit dem Auftrag zu tun, an dem Sie arbeiten. Ich würde es als persönlichen Gefallen betrachten, wenn Sie sich mit ihm treffen. Eine Bedingung: Behalten Sie es für sich, Sie dürfen keiner Menschenseele davon erzählen. Nicht Ihrer Frau, nicht Ihrem Sohn, nicht Julies Vater. Abgemacht?«

Daher war Wu um 23:45 Uhr zu einem Rolls-Royce gegangen, der am Park am Fluss gehalten hatte. Der Fahrer hatte nur eine Frage gestellt.

»Herr Wu?«

»Ja. W – u, nicht W – o – o. Ich nehme an, Sie warten auf mich?«

Vor einem hohen Gebäude blieb der Wagen stehen. Der Fahrer geleitete ihn zu einem Aufzug, für den ein Schlüssel benötigt wurde, und drückte den Knopf für den siebten Stock. Das oberste Geschoss.

Der Aufzug wirkte so alt wie das Gebäude und knarrte wie alte Knie beim Treppensteigen. Über den nummerierten Knöpfen befanden sich zwei weitere: »Außergewöhnlicher Ruf« und »Außergewöhnlicher Halt«. Wörtliche Übersetzungen der japanischen Bezeichnungen für »Notruf« und »Not-Stopp«, nahm er an.

Der Bedienstete, der ihn begrüßte, als die Tür sich öffnete, war alt, vielleicht sogar noch ein paar Jahre älter als Wu selbst. Doch er verbeugte sich sehr anmutig für einen Mann in ihrem Alter.

»Willkommen, Herr Wu. Hier entlang, bitte.«

Das erste Wort, das ihm in den Sinn kam, als er die Einrichtung erblickte, war opulent. Beim zweiten Blick passte er das an: Das richtige Wort, beschloss er, war vornehm. Mehrere dunkelbraune Sofas und Stühle standen im Raum verteilt, daneben jeweils eine Stehlampe mit Buntglasschirm, manche mit einem Libellenmuster, manche mit Lilien. Auch die Fenster bestanden aus Buntglas.

Ein weiterer, deutlich jüngerer Bediensteter verbeugte sich vor Wu und reichte ihm ein hölzernes Klemmbrett. »Bitte unterzeichnen Sie hier.«

Wu unterschrieb das Dokument, ohne es zu lesen.

Der ältere Bedienstete, der weiße Handschuhe trug, reichte ihm einen geprägten Umschlag mit einem gold-grünen Rebenmotiv. Wu akzeptierte den Scheck mit seinem Beraterhonorar, den er wohl enthielt, und folgte dem Mann weiter hinein.

Sie betraten einen Flur, dessen Wände von Gemälden gesäumt waren. Wu erkannte ein berühmtes Werk von Zhang Daqian, an einem anderen Gemälde, das einen Goldfisch zeigte, fiel ihm die Signatur auf: Wang Yachen. Von diesem Mann hatte er gehört. Ein in den Anfangsjahren der Republik China in Schanghai beheimateter Maler, der zum Studium nach Japan und Frankreich gegangen war und dann in Amerika gelehrt hatte, ehe er eine Weile in Taiwan lebte und schließlich nach Schanghai zurückkehrte. Ein Wanderleben.

Der Bedienstete streckte die Hand aus, um Wu den Weg zu weisen, und riss ihn damit aus seinen Gedanken. Sie traten neben dem Goldfisch durch eine Tür.

Ein alter Mann mit einem gelben Seidenhalstuch begrüßte ihn: »Kommissar Wu, es ist mir eine Ehre, Sie endlich kennenzulernen. Kommen Sie doch herein.«

Im Raum befanden sich zwei weitere Männer. Ein grauhaariger Mann in einem karierten Golfhemd, der versuchte, einen Ball in ein Glas einzulochen, das auf dem Teppich lag, hob den Schläger zu einem knappen Gruß. Der andere Mann war deutlich älter, vielleicht achtzig, und saß schweigend in einem Rollstuhl. Auf seinem runzeligen Gesicht lag kein Willkommenslächeln. Auch kein anderer Ausdruck.

»Wohl kaum eine Ehre«, erwiderte Wu. »Ich bin nur ein Polizist im Ruhestand und seit Neuestem Versicherungsschadensinspektor.«

An einer Wand stand eine üppig ausgestattete kleine Zimmerbar. Wie im ersten Raum bestanden die Fenster und die Schirme der Stehlampen neben den Stühlen aus Buntglas. An drei Wänden hingen Ölgemälde, an der vierten ein riesiger Fernseher – ein kleiner Stilbruch.

»Bitte nehmen Sie Platz. Hätten Sie gern etwas zu trinken?«, fragte Gelbe Krawatte und nahm bereits eine Flasche aus einem Kühlschrank. »Wie ich höre, sind Sie ein Kaoliang-Kenner. Dies ist ein 1976er Kinmen. Sie nennen ihn den Black Gold Dragon. Aber das wissen Sie sicher.« Er sah auf das verblichene Etikett. »Soweit ich weiß, sind Sie erst seit Kurzem im Ruhestand. Wir sind dieselbe Generation, Sie und ich. Sind mit dem Geruch von Kaoliang und dem Geräusch von Schüssen über die Meerenge hinweg groß geworden. Voller Hoffnung und mit ungewisser Zukunft.«

Wu musste an das Bett seines Vaters denken. Der alte Mann hatte früher seinen Kaoliang darunter aufbewahrt, wenn er welchen hatte, und dort war er geblieben, bis ein alter Freund oder ein Kollege ihn zum Essen einlud. Dann hatte er die Flasche hervorgeholt und war glücklich aus dem Haus geeilt. Ein paar Mal hatte er Wu mitgenommen. Wu erinnerte sich an Restauranthinterzimmer voller alter Männer, die beim Eintreffen einer guten Flasche in Jubel ausbrachen.

»Oder hätten Sie lieber einen Macallan? Allerdings ist es schon spät. Johnny, vielleicht einen Brandy als Schlummertrunk?«

Wu nahm ein Glas gekühlten Kaoliang entgegen und schnupperte daran. Der Geruch seines Vaters als junger Mann.

Der Golfer gab seine Attacken auf das Glas auf und kam herüber. Auf eine Geste von Gelbes Halstuch hin nahm Wu auf einem Stuhl mit hoher Rückenlehne Platz. Die anderen beiden, ein wenig jüngeren Männer setzten sich links und rechts neben den Mann im Rollstuhl, dessen Aufmerksamkeit nur seinem Brandy zu gelten schien. Der Golfer und Gelbes Halstuch lächelten Wu an, wie sie vielleicht auch ein gehorsames Haustier angelächelt hätten. Die Situation erinnerte Wu an sein Aufnahmegespräch an der Polizeihochschule.

»Ich habe vergessen, uns vorzustellen«, sagte Gelbes Halstuch. »Ich bin Jeffrey, und der Golfer hier ist Joe. Wir kennen die Versicherungsgesellschaft, für die Sie arbeiten. Der CEO für Ostasien, Louis, ist ein Freund. Ein großer Wodkafan.«

»Ich bin ihm nie begegnet. Ich bin nur ein Schadensinspektor in der taiwanischen Niederlassung.«

»Tatsächlich? Ein interessanter Beruf, denke ich immer. Selbst hat man natürlich nichts vom Abschluss einer Lebensversicherung, aber meine Kinder wollen immer wissen, wie viel ich habe.« Jeffrey lächelte Wu an. »Aber kommen wir zur Sache. Die Bedingungen sind Ihnen klar? Sie müssen unsere Vorsichtsmaßnahmen verzeihen, aber wir sind ein bisschen zu alt für Ärger.«

»Es ist alles klar, und ich habe die Vertraulichkeitsvereinbarung unterzeichnet.«

Joe sagte, als erklärte er etwas: »Kommissar Wu, wir haben ein paar Nachforschungen angestellt. Sie sind ein vertrauenswürdiger Mann, hochgeachtet bei Ihren Kollegen von der Polizei. Letztes Jahr haben Sie bei der Schießerei auf dem Treasure Hill einen ausgebildeten Scharfschützen geschlagen, nur mit einer Pistole bewaffnet. Sehr beeindruckend.«

»Alles vorbei. Jetzt bin ich im Ruhestand, was die Polizei angeht. Lassen wir doch die Umstände. Was brauchen Sie von mir?«

»Nun gut. Wir beobachten Sie seit einiger Zeit. Wir möchten, dass Sie sich unserem Unternehmen anschließen. Oder vielmehr unserer Stiftung. Stellen Sie es sich als Club vor. Es gibt einiges, was wir brauchen.«

»Wie zum Beispiel?«

»Das ist nicht leicht zu erklären. Männer in unserem Alter brauchen mehr Zeit, und Gesundheit. Aber von Ihnen brauchen wir Ihre Erfahrung, Ihren Ruf. Vor allem brauchen wir jemanden, der den Finger am Puls einer sich verändernden Gesellschaft hat, jemanden, der uns im Auge behält und uns in die richtige Richtung lenkt, wenn wir hinter der Zeit herhinken und Gefahr laufen, uns lächerlich zu machen.«

»Dafür brauchen Sie mich nicht«, sagte Wu, breitete die Arme aus und deutete auf sich selbst. »Ich sehe jetzt schon lächerlich aus, wie Sie es nennen.«

Joe übernahm den Part des Fragenden: »Sagen Sie mir, Herr Wu, was ist Ihre Meinung zur laufenden Präsidentschaftswahl?«

»Ach, ich weiß gar nicht, ob ich überhaupt wählen gehe. Verzeihen Sie mir, wenn ich ganz offen bin, bei der Polizei legt man sich schlechte Angewohnheiten zu – Politiker, das sind nur große Worte und nichts dahinter. Und selbst die, die etwas tun, sind nicht viel besser als Idioten.«

Die beiden jüngeren Männer lachten. Der Mann im Rollstuhl nippte an seinem Brandy, doch Wu sah, dass die Augen unter den buschigen weißen Augenbrauen ihn beobachteten. Es war keine beruhigende Entdeckung.

»Aber Sie haben mich nicht heute Abend zu sich eingeladen, um mich nach meinen politischen Neigungen zu fragen, nehme ich an.«

»Wir wissen noch, wie es war, jung zu sein und Träume zu haben. Und jetzt haben wir die Mittel, um diese Träume zu verwirklichen. Unsere Stiftung ermittelt und unterstützt gewisse Menschen, wir nutzen unsere begrenzten Möglichkeiten als Bürger, um der Regierung zu helfen, Stabilität zu wahren.«

»Meinen Sie wohltätige Unternehmungen? Kampagnen gegen Drogenkonsum oder Rauchen?«

»Nein. In einem etwas größeren Rahmen. Wie wäre es damit?« Jeffrey setzte sich Wu gegenüber und beugte sich vor. »Wir könnten mit etwas Einfachem beginnen. Wir suchen jemanden. Die Polizei, Privatdetektive, alle unsere Beziehungen haben versagt. Aber soweit wir wissen, haben Sie Freunde auf beiden Seiten des Gesetzes. Könnten Sie vielleicht helfen?«

»Das kann ich mir nicht vorstellen. Aber jetzt, wo ich schon mal hier bin, sagen Sie mir doch einfach, wen Sie suchen, dann weiß ich, ob ich Ihnen helfen kann.«

Jeffrey musterte Wu über den Rand seiner Brille hinweg.

»Wir sind uns ganz sicher, dass Sie uns helfen können. Wir suchen Alexander Li.«

Wu konnte sich keinen legitimen Grund für ein solches Ansinnen an einen pensionierten Polizisten vorstellen. Und was wollten diese drei von Alex? Er wusste es besser, als diese Frage zu stellen. Eierkopf hatte ihm einmal gesagt, er solle sich gar nicht erst fragen, was die Reichen wollten, denn es sei immer das Gegenteil dessen, was die einfachen Leute wollten.

Der Blick des Mannes im Rollstuhl war klar und scharf. Er sah Wu nicht an, aber Wu ließ sich nicht täuschen.

Wu stand auf und verbeugte sich vor den beiden jüngeren Männern. »Verzeihen Sie, falls ich mich irre, aber ich glaube, Sie sind der frühere stellvertretende Finanzminister Zeng? Und Sie sind der frühere Chief Secretary im Wirtschaftsministerium, Mai?«

Die beiden Männer lächelten und nickten. »Da haben Sie ganz recht.«

Wu wandte sich an den Mann im Rollstuhl und krümmte Daumen und Zeigefinger, sodass nur drei Finger ausgestreckt blieben. »Und dieser Herr ist, wenn ich mich nicht täusche, der geschätzte Herr Fang, ein Ältester der Grünen Bande?«

Der alte Mann zeigte eine kleine Regung. Ein Blinzeln immerhin. »Nicht viele Menschen hätten mich erkannt, Herr Kommissar. Sind wir uns einmal begegnet?«

»Vor vielen Jahren, auf einer Geburtstagsparty für Herrn Dai. Ich weiß von der Grünen Bande, aber ich bin kein Mitglied. Ich hoffe, Sie verzeihen mir, dass ich Ihr Zeichen verwendet habe.« Wu zog den Umschlag aus der Tasche und legte ihn auf den Tisch.

»Ich bin geehrt, dass Sie so viel Vertrauen in mich setzen, aber ich kann Ihnen nicht helfen und sollte dies nicht annehmen. Was den Kaoliang angeht ...« Wu trank sein Glas aus. »Ein edler Tropfen, weich und kräftig. Ihnen dreien nicht unähnlich. Ich werde mich natürlich an die Vereinbarung halten und mit niemandem hierüber sprechen. Auf Wiedersehen.«

»Bitte überstürzen Sie nichts«, sagte Jeffrey und stellte sich ihm in den Weg. »Wenn Sie mit manchen unserer schmutzigeren Angelegenheiten lieber nichts zu tun haben wollen, dann gibt es andere Aufgaben, die Sie für uns erledigen könnten.«

»Ich habe bereits eine Arbeit. Und, Jeffrey – falls ich Sie so nennen darf –, ich weiß, dass meine Ablehnung Sie enttäuscht. Aber ich bin spät in der Nacht weit gefahren, um gebeten zu werden, einen Freund zu verraten. Ich muss also ablehnen. Auch ich finde die ganze Situation unbefriedigend. Mit Unzufriedenheit kann man besser umgehen, wenn man jung ist, wenn man Zeit hat, über die Dinge hinwegzukommen. Wir sind nicht mehr jung. Und ich könnte Ihnen sowieso nicht helfen, Li zu finden, selbst wenn ich wollte. Ich hoffe, Sie verstehen das.«

»Sehr tiefgründig, Herr Kommissar. Seien Sie beruhigt, wir sind nicht unzufrieden. Lediglich enttäuscht.«

»Dazu besteht keine Veranlassung. Schließlich hat unsere kleine Besprechung nie stattgefunden ...«

Wu verbeugte sich und ging. Johnny packte Jeffrey am Ärmel, um zu verhindern, dass er ihm hinterherging, dann verfolgten die drei, wie Wu hinaus auf den Flur schritt.

»Das war's, Johnny?«

»Das war's. Ich lerne meine Feinde gern kennen. Eine alte Gewohnheit. Er ist ein guter Mann. Zu schade.«

»Ahne ich da eine zukünftige Auseinandersetzung?«

»Vielleicht. Jahrzehnte bei der Polizei, und er hat es eigentlich zu nichts gebracht. Nicht hinterhältig genug für hohe Posten, nicht mutig genug, um ein Held zu sein. Wäre er zu Four Seas gekommen, wäre er wohl Sicherheitschef geworden wie Chao Tso, denke ich. Aber er ist willensstark, vertrauenswürdig, hat viel Erfahrung. Ein würdiger Gegner. Dennoch, alte Bullen denken in eingefahrenen Gleisen. Sie stellen gern unter Beweis, dass sie besser sind, und es wird ihm nicht gefallen, gegen uns zu verlieren. Er denkt sicher, er hätte uns durchschaut, und er wird erkennen, dass wir Alex Li vielleicht nicht retten können. Aber das bedeutet nicht, dass er es kann.«

Joe lachte. »Es ist lange her, dass uns jemand den Krieg erklärt hat, Johnny.«

»Das ist wohl kaum ein Krieg. Ein geistiges Kräftemessen, höchstens.«

Jeffrey mischte sich ein. »Gu Yan-po schuldet uns was. Ich führe ein paar Gespräche, bringe ihn und Julies Vater dazu, sich da rauszuhalten. Es wäre übel, wenn Wu herausfände, was hier vorgeht.«

»Das können wir nicht. Es ist zu früh, wir können die Sache noch nicht zum Abschluss bringen. Ihr kennt mich, ich mag sture Leute wie Wu. Und wenn sie nicht tun, was man ihnen sagt, sorge ich dafür, dass sie aufhören, stur zu sein, und das mag ich noch mehr.« Der alte Mann senkte die Stimme. »Was ist mit Li?«

»Er ist in Osaka, mit dem Mädchen, Luo Fen-ying.«

»Liebende, die miteinander durchgebrannt sind.«

»Die bis ans Ende der Welt fliehen.«

»Und unser Schütze? Wir wollen diesmal nicht nur einen Scharfschützen. Wir brauchen einen Killer, keinen Denker. Jemanden, der für den richtigen Preis seine eigene Familie ausschalten würde.«

»Ein Filipino. Hat mit den Guerillas auf Mindanao gekämpft. Johnny, willst du das wirklich tun?«

»Ja. Er soll Fotos von allen drei Leichen schicken. Ich will ein Einschussloch in jedem Kopf. Dann soll er sie verbrennen und vergraben. Wenn das erledigt ist, gibt es zusätzliche hundert Riesen für ihn.«

»Du willst Li nicht am Leben lassen?«, fragte Joe.

»Nein. Wir dürfen nicht riskieren, dass Hsu ihn findet, denn die Sache funktioniert nur, wenn Hsu glaubt, wir haben ihn. Wobei – was wäre, wenn … Schick Hsus Leuten eine Nachricht. Frag sie, ob sie Li lieber tot oder lebendig wollen.«

丼: 丼 besteht aus 井 mit einem 丶.
Im Chinesischen wird 丼 als *jǐng* oder *dǎn* gelesen und bedeutet Brunnen oder das Geräusch, das ein Gegenstand macht, der in einen Brunnen geworfen wird. In der späten Westlichen Zhou-Dynastie teilten sich im Brunnenfeldsystem acht Familien einen zentralen Brunnen, wobei jede Gruppe als ein 丼 bezeichnet wird.
Im Japanischen wird 丼 *don* gelesen und bezeichnet eine Schale, in der Essen serviert wird, beispielsweise *donburi*, eine Schale Reis mit Fleisch und Gemüse obenauf.

Früh am nächsten Morgen stiegen Alex und Fen-ying in einen Zug der Nankai Electric Railway Co. und fuhren via Tengachaya nach Osten. Die Nankai-Koya-Linie brachte sie direkt zum Koyasan, dem Berg Koya, und nicht einmal eineinhalb Stunden später fuhren sie im Bahnhof Gokurakubashi ein. Gokurakubashi, die Paradiesbrücke, kennzeichnet den Zugang zu der Stadt, die sich um den buddhistischen Tempel auf dem Berg angesiedelt hat. Die Standseilbahn zum Gipfel wurde gerade repariert, und man wies sie zu einem Bus.

Der Winter war früh hereingebrochen auf dem Berg Koya und der Boden nach einem Hagelschauer in der Nacht mit Laub übersät. Alex, der sich an der Haltestelle den Fahrplan für die Rückfahrt ansah, lachte, als er daneben ein eigenartiges Schriftzeichen entdeckte.

»Sasaki muss in der Nähe sein. Warte kurz.«

Er benutzte sein Telefon, um das Schriftzeichen nachzuschlagen: 辷, *yī* auf Chinesisch, *suberu* auf Japanisch. Letzteres bedeutete »ausrutschen« oder »auf gleicher Höhe sein«. Was Sinn ergab. Links unten befand sich das Radikal für »gehen« und in der Mitte eine waagerechte Linie. Diese Linie bedeutete auf Chinesisch »eins«. Und die asphaltierte Straße vor der Bushaltestelle war eben und gerade. Also sollten sie wohl dort entlanggehen.

»Wir müssen nach dem nächsten Hinweis Ausschau halten. Wir haben eine Eins gesehen, vielleicht enthält der nächste Hinweis also eine Zwei.«

Alex sprach unverdrossen weiter mit Fen-ying. Er erwartete keine Antwort, aber es hätte sich komisch angefühlt, sie bei sich zu haben und nicht mit ihr zu reden.

Die Straße war eben, die Luft frisch, aber kalt. Alex ahnte allmählich, warum Sasaki beschlossen hatte, sich hier oben zu verbergen. Am Eingang zu einem Friedhof stand eine Stele mit den Namen Sanada Nobuyuki und Sanada Nobumasa. Die Namen kamen Alex bekannt vor – vielleicht Feudalherren aus der Sengoku-Zeit?

»Ich weiß, warum mein Freund hierhergekommen ist, Baby Doll. Er wollte bei den ganzen alten Soldaten sein.«

Neben dem Tor hing ein weißes Fähnchen, nicht größer als ein Taschentuch, auf das ein Schriftzeichen gepinselt war: 辻.

»Sasaki liebt Rätsel. Er hat uns ständig welche gestellt, er hat gar nicht mehr damit aufgehört, bis ihn jemand geboxt hat. Aber warum dieses Zeichen? Im Chinesischen habe ich es noch nie gesehen. Ich muss es googeln.«

Google schlug zwar eine chinesische Aussprache vor, *shí*, aber keine Bedeutung. Im Japanischen war es *tsuji*, Kreuzung.

»›Kreuzung‹ ergibt Sinn. Das Radikal für ›gehen‹ und ein Kreuz. Ich schätze, er will, dass wir weitergehen, bis wir eine finden«, erklärte Alex und malte dabei mit dem Finger das Schriftzeichen in die Luft.

Bald darauf kamen sie an eine Kreuzung. Links endete die Straße nach einem kurzen Stück, geradeaus kamen Felder, und rechts war die Straße von Tempeln gesäumt. Alex wandte sich Fen-ying zu. »Wir gehen nach rechts. Sasaki war gern unter Menschen.«

Bei dem Gedanken, Sasaki wiederzusehen, war er ganz aufgeregt. »Sasaki und ich wurden ein Team, als wir in Nîmes in der Provence waren. Da wurde die Legion aufgestellt, und Sasaki nutzte die Zeit, um Französisch zu lernen. Er wollte nicht mal ausgehen, wenn er Ausgang hatte, sondern hat ständig gelernt, mit einem weißen Stirnband um den Kopf. An seiner Tür hing ein japanisches Schild, aber ich konnte die Zeichen lesen: ›Sich quälend‹. Als ich das sah, dachte ich, vielleicht braucht er ein bisschen Ablenkung, also habe ich angeklopft und ihn gefragt, ob er Lust hätte, etwas essen zu gehen. Er hat mich angeschrien, wieso ich sein Schild ignoriere. Wie sich herausstellte, bedeuten die Schriftzeichen im Japanischen ›fleißig lernend‹. Jedenfalls habe ich ihm gesagt, es müsse eine Quälerei sein, in unserem Alter Französisch zu lernen. Von da an haben wir bei jeder Gelegenheit unsere Schriftzeichenkenntnisse verglichen. In seiner Kindheit in Brasilien hatten sein Vater und sein Großvater ihn alle Schriftzeichen lernen lassen, damit er sein Japanisch nicht vergisst.«

Fen-ying ging stumm dahin, immer einen Schritt hinter ihm.

Jetzt zweigten von der Straße Wege ab, die zu Tempeln führten, doch Alex fand keinen weiteren Hinweis. Sie überquerten eine Brücke, und an der nächsten Abzweigung entdeckte er ein Stofffähnchen mit einer einzelnen Hiragana-Silbe: に. Eilig lief er hin und wäre beinahe ausgeglitten.

»Hier ist die Zwei. *Ni* auf Japanisch. Er muss irgendwo da entlang sein.«

Der Weg war von bepflanzten Innenhöfen gesäumt, Bäume ragten über die Mauern, deren Blätterdach im Sommer die Wege beschattete. Bald darauf zweigte schräg ein weiterer Weg zu einem mit Bambus bepflanzten Tempelgarten ab. Über dem Tempeltor war ein Schriftzeichen: 凪.

Alex zuckte zusammen, als er es sah. »Hier! Das ist es!« Er nahm Fen-ying an der Hand und zog sie durch das Tor. »Das Zeichen da besteht aus ›Wind‹ mit einem ›stopp‹ darin. Es ist kaum bekannt, bei Google findet man es nicht. Auf Japanisch liest man es als *nagi*, das bedeutet ›gelassen‹. Er ist hier, da bin ich mir sicher. Ich erinnere mich, wie er mir gesagt hat, dass dieses Schriftzeichen ihn gut beschreibt. Und er hat mir damals erzählt, dass er zurück nach Japan gehen, Mönch werden und den Takt der Sprechgesänge auf einer Tempelglocke schlagen will. Er glaubte, dass er nur so Frieden finden kann nach all den Jahren in der Legion. Japanische Mönche dürfen Fleisch essen, trinken und heiraten und trotzdem in einem Kloster Dienst tun. Ich wette, er ist ein sehr glücklicher Mönch.«

Der Boden hinter dem Tor war mit Ginkgoblättern bedeckt, die im Wind raschelten. Eine gewisse Frostigkeit in der Luft drohte mit dem ersten Schnee des Winters.

Sie erkundeten den Tempelkomplex. Es gab einen zentralen Saal, an den Seiten zwei Säle mit Pagodendach und im rückwärtigen Teil des Geländes Unterkünfte für die Mönche. Dahinter befand sich ein Brunnen. *Aber wo ist Sasaki?*

Fen-ying hob einen Ginkgosamen auf und warf ihn in den Brunnen, und das Geräusch des Aufpralls störte die Ruhe im Tempel. Gleich darauf läutete eine Glocke. Ein Mönch kam aus den Schlafsälen, und als er seine Gäste erblickte, legte er die Hände aneinander und verbeugte sich zum Gruß.

Man führte sie in einen traditionell japanischen Raum: Tatamimatten am Boden, Schiebetüren und eine Teedose auf einem niedrigen Tisch. Der Mönch sprach gutes Englisch, was, so erklärte er ihnen, an den Ausländern liege, die zum Berg Koya kamen, um zu beten oder die Tempel zu besichtigen. Diejenigen, die auf einer spirituellen Reise waren, konnten die Zen-Kultur erleben, indem sie im Tempel wohnten, am vegetarischen Essen teilnahmen und mit Tinte und Pinsel Schriften kopierten. So kam es, dass die jüngeren Mönche Englisch sprachen.

Alex fragte ihn, ob er jemanden namens Sasaki kenne. Der Mönch lächelte entschuldigend. Er kannte ihn nicht.

Als sie beide im Badehaus mit der heißen Quelle darin fertig waren, war ihr Abendessen eingetroffen. Die Gerichte waren auf einer Karte aufgeführt.

»Es ist alles vegetarisch.« Noch immer redete Alex mit sich selbst. »Zuerst eine Misosuppe. Dann Sesamtofu mit Shisoblättern, gedämpft, glaube ich. Tempura-Gemüse. Und danach, um den Gaumen zu reinigen, haben wir ... Kastanien, Bambus, Klettenwurzel und Rettich. Als Nächstes eine traditionelle Brühe mit Gemüse und Shiitake: Dobin-mushi, serviert in einer Teekanne. Und schließlich: Reis.«

Fen-ying füllte eine Schale mit Reis und stellte sie vor ihn hin. Er sagte nichts dazu, sondern beugte sich bloß über den Tisch und aß. Aber immerhin wusste er jetzt, dass sie zuhörte.

Nach Einbruch der Dunkelheit war es auf dem Berg Koya so still wie im tiefsten Bergwald. Die wenigen Gäste im Tempel waren mit ihren Übungen beschäftigt oder gingen spazieren. Das einzige Geräusch war das des leichten Regens auf der Oberfläche des Teichs. Fen-ying saß am Fenster und blickte hinaus auf den Tempelhof. Alex überließ sie sich selbst. Aus der Großstadt herauszukommen schien ihr gutzutun.

Sie mussten ihre Betten selbst machen. Alex brauchte seinen Schlafsack nicht, da das japanische Bettzeug dick genug für den Boden war. Er schlief zum Geräusch von Fen-yings Atem ein und erwachte mit einer kalten Mündung an der Stirn. Eine Männerstimme:

»Hab ich dich, Scharfschütze. Hättest jemand haben sollen, der dir den Rücken deckt.«

Wu und Eierkopf saßen in einem beengten Raum vor einem Dutzend Bildschirmen. Sie betrachteten nur einen: die Huayin Street, der Rauch der Knallfrösche, Hsu Huo-shengs Jeep, ein Schild, das für Sandwiches warb.

»Das ist das Beste, was wir bisher haben. Es wurde aus einer

Wohnung im ersten Stock neben dem Happy Hotel aufgenommen. Was meinen Sie?«

Wu sah sich die Szene in Zeitlupe an, immer wieder. »Ich kann keinen Schützen entdecken. Aber alles unterhalb des Sandwich-Schilds ist vom Rauch verdeckt.«

»Man kann eine Silhouette ausmachen«, sagte Eierkopf und stach mit dem Finger nach dem Bildschirm.

»Nicht deutlich genug, um etwas damit anfangen zu können.«

»Wu, ich habe mir das auch angesehen. Wenn wir den Mann da wegen des ganzen Qualms nicht sehen können, wie soll er dann einen Mann gesehen haben, der im Heck des Jeeps steht?«

»Sie arbeiten seit Tagen daran, Eierkopf. Weiter sind Sie nicht gekommen? Schauen Sie, selbst wenn er direkt neben dem Jeep gestanden hätte, hätte er Hsu unmöglich so in den Bauch schießen können.«

»Ich sehe, wir werden uns allmählich einig.«

»Worin?«

»Darin, dass wir vielleicht endlich aufhören sollten, um den heißen Brei herumzureden, und zum entscheidenden Punkt kommen?«

»Erklären Sie das.«

»Tsai Min-hsiung war am Tag des Attentats in der Nähe der Huayin Street, später endet er irgendwie tot in einem Fischteich. Ebenfalls in diesem Teich gefunden: eine Pistole. Eine Pistole, kein Fünfzigcentstück, das jemand da reingeworfen hat, um sich was zu wünschen. Das ist kein Zufall. Er, die Waffe, das Attentat, da gibt es irgendeine Verbindung.«

»Nicht unbedingt. Vielleicht hatte sein Mörder zu viele Waffen. Schwere Dinger, diese Waffen. Und die Black Star ist nicht mal eine gute.«

»Aber das bedeutet, dass jemand von Anfang an den Plan

hatte, Tsai zum Sündenbock zu machen. Es ist nicht plausibel, dass sie das alles an einem Tag hinbekommen haben: herausfinden, dass er in der Nähe des Tatorts war, dass er unzufrieden mit der staatlichen Unterstützung war, dass er den Präsidenten als Kind gekannt hatte, wo er lebte ... das ist einfach nicht plausibel.«

»Vielleicht sehen Sie das nicht aus dem richtigen Blickwinkel. Er war wütend auf die Regierung, er kannte Hsu von der Schule, und deshalb ging er in die Huayin Street«, sagte Wu.

»Selbst wenn das stimmt, Wu, war der, der ihn getötet hat, uns einen Schritt voraus. Er war bereits tot, als wir den Tipp bekamen und hingefahren sind.«

»Was bedeutet, dass es irgendwo einen Maulwurf gibt. Könnte an Ihrem Ende sein, könnte das National Security Bureau sein.«

»Eben. Bei diesem Gedanken überläuft es mich eiskalt.«

»Gus amerikanischer Experte kommt morgen, ja?«

»Ja. Ein pensionierter Cop. Wir sind angewiesen, ihn wie einen Gast zu behandeln und uns anzuhören, was er sagt. Mehr nicht.«

»Die Polizei Taipeh wird ziemlich dumm dastehen, falls er den Fall für sie knackt.«

»Ich stehe jetzt schon wie ein Idiot da. Viel dümmer geht's nicht.«

»Klingt, als ginge Ihnen die Hoffnung aus, Eierkopf. Verlieren Sie noch nicht den Glauben.«

Eierkopf rieb sich über die Bartstoppeln. »Also, Sie meinen: Da ist zu viel Rauch, um das Gesicht des Schützen zu erkennen, daher könnte es auch Tsai sein. Aber wenn der Mann auf dem Bild der Schütze ist, dann ist es nicht Tsai, denn der hier hat einen Hut an, und Tsai nicht. Seine Familie hat gesagt, er hatte einen von diesen Kegelhüten, aber sonst keinen. Es gibt eine andere Möglichkeit ...«

»Es gab keinen Schützen«, beendete Wu für ihn.
Die beiden Männer verstummten, der eine rieb sich das stoppelige Kinn, der andere trank seinen Kaffee.

»Falls es also keinen Schützen gab, nur falls«, ergriff Eierkopf schließlich das Wort.

»Zum einen, selbst wenn er nahe beim Jeep war, war er nicht näher dran als die Eskorte. Wenn er eine Waffe gezogen hätte, hätte einer der Uniformierten ihn gesehen. Das ist das eine«, sagte Wu und überspielte seine Ungeduld. Warum wollte Eierkopf das Offensichtliche nicht sehen?

»Selbst wenn alle diese Polizisten nicht gemerkt hätten, dass da ein Mann mit einer Waffe herumfuchtelt, wäre das Glas im Weg gewesen. Es waren keine Löcher in der Scheibe. Die Kriminaltechnik hat nichts gefunden, keine Beule, keine zerquetschte Mücke. Das wäre also ein zweiter Punkt.« Eierkopf kam in Fahrt.

»Er schießt also, und wir gehen davon aus, dass er einen Schalldämpfer hatte, und deswegen und bei dem ganzen Geknalle hört keiner den Schuss«, sagte Wu. »Aber er kann Hsu trotzdem nicht getroffen haben. Allenfalls hätte er einen der Personenschützer in den Hintern getroffen, falls der ihn gerade hinten aus dem Jeep gereckt hätte.«

»Einverstanden. Ein Bodyguard mit einer Kugel im Arsch wäre plausibel gewesen, der Präsident mit einer Schusswunde am Bauch nicht.«

»Das wäre drittens.«

»Dann haben wir die Kugel, die aus dem Futter von Hsus Jacke herausgefallen ist. An der war das Blut des Präsidenten. Es wurde mehrfach untersucht, daran lässt sich nichts deuteln.«

»Also hat die Kugel die Hinterbacken des Personenschützers wie eine Art Lenkflugkörper umrundet und Hsu getroffen.«

»Wo hatte er diese magischen Kugeln her, Wu? Ich kaufe einen ganzen Container voll, den verkaufe ich an die Armee und mache ein Vermögen. Und wenn sie mich zwingen, in den Ruhestand zu gehen, ziele ich damit auf den Chef. Ich lasse es langsam angehen, nur eine Kugel pro Tag, vor der er weglaufen muss. Zwei, wenn ich mich langweile. Es ist wichtig, im Ruhestand aktiv zu bleiben.«

»Klingt, als würde er aktiver sein als Sie.«

Wieder verstummten sie. Jetzt rieb Eierkopf sich die Glatze, und Wu mampfte Eierkopfs Süßigkeiten.

»Egal, mit welcher Theorie wir ankommen, die Wunde des Präsidenten war echt. Das Krankenhaus hat es bestätigt, und es gibt einen Bericht darüber. Vergessen Sie nicht, ihm die Versicherungssumme auszuzahlen, Wu.«

»Die Fotos von der Wunde, der Arztbericht und die Fotos von der Kugel sind alle öffentlich. Wir werden zahlen. Allerdings wird er für so eine geringfügige Verletzung nicht viel bekommen«, erwiderte Wu.

»Es kostet Sie also nichts, er hat nichts zu gewinnen, und wir Polizisten reißen uns die Beine aus, ganz zu schweigen von Ihnen, Herr Schadensinspektor. Und wozu das alles?«

»Ich will nur wissen, wo die Hülsen aus der Pistole und die Kugeln aus dem Gewehr sind. Und wichtiger noch, was es damit auf sich hat, dass Tsai am Ende tot in einem Fischteich liegt.«

»Von wegen ertrunken. Selbst wenn man nicht schwimmen kann, ertrinkt man nicht in so einem seichten Gewässer. Ich weiß, bei der Autopsie wurde Wasser in der Lunge gefunden, aber das haben sie bestimmt da reingetan. Den Teil mit dem grauen Star und der verheerenden Mundhygiene glaube ich.«

Eierkopf nahm einen Schneidezahn zwischen Daumen und Zeigefinger und wackelte daran. »Ich frage mich, ob sein Zahnfleisch so schlecht wie meins war.«

»Seine einzige Verbindung zum Präsidenten war, dass sie zwei Jahre auf derselben Grundschule waren. Seine Familie sagt, er sei ganz aufgeregt gewesen, als Hsu gewählt wurde, und hätte tagelang jedem, der zuhören wollte, erzählt, dass er mit dem Präsidenten zur Schule gegangen ist. Aber mehr war da nicht. Was, wenn ...«

»Was, wenn er Hsu hasste und sich am örtlichen Betelnuss-Stand eine billige Knarre gekauft hätte, zur Huayin Street gefahren wäre, den Jeep des Präsidenten herankommen gesehen und wutentbrannt abgedrückt hätte, und die Kugel, die zufällig verzaubert ist, richtet sich an Hsus Rasierwasser aus und saust um die kugelsicheren Scheiben herum?«

»Die Waffe, die sie aus dem Fischteich gezogen haben, war eine von den Kommunisten hergestellte Black Star, die 7.62-mm-Patronen verwendet. Die Kugel, die Hsu traf, hatte 9 mm. Sie kann nicht mit dieser Waffe abgefeuert worden sein.«

»Wu, Sie müssen da logisch herangehen. Wir haben die Kugeln gefunden, aber nicht die Hülsen. Was wäre, wenn die 9-mm-Kugel, die Hsu getroffen hat, in eine 7.62-mm-Patronenhülse gerammt worden wäre? Ich hab mal eine Woche lang zu kleine Schuhe getragen. War nicht bequem, aber laufen konnte ich.«

»Es war keine Munition bei der Black Star, und wir wissen nicht, wie lange sie im Wasser lag. Wir haben keine Rückstände, aus denen man schließen könnte, ob sie vor Kurzem benutzt wurde, keine Fingerabdrücke. Aber anscheinend wollte Ihre Taipei City Police vor den Politikern gut dastehen, also haben sie den Fall fix für gelöst erklärt, bevor dieser Ami-Experte auftaucht. Spielt keine Rolle, dass die Black Star diese Kugeln gar nicht verschießen konnte, es gab eine Waffe und einen Schuldigen. Wie ich Sie kenne, Eierkopf, werfen Sie jetzt eine 9-mm-Pistole in den Teich. Dann fischen Sie sie wieder raus und verkünden den Sieg.«

»Unsinn. Was, wenn – und Sie haben mit diesem ganzen Was-wenn angefangen, nicht ich – was, wenn … Schauen Sie, wir haben eine Waffe, einen Schützen, wir haben das Video von ihm in der Nähe als Indizienbeweis. Aber was ist mit dem Motiv? Wie sollen wir den Fall abschließen ohne Motiv?«

»Kinderspiel«, sagte Wu. »Tsai ist Bauer, er hat sich durch zwei Jahre Dürre gequält, sein Bauernhof geht vor die Hunde, und die Regierung gibt ihm nicht genug Unterstützung. Im Fernsehen sieht er all diese Elektronikfirmen, die das ganze Wasser und den Strom verschlingen, und uns Stadtbewohner in Taipeh, die wir schön lange duschen. Da regt er sich auf, über die Klassenunterschiede, die Ungleichheit, was auch immer, und er beschließt, sein Mütchen am Präsidenten zu kühlen. Also steigt er in einen Bus in die große Stadt. Wie ist das als Motiv?«

»Nicht gut genug.«

»Was soll das heißen, nicht gut genug? Wenn Sie einen Bericht ohne Motiv abgeben, dann geht der ganz nach oben zur National Police Agency, dann ins Innenministerium, dann zum Premierminister, und weil der gern Premierminister bleiben will, redet er ein Wörtchen mit dem Innenminister, und das Wörtchen landet wieder ganz unten: Der stellvertretende Polizeipräsident Eierkopf soll schleunigst irgendwo ein Motiv finden. Dann sausen Sie los nach Tongxiao und fragen die Familie, ob Herr Tsai manchmal den Fernseher angeschrien hat, wenn er Nachrichten sah. Und seine Leute werden nicken, weil jeder einzelne Mensch in Taiwan bei den Nachrichten den Fernseher anschreit. Na bitte. Ein Motiv.«

»Genießen Sie es eigentlich, wenn ich mir Ihre Monologe anhören muss, Wu?«, fragte Eierkopf, während er aufstand, um pinkeln zu gehen. Wu machte ein bisschen Tai-Chi, um seinen Rücken zu entspannen.

»Ich hab's«, sagte Wu. »Tsai war unzufrieden mit der aktuellen Lage. Früher hatte er mit dem Verkauf von Zeug ans Festland gutes Geld verdient, aber die Spannungen haben dem ein Ende gesetzt, und er kam kaum über die Runden. Da findet er eines Tages beim Spazierengehen eine Waffe und fährt aus einem Impuls heraus nach Taipeh, um ein ernstes Wort mit dem Landwirtschaftsminister oder dem Wirtschaftsminister zu reden. Aber dann sieht er zufällig seinen alten Klassenkameraden Hsu Huo-sheng auf Wahlkampftour, und da geht ihm auf, wie unterschiedlich das Schicksal mit ihnen umgesprungen ist. In einem Anfall von Neid verliert er die Beherrschung, zieht die Waffe und schießt. Zu seiner eigenen Überraschung trifft er Hsu in den Bauch. Erschrocken über seine Tat flieht er vom Tatort und steigt in den Bus nach Hause. Am Abend geht er zum Fischteich, um etwas zum Essen zu fangen, da geht ihm auf, dass er am Vorabend den letzten Fisch verspeist hat. Wütend stampft er mit dem Fuß auf, rutscht im Schlamm aus und ertrinkt.«

»Das ist nicht hilfreich, Wu. Wenn ich das vorbringe, werden Sie einen neuen Stuhl kaufen müssen.«

»Wozu?«

»Weil ich dann in der Versicherung bei Ihnen am Tisch sitzen werde! Selbst wenn wir Beweise für diese kleine Geschichte hätten, würde sie keinen Sinn ergeben.«

»Stimmt. Mir würde nichts anderes übrig bleiben, als in Gus Wahlkampfzentrale eine Pressekonferenz abzuhalten und zu erklären, dass Sie gezwungen waren, sich um Ihrer Karriere willen einen Haufen Quatsch aus den Fingern zu saugen. Natürlich würde ich in Ihrem Namen alle um Verzeihung bitten.«

»Wir haben also immer noch kein Motiv für den Anschlag.«

»Vielleicht hilft der Amerikaner, wenn er morgen kommt. Ein frischer Blick. Was werden Sie mit ihm machen?«

»Ihm jedwede Unterstützung anbieten natürlich.«

»Sie sind zu weit aufgestiegen, Eierkopf. An der Spitze wird es einsam. Deshalb wollen Sie mich immer wieder sehen. Und erzählen Sie mir nicht, Sie wollen den Ami nicht zum Teufel schicken und den Fall dann selbst aufklären. Aber wir stecken fest, weil wir uns keinen Reim darauf machen können. Ich an Ihrer Stelle würde mit dem Amerikaner kooperieren. Er hat hier keine offizielle Rolle, das bedeutet, das Verdienst können Sie trotzdem beanspruchen.«

»Ich soll ihn den Fall aufklären lassen? Wo bleibt Ihr Ehrgeiz, Wu? Er spricht vielleicht besser Englisch als ich, aber Verbrechensaufklärung bleibt Verbrechensaufklärung. Ich wüsste nicht, warum ein Amerikaner besser darin sein sollte als wir.«

»Den Fall aufzuklären hat Vorrang, Mann. Den Ruhm können Sie beim nächsten Mal einstreichen.«

Die Tüte mit den Süßigkeiten lag vergessen unter den Bildschirmen. Eierkopf zog ein Päckchen Zigaretten hervor, das er nicht hätte haben dürfen, und sie zündeten sich jeder eine an. Zum Teufel mit dem Rauchverbot.

»Vielleicht müssen Sie den Präsidenten befragen. Er war das Opfer; er war ein Augenzeuge. Er könnte der Schuldige sein.«

»Oder ich frage Alex. Vielleicht fördert er in Japan was zutage.«

»Versuchen Sie nicht ständig, aus mir herauszubekommen, wo er ist. Ich habe sowieso seit Stunden nichts mehr von ihm gehört. Befragen Sie den Präsidenten. Wenn der nicht Farbe bekennt, holen Sie alle aus dem Krankenhaus zur Vernehmung. Den stellvertretenden Chefarzt, den anderen Arzt, die Pflegekräfte, alle miteinander. Ich kippe ihnen das Chiliwasser selbst in den Hals.«

»Wir lassen schon jeden Bullen in Taiwan nach dem Schützen in dem Hotelzimmer und der Herkunft der Waffen und der Munition suchen. Vielleicht fördern die was zutage.«

»Keine Lust, sich mit dem Krankenhaus des Präsidenten anzulegen? Haben Sie keine Eier in der Hose? Mir scheint, Sie müssen da ein paar Sachen klären. Die Kugeln und die Patronenhülsen könnten bloß ein Ablenkungsmanöver sein. Der Präsident war die verletzte Partei, und der stellvertretende Chefarzt im Krankenhaus ist der Zeuge für die Behauptung, dass er verletzt war. Wenn diese beiden unter einer Decke stecken, könnten Generationen von Polizisten ermitteln und würden nichts erreichen. Hören Sie, im Medizinstudium lernt man nichts über Jura. Erinnern Sie die an die gesetzlichen Regelungen zum Meineid, insbesondere an den Teil mit den sieben Jahren Gefängnis und der möglichen Aberkennung der Approbation. Vielleicht gerät jemand in Panik und packt aus.«

»Und dann?«

Wu sah Eierkopf an. »Sie wollen sich immer noch aus der Politik heraushalten? Tja, wenn Ihnen das zu heiß ist ...«

»Ich hatte einfach gehofft, den Fall aufzuklären, ohne dass es politisch wird. Das ist alles.«

»Lassen Sie mich nicht schon wieder an Ihrer Männlichkeit zweifeln.«

»Meine Männlichkeit? Wu, denken Sie an das, was Liu Xiu, der Gründer der Östlichen Han-Dynastie, sagte, als er jung war: Der einzige Job, den ich will, ist der des Hauptmanns der Palastwache, die einzige Frau, die ich will, ist Yin Lihua. Und er hat diese große Schönheit tatsächlich geheiratet, aber die Palastwache hat er ausgelassen und ist direkt Kaiser geworden. Auch ich habe meine Träume, Wu. Als ich zur Polizei ging, war mein größter Wunsch, eines Tages Polizeipräsident von Taipeh zu sein. Mein Vater war ein bescheidener Streifenpolizist, wissen Sie, der sein gesamtes Berufsleben lang zum Polizeipräsidenten aufgeblickt hat. Und da dachte ich, ich mache meinen Vater glücklich, indem ich diesen Posten bekomme. Und ich bin immerhin stellvertretender Polizeipräsident geworden, mit lauteren wie unlauteren Mitteln, aber über diese letzte Hürde könnte ich vielleicht stolpern.«

»Sie glauben, dieser Fall wird Ihre Karriere ruinieren?«

»Natürlich. Aber was ich eigentlich sagen will, Wu: Menschen wie Sie, Menschen, die leicht loslassen können, sind äußerst dünn gesät. Also haben Sie bitte ein bisschen Verständnis für die Gefühle von uns einfachen Leuten.«

»Dann haben Sie die Hoffnung noch nicht aufgegeben?«

»Ich tue mein Bestes. Ich bin *so* kurz davor!«

»Okay, Eierkopf. Ich werde Ihre Gefühle respektieren und mich nicht mehr über Sie lustig machen.«

»Oh, diese Verachtung. Sie sind so herablassend gegenüber denen von uns, die von Macht und Reichtümern träumen.«

»Oh, dieser Sarkasmus. Wollen Sie, dass ich mich über Sie lustig mache?«

Eierkopf gähnte. »Ach, Wu, übrigens ... wohin sind Sie heute Nacht in diesem schönen großen Rolls-Royce gefahren?«

»Da fangen Sie schon wieder an. Schauen Sie, stellen Sie sich den Fakten. Sie müssen den Präsidenten und alle im Krankenhaus befragen. Wo ist Ihr Mumm? Stellen Sie sich vor, wie berauschend das sein wird, wenn Sie herausfinden, was da vorgeht.«

Eine gute Weile saß Eierkopf still da, eine Zigarette in der einen und ein Gummibärchen in der anderen Hand. Schließlich sagte er: »Wu, Sie stecken nicht in meiner Haut, und ich glaube nicht, dass Sie meine Lage beurteilen können. Aber in zehn Jahren werde ich zurückblicken und erkennen, dass Sie mir einen guten Rat gegeben haben, das weiß ich. Sie sind, das muss ich zugeben, ein guter Freund.«

零: 零 **besteht aus** 雨**, »Regen«, und** 下**, »hinunter«, »hinuntergehen«.**

Im Chinesischen wird 零 *nǎ* gelesen, hat aber keine dokumentierte Bedeutung.

Im Japanischen wird es *shizuku* gelesen und bezeichnet einen Tropfen – wie es die Bedeutung der einzelnen Elemente nahelegt.

Vorsichtig stand Alex auf und ließ sich von Sasaki auf den Hof hinausführen. Sasaki hatte sich verändert, und mit dem rasierten Kopf eines Mönchs hätte Alex ihn bei Sternenlicht womöglich nicht wiedererkannt. Aber sein Ohr, von dem er die Hälfte an eine Kugel verloren hatte, verriet ihn.

»Ist das Baby Doll da drin?«, fragte Sasaki.

»Ja.«

»Es ist kalt. Hättet ihr es zusammen in einem Bett nicht wärmer gehabt?«

»Lange Geschichte. Ich wusste, dass du es warst, als ich die beiden Patronenhülsen sah. Ich kann nicht glauben, dass du wirklich Mönch geworden bist …« Alex berührte Sasakis geschorenen Kopf, um sich davon zu überzeugen, dass er echt wahr. »Und du bist immer noch unerträglich.«

»Für jemand anderen, Alex, wäre ich gar nicht hier.«

»Du hast mich da in eine ziemlich gefährliche Sache reingezogen, weißt du.«

»Alte Gewohnheiten.« Sasaki unterdrückte ein Lachen.

»Tja, ich bin allen deinen Hinweisen gefolgt. Hab unterwegs ein paar neue Schriftzeichen gelernt. Was hast du also zu sagen?«

»Es ist ein Fremder in der Gegend. Ist in einem gemieteten Wagen hier hochgefahren, hat mehr auf sein Navi geachtet als auf die Straße. Wäre ein paarmal fast irgendwo reingekracht. Ich glaube, er folgt dir, um an mich ranzukommen. Zwei zum Preis von einem.«

»Aber wie …«

»Hast du Baby Dolls Sachen durchsucht? Ich meine, hast du sie ausgezogen und alles überprüft?«

»Nein. Ich mache es jetzt gleich.«

»Keine Eile.« Sasaki zog eine Flasche aus dem Gewand. »Weißt du noch, wie du mich mal nach diesem Schriftzeichen im Titel des Comics gefragt hast, den ich gerade las? Ich habe dir gesagt, dass er ›Tropfen‹ bedeutet. Tja, lass uns ein edles Tröpfchen genießen. Scheint mir ein guter Zeitpunkt zu sein, um ihn zu trinken, mit einem Killer im Anmarsch und einem unverhofften Gast. Wäre doch eine Schande, wenn ich sterbe und er verkommt.«

»Wie ist dein Bruder eigentlich auf den Namen für seine Bar gekommen?«

»Wir sind zusammen zurück nach Japan gegangen, aber ich brauche Action, er mag es ruhig. Also bin ich nach Frankreich gegangen. Aber wenn du nicht so beschränkt wärst, wäre dir klar, dass er die Bar so genannt hat, weil er mich vermisst hat und hoffte, dass ich zurückkomme.«

»Ein guter Bruder.«

»Ja, und manchmal eine Nervensäge.«

Dann griff er hinter einen Regenschutz und zog drei Gewehre hervor. »Sogar Mönche müssen sich verteidigen. Baby Doll weiß, wie man mit einer Waffe umgeht, oder? Sie hat doch die Scharfschützenausbildung mit dir gemacht.«

»Ja. Wer ist hinter uns her?«

»Ein Profi. Scharfes Auge, starker Arm, und aus irgendeinem Grund trägt er einen Queue-Koffer mit sich herum. Aber jemand, der hinter zwei berühmten Scharfschützen der Fremdenlegion her ist, muss gut sein.«

»Was machen wir also?«

»Na ja, ich bin Mönch, wir können also nicht auf heiligem Boden kämpfen. Wir müssen abhauen.«

»Wohin?«

»In die Berge. Es gibt einen Pilgerpfad zum Südende der Kii-Halbinsel. Und es ist lange her, dass wir zusammen gewandert sind. Man sagt, eine Pilgerfahrt reinigt die Seele. Könnte dir guttun.«

»Ich wecke sie.«

Sasaki trank aus der Weinflasche, dann bot er sie Alex an. »Guter Stoff.«

Alex sah auf sein Telefon. Kurz nach eins. Ein neuer Tag begann. Er nahm die Flasche und trank einen großen Schluck. »Eine Schande, einen so guten Wein aus der Flasche zu trinken.«

»Solange er in unseren Bäuchen landet, ist er nicht verschwendet.«

2

DREI TAGE BIS ZUR WAHL

Durch ein Seitentor schlüpften sie hinaus. Mittlerweile strömte der Regen herab, drang durch ihre dünnen Jacken und ließ sie zittern.

Fen-ying hatte keine Fragen gestellt. Sie war wach gewesen, als Alex zurück ins Zimmer kam. Vielleicht hatte sie etwas gehört.

Sasaki führte sie über einen Weg, der sich zwischen mehreren Tempeln hindurchwand, zu einer asphaltierten Straße. Vor ihnen lag eine Bushaltestelle, ein Stück weiter gabelte sich die Straße nach Norden und Osten. Die Bushaltestelle hieß Ichinohashi-Brücke, »Erste Brücke«. Sasaki zeigte auf die Brücke, zu der die nördliche Straße führte, dann huschte er in geduckter Haltung in diese Richtung. Alex sah Fen-ying an, und die beiden folgten ihm. Es hieß, hinter der Brücke sei das Territorium von Kobo Daishi, einem von Japans meistverehrten Mönchen, ein heiliger Ort auf dem Berg Koya, an dem die Gesetze der säkularen Welt nicht galten.

Alex hatte in seinen Schulbüchern über Kobo Daishi gelesen. Ein japanischer Mönch, der zum Studium ins China der Tang-Dynastie geschickt wurde, bei seiner Rückkehr den Shingon-Buddhismus begründet und, vom Sanskrit inspiriert, die Kana-Silbenschrift ersonnen hatte. Und wenn Alex sich recht entsann, hatte er auch die Udon-Nudeln in Japan eingeführt.

Sasaki lief auf einen kleinen Friedhof, Alex und Fen-ying folgten dicht hinter ihm. Die drei kauerten sich hinter eine der Säulen, die das Torii, das Tor zum Schrein, trugen, und Alex suchte instinktiv die Umgebung ab. Auf einem Denkmal bemerkte er den Namen Takeda Shingen – ein Feudalherr aus dem sechzehnten Jahrhundert.

Fast alle Denkmäler hier hatten die Form kleiner Stupas, noch vor dem Tod erbaut, Beleg für den Wunsch, Kobo Daishi zu folgen und Frieden zu finden. *Kämpfer begehen zu viele Sünden*, dachte er. *Kein Wunder, dass wir uns um unsere nächste Wiedergeburt sorgen.*

Sasaki murmelte etwas auf Japanisch. Da brach Fen-ying schließlich ihr Schweigen: »Was hast du gesagt?«

Sasaki drückte die Hände im Gebet aneinander und antwortete auf Englisch: »›Ein kühler Wind im Sommer, ein kalter Wind im Winter; der gleiche Wind, eine andere Begrüßung.‹ Ein Gedicht von Kobo Daishi.« Dann deutete er zum Himmel. »Sieht nach Schnee aus.«

Der stellvertretende Leiter der Polizei Taipeh, Lu, hatte Dutzende von Reportern im Schlepptau, die allesamt versuchten, ihr Mikrofon zwischen den bewaffneten Polizisten, die ihn wie eine Mauer umgaben, hindurchzuzwängen. Lu ignorierte sie und betrat mit schweren Schritten die Wache. Der Präsident war bereits um sieben Uhr morgens erschienen, damit dieser Termin seinen engen Zeitplan so wenig wie möglich durcheinanderbrachte. Dreißig Minuten später brach er mit seiner Fahrzeugkolonne wieder auf und überließ es Eierkopf, sich den Reportern zu stellen.

Wie erwartet, hatte der Präsident ihm nichts Neues erzählt. Er wusste nicht, wer versucht hatte, ihn zu töten. Er hatte im Heck des Jeeps gestanden, einen stechenden Schmerz am Bauch verspürt, nach unten gefasst, Blut gesehen und war zusammengebrochen.

Er wusste nicht, wie die Kugel ins Futter seines Anzugs gelangt war, er wusste nichts über die zweite, im Jeep gefundene Kugel. Er wusste nicht, wer mit dem Zünden der Knallfrösche begonnen hatte; er hatte keine Erinnerung an Tsai Min-hsiung. Was er allerdings sagte, im Stehen und im Stil seiner Neujahrsansprachen, war, dass Gewalt nicht toleriert werden dürfe und dass er hoffe, die Polizei werde das Verbrechen schnellstmöglich aufklären.

Eierkopf erinnerte ihn nicht an die bis zu siebenjährige Haftstrafe, die auf Meineid stand. Das musste er auch nicht. Schließlich war der Präsident Jurist, und er hatte das Problem als Erster angesprochen. »Ich lege einen Test mit dem Lügendetektor ab, wenn Sie wollen«, hatte er angeboten.

Doch wie setzte man einen Präsidenten vor einen Lügendetektor, ohne alles Vertrauen sowohl in die Nation als auch in die Regierung zu zerstören? Ohnehin galt das Hauptaugenmerk der heutigen Vernehmungen gar nicht dem Präsidenten. Während die Reporter Jagd auf Eierkopf und Hsu machten, hielten am Hintereingang drei Wagen mit wichtigeren Zeugen.

SCHWESTER CHEN, XING'AN HOSPITAL

- Ja, ich hatte an dem Tag Dienst. Der stellvertretende Chefarzt sagte mir, ich solle mich für eine Operation bereithalten, da der Präsident angeschossen worden sei.
- Er wurde sofort operiert. Aber ich bin keine OP-Schwester, ich war nur da, um bei Bedarf auszuhelfen.
- Ja, ich habe seine Anzugjacke aufgehoben. Die Kugel fiel heraus, als ich sie wieder aufhängen wollte. Aus reiner Neugier habe ich mir das Futter der Jacke angesehen. Dann habe ich die Kugel aufgehoben und sie dem stellvertretenden Chefarzt gegeben. Er hat sie genommen und mir gesagt, ich könne gehen.
- Ja, ich bin gegangen.

- Ich hatte Dienst, und der stellvertretende Chefarzt sagte mir, ich solle mich auf eine Operation vorbereiten. Dass der Patient der Präsident war, wusste ich nicht, bis ich ihn sah.
- Der stellvertretende Chefarzt hat die Wunde untersucht und mir gesagt, ich solle bleiben, aber die anderen beiden Ärzte hat er hinausgeschickt.
- Es war eine leichte Verletzung, eine Fleischwunde am Bauch, die ein bisschen blutete. Der stellvertretende Chefarzt wies mich an, die Wunde zu reinigen und zu nähen. Sie benötigte sieben Stiche. Wir haben die Wunde versorgt und ihm vorsichtshalber eine Tetanusspritze gegeben. Die Wunde wird noch ein bisschen weitergeblutet haben, aber nicht allzu sehr.
- Die Kugel habe ich nicht gesehen. Meinen Sie, ob das die Kugel war, die die Verletzung verursacht hat? Das würde ich nicht wissen, ich bin nur ein Chirurg. Man hatte dem stellvertretenden Chefarzt gesagt, der Präsident sei angeschossen worden, also haben wir einfach angenommen, dass es eine Schussverletzung ist.
- Nein, ich habe noch nie eine gesehen.
- Es hätte etwas Scharfes gewesen sein müssen, etwa ein Messer. Die Haut ist zäher, als man meint.
- Wenn sie ihn nicht getroffen hätte, sondern nur sehr dicht vorbeigeflogen wäre? Ich glaube nicht, dass das die Verletzung verursacht hätte, die wir gesehen haben. Und sein Hemd und sein Unterhemd hatten dazu passende Risse.
- Die Jacke? Ich weiß nicht. Sie haben sie mitgenommen, oder nicht?
- Nein, ich habe kein Schießpulver oder so gerochen.

- Es war auf jeden Fall eine frische Wunde. Sonst hätte es Anzeichen von Wundheilung gegeben.
- Ich bin Chirurg. Von so etwas habe ich keine Ahnung.

STELLVERTRETENDER CHEFARZT WU, XING'AN HOSPITAL

- Ich bin dem Präsidenten schon einmal begegnet, als ich im Veterans General gearbeitet habe. Er war dort wegen einer chronischen Erkrankung in Behandlung. Im Xing'an war er noch nie gewesen, aber es lag am nächsten, daher haben sie ihn zu uns gebracht.
- Nein, ich kann Ihnen die Krankheit nicht sagen. Ärztliche Schweigepflicht.
- Vielleicht ein, zwei Mal. Er kannte den Chefarzt dort sehr gut. Ich habe einmal mit ihnen zu Abend gegessen, ich erinnere mich nicht mehr, von wem die Einladung kam. Und ein andermal bei einem Wahlkampfbesuch im Krankenhaus. Vergessen Sie nicht, das ist Jahre her.
- Ich war auf meiner Visite und besuchte gerade einen Patienten, der sich von einer Tumorentfernung erholte, als mein Telefon klingelte. Es war das Special Service Command Center, das mir mitteilte, der Präsident sei angeschossen worden, und ich solle mich bereit machen zu operieren.
- Ich kann nicht mehr über die Wunde sagen. Wie ich schon der Presse gesagt habe, sie war nicht lebensbedrohlich. Aber als Arzt darf ich nicht weiter ins Detail gehen. Ehrlich gesagt, das Special Service Command Center hat gesagt, der Präsident sei angeschossen worden, und wir hatten keine Veranlassung, daran zu zweifeln. Sie haben die Fotos von der Kugel aus seinem Anzug gesehen, mit dem Blut daran, und die Fotos der Wunde. Was soll die

verursacht haben, wenn nicht diese Kugel? Und es ist nicht meine Aufgabe, herauszufinden, was eine Wunde verursacht hat. Ich behandele sie nur.

- Ja, wir sind eines der ausgewiesenen Krankenhäuser für hochrangige Staatsbedienstete. Die Universitätsklinik ebenfalls, logisch. Die ist ein Lehrkrankenhaus, daher sind sie dort besser ausgestattet. Sie müssten das Special Service Command Center fragen, warum sie ihn nicht dorthin gebracht haben. Wir fragen die Leute nicht, warum sie zu uns kommen, wir kümmern uns einfach um sie.

- Da müssten Sie den Chefarzt selbst fragen, ob er den Präsidenten kennt. Ich kann nicht für ihn sprechen. Der Chefarzt rief mich tatsächlich vorher an, aber wir waren schon im OP, als er eintraf. Er ist nicht dazugekommen, und ich war der Einzige, der mit der Presse gesprochen hat.

- Dazu kann ich wirklich nichts sagen. Da bin ich nicht qualifiziert. Versuchen Sie es bei einem Rechtsmediziner, das sind die Profis. Dr. Bing in der Rechtsmedizin ist ein alter Freund. Er ist ein Experte, hat schon Tausende von Autopsien vorgenommen. Das ist der Mann, den Sie fragen sollten. Falls er mit mir Rücksprache halten muss, stellen Sie einen offiziellen Antrag beim Krankenhaus. Wenn der Chefarzt den abzeichnet, tue ich alles, was in meiner Macht steht, um zu helfen.

DR. BING, RECHTSMEDIZINISCHES INSTITUT TAIPEH

- Hey, langsam, das liegt alles außerhalb meiner Gehaltsstufe. Ich bin Rechtsmediziner, ich nehme Autopsien vor und bestimme die Todesursache. Also, ich weiß, dass der Präsident angeschossen wurde, aber er lebt doch noch, oder? Tja, wenn er stirbt, bringen Sie ihn her, und ich sage

Ihnen, was ihn umgebracht hat. Aber noch ist er nicht tot. Ich habe ihn im Fernsehen gesehen, da hat er keinen Zweifel daran gelassen, was erwarten Sie also von mir?
- Okay, ich sage noch ein bisschen mehr. Das ist immerhin guter Kaffee, und ich sollte mich nicht wegen der Politik sorgen. Es gibt Verschiedenes, was diese Wunde verursacht haben könnte. Ein Projektil, ja. Es könnte aber auch ein Messer gewesen sein oder sogar eine gerissene Gitarrenseite. Was die Schäden an seinem Hemd und Unterhemd angeht, Herr Lu, ja, die könnten von einem Messer verursacht worden sein. Aber das können Sie ganz schnell herausfinden: Sehen Sie nach, ob Schmauchspuren an der Kleidung sind.
- Ach, kommen Sie, machen Sie Witze? Wenn auf jemanden geschossen wird, gelangen unvermeidlich Blut- und Gewebeteilchen auf die Kleidung des Opfers. Wenn die Blutgruppe nicht zu der des Opfers passt ... tja, dann haben Sie ein Problem. Man überprüft, ob auf der Kleidung außer dem Blut und den Gewebeteilchen Schmauchspuren sind. Das kann man fingieren, man braucht bloß Zeit. Aber diese Schmauchspuren und das Blut und das Gewebe genau richtig hinzubekommen, sowohl auf dem Hemd als auch auf dem Unterhemd ... das wäre schwierig.
- So etwas wie hieb- und stichfeste Beweise gibt es nicht. Aber was sagt Ihr Bullen immer? Der Beweis liegt in den Details. Tja, wir Rechtsmediziner verlassen uns auf unsere Erfahrung, nicht auf das Prozedere. Und meine Erfahrung sagt mir, wenn man Beweise nur genau genug unter die Lupe nimmt, findet man genug für eine Dissertation und möglicherweise auch, um die Ballistik zu revolutionieren.

REN, LEITER DER KRIMINALTECHNIK DER TAIPEI CITY POLICE

- Herr Polizeipräsident, Herr stellvertretender Polizeipräsident. Das Criminal Investigation Bureau hat die Beweise bereits in Verwahrung genommen. Auf Anordnung der National Police Agency.

Wu hörte die Tür zu Eierkopfs Büro hinter ihm zuknallen, während er in sein Mobiltelefon brüllte:
»Scheiße, Wu, Sie hatten recht. Das Criminal Investigation Bureau hat übernommen ... Ja, ich wusste, Sie würden das sagen. Aber in allem anderen liegen Sie total falsch. Ich habe sämtliche Beweise selbst gesehen, und ich werde weiter ermitteln. Na ja, natürlich ist es meine Pflicht, mit dem Criminal Investigation Bureau zu kooperieren. Und ich werde noch mehr tun. Ich werde sogar begeistert kooperieren. Ich werde nicht ruhen, bis ich den Schuldigen in ... Ach, lassen Sie das, Wu. Meine großen Ambitionen, Polizeipräsident zu werden, haben sich gerade erledigt. Und wenn ich das nicht erreichen kann, wozu soll ich dann stellvertretender Polizeipräsident sein? Die können meinen Posten haben.«

Wu entgegnete: »Eierkopf, wenn das Criminal Investigation Bureau den Fall übernommen hat, sollen sie ihn doch haben. Sie können sich entspannen. Und es hat keinen Sinn, dass Sie Ihre Karriere aufs Spiel setzen ... Okay, ich lade Sie zum Abendessen ein. So oft wie nötig, bis Sie diese Idee vergessen.«

Wu legte auf und wandte sich Julies Vater zu. »Das Criminal Investigation Bureau hat übernommen.«

Julies Vater streichelte den Kater. »Und was bedeutet das?«

»Der amerikanische Experte, der gerade eingetroffen ist, um den kümmert sich das Criminal Investigation Bureau auch. Es bedeutet, Eierkopf ist kaltgestellt, und das bedeutet, ich kann keinen Einfluss mehr nehmen.«

Julies Vater streichelte bloß weiter seine tierische Gesellschafterin. Seine Tochter beugte sich aus dem Café und rief ihnen zu: »Wu, möchten Sie etwas essen? Sie müssen es nur sagen. Ich brate Ihnen selbst was.«

Wu sah zu Julies Vater, bevor er antwortete. »Warum nicht? Und ich werde etwas mit Ihrem Vater trinken. Ich habe sonst nichts zu tun, da kann ich mich auch betrinken. Vielleicht schlafe ich dann besser.«

Julies Vater ließ den Kater hinunter und betrachtete den Schatten, den der Sonnenschirm warf. »Ich muss Sie etwas fragen. Der alte Herr Fang.«

»Welcher alte Herr Fang?«

»Der Vater und Chef von Fang Te-min. Von seinen Freunden Johnny genannt. Der Mann im Rollstuhl, der Sie auf ein Gläschen zu sich eingeladen hat. Hat Ihnen einen schönen fetten Scheck angeboten, den Sie abgelehnt haben. Nicht genug für Sie? Tun Sie nicht so, als wüssten Sie von nichts.«

»Was machen Sie nur alle? Orten Sie mich über Satellit? Eierkopf überwacht mich, das Counterintelligence Bureau überwacht mich, was bedeutet, das National Security Bureau garantiert auch, und jetzt Sie. Was vermutlich bedeutet, Gu weiß es auch? Aber ich habe vor dem Treffen eine Geheimhaltungsvereinbarung unterzeichnet. Und Sie wissen, ich halte mein Wort.«

»Herr Fang hat anfangs Gu unterstützt. Sie würden staunen, wenn ich Ihnen erzählen würde, wie viel er gespendet hat. Aber gestern hat er vor einer letzten Zahlung einen Rückzieher gemacht und gesagt, er müsse es überdenken. Ich vermute, was er überdenkt, ist die Frage, was das Attentat für die Wahl bedeutet.«

»Fahren Sie fort.«

»Er ist ein guter Mann, der Herr Fang. Ich bin ihm einmal begegnet. Es gibt ein Video davon, wie Sie an dem Abend neulich aus diesem Rolls-Royce steigen.«

»Sie haben mich verfolgen lassen?«

»Ich mache das seit Jahrzehnten, Wu. Wurde dreimal bei Razzien geschnappt, habe insgesamt sieben Jahre gesessen. Ich bin zu Ihnen gekommen, weil ich Ihnen vertraue. Insofern nein, nicht ich. Die Spionageabwehr. Johnny hat dort Leute. Aber wir auch. Auf einer so kleinen Insel wie Taiwan hat jeder überall Freunde.«

»Und alle zocken. Und wenn man auf beide Seiten setzt, dann schuldet einem immer jemand einen Gefallen, egal, wer gewinnt.«

»Jetzt klingen Sie zynisch. Die Leute haben trotz allem ihre politischen Überzeugungen.«

»Was bekommt Herr Fang dafür, dass er Gu unterstützt?«, fragte Wu. »Und ist Fang Te-min nicht ein alter Studienkollege von Hsu und sein größter Unterstützer? Was unterstützt sein Vater also Gu?«

»Es gibt kein Gesetz, das ihnen verbietet, separate Wetten abzuschließen.«

»Hat Fang Te-min nicht gesagt, er wolle sich aus der Politik heraushalten? Keine Treffen, keine Staatsaufträge. Was hat er also davon?«

Julies Vater stand auf; Wu ebenfalls, um ihm zu helfen.

»Kommissar Wu, Sie haben Ihre professionellen Prinzipien, und ich habe meine. Deshalb können wir uns zusammensetzen und solche schmutzigen Angelegenheiten miteinander besprechen. Kommen Sie, Zeit fürs Abendessen. Was möchten Sie trinken? Ich darf kein Bier trinken, schlecht für meine Gicht. Sie nehmen, was Sie möchten.«

躾: 躾 **besteht aus** 身, **»Körper«, und** 美, **»Schönheit«.**
Im Chinesischen wird 躾 *měi* gelesen, hat aber keine Bedeutung.
Im Japanischen wird es *shitsuke* gelesen und bedeutet »Disziplin« oder »Erziehung«.

Die drei Gestalten schlüpften zwischen Grabsteinen und Denkmälern hindurch, jeder und jedes Ausdruck der Hoffnung eines längst toten Helden. Oda Nobunaga und Akechi Mitsuhide waren beide hier, ihre Blutfehde längst vergessen. Ebenso Toyotomi Hideyoshi und Tokugawa Ieyasu. Alle ihre religiösen und politischen Differenzen der Geschichte anheimgefallen.

Am Ende der Straße passierten sie Kobo Daishis Mausoleum, wo der große Mönch liegen soll, nicht tot, sondern in ewiger Meditation. Jeden Tag wird Wasser bereitgestellt, damit er sich das Gesicht reinigen kann, und Nahrung, damit er zu essen hat.

Niemand macht sich selbst zur Legende. Dafür ist man auf diejenigen angewiesen, die nach einem kommen. Auf Menschen, denen man nie begegnen wird.

Sie schlichen einen schlammigen Bergpfad entlang. Der Schnee blieb aus, aber der Regen wurde stärker, er prasselte auf die Äste und verwandelte den Boden in einen Morast.

»Wohin gehen wir also von Kumano aus?«, fragte Alex.

»Wir gehen nicht nach Kumano«, erwiderte Sasaki. »Wir suchen uns unterwegs eine Stelle, wo wir einen Hinterhalt legen können. Ich würde ihm lieber entgegentreten, als mich weiter von ihm verfolgen zu lassen.«

Vor einer Buddhastatue am Wegesrand blieb er stehen.

»Hier sollte es gehen. Sucht euch eure Stellungen und ruht euch aus. Drei Gewehre gegen eins. Da spielt es keine Rolle, wie gut er ist.« Er sah Fen-ying an. »Bist du dabei?«, fragte er und zog die Weinflasche aus dem Gewand. Alex trank einen Schluck, dann wollte er den Wein Sasaki zurückgeben, aber Fen-ying streckte die Hand danach aus. Sie trank.

»Und woher kommt dieser Kerl?«, fragte Alex.

»Südostasien, der Beschreibung nach. Keine militärische Ausbildung, so, wie er aussieht. Miliz vielleicht, etwas in der Art. Mein Freund ein Stück den Berg runter sagt, er sieht gefährlich aus. Hände wie ein Boxer. Aber drei sind genug, um es mit ihm aufzunehmen, Alex. Du bist ein Scharfschütze, ich bin dein Beobachter, Baby Doll-*san* kann uns den Rücken decken. Soweit wir wissen, ist er allein, aber er könnte Unterstützung angefordert haben. Wenn wir hier fertig sind, gehen wir nach Shingu am Fuß des Bergs Koya und trinken was.«

»Shingu?« Diese Frage kam zur Überraschung der Männer von Fen-ying.

»Wir sind uns nicht offiziell vorgestellt worden, Baby Doll. Ich bin Sasaki. Freut mich, dich kennenzulernen. Wie ist mein Chinesisch? Nicht übel, was?« Sasaki klang stolz. »Vielleicht komme ich demnächst mal nach Taipeh und lerne es noch besser, genau wie die Mönche es früher getan haben.«

»Shingu, wohin Xu Fu ging?« Fen-ying blieb bei Englisch, Sasakis Chinesisch ließ sie unbeeindruckt.

»Der Legende nach wurde der Hofzauberer der Qin-Dynastie, Xu Fu, mit Tausenden von jungfräulichen Jungen und Mädchen nach Osten gesandt, um das Geheimnis der Unsterblichkeit zu lüften. Das war zweihundert Jahre vor der Zeitrechnung. Seine Flotte erreichte die Kii-Halbinsel, und sie ließen sich in Shingu nieder, wo Xu Fu unter seinem japanischen Namen Jofuku lebte. Und hier haben wir noch einen Jungen und ein Mädchen, die unschuldig und übers Meer hierhergekommen sind. Es ist also nur richtig, dass wir nach Shingu gehen.«

Währenddessen hatte Sasaki die Bäume nach einem Versteck abgesucht. Er drehte sich um und gab Fen-ying ein Zeichen. »Du bleibst da. Falls Alex und ich nicht überleben, rühr dich nicht und sei still. Er wird sich nicht lange aufhalten. Geh immer weiter nach Süden, vergiss das nicht. Jeder, der an diesem Weg lebt, kennt mich. Du sagst einfach, du bist eine Freundin von Sasaki. Kapiert? Sasaki. Wenn du schnell gehst, kannst du in einem Tag am Hongu Taisha, einem Shinto-Schrein in Kumano sein. Von da aus geht ein Bus nach Shingu. Bete zum alten Jofuku und bitte ihn, unsere beiden umherirrenden Seelen aufzunehmen, damit wir nicht bis in alle Ewigkeit diese Bergpfade heimsuchen müssen.«

Er drehte sich um und deutete auf eine niedrige Erhebung am Berghang. »Alex, du gehst dort in Deckung. Ich werde hier schlafen, weck mich, wenn du mich brauchst.« Sasaki setzte sich hinter einen Felsen auf dem Weg, hielt das Gewehr fest zwischen den Beinen, legte den Kopf in den Nacken und trank noch mehr Wein.

Alex grub mit dem Gewehrkolben eine flache Mulde, in der er in Deckung ging, und stopfte sich ein paar belaubte Zweige in die Kleidung. Er war jetzt schlammbeschmiert und nass, aber die zusätzliche Tarnung war die Unannehmlichkeiten wert.

»Sasaki, du hast mir gar nicht erzählt, warum du diesen Auftrag in Taipeh angenommen hast.«

»Geld. Geld ist das Einzige, das mich überreden konnte, Japan zu verlassen.«

Ein Mittelsmann hatte ihn aufgesucht und ihm einen Handel vorgeschlagen. Das Geld war gut, und Sasaki brauchte Geld.

Es schien ein leichter Auftrag zu sein: Folge Hsu Huo-sheng auf seiner Wahlkampftour und berichte darüber täglich auf Japanisch. Leicht verdientes Geld. Zu leicht, das wusste Sasaki. Und tatsächlich wurde ihm eine Woche später gesagt, er solle sein Gewehr mitnehmen und auf Befehle warten. Sein SWD und die Munition waren am selben Tag mit einem Frachtflug gekommen und ihm von seinem Kontaktmann in einer Styroporschachtel, als frischer Lachs etikettiert, ins Hotelzimmer gebracht worden.

Sein Kontaktmann schien ein Ex-Militär zu sein. Sie redeten nicht viel miteinander, nur wenige Sätze, um einander zu taxieren.

Drei Tage später war er ins Happy Hotel in der Huayin Street beordert worden. Seine Befehle: Töte den Präsidenten, kassiere hunderttausend US-Dollar. Er hatte das Hotel um sieben Uhr an diesem Morgen einer gründlichen Überprüfung unterzogen. Es gab jede Menge freie Zimmer, aber 502 hatte den besten Blick, und er wäre nur zehn Meter vom Ziel entfernt. Er könnte diesen Schuss mit geschlossenen Augen abgeben. Sasaki ging wieder und suchte Fluchtwege, dann kehrte er rechtzeitig vor neun Uhr in das Zimmer zurück.

»Warum musstest du dein eigenes SWD benutzen?«

»Das haben sie mich auch gefragt. Ich habe ihnen erklärt, dass ich mit der vertrauten Waffe genauer bin.«

»Klar. Aber da hätte es jedes Gewehr getan.«

»Das haben sie auch gesagt, Alex. Aber du kennst mich. Außerdem bezweifle ich, dass du auf mich gekommen wärst, wenn ich eine andere Waffe benutzt hätte.«

»Was hast du an diesem Morgen gesehen?«

»Ich war bereit, hatte fünf Patronen geladen. Aber dann gingen die Knallfrösche los, und ich konnte kaum sehen, was vorging. Das war allerdings kein großes Problem. Ich konnte zwei Gestalten im Heck des Jeeps ausmachen. Es wäre immer noch ein leichter Schuss gewesen, aber ich hätte sie beide ausschalten müssen, um sicher zu sein, dass ich den Richtigen hatte.«

»Hast du geschossen?«

»Nein. Etwas ging schief. Eine der Gestalten fiel um, als wäre sie angeschossen worden, dann zogen die Polizisten ihre Waffen, und der Jeep jagte davon. Ich war ausgetrickst worden. Jemand anders hatte den Präsidenten getötet, dachte ich, und ich war nur dazu da, den Kopf hinzuhalten. Ihr habt Nerven, ihr Taiwaner. Einen Attentäter derart zu hintergehen. Also habe ich Ausschau nach dem Schützen gehalten ...«

»Hast du ihn entdeckt?«

»Ich habe dich entdeckt, in einer Lücke im Qualm. In voller

Lebensgröße, unter deiner Baseballkappe versteckt. Hätte dich aber überall erkannt.«

»Du hättest runterkommen sollen, ich hätte dich zum Frühstück eingeladen. Aber du hattest es vermutlich eilig, nach Hause zu kommen.«

»Ich bin da, um den Präsidenten zu töten, jemand kommt mir zuvor, und dann sehe ich dich in der Menschenmenge? Verdammt richtig, ich bin abgehauen. Hab das Gewehr genommen und bin wie der geölte Blitz da raus. Zwei Stunden später saß ich schon im Flieger zurück nach Japan. Hör zu, Alex, ich habe kein Geld. Wenn sich ein dicker Auftrag bietet, muss ich ihn nehmen. Ich habe das schon zweimal getan. Aber dieser Job in Taipeh, dich zu sehen – das war kein Zufall. Mein Auftraggeber muss gewusst haben, dass du auch dort sein würdest.«

»Mich haben sie auch reingelegt.«

»Was war denn? Warum warst du da?«

»Jemand hatte mich zum Frühstück eingeladen.«

»Nicht um den Präsidenten zu töten?«

Alex zog seine Schleuder aus dem Rucksack. »Das ist alles, was ich dabeihatte.«

»Schießt du dir immer noch Vögel zum Abendessen?«

»Muss ich vielleicht irgendwann wieder, wenn sonst nichts zu essen da ist.«

»Ein Reserveplan.«

»Nur für den Fall der Fälle.« Alex trank noch einen Schluck aus der Weinflasche und warf sie wieder Sasaki zu.

»Also hat da jemand ein Komplott gegen uns geschmiedet«, sagte Sasaki. »Höchstwahrscheinlich nicht die Taliban …«

»Wir waren nur die Reserve, Sasaki. Mehr nicht. Diejenigen, die dahinterstecken, wussten, dass nur einer von uns geschnappt werden muss.«

»Dann warst du der Schütze und ich die Reserve?«

»Nein, so einfach ist das nicht«, erklärte Alex. »Ich war nicht der Schütze. Ich war nur dort, um einen alten Freund zu treffen. Oder jedenfalls dachte ich das, die Nachricht, die ich bekam, war gefälscht. Der Plan war, mich am Tatort zu haben, um mir die Schuld zuschieben zu können. Sie hatten also uns beide dort, zwei Scharfschützen, du mit Gewehr. Wenn die Polizei uns beide geschnappt hätte, wäre es perfekt gewesen. Ehemalige Fremdenlegionskumpel tun sich zusammen, um den Präsidenten zu töten, als Teil einer Verschwörung. Dahinter hätte jeder stecken können. Die USA, China, Mosambik … Du hättest dein SWD gehabt, wie ein guter Profi. Ich hätte ein bisschen dumm dagestanden, da ich meine Waffe vergessen hatte, aber da wäre der Polizei schon was eingefallen. Sie schieben mir eine unter, finden sie, erledigt. Zwei Killer. Sasaki, irgendein französischer Schriftsteller hat mal was davon geschrieben, sich gleichzeitig losgelöst von sich selbst zu fühlen und doch präsent in der Welt. Lass uns darauf trinken, dass wir noch präsent sind. Zum Glück konnte ich abhauen, dank dem Böllerqualm. Und zum Glück war es dein Auftrag, den Präsidenten zu erschießen und nicht einen einfachen Ex-Legionär, sonst würden wir hier jetzt nicht trinken. Es sei denn, du würdest mein Grab besuchen und ein Trankopfer darbringen.«

»Wer hat uns also hereingelegt?«

»Gute Frage. Ich bin Waise, du bist ein brasilianischer Weltenbummler, der wieder in Japan gelandet ist. Niemand hätte uns vermisst, niemand würde Anwälte anheuern, um unsere Namen reinzuwaschen. Und du bist Japaner, und ich bin zwar Taiwaner, hatte aber lange im Ausland gelebt. Die Ermittlungen wären nicht weit gekommen. Vielleicht hätte sich zwanzig Jahre später irgendein taiwanischer Sherlock Holmes dafür interessiert und unsere Unschuld bewiesen. Aber bis dahin wären wir an Altersschwäche gestorben, wenn nicht durch irgendeinen mysteriösen Unfall. Einfach zwei Pechvögel.«

»Ich hätte dich nicht getötet.«

»Und ich wäre nicht böse gewesen, wenn du es getan hättest.«

»Hast du also irgendeine Idee, wer uns diesen Kerl auf den Hals gehetzt haben könnte?«

»Wer war dein Auftraggeber?«

»Ich weiß nicht. Wir haben online kommuniziert.«

»Wie haben sie dich bezahlt?«

»Ein Kurier hat einen Vorschuss in die Bar in Osaka gebracht. Mein Bruder hat ihn bekommen.«

»In Yen?«

»Wäre zu viel gewesen. In amerikanischen Hundertern. Gebraucht.«

»Für Yen hättest du eine Schubkarre gebraucht.«

»Sei nicht neidisch, Alex. Ich brauchte das Geld. In der letzten Mail, in der er mir befohlen hat, den Präsidenten zu töten, hat er etwas gesagt. Er hat gesagt, mein Gewehr und meine Munition wären einzigartig.«

»Er kennt sich also mit Waffen aus.«

»Das hat jedenfalls der Kontaktmann gesagt.«

»Wie sah der aus?«

»Vierschrötiges Gesicht. Sah aus, als würde er sich mit Martial Arts auskennen. Sein Englisch war schlecht, schlechter als deins.« Sasaki grinste.

»Ex-Militär vielleicht?«

»Er war ausgebildet. Das sah man. Seine Haltung, sein Gang.«

Als der Wein ausgetrunken war, drehte Sasaki die Flasche um und steckte sie mit dem Hals in den Schlamm.

»Sie haben mich benutzt. Aber ich wusste nicht, dass sie mit dir dasselbe gemacht haben. Ich dachte, du wärst der, der den Präsidenten erschossen hat. Aber als ich wieder hier war, wurde mir klar, dass das nicht sein konnte. Weißt du noch, was du an diesem Abend im Hindukusch gesagt hast, als wir Abendessen gemacht haben? Du hast dich geweigert, die Marschverpflegung zu essen, und bist losgezogen, um Kaninchen zu schießen.«

»Dass die Kugeln gratis sind und wir sie deshalb auch benutzen können, um was Besseres zu essen?«

»Nein, etwas anderes.«

»Arm zu sein heißt nicht, dass man die schönen Dinge nicht genießen kann?«

»Das war es. Und ich dachte, egal, wie schlecht es Alex Li geht, er würde niemals so tief sinken, ein Ziel aus wenigen Schritt Entfernung abzuknallen. Ein Scharfschütze erledigt seine Aufträge mit mehr Klasse.«

Fen-ying in ihrem Versteck bedeutete ihnen zu schweigen.

Das Geräusch von Schritten durch Schlamm. Leise, aber der Wald war leiser.

Eine Kugel raste durch den Regen. Es war ein Geräusch, das Alex gut kannte. Ein Zischen, wie wenn Stoff reißt. Er drückte sich in die Mulde, die er gegraben hatte, und zog seine Tarnung enger um sich. Sasaki rollte herum und machte sein Gewehr bereit. Schlamm spritzte, als die Kugel sich in den Boden bohrte. Ihr mit dem Gelände nicht vertrauter Gegner hatte zu früh angegriffen.

Sasakis Deckung war unzureichend, nur ein Felsen von der Größe eines Stuhls. Alex wollte ihm gerade sagen, er solle umziehen, da kam eine weitere Kugel – *nein, das waren zwei Kugeln. Ein Mann, der mit zwei Waffen gleichzeitig schießt, oder haben wir es mit zwei Schützen zu tun? Sasaki hat gesagt, es sei nur einer.* Steinsplitter platzten von dem Felsen ab, hinter dem Sasaki Zuflucht gesucht hatte, und die Weinflasche zersprang: Dunkle Glasscherben entfalteten sich wie die Blätter einer Blüte. Glas, Stein und Blut tanzten im Licht der Dämmerung. Sasaki sackte zur Seite. *Er ist getroffen!*

Wie konnten die Kugeln gleichzeitig hier sein?, fragte sich

Alex. *Egal, wie gut dein Timing ist ... Können es nicht zwei Schützen sein? Nur einer, mit ...*

»Hey«, zischte Sasaki. »Du meinst, ich verwende komische Waffen? Unser Besucher benutzt ein Gilboa Snake.«

Das Gilboa Snake. Ein doppelläufiges Sturmgewehr, hergestellt von Silver Shadow in Israel, basierend auf dem amerikanischen M16 und seit 2011 auf dem Markt. Zwei gut zweieinhalb Zentimeter auseinanderliegende parallele Läufe, zwei Zündmechanismen, zwei Magazine, alle mit Standard-NATO-Patronen Kaliber 5.56 × 45 mm. Alex hatte mal eins ausprobiert, als er bei der Fremdenlegion war, aber es wurde allgemein als Kuriosum betrachtet. Jedes Sturmgewehr kann in schneller Abfolge feuern, der zusätzliche Lauf bot also wenig Nutzen.

»Denkst du, was ich auch denke?«, fragte Sasaki, noch immer leise.

»Dieses Spielzeug, mit dem sie uns haben spielen lassen?«

»Ich habe nie verstanden, warum sie es so gebaut haben. Jetzt verstehe ich, wieso.«

»Warum?«

»Damit man verschiedene Patronen in die Magazine laden kann. Er hat mit einer einzelnen normalen Patrone angefangen, um uns zu täuschen, aber jetzt hat er das zweite Magazin eingesetzt, mit Panzerbrechern. Was hast du immer gesagt?«

»Iss zu viele Erdbeeren, und du vergisst, dass Kirschen Steine haben?«

»Hab nie verstanden, was diese Waffe soll. Jetzt schon.« Sasaki lachte freudlos. »Wenn er Panzerbrecher neben Sprenggeschossen geladen hätte, könnte er uns so zerfetzen, dass Fenying hinterher nicht sagen könnte, welche Leiche wem gehört. Ein tödlicher Cocktail, allerdings sind mir die, die mein Bruder mixt, lieber.«

Alex beobachtete, wie Sasaki sachte eine Glasscherbe von

seiner Schulter wischte. *Trinken ist offenbar wirklich schlecht für die Gesundheit.*

»Bist du okay?«, fragte Alex und wechselte zu seinem rudimentären Japanisch.

»Habe ein bisschen Glas abbekommen, keine Kugel«, erwiderte Sasaki auf Englisch. Und auf Japanisch: »Ich bin okay.«

Alex fragte sich, warum ihr Angreifer mit dem doppelläufigen Gilboa Snake bewaffnet war und nicht mit einem Standardscharfschützengewehr. War es das einzige, an das er in Japan drangekommen war? Oder war er gar kein Scharfschütze, sondern ein Mafiakiller, der es gewohnt war, mehr Feuerkraft zu haben? Vielleicht traf beides zu.

Das Gilboa Snake basierte auf dem M16. Im Nahkampf waren die beiden Läufe ein Vorteil, und die panzerbrechende Munition konnte gehärtete Oberflächen durchdringen. Sasakis Deckung würde einem wiederholten Ansturm dieser Geschosse nicht standhalten. Alex wusste, er musste ihren Angreifer ablenken.

Er schulterte das Howa Type 64, das Sasaki ihm gegeben hatte, ein ausschließlich von den japanischen Selbstverteidigungsstreitkräften verwendetes Gefechtsgewehr, zielte auf die Bäume ein Stück weiter unten auf dem Weg und bereitete sich darauf vor, gegen die Regeln, die das Handeln eines Scharfschützen bestimmten, zu verstoßen. Durch strömenden Regen und schwankende Zweige sah er den Austritt einer Flamme. Zwei weitere Geschosse krachten in den Fels, hinter dem Sasaki hockte, und jetzt verlief ein Riss durch die Mitte. Alex' Type 64 schoss dreimal in schneller Folge, drei Kugeln sprangen ungeduldig aus der Mündung und rasten durch den Regen, in die Bäume, Geparden auf der Jagd nach einer Gazelle.

Die Schüsse gingen ein Stück daneben – es war eine unvertraute Waffe, und er hatte keine Gelegenheit gehabt, das Zielfernrohr einzurichten. Aber vielleicht überredeten sie ihren

Angreifer, den Kopf unten zu behalten. Tatsächlich kam zunächst kein weiterer Beschuss. *Vielleicht habe ich ihn verwundet,* gestattete sich Alex zu hoffen.

Er konnte Sasaki nicht so ungeschützt lassen. Er legte das Gewehr längs zwischen seine Beine und wollte schon zu seinem Freund hinter die Felstrümmer rollen.

»Bleib, wo du bist«, warnte ihn Sasaki. »Er kann sich nicht bewegen, wir können uns nicht bewegen. Wer sich zuerst bewegt, stirbt.«

Er hatte recht. Der Weg war schmal, die Bäume standen weit auseinander, und der Himmel wurde immer heller. Alex ging wieder in Position und legte behutsam an, wobei er darauf achtete, ein wenig weiter nach links zu zielen.

Das war der andere Punkt beim Gilboa Snake, fiel ihm ein. Es war keine Scharfschützenwaffe. Jede Menge Feuerkraft, keine große Treffgenauigkeit. Alex wartete. Scharfschütze zu sein war in erster Linie eine Geduldsprobe. Geduld, Ausdauer, Sehvermögen und Vertrauen in die eigene Waffe, darauf kam es an.

Er erinnerte sich daran, wie sich das Gilboa Snake in seinen Händen angefühlt hatte. Ein Sturmgewehr, erstaunlich wenig Rückstoß dafür, dass es zwei Kugeln gleichzeitig verschoss. Zwei Magazine für insgesamt 60 Patronen. *Was noch?* Trotzdem, es war keine Scharfschützenwaffe. Es war ein Automatikgewehr, um der Feuerkraft willen entworfen, was bedeutete …

»Roll weg. Der Fels rechts von dir.«

Während er das sagte, zersplitterte der Fels vor Sasaki, und die Druckwelle ließ eine Staubwolke aufsteigen. Diese Deckung nutzte Alex, um hinüberzurollen, Sasaki zu packen und ihn mit sich neben den Weg zu zerren.

Jetzt fiel ihm wieder ein, dass das Gilboa Snake zwar keine Scharfschützenwaffe war, aber ein Sturmgewehr kann auch 40-mm-Granaten verschießen. Sogar noch weniger treffgenau, sogar noch zerstörerischer.

»Sieht so aus, als hätte er Granaten«, sagte Sasaki besorgt. Alex sorgte sich vor allem um den Erdhügel, hinter dem sie Schutz gesucht hatten. Die moosbewachsenen Kiesel, mit denen er bedeckt war, würden keinem panzerdurchbrechenden Geschoss standhalten, geschweige denn einer Granate.

»Wir servieren uns ihm wie Enten auf dem Silbertablett, Sasaki.«

»Sei nicht so pessimistisch. Wir sind Enten mit Scharfschützengewehren, Alex. Hey, das wäre doch lustig, oder? Bewaffnete Enten. Würde die Jagd spannender machen.«

»Keine Pekingente mehr zum Abendessen.«

Wu saß in einem Vernehmungsraum des Counterintelligence Bureau. Er war allein gekommen, ohne Anwalt. Nur noch drei Tage bis zur Wahl, und Julies Vater hatte ihm vorgeschlagen, seine Bemühungen einzustellen, aber die Spionageabwehr hatte trotzdem bei ihm angeklopft.

Nach dem Trinkgelage mit Julies Vater hatte sein Sohn ihn abgeholt. Wu war da nicht mehr sehr nüchtern gewesen.

»Ich dachte, du wolltest Opa besuchen«, hatte sein Sohn gesagt. »Aber wenn wir jetzt in die Nähe eines Krankenhauses kommen, versuchen sie womöglich, dir den Magen auszupumpen. Lass mich dich einfach nach Hause bringen, Mama wird begeistert sein, dich so angeheitert zu sehen.«

»Ich habe keine Angst vor ihr. Ich höre da seit Jahren nicht mehr hin. Ich sage dir allerdings, du solltest dich nicht in solche Sachen einmischen, jetzt, wo ich im Ruhestand bin. Ich bin raus.«

Sein Sohn versetzte ihm einen Stoß, und Wu stürzte zu Boden.

»Was zum Teufel soll das heißen?«, fragte sein Sohn.

»Ich bin Schadensinspektor. Der Präsident wurde angeschossen, der Präsident hat eine Versicherung, also bearbeite ich das. Alles andere geht mich nichts an.«

»Was ist mit Alex?«

Beim Gedanken an Alex wurde Wu ein wenig nüchterner.

»Er hat dir vertraut«, rief sein Sohn ihm in Erinnerung. »Er hat dir geholfen, und jetzt trinkst du ein paar Gläschen und glaubst, du kannst ihn im Stich lassen?«

Wu fragte sich, wo um alles auf der Welt sein Sohn diesen Gerechtigkeitssinn herhatte. »Ich habe ihm auch einen Gefallen getan. Ich habe Fen-ying für ihn gefunden.«

»Er setzt da in Japan sein Leben aufs Spiel. Und du sitzt hier und gibst einfach auf, weil es ein bisschen schwierig wird. Was wird aus ihm? Was, wenn er bei seiner Rückkehr verhaftet wird? Oder getötet, während er in Japan ist?«

Wu kämpfte sich auf die Füße. Sein Sohn reichte ihm keine helfende Hand. *Ich bin alt,* dachte er. *Ich fühle mich wie eine auf den Rücken gefallene Schildkröte.*

»Herr Wu, wir möchten mit Ihnen über das versuchte Attentat auf den Präsidenten sprechen. Aber da Sie ein ehemaliger Polizist und mit dem Gesetz vertraut sind, tun wir das informell. Nur ein freundschaftlicher Plausch bei einer Tasse Kaffee.«

Tatsächlich wurde in diesem Augenblick ein dampfender Becher vor ihn hingestellt. Wu trank einen Schluck in der Hoffnung, einen klaren Kopf zu bekommen. Leider ein verbranntes, bitteres Gesöff.

»Wenn Sie also so freundlich wären, unsere Fragen zu beantworten ...«

»Der Attentatsversuch? Ich habe ein sehr starkes Alibi.«

»Herr Wu, bitte stellen Sie sich nicht dumm. Alex Li, ein ehemaliger Scharfschütze des Heers, ist der Verdächtige. Sie haben ihm geholfen, zu entkommen und nach Japan zu gelangen. Das macht Sie zu einem Komplizen, mindestens.«

Der Vernehmungsbeamte legte ein paar Fotos auf den Tisch.

Sein Sohn, der als Wu verkleidet im Gastronomiebereich des Miramar saß und zwei Patronenhülsen in der Hand hielt. Wu bemühte sich, nicht zu lächeln. »Das ist ein Mann von ungefähr meiner Statur, der in einem Lokal sitzt und etwas isst, das wie Bibimbap aussieht. Und ich sehe Li nicht.«

»Li hat das Päckchen für Sie fallen lassen.« Der Mann deutete auf ein Foto, auf dem Wus Sohn unter den Stuhl griff. »Wir haben Sie schon mehrfach bei einem solchen Austausch beobachtet.«

»Austausch? Für mich sieht das so aus, als ob er etwas aufheben würde, das ihm aus der Hand gefallen ist.«

Ein weiteres Foto landete auf dem Tisch. Alex in seiner Lieferantenuniform.

»Sie waren bei der Razzia in Tongxiao dabei, nicht wahr?«

»Ja, das ist der Mann, der meine Essensbestellung geliefert hat. Klebreis.«

»Und es ist Alex Li, nicht wahr, Herr Wu?«

»Ja. Der Mann muss schließlich auch arbeiten. Und es erschien mir sicherer, jemanden zu nehmen, dem ich vertraue. Mir gefällt die Vorstellung nicht, dass Fremde mit meinem Essen hantieren. Sie könnten draufspucken oder so.«

Das trug ihm ein kaltes Lächeln auf der anderen Tischseite ein. »Herr Wu, Sie machen das unnötig schwierig. Warum wollen Sie nicht ehrlich zu uns sein?«

Wu lehnte sich an das an, was Hsu Huo-sheng im Fernsehen gesagt hatte. »Ich bin ehrlich. Holen Sie einen Lügendetektor, ich mache gern einen Test.«

Ein kleiner Audiorekorder wurde auf den Tisch gestellt, ein Knopf gedrückt.

»Ein Telefonat zwischen Ihnen und Li.«

Wu hörte sich selbst, Alex und Eierkopf reden. *Sie beobachten mich wohl schon eine ganze Weile.*

»Sprechen Sie hier mit Li?«

»Ja, und mit dem stellvertretenden Polizeipräsidenten Lu von der Taipei City Police, der in dem Fall ermittelt hat.«

»Sie haben ihm geholfen, Verbindung zu Li aufzunehmen?«

»Ja. Alex Li war einer meiner Informanten, bevor ich pensioniert wurde. Der stellvertretende Polizeipräsident Lu benötigte Informationen zu der Munition, die bei dem Attentat verwendet wurde, also habe ich dieses Telefonat arrangiert. Wie Sie sicher gehört haben, habe ich Li nicht gefragt, wo er war oder wohin er wollte. Es waren hauptsächlich Lu und Li, die geredet haben, und dabei ging es ausschließlich um die Ermittlungen.«

»Wie lange kennen Sie Li schon?«

»Etwa ein Jahr, und nur durch die Arbeit.«

»Erzählen Sie mir von Ihrer Beziehung zu ihm.«

»Das hat nichts mit dem Fall zu tun, und es ist meine Privatangelegenheit. Ich möchte das lieber nicht tun.«

»Wenn ich Sie erinnern dürfte: Alex Li ist ein Verdächtiger im Fall des Attentats auf den Präsidenten. Es hat also sehr wohl mit dem Fall zu tun.«

»Sie werden mir zeigen müssen, warum er ein Verdächtiger ist. Dann können wir vielleicht reden. Und dieser Kaffee ist ekelhaft. Gibt es auch Bier? Irgendein Bier?«

Eine Dose Taiwan Beer wurde hereingebracht und Wu gereicht. Sogar gekühlt.

»Li ist nach Japan gereist, nicht wahr? Was macht er dort?«

Wu erinnerte sich an das, was Julies Vater gesagt hatte: Jeder hat jemanden im Counterintelligence Bureau. Für wen also arbeitete dieser Beamte außerdem noch?

»Verzeihen Sie, falls ich unhöflich erscheine, aber Sie haben einfach keine ausreichenden Beweise dafür, dass Alex Li auf den Präsidenten geschossen hat.«

»Wir sind nicht verpflichtet, Sie über unsere Beweise zu unterrichten, Herr Wu.«

Wu hob seine Bierdose wie einen Schild, um sich ein wenig vor den Speichelspritzern des zornigen Vernehmungsbeamten zu schützen. »Der Fall ist gerade von der Taipei City Police an das Criminal Investigation Bureau übertragen worden. Es ist kein Fall der Spionageabwehr. Sie haben kein Recht, mich zu vernehmen oder zum Kaffee zu sich ›einzuladen‹.« Wus Blick fiel auf die Bierdose. »Oder zum Bier.«

»Es ist ein bedeutsamer Fall. Alle Behörden arbeiten zusammen.«

»Stimmt, es ist ein bedeutsamer Fall. Sogar pensionierte alte Säcke wie ich haben hinter den Kulissen ihren Teil dazu beigetragen. Sie können das beim stellvertretenden Polizeipräsidenten Lu überprüfen, falls Sie mir nicht glauben.«

»Herr Wu, Sie scheinen uns nicht helfen zu wollen.«

»Wie wäre es damit: Ich schaue, ob ich Kontakt zu Alex aufnehmen kann. Falls ja und falls er dazu bereit ist ... können wir noch eine Konferenzschaltung machen.«

Ein Anwalt traf ein und unterbrach die Vernehmung. Auf Veranlassung seines Sohns, nicht Wus. Sein Sohn führte ihn aus dem Raum. »Der Anwalt kümmert sich darum. Fahren wir nach Hause.«

»Ja. Deine Mutter dreht durch, wenn wir nicht bald zurück sind.«

»Aber hallo.«

»Aber hallo was?«

»Egal. Der Anwalt und ich haben das Letzte, was du da gesagt hast, gehört, von nebenan.«

»Wie war ich?«

»Acht von zehn.«

»Ich weiß noch, wie das war, wenn ich dir früher gesagt habe, wie gut du warst. Schätze, du bist alt genug, um dich zu revanchieren.«

»Ich musste kommen, Papa. Ich habe mir Sorgen um dich gemacht.«

Wu blieb stehen und sah seinen Sohn mit hochgezogener Augenbraue an. »Hör zu, Junge. Wenn irgendjemand anders zu mir sagt, er macht sich Sorgen um mich, bekommt er eine geknallt. Wer gibt denen das Recht, sich Sorgen um mich zu machen? Aber wenn du es sagst, mag ich es komischerweise irgendwie. Fühlt sich ganz warm und kuschelig an.«

»Wenn dir kalt ist, Papa, kauf dir eine Wärmflasche. Und wenn du kuscheln willst, geh zu Mama. Sie kocht übrigens gerade Mungbohnensuppe mit Hiobstränen.«

Den Arm stolz um die Schultern seines Sohns gelegt, verließ Wu das Gebäude des Counterintelligence Bureau. Er hatte seinem Sohn versprochen, ihn mit ins Krankenhaus zu nehmen, um seinen Großvater zu besuchen. *Weiß nicht, ob die mich reinlassen, solange ich betrunken bin,* dachte er und stolperte über seine eigenen Füße.

Wu hatte gerade eine Schale Mungbohnensuppe mit Hiobstränen bekommen, da klingelte sein Mobiltelefon. Sein Chef bei der Versicherungsgesellschaft, der ihm sagte, er sei suspendiert. Irgendeine wenig überzeugende Geschichte über eine Kundenbeschwerde und die Notwendigkeit, ihn von der Arbeit freizustellen, solange sie dem nachgingen. Wu blieb höflich.

»Verehrter Chef, Hsu Huo-sheng, Gu Yan-po, die Four Seas Group, sie können sich alle gern beschweren. Das Entscheidende ist unser Vertrag, und ich werde meinen Anwalt beauftragen, sich bei Ihnen zu melden, um den zu erörtern.«

Die Vorteile einer Tätigkeit bei einem großen Unternehmen waren der große Kundenstamm und der sichere Arbeitsplatz. Der Nachteil war die Anfälligkeit für politischen Druck. Und der kam nicht nur aus einer Richtung.

Er erzählte seiner Frau lieber nicht, was bei der Arbeit los war. Zwischen dreißig und vierzig hatte sie dazu geneigt, bei geringfügigen Rückschlägen in Panik zu geraten. Zwischen vierzig und fünfzig hatte sie aufgehört, sich dafür zu interessieren. Mit über fünfzig hatte sie angefangen, sich Sorgen um seine Gesundheit zu machen. »Rauchst du schon wieder? Ich dachte, du hättest aufgehört.« »Warum trinkst du so viel?« »Hast du diesen Gesundheits-Check-up gemacht?« »Lass die Finger von diesem fettigen Essen, du brauchst mehr Gemüse.« Und am perfidesten: »Ich nörgele nur zu deinem Besten an dir herum. Was sollte ich denn ohne dich machen?«

»Komm, Papa, fahren wir ins Krankenhaus. Wir haben gesagt, wir sprechen mit Dr. Lin, weißt du noch?«

Sein Vater lag allein in seinem Krankenhausbett, nur das Beatmungsgerät zur Gesellschaft. Vielleicht war es bloß die Nörgelei seiner Frau gewesen, die ihn am Laufen gehalten hatte.

峠: 峠 **besteht aus** 山, **»Berg«,** 上, **»nach oben«, und** 下, **»nach unten«.**
Im Chinesischen liest man 峠 als *ka* oder *qia,* aber es hat keine Bedeutung.
Im Japanischen liest man es *tōge,* was den höchsten Punkt eines Bergpfads und im weiteren Sinn Gipfel oder Höhepunkt bedeutet.

»Hey, weißt du noch das eine Mal in Afghanistan? Da warst du fast schon eine gebratene Ente, als du da draußen in der Sonne festgesessen hast«, sagte Sasaki matt.

Das war 2015 in irgendeiner Ecke des Hindukusch gewesen. Die Augen hatten sie zum Schutz gegen die sengende Julisonne ständig zusammengekniffen, ihre Haut war rissig und verbrannt nach einer Woche Patrouillieren. Munition war knapp, die Kommunikation immer wieder unterbrochen, die Marschverpflegung ging zur Neige, und Wasser gab es nie genug.

»Ich lag da in der Sonne und habe lauter kleine Punkte gesehen. Immer wieder dachte ich, die hätten Engel geschickt, um mich zu retten«, erinnerte sich Alex.

»Engel?« Sasaki hustete. »Ich erinnere mich, dass du nach Baby Doll gerufen hast.«

Alex zögerte und warf einen Blick auf die Bäume. Sie war nahe genug, um mitzuhören.

»Kommt aufs Selbe raus.«

»Ich verstehe, warum du sie mitgebracht hast, Alex.« Auch Sasaki sah zu den Bäumen. »Sogar ein Mönch kapiert das.«

Sie hatten das karge Land eine ganze Woche lang durchkämmt, aber nichts als harte, ockerfarbene Erde gefunden. Nicht einmal eine Ziege hatte die Monotonie durchbrochen. Aber ihren Informationen zufolge versteckte sich da draußen eine Taliban-Einheit, und sie hatten Befehl, sie zu finden.

Die Gegend war größtenteils arides Hochplateau. Trockener als die Mondoberfläche. Auf dem Mars waren mehr Anzeichen von Wasser gefunden worden. Sogar die Wölfe waren geschrumpft, fuchsähnlich. Der Hindukusch war kaum ein richtiger Ort, eher die Idee eines Orts, in Längen- und Breitengraden auf der Landkarte irgendeines Kommandeurs eingezeichnet.

»Wie lange haben wir da gelegen?«

»Zwei Tage. Gelegen habe ich. Du durftest dich wenigstens bewegen. Schlafen, sitzen, hocken.«

»Ich weiß noch, dass meine Hand am Gewehr eingeschlafen ist. Zwei Tage, ohne zu wissen, wie lange es dauern würde.«

»Es war, als würde man auf das Ende der Welt warten.«

»Oder als würde es nie ein Ende nehmen.«

Alex hatte auf der nackten Erde des Hochplateaus gelegen, durch eine Schusswunde im rechten Bein bewegungsunfähig geworden. Sein Gewehr war hinter einen Felsen gerutscht, an den er nicht ganz heranreichte. Und selbst wenn er sich hätte bewegen können, hätte er einen Schusshagel geerntet, der ihm den Staub ins Gesicht getrieben hätte. Töten würde man ihn allerdings noch nicht, denn er war ein Köder. Ein Lebendköder.

Ihr Fünfmanntrupp war im Jeep auf einem erratischen Kurs über das steinige Terrain gefahren. Dem Feind war es trotzdem gelungen, den im Heck befindlichen Reservetank mit einem einzigen Schuss zu treffen. Zwei Männer waren bei der Explosion ums Leben gekommen. *Wie hießen sie noch?*

»Erinnerst du dich an ihre Namen?«

»Wessen Namen?« Sasaki trank achtsam einen Schluck Wasser.

»Die beiden, die wir bei der Explosion verloren haben.«

»Tote brauchen keine Namen.«

»Das finde ich nicht. Erinnerst du dich an ihre Namen, erhältst du sie lebendig.«

»Hast immer noch die Seele eines Dichters, was, Alex? Aber Gedichte helfen den Toten auch nicht mehr.«

Mithilfe eines Spiegels spähte Alex aus der Deckung hervor. Ihr Gegner machte kurzen Prozess damit und erinnerte sie mit zwei Geschossen, eines Standard, das andere ein Panzerbrecher, daran, dass er die Oberhand hatte.

Sie saßen fest. Kein Fluchtweg. Warum benutzte ihr Gegner bei einem doppelläufigen Sturmgewehr einen Schalldämpfer? Wenn man nicht gehört werden wollte, gab es viel bessere Möglichkeiten. Alex setzte nicht gern Schalldämpfer ein. Das Schießen fühlte sich nicht echt an ohne den Knall.

»Du magst keine Schalldämpfer«, sagte Sasaki.

»Für einen Alkoholiker hast du ein höllisch gutes Gedächtnis.«

»An deine Geschichte über die Atombombe erinnere ich mich auch noch.«

Es war eine Kurzgeschichte des amerikanischen Rockmusikers Tuli Kupferberg gewesen. Eine Atombombe spricht mit einer Kugel: »Ich beneide dich«, sagt sie. »Warum?«, fragt die Kugel verwirrt. »Du bist die mächtigste Waffe von allen, warum beneidest du eine kleine Kugel?« Die Atombombe seufzte. »Ich vermisse den persönlichen Kontakt.«

»Ist es das, was du vermisst, Alex?«, fragte Sasaki. »Im Gefecht zu sein? Angeblich wird man die Kriege der Zukunft online ausfechten. Wir töten dann mit Tastatur und Maus.«

»Das ...«

»... würde uns zu Tode langweilen.«

Ihr Gegner blieb in seinem Versteck an einer Ecke des Pfads, er wusste, auf seiner erhöhten Position war er sicher. Der Regen ließ nicht nach, das Handtuch, mit dem Alex Sasakis Wunde verbunden hatte, war jetzt dunkelrot und durchweicht. Er verlor nach wie vor Blut.

»Wir waren noch drei Mann nach der Explosion, aber die Kugeln kamen immer weiter. Ich weiß noch, dass ich dachte, da draußen müsse ein ganzer Trupp Scharfschützen sein. Hätte nie gedacht, dass das nur ein einzelner Mann war, der uns da festhielt. Und nicht mal sechshundert ...«

»Fünfhundertsechzig Meter.«

»Du warst schon immer genauer. Was hast du noch gleich über diesen Kerl gesagt?«

»›Wenn ein Mann eine starke Position hält, kommen zehntausend nicht vorbei.‹ Altes chinesisches Sprichwort.«

»Das war's. Und wir hatten keine starke Position.«

Die drei hatten sich aufgeteilt und näherten sich der Position des Scharfschützen aus verschiedenen Richtungen. Aber die Berge Afghanistans boten wenig Deckung. Keine Abschnitte mit Bäumen, keine Hügelchen oder kleinen Schluchten. Während sie noch herauszufinden suchten, aus welcher Richtung die Kugeln kamen, traf eine weitere ein und erledigte ihre Arbeit schnell und effizient. Drei minus eins, blieben zwei.

Ihr Gegner schien es zufrieden zu sein, dort zu bleiben und weiter sein Leben aufs Spiel zu setzen. Vielleicht deckte er den Rückzug seiner Kameraden, unterband jede Hoffnung auf Verfolgung.

»In meinen Träumen sehe ich sein Gesicht.«
»Sasaki, das war vor Jahren.«
»Stimmt, Alex, aber ich habe gelernt, dass die Zeit kein gleichförmiger Strom ist. Manche Sachen treiben schneller dahin als andere.«
»Weiß nicht, ob ich dich verstehe.«
»Siehst du, das Gedächtnis ist wie ein Fluss. Am Anfang fließt das ganze Wasser mit derselben Geschwindigkeit. Aber ein Teil des Wassers trifft auf Felsen, ein Teil davon wird zu Stromschnellen, andere Teile sammeln sich in Tümpeln. Manche Erinnerungen verblassen mit der Zeit, andere bleiben irgendwie hängen. Manche holen später wieder auf und stürmen plötzlich wieder auf einen ein.«

Sasaki hatte recht. Manche Erinnerungen verblassten nicht so, wie sie sollten. Sie überstrapazierten die ihnen gebotene Gastfreundschaft.

»Ich sehe immer wieder sein Gesicht vor mir«, fuhr Sasaki fort. »Das blutgetränkte Palästinensertuch, den sandigen Bart.«
»Du hast doch gesagt, du kannst dich nie an ihre Gesichter erinnern. Weil sie alle den gleichen Bart haben.«
»Er war eine Ausnahme. Ich erinnere mich an seinen Mund, er stand offen. Zwei Goldzähne glitzerten in der Sonne.«
»Hast du sie mitgenommen?«
»Hab darüber nachgedacht. Konnte es nicht. Konnte ihn nicht einmal länger ansehen.«

»Du konntest es nicht? Ich weiß noch, wie du zurückkamst, du hast sein Gewehr hochgehalten wie irgend so ein heldenhafter Eroberer. Kleiner Dieb traf es schon eher.«

Sasaki grinste trotz seiner Schmerzen. Alex sah, dass sich Schweißtropfen in das Regenwasser auf seiner Stirn mischten.

Kleine Nebelschwaden bildeten sich um sie herum und begannen, sie einzuhüllen. In einer halben Stunde würde der gesamte Berghang unter einem Nebelschleier liegen. Der Nebel würde ihnen eine Zeit lang Ruhe vor den Kugeln des Gegners bescheren. Und vielleicht dank einer guten Flasche Wein lagen die beiden Scharfschützen da, die Hände unverändert auf ihren Waffen, und waren zufrieden zu warten.

An jenem Tag im Jahr 2015 lag Alex im Hindukusch auf dem Hochplateau und wartete auf eine Kugel. Er atmete lange und tief ein, um die dünne Bergluft auszugleichen, und sagte sich, er müsse nur bis zur Dunkelheit durchhalten. Doch als die dann hereinbrach, merkte er, wie viel heller die Sterne in dieser Höhe schienen. Er war noch immer ein leichtes Ziel.

»Hey, weißt du noch, wie ich immer zu dir rübergebrüllt und dich gefragt habe, wie dringend du pissen musst? Musste dich doch wach halten, ich hatte Angst, du verlierst das Bewusstsein und erfrierst mir.« Sasaki stieß Alex mit dem Gewehrkolben an. »Hat funktioniert, oder?«

»Ich habe es einfach laufen lassen. Ich versuche nie, einzuhalten.«

»Was, zwei Tage lang? Ist mir gar nicht aufgefallen.«

»Ist da oben sofort wieder getrocknet.«

»O Mann, und ich hab dich hinterher den ganzen Weg getragen. Wetten, dass literweise Pisse rausgefallen ist, als die Sanis deine Hose aufgeschnitten haben.«

Alex wischte über das Objektiv seines Zielfernrohrs. »Wenn

ich zur Seite rolle und seine Aufmerksamkeit auf mich ziehe, meinst du, du kannst ihn kriegen?«

»Vergiss es. Wenn du das machst, bist du tot. Das ist ein schwer bewaffneter Profi da drüben. Doppelläufiges Sturmgewehr, Schalldämpfer und ein Rucksack voller Munition und Granaten.«

»Ein israelisches Gewehr, vermutlich amerikanische Kugeln und ein russisches Zielfernrohr, alles nur, um zwei Fremdenlegionäre zu töten, die nicht mal Franzosen sind.«

»Globalisierung nennen sie das an der Wall Street.«

»Allerdings. Die ganze Welt isst euer Sushi und unsere Nudeln. Und japanische Auftragskiller nehmen russische Waffen und japanische Munition mit auf eine Reise nach Taiwan, um alte Freunde zu besuchen, und sitzen dann auf Bergpfaden fest, die zu alten Kolonien der Qin-Dynastie führen.«

»Siehst du, die Welt kommt in Harmonie zusammen.«

»Wenn er noch mehr Granaten hat, ist es nur eine Frage der Zeit, bis wir in die Luft fliegen.«

»Von Enten auf dem Silbertablett zu Enten am Himmel ...«

Alex hatte dagelegen. Hatte seine gesamte Kraft darauf verwandt, einfach nur still zu liegen. Der Taliban-Scharfschütze befand sich fünfhundertsechzig Meter entfernt, hinter einem Felsvorsprung geschützt. Alex muss sein gesamtes Objektiv ausgefüllt haben.

Irgendwie hatte Alex das Gefühl, dass es ihm bestimmt war, genau hier zu sein. Der Taliban-Scharfschütze wollte ihn noch nicht töten. Er harrte aus, wartete darauf, dass Sasaki aus der Deckung kam, um Alex zu retten. Das hätte ihm einen zusätzlichen Abschuss eingetragen. Sasaki konnte nicht handeln, aber er konnte auch nicht ohne Alex abhauen. Lass nie einen Kameraden zurück, so lautete die ungeschriebene Regel. Legionäre hatten keine Familie, keine Geliebten. Nur einander.

Keiner der drei war sicher, dass er den Tag überleben würde. Alex, dessen Überleben am wenigsten wahrscheinlich war, wurde da draußen im kargen Hindukusch zum Mittelpunkt ihrer Welt. Solange er noch atmete, warteten Sasaki und der Taliban-Scharfschütze. Falls er aufhörte zu atmen, würde das einen Kampf auf Leben und Tod zwischen den beiden Übrigen auslösen.

Warten kommt Soldaten entgegen. Keine übereilten Entscheidungen mit ungewissem Ausgang. Bleib einfach dicht bei deiner Waffe, halte unentwegt die Augen offen und warte auf den richtigen Moment. Denn niemand weiß, was die nächsten Minuten bringen. Vielleicht lässt eine Seite eine Atombombe fallen. Vielleicht wird Frieden geschlossen. Vielleicht landet eine fliegende Untertasse voller Marsianer im Hindukusch.

»Riechst du Alkohol?«

»Nein. Deine Nase ist da wohl empfindlicher.«

»Ich trinke schon so lange, dass mein Blut zu mindestens einem Drittel aus Alkohol bestehen muss, oder? Ich sage mir einfach, ich brauche mir keine Sorgen zu machen. Ich verliere kein Blut, nur Alkohol.«

Sasaki gackerte über seinen eigenen Witz, ohne sich zu sorgen, dass er ihre Position verriet. Sie kamen hier schließlich nicht mehr weg. Aber warum rührte der Angreifer sich nicht? War er verletzt? Aß er eine Kleinigkeit? Oder wartete er bloß darauf, dass es Alex und Sasaki zu langweilig wurde und sie auf ihn losstürmten?

Zwei volle Tage lang lag Alex unter den wachsamen Augen des Taliban-Scharfschützen da. Manchmal sprach er mit Sasaki, manchmal brabbelte er wirres Zeug. Mehr als einmal wäre er fast eingeschlafen, aber so weit ließ er es nie kommen. Er würde nicht hier draußen sterben, auf diesem namenlosen Fleckchen Erde.

Er hielt bis zur Morgendämmerung des dritten Tages durch. Die Sonne ging hinter Sasakis Stellung auf wie schon an den vorangegangenen beiden Tagen. Verlässlich, das war die Sonne. Als die ersten Strahlen über die Bergkämme fielen, hörte Alex einen Stein aufprallen, dann einen Mündungsknall.

Hinterher sagte Sasaki, es sei der beste Schuss gewesen, den er je abgegeben habe. Zwei Tage lang hatte er beobachtet, ohne es zu wagen, seine Position zu verändern. Der Feind hatte das Gleiche getan, zuversichtlich, dass Sasaki irgendwann die Geduld verlieren würde. Doch Sasaki hatte diese Felsen durch sein Zielfernrohr Hunderte Male abgesucht und wusste, es gab drei Stellen, wo er vielleicht einen Blick auf den anderen Mann erhaschen konnte. Am Ende entschied er sich für eine davon, eine kleine Lücke zwischen den Steinen. Als die Sonne aufging, warf er einen Stein in diese Richtung. Daraufhin erschien ein Gewehrlauf, auf dem die ersten Sonnenstrahlen glänzten. Der Lauf bewegte sich auf der Suche nach der Geräuschquelle, und Sasaki folgte ihm mit dem Blick. Dann schoss er.

Er ging hinüber, um den Abschuss zu bestätigen, und als er zurückkam, hatte er ein weiteres Gewehr bei sich. Während er Alex aufhalf, prahlte er, er habe den perfekten Schuss abgegeben. Unübertrefflich. Jetzt könne er den Dienst quittieren und nach Japan zurückkehren.

Er musste Alex meilenweit tragen, bis sie endlich über Funk Hilfe rufen konnten. Beim Gehen redete er in einem fort. Er habe bei dem Schuss nicht auf das Gesicht des Feindes geachtet. Beim Betätigen des Abzugs habe er sich von seinem Instinkt leiten lassen. Es sei der perfekte Kopfschuss gewesen. Blut und Hirnmasse seien auf den Felsen gespritzt. Niemals hätte er gedacht, dass er einmal einen solchen Schuss abgeben würde. Vielleicht sei das göttliches Eingreifen gewesen. Hätte Alex das

Gesicht des Mannes gesehen, im Tod dem Himmel zugewandt, wäre er vielleicht dankbar auf die Knie gefallen.

Die Waffe des Taliban-Schützen, ein ramponiertes russisches SWD, hatte er behalten, als Glücksbringer.

»Hattest du das mal, Alex? Einen perfekten Schuss?«

»Glaub nicht. Weiß nicht, wie das wäre. Hört man etwas, so was wie einen Gong oder …?«

»Du würdest es wissen, wenn du es erlebt hättest.«

»Vielleicht.«

»Nach einem Feuergefecht, fragst du dich da hinterher, wie du es hättest besser machen, einen präziseren Schuss hättest abgeben können?«

»Klar. Jedes Mal.«

»Eben. Du hast noch nie den perfekten Schuss abgegeben.«

»Na und?«

»Na, deshalb wirst du immer ein Scharfschütze bleiben. Und auf diesen Moment warten. Bis deine Augen nachlassen, deine Muskeln schwinden und der Tod an die Tür klopft.«

»Denk lieber an was Praktischeres. Zum Beispiel an deinen nächsten Drink.«

Es gab sieben Pilgerwege zu den Schreinen von Kumano, drei davon waren bedeutend. Der Nakahechi-Weg führte von einem kleinen Bahnhof in Tanabe, westlich der Spitze der Kii-Halbinsel, in die Berge und verlief ostwärts. Der Ohechi-Weg begann ebenfalls in Tanabe, verlief aber in südöstlicher Richtung an der Küste entlang, ehe er nordwärts in die Berge führte. Der Kohechi-Weg verlief südlich des Bergs Koya. Die Landschaft konnte es mit der des spanischen Jakobswegs aufnehmen, dennoch hatten sie keine Pilger gesehen. Hielten die Kälte und der Regen sie fern? Oder fuhren die heutigen Pilger lieber nach Tanabe und nahmen dann den Bus?

Der Regen wurde schwächer und hörte immer wieder ganz

auf. Alex' Kleidung war tropfnass, und obwohl er viel Erfahrung mit diesem Zustand hatte, verabscheute er ihn trotzdem. Als würden Blutegel jeden Zentimeter seiner Haut bedecken.

Der Nebel stieg jetzt höher und verbarg sie beinahe. War aber noch nicht dicht genug, um ihren Rückzug zu decken.

»Wie geht's deiner Freundin? Sie ist zu still. Das mag ich nicht. Unattraktiv. Was hat Zar aus dem anderen Trupp immer gesagt? Es ist gut, wenn Frauen redselig sind. Dann haben sie auch im Schlafzimmer eine lebendige Zunge.«

»Du bist selbst redselig.«

»Und doch unbeachtet von der Damenwelt.«

»Letztes Jahr habe ich Zar gesehen. Er und seine Frau leben friedlich in Ungarn. Und Paulie ist tatsächlich als Mönch in Italien gelandet. Genau wie du. Natürlich ist er tatsächlich gläubig. Was ist deine Ausrede?«

»Ach, ich bin bloß Flusswasser, das sich in Felstümpeln sammelt. Ruhe mich da eine Weile aus.«

»Sehr zenmäßig.«

»Ich werde dir eine Zen-Geschichte erzählen. Nach einem Sturm begeben sich ein alter und ein junger Mönch auf eine Wanderung. Sie kommen an ein Flussufer und stellen fest, dass die Brücke fortgerissen wurde. Das Wasser fließt schnell dahin, ist aber nicht tief. Am Ufer steht eine junge Frau in vornehmer Kleidung, sehr aufgeregt, weil sie nicht hinüberkann. Der alte Mönch bietet ihr an, sie hinüberzutragen, und tut es auch. Später stellt der jüngere Mönch ihn zur Rede: ›Meister, wir Mönche sollen uns von Frauen fernhalten. Warum hast du eine über den Fluss getragen?‹ Und der alte Mönch lacht. ›Denkst du immer noch daran? Ich habe sie am Ufer des Flusses zurückgelassen. Du bist der, der sie immer noch mit sich herumträgt. Ich habe nur jemandem geholfen. Du aber solltest das Mädchen absetzen.‹ Kapiert? Ich wurde Mönch, um meinen Seelenfrieden zu finden. Es geht nicht darum, vor etwas wegzulaufen, wie du glaubst. Und Alex, ich glaube, es gibt da ein Mädchen, das du absetzen musst.«

»Ja, Meister Sasaki.«

»Dein Mädchen ist immer noch da drüben zwischen den Bäumen. Keine Angst, ich trage sie nicht über den Fluss.«

»Sei still.«

»Im Ernst, Alex, ich wollte gar nicht, dass du hier nach mir suchst. Aber du bist meine Reserve, weißt du noch? Ich dachte, wenn ich nicht lebend aus Taiwan rauskomme, könntest du den Hinweisen folgen, die ich dir hinterlassen habe, und Vergeltung für mich üben.«

»Du hättest es mir sagen können. Flugtickets kosten Geld.«

»Ja, aber es war schön, dich zu sehen.«

Alex veränderte ganz leicht seine Position. »Wenn der Nebel ein bisschen dichter ist, rolle ich nach hinten. Er wird schießen, und du mobilisierst ein bisschen was von dieser Hindukusch-Magie und schaltest ihn aus.«

»Klingt gut, aber du hast nicht zugehört. Ich hatte meinen perfekten Schuss schon. Und bei all dem Whiskey, den ich in den letzten Jahren fässerweise in mich hineingeschüttet habe, könnte ich mich glücklich schätzen, wenn ich einen Baum treffe.«

»Du kannst das, Sasaki. Du hast mich schon mal gerettet, und es sieht so aus, als wollten die Götter, dass du es noch einmal machst.«

»Früher warst du nicht so bescheuert, Alex. Muss daran liegen, dass du verliebt bist.«

Sasakis Wunde hatte endlich aufgehört zu bluten.

»Kannst du deine Waffe bedienen?«, fragte Alex.

»Kein Problem. Du schuldest mir was dafür, dass ich dir damals das Leben gerettet habe, hier ist deine Gelegenheit, dich zu revanchieren. Wäre nicht gerecht, wenn ich dich schon wieder rette.«

»Wird gemacht. Er wird damit rechnen, dass wir nach links oder rechts gehen. Wenn ich nach hinten gehe, biete ich ihm ein größeres Ziel, aber er hat weniger Zeit zu reagieren. Dann machst du deinen Schuss. Immer nur eine Kugel, wie es sich gehört.«

»Natürlich. Wir haben unsere Prinzipien. Aber ich habe eine andere Idee. Wenn wir da drüben im Wald wären, wie würden wir es dann angehen?«

»Ich würde annehmen, dass meine Gegner nach links und rechts auseinanderlaufen. Ich würde links beobachten und dafür sorgen, dass ich den erwische, der da lang ist. Wenn einer erledigt ist, wäre der andere keine große Herausforderung mehr.«

»Einverstanden. Also, wohin würdest du rollen, nach links oder nach rechts? Deine Entscheidung.«

»Ich nehme meine Seite, du deine. Ist doch logisch. Oder sollen wir etwa übereinanderklettern? Das ist der Alkohol, Sasaki, der weicht dir das Hirn auf.«

Alex sah zwischen die Bäume und pfiff. Als keine Antwort kam, versuchte er es mit Flüstern: »Baby Doll, bleib unten.«

Sasaki prüfte sein Magazin und lud eine Patrone.

»Du liebst dieses Mädchen. Ich schätze, die Liebe ist auch eine Art Glauben. Du siehst ihr Foto an, sagst ihren Namen, und im Gegenzug bekommst du eine Art göttlichen Schutz.«

»Konzentrier dich. Es ist Zeit.«

»Worüber hast du die ganze Zeit nachgedacht, als du da draußen festgesessen und darauf gewartet hast, dass der Taliban dich erschießt?«

»Zuerst habe ich daran gedacht, zu ein paar Felsen hinüberzurollen, um etwas Deckung zu haben. Aber ich konnte mich nicht bewegen. Dann habe ich davon geträumt, dass die Amis in ihren Kampfhubschraubern auftauchen und diesem Scharfschützen die Hölle heißmachen. Am zweiten Abend habe ich mich gefragt, ob es vielleicht schneien wird. In drei- oder viertausend Metern Höhe kann es jederzeit schneien. Wenn es geschneit hätte, hätte ich den Mund aufgemacht und die Schneeflocken hineinfliegen lassen. Aber es hat nicht geschneit, und da habe ich angefangen, über etwas anderes nachzudenken. Etwas Naheliegendes.«

»Baby Doll?«

»Sasaki, man erwartet von Mönchen, dass sie die tausend Sorgen dieser Welt hinter sich gelassen haben. Du darfst nicht ständig an Frauen denken. Schon gar nicht an die Frauen deiner Freunde.«

»Ich trage sie nur über den Fluss. Du bist der, der sie nicht absetzen kann.«

»Welch scharfsinnige Erkenntnis, Sasaki. Bestimmt wechselst du bald auf eine höhere Existenzebene.«

»Weiß nicht, ob das mit einer Waffe in der Hand geht.«

»Ich zähle bis drei«, sagte Alex.

»Drei«, sagte Sasaki.

Er rollte weg, ehe Alex ihn festhalten konnte. Alex rollte nach links und hob sein Gewehr. Der Feind gab den ersten Schuss ab. Der Knall schallte durch den Nebel. Alex sah einen Flammenstoß und drückte instinktiv zweimal schnell hintereinander ab. Die Kugeln flogen aus der Mündung ins Graue und in hohem Bogen in die diesige Ferne.

Ein weiteres Husten, zwei weitere Kugeln. Eine flog so dicht vorbei, dass Alex einen kalten Zug am Ohr spürte. Die andere fand seinen rechten Bizeps, der sich in Schulterhöhe befand, weil er das Gewehr hielt.

Hatte er verloren? Und Sasaki?

Wieder ein Schuss. Nicht der Doppelknall des Gilboa Snake. Ein neues, gedämpftes Paff.

Weitere Schüsse kamen nicht. Alex rollte zu Sasaki und drehte ihn um. Er war in die Schulter getroffen worden, die Wunde blutete wie ein offener Wasserhahn. Schnelle Schritte näherten sich. Alex packte sein Gewehr und ... es war Fen-ying, mit einem russischen SW-99 in der Hand. Das hübscheste Scharfschützengewehr der Welt, ein Repetierer, wog nur 3,35 Kilo, wurde im Biathlon verwendet. Sasaki hatte eigenartige Vorlieben bei Waffen.

»Hast du ihn erwischt, Baby Doll?«
»Ich habe ihn erwischt.«
»Wo war er her? Aus Taiwan?«
»Nicht Taiwan. Philippinen. Wie geht's Sasaki?«

Alex senkte den Blick. Sein T-Shirt war mit Sasakis Blut getränkt, klebrig und schon wieder kühl. Vielleicht gab es Schlimmeres als Regen, wovon man bis auf die Haut durchnässt sein konnte.

Jeffrey ließ die goldene Flüssigkeit im Glas kreisen, sodass das Whiskeyaroma durch den Raum schwebte, während er den Bildschirm betrachtete. Der amerikanische Ermittler verließ das Gebäude des Criminal Investigation Bureau und weigerte sich, auf die Fragen der Reporter zu antworten. Mitarbeiter des CIB begleiteten ihn und erläuterten, dass der Amerikaner nur die Beweise prüfen sollte. Eine etwaige öffentliche Präsentation seiner Ergebnisse würde durch das CIB erfolgen.

Joe, wie üblich im Golferdress, kam herein, gefolgt von einem Caddie, der eine Golftasche absetzte und ging.

»Gute Partie?«
»Es ist schwer, gegen die Jungen zu spielen. Die schaffen zweiundachtzig, ohne sich auch nur anzustrengen, und ich komme nicht unter hundert.«
»Zeit zu akzeptieren, dass wir alt werden ...«
»Nicht unbedingt. Ich putte immer noch besser. Aber bei den letzten beiden Löchern habe ich mich zurückgehalten und sie gewinnen lassen. Aufgeweckte junge Dinger, die es nicht ge-

wohnt sind zu verlieren. Also habe ich am Ende verloren, auf die eine oder andere Weise.«

»Und was haben sie gesagt?«

»Hsu gibt nicht nach. Er schlägt einen Wechsel vor. Er sagt uns, wo wir unsere Leute hinsetzen können. Und er nimmt den stellvertretenden Ministerposten im Ministerium für Verkehr und Kommunikation zurück, er hat ihn anderswo versprochen.«

»Vier Jahre Präsidentschaft haben ihn gelehrt, wie man verhandelt, sehe ich.«

»Wir werden warten müssen.«

»Was zieht Menschen in die Politik?«

Die beiden drehten sich zu Johnny um.

»In der Politik geht es um Macht. Diese Macht ermöglicht es einem, Mittel zuzuteilen. Posten, Geld. Dinge, die alle haben wollen. Und wenn Menschen diese Macht haben, fühlen sie sich irgendwann wie Gott. Sie halten das Schicksal der anderen in ihren Händen. Das macht viel süchtiger als jede Droge.«

»Was willst du damit sagen, Johnny?«

»Ich sage, wir versuchen, ihm etwas von seiner göttlichen Macht wegzunehmen. Natürlich wehrt er sich. Das Letzte, was ein Gott dulden kann, ist eine rivalisierende Gottheit.«

»Hsu wird also nicht zustimmen, egal, was wir ihm anbieten?«

»Nicht unbedingt. Er hat es genossen, vier Jahre lang ein Gott zu sein. Er hat sich daran gewöhnt. Und im Moment weiß er nicht, ob er es weitere vier Jahre sein darf. Wenn er sich ein bisschen beruhigt hat, wird er beschließen, sicherzustellen, dass er die Wahl gewinnt, und sich über alles andere hinterher Gedanken machen.«

Johnny fuhr mit seinem Rollstuhl zur Zimmerbar. Jeffrey gesellte sich zu ihm.

»Whiskey?«

»Nein, ich nehme einen Kaffee. Hat Hsu sich beruhigt?«

»Er ist unentschieden, was unser Angebot angeht.« Joe zog die Schuhe und die Socken aus und krallte die Zehen in den Teppich. »Die Wahl läuft gut für ihn. Aber er weiß, dass er sie noch nicht in der Tasche hat. Seine Männer sagen, es gibt weitere Gruppierungen, die Hsu zufriedenstellen muss. Wenn er macht, was wir wollen, hat er nicht genug Gefälligkeiten für alle anderen. Er will ein bisschen Zeit, um sich die Lage anzusehen und zu schauen, wie man es anders organisieren kann.«

Ein Bediensteter mit weißen Handschuhen trat ein und setzte ein Tablett mit Johnnys Kaffee ab. Als er einschenken wollte, winkte Johnny ab.

»Ich mache das. Als Hsu vor vier Jahren zum ersten Mal antrat, wusste er nicht, wie es läuft. Wir wollten keine Kabinettsposten, nur wertlose kleine Verwaltungsposten, wie er dachte. Die hat er uns gerne gegeben. Jetzt kennt er das Spiel, er verhandelt viel härter.« Er räusperte sich, ehe er fortfuhr. »Aber es muss getan werden, auch wenn es schwer ist. Es ist nur ein Geschäft, das weiß er besser als jeder andere.«

Er schenkte sich Kaffee ein, genoss den aromatischen Duft, dann trank er einen Schluck und schloss zufrieden die Augen.

»Hat er dir eine Liste gegeben?«

»Nein.« Joe sah auf seine Armbanduhr. »Sie müsste aber bald hier sein.«

»Hast du ihm Dampf gemacht?«

»Er hat Angst vor den USA und Angst davor, dass wir die Finanzierung für die Lobbyisten in Washington streichen. Außerdem ist er dankbar dafür, dass wir uns um Tsai Min-hsiung gekümmert haben. Egal, was Gu oder die Medien sagen, jemand hat versucht, ihn zu ermorden, und das bedeutet mehr Stimmen.«

Der Rollstuhl fuhr herum.

»Jeffrey?«

»Der Präsident setzt immer seine eigenen Leute ins Außen- und Verteidigungsministerium, das war für uns nie ein Problem. Die anderen Ministerien kann er nach Gutdünken vergeben, logisch, aber wenn es kein Kabinettsposten ist, wozu dann? Bei seiner zweiten Amtszeit muss er an seinen Ruhestand denken, also wird er die Kontrolle über die großen staatlichen Unternehmen behalten wollen. Aber wir sollten auf drei Vizeministerposten bestehen: Verkehr und Kommunikation, Finanzen, Inneres. Plus drei Banken, die Wissenschaftskommission und Luftfahrt. Und alles interne Beförderungen unserer Leute, keine Neulinge ohne Netzwerk. Wenn er das nicht akzeptieren kann, haben wir ein Problem.«

»Es besteht keine Eile.« Johnny stellte seinen Kaffee ab. Jeffrey wischte ihm den Mund ab. »Er hat noch drei Tage, um zur Vernunft zu kommen. Wenn wir morgen keine Liste haben, streut das Gerücht, Tsai hätte einen Abschiedsbrief hinterlassen. Wenn das nicht funktioniert, zeigen wir ihm den Beweis, dass wir Alex Li haben, und sagen, er hätte uns erzählt, was an dem Tag wirklich passiert ist.«

»Für wen hält der sich? Ohne uns hätte er es nicht mal zum Bürgermeister gebracht«, beschwerte sich Joe.

»Ach, du weißt doch, wie das ist. Macht verändert die Menschen. Lässt sie anders denken.«

»Andere Stellung, anderes Denken.«

»Und unsere Gier nach Macht kennt keine Grenzen. Aber es ist uns nicht bestimmt, Götter zu sein«, erklärte der alte Mann im Rollstuhl. »Was ist mit dem Auftragskiller in Japan?«

»Unser Mann ist Alex Li zum Berg Koya gefolgt. Die letzte Information war, dass Li, Sasaki und Luo Fen-ying alle an einem Ort sind. Wir waren mal am Berg Koya, Johnny, erinnerst du dich? Vor mehr als zehn Jahren. Jede Menge Tempel.«

»Damals waren zwei von drei Regierungsmitgliedern unsere Leute«, sagte Joe.

»Bleib mit dem Killer in Verbindung und erinnere ihn daran, dass von den Leichen keine Spuren zurückbleiben dürfen«, sagte Johnny. »Die japanische Polizei darf nicht herausfinden, wer sie waren, bis die Wahl vorbei ist.«

»Der Mittelsmann sagt, er wird den Beweis, dass wir Li haben, persönlich nach Taipeh bringen. Nur so kann er sicher sein, dass er rechtzeitig hier ist.«

Johnny ignorierte das. »Und Wu?«

»Besucht seinen Vater im Krankenhaus. Er liegt da seit sechs Monaten und ist kaum noch am Leben.«

Wus Vater lag reglos im Krankenhausbett. Er war einer der Gründe gewesen, warum Wu so kurz nach seiner Pensionierung den Job bei der Versicherungsgesellschaft angenommen hatte: Er brauchte die Beziehungen der Firma, um sich das Krankenhausbett zu sichern. Überdies wollte es bezahlt werden.

Dr. Lin sprach beinahe eine Viertelstunde lang. Wu und sein Sohn hatten das Wesentliche nach einer Minute verstanden, waren aber zu höflich, um ihn zu unterbrechen.

Zieht den Stecker oder macht weiter. Kreuzt das eine Kästchen an oder das andere. Das war's. Der Kommissar in Wu wurde wach. *Wenn ich ihnen sage, sie sollen den Stecker ziehen, heißt das dann, dass ich ihn töte? Habe ich das Recht dazu?* Doch welchen Sinn hatte ein Leben, das unnatürlich weit über seinen natürlichen Endpunkt hinaus verlängert wurde – nicht dank der Naturgesetze, sondern dank der Macht der modernen Medizin –, wenn es eher ein bloßes Existieren war als ein Leben, das diese Bezeichnung verdiente?

»Denk jetzt nicht darüber nach, Papa. Lass uns mit Opa reden. Er kann uns hören.«

Sein Sohn setzte sich ans Bett und erzählte seinem Großvater von seinen Kursen, von der Präsidentschaftswahl und von allem dazwischen. Wu war von seinem Vater eher mit Strenge als mit Liebe erzogen worden. Für seinen Enkel hingegen hatte es nichts als Liebe gegeben.

Wu ging aus dem Zimmer, um einen Anruf entgegenzunehmen, und empfing ein Ohrvoll Beschimpfungen. Die Witwe des Mannes, der Selbstmord begangen hatte, lud ihren Zorn über die Zahlungsverweigerung der Versicherung bei ihm ab.

Und dann ein Anruf von Julies Vater, der ungeduldig auf Neuigkeiten über Alex wartete. Wu warnte ihn lediglich, dass das Counterintelligence Bureau sie beide überwachte und ein persönliches Treffen vielleicht sicherer wäre. Julies Vater und im weiteren Sinne Gu Yan-po hofften nicht mehr darauf, dass Alex Li ihnen den Schützen aus der Huayin Street lieferte. Ihre Sorge war, dass Alex erwischt wurde, tot oder lebendig, was ihren Kontrahenten die Kontrolle über das Narrativ geben würde, und dann würden sie die Schuld für das Attentat Gu in die Schuhe schieben.

Auf dem Heimweg fragte Wu seinen Sohn, was seine liebste Erinnerung an seinen Großvater sei.

»Als ich fünf war, habe ich mich einmal zum Spielen rausgeschlichen. Hinterher habe ich nicht mehr nach Hause gefunden, und er hat den ganzen Park am Fluss nach mir abgesucht. Seine Gelenke waren damals schon kaputt, aber er ist den ganzen Weg gelaufen, um nach mir zu suchen.«

»Du hast vergessen, was als Nächstes passiert ist. Er kam mit dir auf dem Arm durch die Tür, und ich wollte dir eine Ohrfeige geben, weil du weggelaufen warst. Er hat mich davon abgehalten.«

»Es ist dein Gedächtnis, das dich im Stich lässt, Papa. Du wolltest mir keine Ohrfeige geben, du hattest einen Stuhl vom Esstisch genommen und wolltest mich damit so platt wie einen Lauchzwiebelpfannkuchen klopfen.«

»Ha, du warst fünf. Du erinnerst dich falsch.«

»Manche Dinge hinterlassen Eindruck.«

An einem Imbissstand kaufte Wu zwei Lauchzwiebelpfannkuchen, die sie im Gehen aßen.

»Tja«, sagte Wu, »wenn du mir diesen Stuhl immer noch nachträgst, ist das Beste, was du tun kannst, zu heiraten und Kinder zu bekommen.«

»Inwiefern?«

»Dann kannst du deinen Groll an deine Kinder weitergeben. Und die können ihn dann dir nachtragen.«

Sein Sohn dachte nach. »Dann hast du also aufgehört, Opa etwas nachzutragen, als ich geboren wurde?«

»Ich habe ihm nie etwas nachgetragen. Er war niemand, der groß Gefühle gezeigt hätte, aber das hat er mit Taten ausgeglichen. Wenn ich es auf der Polizeihochschule manchmal nicht schaffte, am Wochenende nach Hause zu fahren, hat er deine Oma gebeten, mir etwas zu kochen, und hat es mir gebracht. Vier Jahre lang hat er das gemacht. War ziemlich nervig. Deine Mutter und ich waren schon zusammen, und ich musste immer darauf achten, zu Hause zu sein, um das Essen in Empfang zu nehmen.«

»Ich sag dir was, Papa. Vergessen wir, wie es Opa dieses Jahr geht. Wir erinnern uns nur an die glücklicheren Zeiten.«

»Selektive Erinnerung.«

»Nein. Selektive Amnesie.«

Seite an Seite gingen die beiden zu Fuß weiter, anstatt den Bus zu nehmen, und stiegen erst in Shilin in die Metro. Unterwegs überlegte Wu, ob er, wenn die Welt von gewieften Politakteuren kontrolliert wurde, vielleicht besser dran wäre, wenn er einen Stand für Lauchzwiebelpfannkuchen aufmachte. Nein. Die Wan Tans seiner Mutter. Das war es. Er würde einen kleinen Stand mieten und ... *Wu-nder-Wan-Tans. So werde ich ihn nennen!*

Bei diesem Gedanken musste er lächeln. Aber Wu-nder-Wan-Tans musste warten. Zuerst musste er Alex aus dem Mahlstrom ziehen, und dann war da ein Attentatsversuch, dem auf den Grund gegangen werden musste. Man durfte da keine halben Sachen machen.

侘寂: **ein aus zwei Extremen bestehendes Wort: prahlen und schweigen.**
侘 wird auf Chinesisch *chà* gelesen und bedeutet »prahlen« oder »sich in Szene setzen«. 寂 wird *jì* gelesen und bedeutet »still« oder »leise«.
Im Japanischen wird 侘寂 *wabi-sabi* gelesen: die Ästhetik der Unbeständigkeit und Unvollkommenheit.

Nachdem Fen-ying ihre Wunden verbunden hatte, hievte Alex sich Sasaki auf den Rücken, und sie machten sich auf den Weg nach Kumano. Auf den Berg Koya zurückzugehen kam nicht infrage. Zu viele Mönche, zu viele Touristen und womöglich weitere Killer. Alex benötigte seine gesamte Kraft, um auf dem schlammigen Pfad nicht zu stürzen. Während er rannte, redete er mit Sasaki, um ihn wach zu halten. Als ihm die Puste ausging, übernahm Fen-ying. Zuerst auf Englisch, dann auf Chinesisch, aber jedenfalls redete sie immer weiter.

»Alex' erster Schuss hat seine Schulter getroffen, aber es war nur ein Kratzer. Sein zweiter Schuss hat ihn am Fuß erwischt.«

»Hast du das gehört, Sasaki? Er kann keine vernünftige Deckung gehabt haben, wenn ich ihn an beiden Enden getroffen habe.«

»Unser Angreifer war ein Filipino. Ich habe seinen Pass an mich genommen. Ich bin den Hang raufgeschlichen, bis ich hinter ihm war, er war so auf euch zwei fixiert, dass er mich nicht bemerkt hat. Brauchte nur einen Schuss in die Schläfe.«

»Klingt, als hättest du deinen perfekten Schuss vor mir gemacht. Hörst du das, Sasaki? Baby Doll kann sich zur Ruhe setzen.«

Der Regen wurde stärker, und sie suchten in einem Schrein am Wegesrand Schutz. Fen-ying kniete sich hin und untersuchte Sasakis Wunde: »Er muss ins Krankenhaus.«

»Ich habe kein Telefon. Hat er eins?«

Fen-ying durchsuchte Sasakis Sachen. Nichts.

»Reinige die Wunde, versuch, die Blutung zu stoppen, dann verbinde sie wieder.« Alex schlug Sasaki ins Gesicht. »Du darfst nicht schlafen. Kämpf weiter!«

»Kämpf weiter ...«, murmelte Sasaki. »Hilf mir hoch.«

Alex und Fen-ying zogen Sasaki in eine sitzende Position hoch und lehnten ihn an die Wand des Schreins. Alex zündete ihm eine Zigarette an. »Short Hope«, erklärte er ihm.

»Hast du Longlife aus Taiwan mitgebracht?«

Alex nicht, aber Fen-ying zog ein zerknautschtes Päckchen aus ihrem Rucksack. Longlife-Zigaretten.

»Kurze Hoffnung, langes Leben. Irgendjemand macht sich über uns lustig.«

»Keine Sorge, Sasaki. Du hast noch ein langes Leben als gütiger Mönch vor dir.«

»Mir ist was eingefallen. Der Mann in Taipeh, der mir mein SWD gebracht hat. Er hatte einen Talisman am Gürtel, eine 9-mm-Kugel.«

»Hast du ihn danach gefragt?«

»Ja. Er hat gesagt, sie ist ein Andenken.«

»Sonst nichts?«

»Nein.«

»Na ja, das ist immerhin etwas.«

»Er war fünfzig. Oder sechzig.«

»Okay.«

»Du bist meine Reserve, Alex. Tu, was getan werden muss.«

»Ich lasse dich nicht im Stich. Ich finde den, der dich töten lassen wollte. Konzentrier du dich einfach darauf, gesund zu werden. Wenn ich das nächste Mal in Japan bin, komme ich dich besuchen. Oder wir können in die Bar deines Bruders gehen. Deine Entscheidung.«

»Wie in der alten Zeit. Scharfschützen müssen in Paaren arbeiten. Sich gegenseitig unterstützen. Geh in die Bar, rede mit meinem Bruder. Er weiß, dass in Taipeh was schiefgegangen ist. Sag ihm, er soll meine Sachen an meinen Vater in Brasilien schicken.«

»Hey, red keinen Quatsch.« Fen-ying packte Sasakis Arm und zog ihn hoch. »Schluss mit letzten Worten. Hörst du mich, Sasaki? Wir bringen dich in ein Krankenhaus. Und was zur Hölle tust du da, Alex, sitzt da rum und schwelgst in Erinnerungen wie ein alter Sack? Hilfst du mir jetzt oder was?«

Alex sprang auf und packte Sasakis anderen Arm.

»Zu Befehl, Frau Oberleutnant! Es ist zu früh, um aufzugeben. Sasaki, wenn du auch nur daran denkst, suche ich einen Abfallhaufen und werfe dich da drauf. Und dann pisse ich auf dich.«

»Nein, Alex, ich habe deine Pisse gerochen. Die ist ...«

Sie quälten sich weiter durch den Regen, der immer stärker wurde, drei Menschen, die auf vier Füßen einen schmalen, schlammigen Pfad entlangeilten. Der Legende nach finden Pilger, die den Schrein am Ende des Pfads erreichen, Erlösung. *Was für eine Erlösung?*, fragte sich Alex. *Wir müssen wohl abwarten.*

»Du hältst gefälligst durch, Sasaki.« Fen-yings Befehl schallte durch den Regen. »Komm schon, hilf uns mal. Du bist Soldat, also marschier. Eins, zwei, eins, zwei. Komm schon, berühr wenigstens den Boden. Das ist es. Eins, zwei, eins, zwei. Alex, beeil dich.«

»Ich beeile mich ja!«

»Linkskurve voraus. Sasaki, verlagere dein Gewicht.«

Die drei, eine auf diesem Pilgerpfad selten große Menschenansammlung, hetzten weiter, anstelle von Erlösung Überleben im Sinn.

»Alex, streck die Hand hinter seinen Rücken und pack seinen Gürtel. Ich mache es genauso.«

Also kreuzten Alex und Fen-ying hinter Sasakis Rücken die Arme und ergriffen beide den Gürtel seines Mönchgewands.

»Sasaki, Ziel?«, brüllte Fen-ying auf Englisch.

»Elf Uhr. Pick-up mit Maschinengewehr.«

»Alex, Entfernung?«

»Dreitausendzweihundert Meter!«

»Oh, bitte, Alex. Denk dir nicht einfach was aus. Dreitausendzweihundert Meter? Worauf schießt du? Marsianer?« Sasaki bekam noch alles mit.

»Ja, Marsianer. Angst vor kleinen grünen Männchen, Sasaki?«, spottete Fen-ying.

»Alex, diese taiwanische Frau beleidigt gerade die Männlichkeit aller Japaner.«

»Ach, mit uns macht sie das auch.«

»Weniger Geschwätz, mehr Marschieren.«

»Sie kommandiert zu viel rum, Alex. Besser, du wirst auch Mönch bei uns.«

»Stimmt es, dass Mönche in Japan trotzdem heiraten können?«

»Ja.«

»Dann, Sergeant Sasaki, melde ich mich hiermit freiwillig zum Mönchsdienst!«

»Vorne links, in etwa dreihundert Metern, Gebäude!«, keuchte Fen-ying.

»Blockhaus, Rauch aus dem Schornstein. Bewohnt«, ergänzte Alex.

»Das Haus meines Freundes«, sagte Sasaki.

»Hör auf, so zu schlurfen, Sasaki«, befahl ihm Fen-ying. »Ehrlich, japanische Männer taugen überhaupt nichts.«

»Siehst du, sie tut es schon wieder, Alex. Du wirst sie heiraten müssen, sie mag mich nicht«, sagte Sasaki.

»Nach rechts!«

»Wir haben nie darüber gesprochen. Verdammt, ich bin fix und fertig.«

»Besorgen wir uns ein paar Bier und Zigaretten, Alex, und besprechen es unter einem Sternenhimmel.«

»Hat dein Freund Telefon?«

»Und alles, was wir sonst noch brauchen. Er war mal Arzt.«

Sasakis Kopf sackte nach vorn, nun hatte er doch das Bewusstsein verloren. Alex und Fen-ying schleppten seinen blutüberströmten Körper auf die Veranda eines Blockhauses, die unter diesem Gewicht besorgniserregend schwankte. Fen-ying rief auf Japanisch: »*Sasaki-san kega.*«

»Seit wann kannst du Japanisch?«, fragte Alex.

»Kann ich gar nicht.«

»Und was heißt dann *kega*?«

»Verletzt.«

»Und woher weißt du das?«

»Ich war ein Jahr beim militärischen Geheimdienst, bevor ich ins Ministerium kam, da habe ich Japanisch gelernt.«

»Anscheinend ist mir einiges in deinem Leben entgangen.«

»Du machst dir keine Vorstellung.«

»Meinst du, das kann ich aufholen?«

»Lass das Gewinsel. Sasaki ist fast hinüber.«

Sie saßen auf der überdachten Veranda, atmeten tief durch und schluckten Wasser wie Ertrinkende. Drinnen donnerten Schritte hin und her. Eine Hand stellte ihnen eine Kanne Tee hin; kurz darauf ließ eine weitere Hand ein Tablet zurück.

»Sieht aus, als wärst du wieder in Ordnung«, sagte Alex zu ihr.

»Ich musste etwas sagen, sonst hätte ich mir den ganzen Tag

eure Erinnerungen anhören müssen. Ich wusste gar nicht, dass du so sentimental bist, Alex. Vielleicht solltest du Sasaki heiraten, nicht mich.«

»Ach, Sasaki und ich sind nur gute Freunde.«

»Das heißt nicht, dass ihr nicht heiraten könnt. Ihr könntet euch zusammentun, um eure gemeinsamen Feinde zu bekämpfen.«

»Hmmm.«

Alex und Fen-ying saßen auf der Verandakante, und ihre nackten Füße ruhten auf der nackten Erde. Sie hatten jetzt jeder ein Holztablett mit jeweils einer Schale Reis, drei Schälchen mit eingelegtem Gemüse, einer Schale Misosuppe und einer Schale Fischeintopf. Es war Jahre her, dass Alex eingelegtes Gemüse mit einfachem Reis gegessen hatte. Rührei auf Toast konnte da einfach nicht mithalten.

Bald darauf trafen eine Flasche Sake und zwei Sakebecher ein. Sasakis Freund, der pensionierte Arzt, untersuchte Alex' Wunde, grunzte und ging wortlos wieder hinein.

»Also, all das, was da passiert ist ... Vergessen wir das, oder versuchen wir, darüber zu sprechen?«, fragte Alex.

»Ich habe Sasaki sagen hören, dass Flusswasser manchmal an Felsen hängen bleibt.«

»Also die Vergangenheit vergessen?«

»Aber eigentlich wird das Wasser nur ein bisschen langsamer. Es fließt um den Stein herum und strömt weiter flussabwärts.«

»Um zu einem späteren Zeitpunkt darüber zu sprechen.«

»Und dieses Wasser, das langsamere Wasser, wird von dem ganzen Wasser, neben dem es früher dahinfloss, zurückgelassen.«

»Okay, jetzt tut mir der Kopf weh.«

»Vielleicht war es dir lieber, als ich nicht gesprochen habe?«

Auf dem Tablet sahen sie sich die Nachrichten an. Hsu, immer noch am Leben, im Heck seines Jeeps und wieder auf Wahlkampftour. Der amerikanische Ermittler, der den Fragen der Reporter auswich. Das Criminal Investigation Bureau, das einen Haftbefehl für Alex erwirkte. Und ein weiterer Abgeordneter, der Brathähnchen für alle versprach, wenn Gu die Wahl gewann. Schweigend betrachteten sie das Foto von Alex mit seiner Baseballkappe, das sämtliche Medien brachten.

»Solange es einen Haftbefehl gibt, kann ich nicht zurück. Und irgendjemand sollte hierbleiben und nach Sasaki sehen. Aber du kannst zurück.«

»Erst fährst du mit mir nach Japan in Urlaub und dann schickst du mich allein zurück? Charmant.«

»Langsam, Baby Doll. Wir haben uns so lange nicht gesehen, und du bist immer noch nicht vollständig wiederhergestellt. Erhol dich nicht zu schnell. Ich muss mich erst daran gewöhnen.«

»Alex, du bist Sasakis Partner. Du hast eine Menge, worum du dich kümmern musst. Also steh deinen Mann, du harter Kerl.«

Sie lagen auf der Veranda. Drinnen waren immer noch Schritte zu hören, jetzt begleitet von Sasakis Schreien. Alex schlief ein, dann wurde er mit einem Rippenstoß geweckt. Schon dunkel. *Habe ich das Abendessen verpasst?* Nicht, dass das von Bedeutung wäre. Er hatte viel Übung im Verpassen von Mahlzeiten.

»Gehst du zurück?«, fragte Fen-ying.

»Ja.«

»Du wirst gesucht, und alle in Taipeh halten nach dir Ausschau. Das ist genauso, als würdest du dich stellen.«

»Ich weiß. Aber du kennst mich. Es muss getan werden.«

»Und was soll ich tun?«

»Deine Entscheidung.«

Ein Motorrad hielt vor dem Haus. Der mittelalte Fahrer beugte sich vor und hob die vier Gewehre auf, die auf der Erde lagen, hängte sie sich um und fuhr davon. Die Frau des Arztes hockte sich, das Haar unter einem geblümten Kopftuch verborgen, auf den Hof und schrubbte die Kugel und das Glas, das ihr Mann aus Sasakis Wunden herausgeholt hatte. Vielleicht wollte er Andenken. Auch sie untersuchte Alex' verwundeten Arm und ging kommentarlos wieder ins Haus. Was Alex nur recht war. Immer eine gute Nachricht für einen Soldaten, wenn die Sanis sich nicht für einen interessierten.

»Und was ist der Plan?«, fragte Fen-ying.
»Rache für Sasaki.«
»Ihr habt davon gesprochen, dass ihr gegenseitig die Reserve füreinander seid. Was heißt das?«
»Wir haben bei der Legion in kleinen Einheiten gearbeitet. Auf Patrouille waren das zwischen drei und fünf Mann. Ein Maschinengewehrschütze, ein Scharfschütze, ein Nachrichtensoldat, ein Fahrer und ein Sani. Wenn der Maschinengewehrschütze getroffen wurde, machte der weiter, der am nächsten saß. Das Maschinengewehr besaß die größte Feuerkraft, es musste bemannt bleiben. Ebenso wenn der Fahrer getroffen wurde, dann schnappte sich der auf dem Beifahrersitz das Steuer, damit wir uns nicht überschlugen. Und jeder kann Erste Hilfe, wenn also der Sani ausfällt, kann auch jemand anders übernehmen. Aber Sasaki meinte, wir zwei seien die Einzigen, die unsere Rollen übernehmen könnten, deshalb seien wir die Reserve füreinander.«
»Also zurück nach Taiwan und zu Wu?«
»Vielleicht.«
»Weißt du schon, wie du hinkommst?«
»Das ist der einfache Teil. Du hast es schwerer hier, wo du Sasaki den Arsch abwischen musst. Wer Sasaki angeheuert hat,

kann ich sicher herausfinden, aber es gibt garantiert jemanden hinter den Kulissen, der die Befehle gegeben hat. Und das ist wahrscheinlich jemand Mächtiges. Ein Politiker, ein Gangster.«

»Denk du darüber nach. Ich sehe nach Sasaki.«

»Ich komme mit.«

»Er hat nicht nach dir gefragt.«

»Nach dir hat er auch nicht gefragt.«

»Solange ich mir nicht alte Geschichten aus eurer Legionärszeit anhören muss.«

»Na schön, geh du. Aber Vorsicht, japanische Mönche sind nicht zum Zölibat verpflichtet.«

Fen-ying ignorierte das und schlüpfte durch die Papiertür hinein.

Alex nahm das Tablet und loggte sich in den E-Mail-Account ein, den er verwendet hatte, als er in Frankreich war. Nur eine ungelesene Nachricht. Absender: Wu junior.

> **Papa ist suspendiert worden. Tsai Min-hsiungs Tod verdächtig. National Security Bureau sucht überall nach dir. Papa sagt, das NSB hat entschieden, dass du der Attentäter bist, und kann es gar nicht erwarten, dich in die Finger zu bekommen. Aber er versucht, dir zu helfen, und er hat einen alten Triadenmann, der ihn unterstützt. Und der Triadenmann wird von Gu Yan-po unterstützt. Antworte nicht.**

Alex dachte kurz nach. Dann kramte er sein gesamtes Geld hervor, ließ den Großteil auf dem Verandaboden liegen, stand auf und reckte sich. Er hatte den Schlamm von seinen Schuhen gewaschen, aber sie waren noch nass, ebenso wie sein T-Shirt. Er zog die – ebenfalls feuchte – Jacke an, machte noch ein paar Dehnübungen, und dann rannte er einen Bergpfad direkt vor dem Blockhaus hinab. Der Pfad würde ihn zu einer Straße führen und diese zu einem Bus zum Shinto-Schrein, von wo aus er nach Osaka reisen konnte. Und dort würde er hoffentlich, wenn er rechtzeitig kam, ein Flugzeug nach Taipeh erwischen.

Jetzt hätte er zu gern noch einen Sake.

Er lief, er brüllte, und eine Welt, die sich um ihn herum zusammengezogen hatte, weitete sich wieder und bot tausend Möglichkeiten. *Wenn das Meer nicht im Weg wäre,* sagte er sich, *würde ich den ganzen Weg nach Hause rennen.*

4. TEIL: DRACHEN TÖTEN

»Morgen schließt ihr die Ausbildung ab und kommt zurück zu euren Einheiten. Deshalb geht das Bier heute auf mich. Betrinkt euch. Erinnert euch an die guten Zeiten, vergesst die schlechten. Und viel Glück für die Zukunft.«
Die angehenden Scharfschützen stürzten sich auf die Bierkästen, Tuan allen voran.
»Ihr seid siebzehn, alle zu Größerem bestimmt«, fuhr Eisenschädel fort. »Wenn ich eure Klasse als Ganzes benoten müsste ... fünfundneunzig Prozent. Beim Zielschießen auf dreihundert Meter im stehenden Anschlag habt ihr alle die volle Punktzahl bekommen, was sogar mich beeindruckt. Auf sechshundert Meter im Liegendschießen haben zwölf von euch die volle Punktzahl erreicht. Fünf lagen mit einem Schuss leicht daneben, aber da das Wetter gegen euch war, ist das verzeihlich. Ihr werdet euch alle gut machen. Einige von euch dank eures Geschicks mit dem Gewehr, andere, weil ihr wisst, wie man sich einschleimt. Aber egal, was passiert, vergesst nicht, hin und wieder auf dem Schießstand vorbeizuschauen, damit ihr in Übung bleibt, und lasst die Finger von den Computerspielen und den Handys. Scharfschützen sind auf ihre Augen angewiesen, nicht auf ihre Reaktionen. Ihr habt alle etwas, worin ihr gut seid: Schießen. Wenn man etwas hat, worin man gut ist, schenkt einem das Selbstvertrauen, Haltung. Bewahrt euch eure Gabe.
Hier ist noch eine Geschichte für euch. Xue Renguis Sohn hieß Xue Dingshan. So heißt er jedenfalls in den Fortset-

zungsromanen. In den Geschichtsbüchern wird er als Xue Ne geführt. Wie sein Vater ein tapferer General. Sein Sohn, Xue Renguis Enkel, Xue Song, machte sich ebenfalls einen Namen. Aus den Geschichtsbüchern erfahren wir, dass er für seine Stärke, seine Reitkunst und das Bogenschießen gerühmt wurde. Und auch er wurde ein militärischer Führer. Der Abkömmling zweier berühmter Generäle und selbst ein Mann mit überragenden Leistungen zu sein ... Xue Song war an An Lushans Rebellion beteiligt. Anfangs unterstützte er An, dann tat er sich mit dem Tang-General Pugu Huai'en zusammen. Später wurde er ein mächtiger Militärgouverneur.

Es gibt eine Geschichte über Xue Song, den General in dritter Generation. Er hatte Freude an einem Spiel, das unserem heutigen Fußball ähnelte. Aber ein Gelehrter ging zu ihm und sagte ihm, später werde noch genug Zeit sein, sich zu amüsieren – warum jetzt spielen, während die Nation in Gefahr war? Xue Song pflichtete ihm bei und gab ein Porträt dieses Gelehrten in Auftrag, damit er es über seinen Schreibtisch hängen konnte, um ihn an seine Pflichten zu erinnern. Er schloss also an die militärischen Erfolge seiner Familie an. Nach dem Krieg legte Xue Song, betroffen über das Leid seines Volks, seinen Bogen ab, um sich auf die Regierung zu konzentrieren. Der große General wurde ein geliebter Beamter.«

Eisenschädel trank einen großen Schluck Bier, seufzte zufrieden und fuhr fort.

»Ihr seid alle gute Scharfschützen. Aber – verzeiht, dass ich da keine Ruhe gebe, aber lasst mich euch noch einmal daran erinnern: Vergesst nicht zu lesen. Ihr braucht ebenso Köpfchen wie Courage, wenn ihr Beförderungen wollt, wenn ihr gute Jobs finden wollt, nachdem ihr den Dienst quittiert habt. Die mächtige Taiwan Semiconductor Ma-

nufacturing Company und die große United Microelectronics Corporation brauchen immer pfiffige Leute mit ruhigen Händen.«
Er warf die leere Bierdose in den Abfalleimer am anderen Ende des Klassenraums. Ein perfekter Treffer.
»Tuan, du musst immer noch lernen, ein bisschen Geduld zu haben. Ich hätte nicht gedacht, dass du Bestnoten bekommst und ... Ach, du hast etwas dazu zu sagen? Dann schieß los.«
»Herr Oberst, was werden Sie machen, wenn Sie die Armee verlassen?«
Eisenschädel blieb wie angewurzelt stehen und starrte blicklos durchs Fenster auf den Exerzierplatz.
»Wir haben alle unsere Ambitionen«, sagte er. »Und wir bekommen alle unsere Chance, unsere Ziele zu erreichen. Der Trick ist, zu wissen, wie man die Gelegenheit ergreift, wenn sie sich bietet. Ich erzähle euch noch eine Geschichte. Ihr habt alle schon von Zhuangzi gehört. Falls nicht, er war ein daoistischer Philosoph, geboren in der Zeit der Frühlings- und Herbstannalen, viertes Jahrhundert v. d. Z. Er ist da oben beim großen Laotse selbst. Dem Historiker Sima Qian zufolge war Zhuangzi derart mit Lesen und Schreiben beschäftigt, dass die Könige und ihre Minister ihn als Berater wenig nützlich fanden. Zhuangzi schrieb meistens in Allegorien. Hier ist eine, zu eurer Erbauung. Fat, wirf mir noch ein Bier zu.«
Eisenschädel fing die Dose auf, trank einen großen Schluck und wischte sich den Mund am Ärmel ab.
»Der Sohn einer reichen Familie, Zhu Pingman, war nicht zufrieden damit, einfach nur reich zu sein. Er wollte berühmt sein. Er suchte weise Männer auf und fragte sie, wie man das erreichte. Dann hatte ein Freund eine Idee: Geh einen Drachen töten. Der Name eines Drachentöters und

Helden würde überall auf der Welt bekannt. Eine gute Idee, dachte Zhu. Also stieg er auf Berge und stapfte durch Sümpfe auf der Suche nach einem Mann, der ihn lehren konnte, Drachen zu erschlagen. Er fand einen solchen Meister, und auch wenn es ihn sein Vermögen und drei Jahre Lebenszeit kostete, er lernte Drachen zu töten. Mit einem gewaltigen Drachentöterschwert bewaffnet stieg er wieder vom Berg herab. Wer möchte raten, wie es weiterging?«

»Er stieg auf ein weißes Pferd, tötete einen Drachen und rettete Prinzessinnen.«

»Er tötete den Drachen nicht, er zähmte ihn. Ich hab den Film gesehen.«

»Er reiste zum Drachenpalast auf dem Meeresboden und heiratete eine scharfe Drachenlady.«

Eisenschädel brachte das Gelächter mit erhobenem Zeigefinger zum Verstummen.

»Ja, ich weiß. Ihr seid alle ein bisschen betrunken, ein bisschen überdreht. Aber passt auf, was ich euch jetzt sage, denn es wird euch gute Dienste leisten. Zhu Pingman, nunmehr voll ausgebildeter Drachentöter, suchte überall. Doch einen Drachen zum Erschlagen fand er nie.«

Es wurde still im Klassenraum. Tuan hob die Hand, aber Eisenschädel winkte ab.

»Wird dein Arm denn niemals müde, Tuan? Jedenfalls, ich bin der Zhu Pingman von heute. Der beste Scharfschütze des Heers bildet Leute aus, die später in Logistikeinheiten an Schreibtischen sitzen. Vielleicht bleibe ich so lange, bis man mich zum General macht. Manchmal kommt es mir wirklich sinnlos vor. Ich habe Fähigkeiten, wurde aber in eine Zeit hineingeboren, die sie nicht braucht. Und im Zivilleben gibt es kaum Verwendung für mich. Ich kann keinen Drachen finden, denn es gibt keine Drachen. Achtet darauf, dass das in euren unterbelichteten Köpfchen hängen bleibt, Leute.«

> Oberst Huang Hua-sheng, Scharfschütze bei einer
> Spezialeinheit der Armee, Scharfschützenausbilder

1

Wu lenkte den Wagen, der mit siebzehn Dienstjahren selbst ein Veteran war, auf die Autobahn und später wieder hinunter, alles bei stetigen achtzig Stundenkilometern. Er wollte nicht, dass seine Beschatter ihn aus den Augen verloren. Er hatte genügend Zeit damit verbracht, Autos zu folgen, um zu wissen, wie ärgerlich das war.

Von der Provinzstraße fuhr er auf eine Landstraße und hielt schließlich am Ortsrand von Tongxiao an. Er lehnte sich ans Auto und kaute eine Weile Gummibärchen, um sicherzustellen, dass das ihn verfolgende Auto nicht vorbeifuhr. Es war vom Counterintelligence Bureau – man konnte sie an ihren Anzügen unterscheiden. Die Leute vom Counterintelligence Bureau versuchten, sich unauffällig zu kleiden, scheiterten aber aus irgendeinem Grund immer daran. Die Leute vom National Security Bureau hingegen fielen gerne auf, sahen letztlich aber immer aus wie Securitymitarbeiter in einer Luxuswohnanlage.

Wu klopfte an die Tür von Tsai Min-hsiungs Haus und trat gebückt ein. Drinnen fand er Tsais Mutter, seine Witwe und die beiden Kinder vor. Da der Ernährer fort war und sowohl das Feld als auch der Fischteich aufgrund von Wassermangel keinen Ertrag abwerfen würden, sah die Familie schweren Zeiten entgegen.

Niemand nahm Anteil an ihrem Schicksal – wegen Tsai Min-hsiungs vermeintlichen Verbrechens war die Familie geächtet. Die Lokalverwaltung weigerte sich zu helfen, und Tsais Witwe konnte kaum mehr tun, als sich die Augen auszuweinen, bis sie so ausgetrocknet waren wie ein Acker nach einer fünfmonatigen Dürreperiode.

Tsai hatte die Pflichtversicherung für Landwirte abgeschlossen. Im Todesfall wurden etwas mehr als 150 000 Neue Taiwan-Dollar ausgezahlt, und im Falle eines Arbeitsunfalls das Doppelte. Wenn ein Bauer in seinem eigenen Fischteich ertrank, war das normalerweise ein Arbeitsunfall. Wenn jedoch die Möglichkeit bestand, dass der Bauer aufgrund seiner Verwicklung in eine Verschwörung zur Ermordung des Präsidenten gestorben war, war womöglich kein Bezug zur landwirtschaftlichen Tätigkeit gegeben. Tsais Witwe hatte darüber mit der Lokalverwaltung gestritten, aber nicht die Antwort erhalten, auf die sie gehofft hatte.

Eine Lebens- oder Krankenversicherung gab es nicht, doch Tsai hatte eine kleine private Unfallversicherung. Wie der Name vermuten ließ, wurde sie im Falle eines Unfalls, auch mit etwaiger Todesfolge, fällig, allerdings war sie niedriger als eine volle Lebensversicherung. Wenn ein Bauer in seinen Fischteich fiel und ertrank, wäre das abgedeckt, doch Wus Vorgesetzte hatten ihn angewiesen, zum Hof zu fahren und einen Grund für eine Zahlungsverweigerung zu finden.

Wus Suspendierung wegen der Verwicklung in den Attentatsfall war zurückgenommen worden. Aufgrund seiner Vertrautheit mit dem Attentat.

Die Versicherungsgesellschaft vertrat den Standpunkt, dass Tsai Min-hsiung als mutmaßlichen Attentäter selbst die Schuld an jeglichen Unglücksfällen traf, die ihm widerfuhren, und sein Tod deshalb nicht von der Versicherung abgedeckt war. Falls festgestellt wurde, dass er in den Teich gerutscht und ertrunken war, bitte. Aber falls er von Mitverschwörern getötet worden war, um ihn zum Schweigen zu bringen ... Nun, das war wohl kaum ein Unfall.

Wu hatte einen ganzen Vormittag mit den Anwälten verbracht und war mit ihnen die Bedingungen von Tsais Versicherung durchgegangen. Der Unfallcharakter seines Todes schien ungewiss, und die Anwälte hatten dazu geraten, abzuwarten, bis die Gerichte über den Fall entschieden hatten. Aber die Familie Tsai brauchte jetzt Geld, und es konnte zwei, drei Jahre dauern, bis ein Gericht zu einer Entscheidung kam.

Es gab eine einfachere Lösung: Die Familie konnte selbst den Beweis erbringen, dass Tsais Tod ein Unfall war, dann würde die Versicherungsgesellschaft ihre Entscheidung überdenken. *Perfekt,* dachte Wu. *Wälze die Entscheidung einfach auf die Hinterbliebenen ab.*

Aber ihm blieb nicht viel anderes übrig, als die Anordnungen seines Arbeitgebers zu befolgen. Das Counterintelligence Bureau nahm kleinkariert, wie es war, und ohne zu wissen, dass Wu dienstlich hier war, an, dass er nichts Gutes im Schilde führte, und kam mit. Und soweit es Wu betraf, konnten sie das gerne tun. Er bezahlte ihr Benzin ja nicht.

Wie kommt es, fragte sich Wu, *dass der Präsident und Tsai beide bei derselben Gesellschaft versichert sind, aber nur einer der Betroffenen eine Auszahlung erhält?*

Er kam mit einem Geschenk. Ananasküchlein anstatt Mungbohnengebäck. Das Mungbohnengebäck, hatte er gelernt, überstand es nicht, wenn es im Zorn fortgeschleudert wurde. Die Ananasküchlein konnte man, so hoffte er, aufheben und an Eierkopf weitergeben, der dafür zweifellos dankbar wäre.

Seine Theorie wurde nicht auf die Probe gestellt: Die beiden Kinder rissen die Verpackung auf und schlangen die Küchlein hinunter.

Tsais Mutter verwirrten Wus Fragen bloß. Seine Witwe machte mit versteinertem Gesicht ihre Haltung deutlich: »Wenn Sie nicht zahlen wollen, bitte. Dann beschwere ich mich öffentlich im Fernsehen. Sie werden mich vor den Toren Ihres Büros sehen, im Hungerstreik!«

Sie fuchtelte mit den Visitenkarten einiger Journalisten vor seiner Nase herum und hielt sie dabei wie ein Pokerblatt. Über mangelnde Aufmerksamkeit seitens der Medien konnte sich Tsais Familie eindeutig nicht beklagen. Eine Insel mit nur dreiundzwanzig Millionen Einwohnern, aber genug Medien für einen ganzen Kontinent. Jedoch bestand nur eine geringe Aussicht, dass Tsais Witwe mit ihrem Blatt irgendetwas erreichen würde, das wusste Wu. Würde sie es überhaupt versuchen?

Die Männer vom Counterintelligence Bureau fragten Wu nicht, worüber er mit der Familie gesprochen hatte. Wahrscheinlich hatten sie ein Mikrofon im Haus versteckt. Allerdings bestanden die Mauern des Hauses nur aus einer einzigen Reihe Ziegelsteine, und die Holzfenster waren nicht dicht – die Agenten hätten einfach draußen auf dem Hof stehen können und doch jedes Wort gehört. Kein Grund, sich auch nur unters Vordach zu schleichen.

Von dort aus kehrte Wu nach Taipeh zurück und begab sich zu Hsu Huo-shengs Wahlkampfzentrale. Drei Tage vor der Wahl herrschte dort Chaos. Weder der Wahlkampfleiter noch sein Stellvertreter hatten Zeit für Wu, auch die Pressesprecherin nicht. Schließlich kam ein studentischer Freiwilliger heraus, um mit ihm zu sprechen: »Der Wahlkampfleiter sagt, um den Versicherungsanspruch kümmern wir uns nach der Wahl.«

»Unser Unternehmen ist stolz auf seine schnelle Schadensregulierung.«

»Mag sein. Er hat gesagt, es handelt sich um einen niedrigen Betrag, Sie könnten ihn einfach direkt an die Wahlkampfkasse schicken.«

»Die Annahme muss per Unterschrift vom Versicherungsnehmer oder einem Familienangehörigen bestätigt werden. Es ist keine Parteispende.«

Die, die Geld brauchen, bekommen es nicht, dachte er, *und die, die es bekommen, brauchen es nicht.*

Die Spionageabwehr hatte zwei Männer draußen postiert. Sie machten sich nicht die Mühe, ihre Erheiterung zu verbergen, als Wu aus dem Gebäude eilte.

Die Kaifeng Street war für ihre authentischen Rindfleisch-Nudelsuppen-Lokale berühmt. Eierkopf kam zu Fuß von der Zhongshan Hall herüber, während Wu sein Auto in der Tiefgarage des Veranstaltungsgebäudes abstellte und dann die Treppe zur Straße hinaufstieg, wo er Eierkopf traf. Schweigend gingen die beiden zu ihrem Lieblingsnudellokal, ohne einander zur Kenntnis zu nehmen, bis sie saßen.

»Was sagt der amerikanische Experte?« Wu hatte nur eine kleine Schale Nudeln bestellt. Bei der ganzen Fahrerei war er mit seinen Schritten im Rückstand.

»Er ist sehr gründlich und sehr offen, und er hat absolut keine Ahnung, auch Vorschläge für den Fortgang der Ermittlungen hat er nicht zu bieten. Er weiß nicht, wie die Kugel in die Jacke des Präsidenten gekommen ist. Er weiß nicht, warum der Präsident am Tag des Attentats zufällig seine kugelsichere Weste vergessen hatte. Er weiß nicht, wo die Patronenhülse zu der Kugel ist, die den Präsidenten getroffen hat. Er weiß nicht, warum im Happy Hotel zwei Gewehrpatronenhülsen gefunden wurden. Er weiß nicht, warum wir das Gewehr, mit dem die Kugeln abgefeuert wurden, nicht gefunden haben, dafür aber eine ganz andere Schusswaffe. Er weiß nicht, woher das Foto von Alex Li stammt, das das Criminal Investigation Bureau vorgelegt hat.« Eierkopf bestellte eine große Portion und aß, als wäre er am Verhungern. Oder er hoffte vielleicht, die Wut in seinem Bauch mit köstlicher Rinderbrühe löschen zu können. »Und dann ist er nach Hause zurückgeflogen.«

»Gab es sonst noch was, was er nicht wusste?«

»Ja. Angesichts all dessen, was er nicht weiß, weiß er nicht, was er sagen soll. Besonders verwirrt hat ihn, dass wir die Kugeln zu den Gewehrpatronenhülsen und die Hülsen zu den Kugeln nicht finden können. Die Abreibung dafür bekomme ich. Niemand scheint sich daran zu erinnern, dass ich es war, der den verdammten Tatort abgeriegelt hat, und dass ich es war, der die Gewehrpatronenhülsen gefunden und herausgefunden hat, dass das Gewehr ein russisches SWD gewesen sein muss.«

»Ohne die Hülsen können wir nicht in Erfahrung bringen, wie viel Treibmittel da war und wie die Kugel in Hsus Jacke gelandet ist. Wenn sie es geschafft hat, ihm den Bauch aufzuschlitzen, warum ist sie dann in seiner Anzugjacke gelandet und nicht in seinem Hemd?«

»Noch mehr ›weiß nicht‹.«

Wu häufte eingelegtes Gemüse auf seine Nudeln. Eierkopf bedeckte seine mit Chilipulver. Soweit es Eierkopf betraf, musste einem beim Nudelessen der Schweiß auf die Stirn treten.

»Irgendwas Neues von Alex?«, fragte er.

»Erstaunlicherweise weiß ich es nicht.«

»Und wer bezahlt die Nudeln? Das ist noch etwas, was ich nicht weiß.«

»Ich wollte Sie nach jemandem fragen.«

»Nach Herrn Fang senior?«

»Endlich etwas, das Sie wissen.«

»Er ist vor Jahren vom Radar verschwunden«, erwiderte Eierkopf. »Soll mittlerweile sehr krank sein, sitzt im Rollstuhl. Chao Tso – er war ein, zwei Jahrgänge über uns – macht jetzt seit über zehn Jahren die Security für die Familie. Angesichts seiner Erfahrung und Kontakte müsste Chao wissen, was bei den Nachrichtendiensten los ist, aber er ist wortkarg, ich habe nichts aus ihm herausbekommen. Ob allerdings Herr Fang senior nun die Wahlen manipuliert oder nicht … ich weiß es nicht. Das ist keine Familie, mit der man sich anlegen will, Wu. Die könnten Sie mit Geldbündeln totschmeißen und fänden das preiswert.«

»Chao Tso?«

»Der mit der Kugel am Gürtel, die ihn fast getötet hätte. Die Geschichte erzählt er gern.«

»Ach, der. Ja, den kenne ich. Er hat zu den Feiertagen immer Geschenke vorbeigebracht. Mir war gar nicht klar, dass er für die Fangs arbeitet.«

»Es hat mich schon immer geärgert, dass man in Rindfleisch-Nudel-Lokalen kein Bier bekommt.«

»Also, stecken wir in einer Sackgasse?«

»Das Criminal Investigation Bureau behandelt mich wie ... Wu, Sie erinnern sich doch daran, wie wir an der Polizeihochschule für die Universitätswettkämpfe trainiert haben. Was war das? Tausendfünfhundert Meter? Dreitausend Meter? Und wir hatten zwei Läufer, also haben sie einen in der richtigen Geschwindigkeit loslaufen lassen und den anderen wie ein Kaninchen, damit die Läufer der anderen Unis versuchen ...«

»Ja, das Kaninchen hat seine Gewinnchancen geopfert, um die übrigen Läufer zu ermüden, während der andere sich seine Kraft für den Endspurt aufgehoben hat. Sie meinen also, Sie sind das Kaninchen, das die ganze schwere Arbeit macht, damit das Criminal Investigation Bureau dann eine Pressekonferenz abhalten und den Sieg verkünden kann.«

»Das ist mein Schicksal, Wu. Ich bin ein Kaninchenopfer.«

»Sie sind immer noch der stellvertretende Leiter der Polizei Taipeh. Das Attentat hat in Ihrem Zuständigkeitsbereich stattgefunden, und Sie waren am Tatort. Gehen Sie einfach weiter den Spuren nach, niemand kann Sie davon abhalten.«

»Sollte man meinen. Aber das Criminal Investigation Bureau hat den Fall jetzt. Was ist, wenn die entscheiden, dass ich mich in Dinge einmische, die oberhalb meiner Gehaltsklasse liegen, und es der National Police Agency petzen?«

»Wir wissen es nicht«, sagten die beiden Männer unisono.

Fen-ying traf am Mittag wieder in Taipeh ein und hatte nicht einmal eine Handtasche dabei. Mit den Händen in den Taschen verließ sie die Fluggastbrücke, so lässig wie jemand, der auf der Suche nach einem Nudelstand noch spät über den Nachtmarkt schlendert.

Nudelstände gab es hier keine. Nur die Flughafenpolizei, die sie höflich in einen Besprechungsraum geleitete, wo sie zwei Beamte des Criminal Investigation Bureau erwarteten. Sie stellten sich vor und kamen gleich zur Sache: »Wo ist Alexander Li?«

Fen-ying ließ sich nicht anmerken, ob sie diesen Namen kannte. Sie trank einen Schluck Kaffee und biss von ihrem Sandwich ab, und erst dann antwortete sie: »Ich weiß es nicht.«

Die Polizei hatte keinen Grund, sie festzuhalten. Sie war keine Verdächtige und reiste mit gültigem Pass. Und es war wenig überraschend, dass sie nicht mehr sagen wollte, da die Diagnose aus dem Veterans General ganz klar besagte: geringfügige Schädigung des Frontallappens, wird sich mit der Zeit erholen.

Der freundliche Priester aus der Kirche in Yilan nahm in einem Wagen, der längst auf den Schrottplatz gehört hätte, die verstopfte Autobahn nach Taipeh und wechselte sodann auf die ebenso volle Sun-Yat-sen-Autobahn zum Flughafen. Er kam, um Luo Fen-ying abzuholen. Und falls die Polizei ihn das nicht tun ließ, würde er Anwälte finden.

Zwar verfügte der ältliche Priester nicht über die finanziellen Mittel der Four Seas Group, die es sich leisten konnte, so viele Anwälte antreten zu lassen, dass sie das Criminal Investigation Bureau mit einer regelrechten Klageflut überziehen konnten. Sollte er allerdings in einer Nachrichtensendung auftreten, würden Anwälte kostenlose Publicity wittern und bei ihm Schlange stehen, um das Gleiche gratis zu tun. Der Priester mochte weder Geld noch Einfluss haben, aber er stand unter dem Schutz höherer Mächte.

Zwei Fahrzeuge des Criminal Investigation Bureau eskortierten den Priester und Fen-ying auf ihrer mit sechzig Stundenkilometern regelrecht im Schneckentempo absolvierten Fahrt nach Yilan. Dort angekommen, war der Priester so freundlich, die Beamten – die Befehl hatten, zu bleiben und Luo Fen-ying im Auge zu behalten – zu ein wenig Reisporridge mit Süßkartoffeln, Braten vom lokalen Wildschwein und Kohl aus dem kircheneigenen Gemüsegarten einzuladen.

Vielleicht war das Reisporridge einfach ein bisschen zu lecker, denn die Beamten des Criminal Investigation Bureau aßen den ganzen Topf leer. Leider schien ihnen das nicht zu bekommen, und schon bald standen sie vor der Toilette Schlange. Süßkartoffel eignet sich gut zur Darmreinigung, sollte jedoch in Maßen genossen werden. An der Polizeihochschule war dies beim Thema Drogen und Gifte nicht erwähnt worden.

Als die Dämmerung hereinbrach, kam der Priester an den Tisch, an dem die Beamten nunmehr Tee tranken, und erwähnte beiläufig, Luo Fen-ying sei verschwunden.

Das war eindeutig lächerlich. Sie war in den Schlaftrakt neben der Kirche gegangen und seither nicht mehr herausgekommen.

Doch eine Durchsuchung der Kirche und des umliegenden Geländes bestätigte es: Luo Fen-ying war nirgends zu finden. Überwachungskameras gab es nicht, und den Priester wegen seiner Rolle bei diesem Täuschungsmanöver zu verhaften schien nicht klug zu sein. Also riefen sie ihre Vorgesetzten in Taipeh an und holten sich ihr Donnerwetter ab. Kurz darauf wurde die Polizei Yilan mobilisiert, um nach einer halb katatonischen Frau zu suchen.

Fen-ying hatte sich durch den Gemüsegarten hinter der Kirche davongestohlen. Ein Auto, das sie anhielt, brachte sie zum Busbahnhof in Yilan, wo sie in einen Bus nach Taipeh stieg. Und zwar, ob zufällig oder nicht, zur Bushaltestelle Dazhi, die neben dem Einkaufszentrum Miramar lag.

Allerdings ging sie nicht shoppen, sondern überquerte die Straße und betrat Jin Chun Fa Beef Noodles. Angeblich favorisierte der Gründer des Elektronikunternehmens Foxconn, ein Milliardär, diese Kette von Rindfleisch-Nudel-Restaurants wegen der Frische des verarbeiteten Fleischs: am Morgen geschlachtet und verarbeitet und rechtzeitig zum Mittagessen nach Taipeh geliefert. Jin Chun Fa betonte nicht die Marmorierung seines Rindfleischs. Seine Verkaufsargumente waren vielmehr Frische und Mundgefühl.

Als Fen-ying ihre Schale Nudeln halb aufgegessen hatte, fragte der Mann hinter der Theke, ob sie mit Nachnamen Wu heiße. Sie nahm das Telefon von ihm entgegen. Eine knappe Minute später hatte sie ihre Nudeln bezahlt und verschmolz mit der Schar der Pendler, die zu Fuß und in Autos aus dem nahe gelegenen Technologiepark Neihu strömten. Der Bürgermeister der Stadt hatte einmal beklagt, dass das hohe Verkehrsaufkommen in den Stoßzeiten und die drangvolle Enge in Neihu die Grundstückspreise drückten. Kein Wunder, dachte Fen-ying, die vom Bahnsteig aus beobachtete, wie drei Metrozüge gedrängt voll ankamen und abfuhren.

Ebenso Wu, der neben ihr stand. Sie beobachteten die jungen Pendler, die versuchten, einen Fuß in einen Wagen zu setzen und als Brückenkopf für den anderen zu benutzen. Doch der ältere Mann und die jüngere Frau gesellten sich nicht zu den Pendlern aus dem Technologiepark, die sich und ihre Taschen in die Züge quetschten. Alte Männer brauchten Raum zum Atmen, junge Frauen mussten ihre Würde wahren.

Als ein vierter Zug kam, stieg Fen-ying ein. Wu verließ den Bahnhof zu Fuß und seufzte, sichtlich bestürzt über den Zustand des öffentlichen Personennahverkehrs in Taipeh.

Zur großen Enttäuschung des Criminal Investigation Bureau

kehrte Fen-ying nicht nach Yilan zurück. Sie stieg in Da'an aus und betrat eine Gasse abseits der Xinyi Road. Ein junger Priester, der an der Tür seiner Kirche wartete, führte sie hinein. Das Angebot einer Mahlzeit lehnte sie höflich ab. Alles, was sie brauche, sagte sie, seien ein heißes Bad und ein Bett.

Der Priester, der nach einer Mischung aus Gras, Schlamm, Schweiß und etwas Süßlichem, Unidentifizierbarem roch, hatte vollstes Verständnis. Die junge Frau hatte offensichtlich einen schweren Tag gehabt. Vielleicht frische Kleidung? Sie nickte. Natürlich war dies keine Uniqlo-Filiale, sondern eine Kirche. Die Kleidervorräte bestanden aus Spenden, die im Verlauf des Winters an Bedürftige verteilt werden würden. Doch diese junge Frau bedurfte jetzt frischer Kleidung.

Fen-ying beklagte sich nicht darüber, dass die Jeans ausgebeult und das T-Shirt zu groß war. Sie fügte dem lediglich noch eine Wollmütze hinzu, die die Ohren alter Menschen vor dem Wind schützen sollte, und kroch ins Bett. Bald schlief sie tief und fest. Sie erwachte zur rechten Zeit, eine beim Militär erworbene Fähigkeit, und schlüpfte aus der Kirche, ohne den jungen Priester zu stören. Obwohl immer noch wärmer als auf dem Berg Koya, war der Abend für Taipeher Verhältnisse kalt. Der Wind hatte aufgefrischt, die Jahreszeit wechselte.

Wu stand am Fuß der Treppe, die aus der Metrostation führte, wickelte ein Bonbon aus und wartete darauf, dass seine Beschatter aufholten. Sie lösten sich ein wenig zerknautscht aus dem Gedränge, die Krawatten schief und die Anzüge zerknittert. Als sie Wu sahen, schienen sie nicht erfreut zu sein, obwohl er so freundlich war, an ihrem Auto zu warten.

Er bat sie, ihn mit zurück in die Innenstadt zu nehmen. Warum nicht, wo doch die Metro im Berufsverkehr so voll war? Im Auto fragte er sie, ob sie die Sirene einschalten und die Busspur benutzen könnten. Er sei spät dran für eine Verabredung mit seinem Sohn, erklärte er ihnen. Die Mienen der Spionageabwehragenten wirkten, als seien sie zuerst mit einem Schuh in Matsch und dann mit dem anderen in Hundescheiße getreten.

Wus Vater lag unverändert im Bett, und das Beatmungsgerät machte deutlich, dass dies kein leichtes Leben war. Sein Sohn plauderte schon seit einer Weile mit ihm, aber auf die Anzeige des EKG-Geräts am Bett hatte das keine Auswirkungen.

Wieder sprach der Arzt das Thema an. Wu nickte: Es war an der Zeit, eine Entscheidung zu treffen. Er nahm die kalte, trockene Hand seines Vaters. Als er später zusammen mit seinem Sohn das Gebäude verließ, seine Beschatter dicht auf den Fersen, stellte er ihm eine Frage: »Hier ist eine Denkaufgabe für dich. Wenn ich da liegen würde wie dein Großvater, monate- oder jahrelang, würdest du sie die lebenserhaltenden Geräte abschalten lassen?«

»Wenn ich ihn anschaue, sehe ich, dass das ein schreckliches Leben ist. Aber er ist immer noch mein Großvater.«

»Du hast meine Frage nicht beantwortet.«

»Na ja, ich werde das tun, was du für Opa getan hast.«

»Autsch. Nicht fair.«

»Doch. Jeder weiß, dass du ihn liebst. Deshalb kannst du es nicht ertragen, ihn so zu sehen. Und ich weiß, du würdest nicht wollen, dass ich das Gleiche durchmachen muss, wenn ich dich so sehe. Das meine ich.«

»Tja, solange du da nicht zu schnell bist.«

»Natürlich nicht. Ich warte mindestens einen Tag.«

Wu drehte sich um und ließ das Spionageabwehrteam zu ihnen aufholen: »Haben Sie schon gegessen?«, fragte er. »Gehen Sie mit uns Burger essen. Sie müssen erschöpft sein, nachdem Sie mir den ganzen Tag hinterhergerannt sind. Ich werde auch nicht versuchen zu bezahlen.«

Zu viert konsumierten sie sechs Hamburger, sechs Portionen Pommes, vier große Cola, einen Kaffee und eine Maissuppe.

Wu sah die zwei Agenten an und hob seinen Pappbecher mit der Suppe. »Als Staatsbediensteter hat man es nicht leicht. Bekommen Sie Überstunden und Spesen bezahlt?«

Und so konnten die beiden Beamten auf die telefonische Nachfrage des Counterintelligence Bureau nach Wus Aufenthaltsort mit nach Burger riechendem Atem antworten, er habe ein solides Alibi und könne mit Fen-yings Verschwinden nichts zu schaffen haben. Auch mit Alexander Li habe er keinen Kontakt gehabt.

Chao Tso fuhr gerade in die Tiefgarage unter dem Mehrfamilienhaus, in dem er wohnte, als das Counterintelligence Bureau anrief, um ihn über Wus Aktivitäten ins Bild zu setzen. Im Erdgeschoss holte er seine Post: eine Rechnung für seine Frau, ein persönlich zugestellter Brief für ihn.

Er hatte seine gesamten Ersparnisse für diese Wohnung ausgegeben. Zweiter Stock, nicht so weit oben, wie er es gern gehabt hätte. Doch die Immobilienpreise im Bezirk Zhongzheng holten allmählich die in Tokyo ein, was sollte er also machen? Da war eine Nachricht von seiner Frau: Sie war im Krankenhaus. Er plünderte den Kühlschrank und ging mit einer Dose Javaapfelscheiben in sein Arbeitszimmer. Sobald er gegessen hatte, musste er ebenfalls ins Krankenhaus fahren – nach zwei langen Tagen könnte es Neuigkeiten geben. Er wollte das Fenster öffnen, doch es war bereits offen. Zweifellos hatte seine Freu in ihrer Eile, ins Krankenhaus zu kommen, vergessen, es zu schließen.

Chao Tso öffnete den persönlich zugestellten Brief: drei Fotos. Das erste eine Außenansicht des Krankenhauses, in dem seine Tochter lag. Das zweite seine Tochter in ihrem Krankenhausbett, lächelnd. Das dritte hätte niemand anderem etwas bedeutet, Chao Tso schon: Es war eine Ultraschallaufnahme seines noch ungeborenen Enkels.

Sein Mobiltelefon vibrierte. Zögerlich nahm er es in die Hand.

»Herr Chao, bitte befestigen Sie die Fotos an der Wand vor Ihnen.«

»Wer spricht da?«

»Tun Sie es, und ich erkläre es Ihnen.«

Chao Tso dachte kurz nach, dann klebte er die Fotos an die Wand.

»So. Und jetzt, wer spricht da? Drohen Sie mir?«

»Sehen Sie sich das letzte Wort im ersten Foto an.«

»Hospital?«

Er spürte einen Luftzug, dann bohrte sich ein Messer in die Mitte des Wortes. Der Griff vibrierte noch einen Moment.

»Was zum ...«

»Wer hat Sasaki beauftragt? Wer hat ihm befohlen, Hsu Huo-sheng zu ermorden?«

»Ich weiß nicht, wovon Sie reden.«

»Zweites Foto. Ihre Stirn.«

Bevor Chao Tso etwas erwidern konnte, landete ein weiteres Messer wie angekündigt in der Stirn seiner Tochter.

»Alexander Li?«

Alex sprang durchs Fenster hinein, ein weiteres Messer in der Hand.

»Tun Sie nichts Unüberlegtes, Herr Chao. Wer weiß, wer schneller im Krankenhaus wäre. Ihre Frau ist dort, Ihre Tochter. Und Sasaki. Jetzt sehen Sie sich das dritte Foto an. Schauen Sie ganz genau hin.«

Der Dolch landete im Zentrum des Ultraschallbilds. Es war vier Monate zuvor aufgenommen worden, als seine Tochter im fünften Monat gewesen war.

»Ich warte, Herr Chao.«

»Wo, sagten Sie, ist Sasaki?«

»Im Krankenhaus. In der Nähe der Entbindungsstation, vermute ich.«

Chao Tso sah nicht sein vergangenes Leben an sich vorüberziehen, sondern seine Zukunft, oder jedenfalls die Ereignisse, auf die er sich freute. Die Geburt seines Enkels, die jetzt unmittelbar bevorstand. Das Ende seiner Tätigkeit für die Four Seas Group im nächsten Monat. Und eine Reise nach Hokkaido, die seine Frau und er im Monat danach unternehmen wollten. Er hatte viel, worauf er sich freuen konnte, und seine Tage als aggressiver, ehrgeiziger Bulle lagen längst hinter ihm.

»Jeffrey«, sagte er.

Manchmal bringt ein Augenblick der Krise Klarheit. Bei Chao Tso war es die Erkenntnis, dass ihn die Angelegenheiten der Familie Fang ab dem Ersten des nächsten Monats nichts mehr angehen würden. Seine Tochter und sein Enkel jedoch gingen ihn alle Tage an, die ihm noch blieben.

Ein weiterer Luftzug. Kein Dolch diesmal, sondern der Mont-Blanc-Füller von seinem Schreibtisch, in den eine Widmung des Leiters der Polizei Taichung eingraviert war: Für Chao Tso zur Pensionierung.

Der Füller war nicht auf ein Foto gerichtet gewesen, sondern auf das lange vernachlässigte Dartboard, das an der hinteren Arbeitszimmerwand hing. Er bohrte sich in das rote Bullseye, und das Dartboard und seine sechzig staubigen Pfeile erbebten beim Aufprall.

Fünf Minuten nachdem seine Tochter in den Kreißsaal geschoben worden war, traf Chao Tso am Krankenhaus ein. Seine Frau und sein Schwiegersohn warteten draußen vor der Tür, nervös und aufgeregt. Anstatt sich nach seiner Tochter zu erkundigen, überprüfte Chao sämtliche Fenster. Das vollständig klimatisierte Krankenhaus besaß allerdings keine, die sich öffnen ließen. Dann durchsuchte er die Klinik von oben bis unten. Niemand Verdächtiges. Er zog sein Telefon hervor und suchte Jeffreys Nummer heraus, doch dann hielt er inne, den Zeigefinger schon über dem Display. *In ein paar Wochen bin ich endgültig im Ruhestand. Wo liegen meine Prioritäten?*

Er hatte Jeffrey verraten, um seine Familie zu schützen. Jeffrey gehörte nicht zur Familie. Würde Chao auch nur in den Club eingelassen werden, um seine Neujahrswünsche zu überbringen, wenn er kein nützlicher Angestellter mehr war? Er kehrte an die Seite seiner Frau zurück, setzte sich und starrte auf die Tür des Kreißsaals, eine Hand auf der Schulter seines Schwiegersohns. »Du wirst Vater«, sagte er zu dem jüngeren Mann. »Keine leichte Aufgabe.«

Sein Schwiegersohn lächelte verlegen.

Jeffrey verließ das Hotel und stieg in seinen Bentley. Es war ein anstrengender Tag gewesen, angefangen beim Mittagessen mit Kontakten im Ministerium. Seine Leute leiteten mittlerweile allesamt Abteilungen oder Behörden. Was Johnny vor all den Jahren in den USA gesagt hatte, hatte sich als wahr erwiesen: Politiker kommen und gehen, aber die Verwaltung bleibt und übt die eigentliche Macht aus. Bei jeder Kabinettsumbildung gab es Rangeleien um Ministerposten, aber Johnny hatte langfristig geplant und sich darauf konzentriert, durch ein sorgfältig gepflegtes Netzwerk von Beamten Kontrolle auszuüben.

Geld und Macht ergänzten einander. Geld kaufte Macht; Macht verdiente Geld. Beamte wirken bescheiden und scheinen ohne Einfluss zu sein, aber sie sind es, die im Namen der Mächtigen die Macht ausüben.

Nach dem Mittagessen hatte es ein Geheimtreffen mit dem Assistenten eines zu Besuch weilenden US-Senators gegeben. Der Senator selbst war damit beschäftigt, durchs Land zu hetzen, aber das Treffen mit dem Assistenten würde dafür sorgen, dass die Dinge erledigt wurden. Er hatte ihm zwei Flaschen eines 1976er Bordeaux aus Johnnys eigenem Weinkeller und einen Präsentkarton mit Oolong-Tee geschenkt, den er selbst ursprünglich von irgendeinem vergessenen Besucher erhalten hatte. Der Assistent würde diese Geschenke dem Senator geben. Oder auch nicht. Johnnys Theorie lautete: Politiker bekommen zu viele Geschenke, als dass sie ihnen wichtig wären. Sie legen sie einfach unausgepackt beiseite, daher merken sie gar nicht, welche Mühe man sich damit gegeben hat. Ihre Assistenten jedoch packen sie noch am selben Tag aus – und erinnern sich daran.

Dann war da noch das Abendessen mit Kuo gewesen, dem Sekretär des Leiters des Exekutiv-Yuan, ein regelmäßiger Termin zum gegenseitigen Austausch, und danach der Lions Club, Drinks mit Freunden, was in einen Ausflug in eine Karaoke-Bar gemündet war. An Karaoke hatte er trotz seines Alters immer noch Vergnügen, und er war stolz auf sein Spektrum, das von sanften Liebesliedern bis zu kraftvollen Rockhymnen reichte.

Moment mal. Das ist die Jinan Road. Wo fährt der hin?

»Tony, heute Abend fahre ich nach Hause, nicht zu Vivian. Wissen Sie noch?« Der Bentley war so groß, dass er die Stimme ein wenig erheben musste, damit der Fahrer ihn auch wirklich hörte.

Tony antwortete nicht, sondern bog von der Jinan Road ab. Drei Minuten später bemerkte Jeffrey, dass sie auf der Jinshan South Road waren.

»Was machen Sie denn, Tony? Ich habe gesagt, ich fahre nach Hause. Ren'ai Road.«

Der Bentley hielt in der Nähe des großen Postgebäudes in der Jinshan South Road. Der Fahrer schaltete den Motor aus, dann drehte er sich nach hinten um.

»Hallo, Herr stellvertretender Minister. Wie Sie wissen, wohnt Susan in der Yongkang Street, gleich gegenüber.«

»Wer sind Sie? Alex Li?«

Alex sah auf seine Armbanduhr.

»Fünf Minuten nach Mitternacht. Normalerweise besuchen Sie Susan, wenn Sie so spät noch etwas trinken waren.«

2

ZWEI TAGE BIS ZUR WAHL

»Woher wissen Sie von Susan?«
»Nun, Ihr Fahrer war gesprächig. Am Ende. Er hat drei Minuten durchgehalten, aber das ist mehr, als die meisten Leute schaffen.«
»Was wollen Sie?«
»Ich bin von Beruf Scharfschütze. Ein schlichter Mann. Geradeheraus. Ihr Fahrer trainiert, aber Studiomuskeln ... sehen gut aus, nur ist das keine echte Kraft.«
»Was gibt Ihnen das Recht ...«
»Sasaki. Sie haben ihn angeheuert, um den Präsidenten zu töten. Aber jemand anders hat zuerst geschossen. Der Präsident hat überlebt, Sasaki ist abgehauen, nachdem er möglicherweise gesehen hat, was passiert ist. Also wollten Sie ihn tot sehen, damit er nichts ausplaudern kann. Habe ich recht?«
»Ich weiß nicht, wovon Sie reden.«
Viele Männer mögen Frauen. Bei manchen bedeutet das nicht, dass sie ihnen wichtig sind. Diesen Letzteren ist eine Schwäche gemein, eine narzisstische Eigenliebe, die es ihnen unmöglich macht, Unannehmlichkeiten zu ertragen.
Alex hielt Jeffrey ein Messer ans Gesicht.
»Ein M-9 Bayonet, amerikanisches Modell, 17,78 Zentimeter Klingenlänge. Vielleicht erinnern Sie sich, früher in Ihrer Karriere gehörten Sie zu dem Team, das den Ankauf mit den Amerikanern ausgehandelt hat. Sehen Sie das Loch vorne in der Klinge? Wenn ich da einen Ihrer Eckzähne hineinstecke und drehe ... viel schneller als der Zahnarzt. Das Loch hier am Handschutz haben wir als Flaschenöffner benutzt. Könnte an einem Finger viel Schaden anrichten. Am interessantesten ist

aber diese Rille entlang der Schneide. Nicht jedes Land macht die auf seine Bajonette. Sie lässt das Blut immer weiter fließen, wenn Sie damit verletzt werden. Es spritzt heraus wie eine Fontäne. Von da, wo Sie sitzen, würde es die Windschutzscheibe treffen, glaube ich.«

Jeffrey stemmte die Hände auf den Ledersitz und schob sich nach hinten; sein Rückgrat drückte sich tief in die Rückenlehne, sein Hals drehte sich von der Messerklinge weg. »Nach Ihnen wird bereits gefahndet, Li. Machen Sie keine Dummheiten.«

Alex antwortete nicht. Langsam drehte er das Messer, bis die Spitze nach unten zeigte, dann stach er sie dem alten Mann mit einer raschen Bewegung in den Oberschenkel. Ungläubig starrte Jeffrey die Klinge an, die aus seinem Bein ragte, und das Blut, das darum hervorsprudelte. Er begann zu schreien.

»Keine Sorge, es ist keine Arterie. Hab wahrscheinlich auch nicht allzu viele Nerven durchtrennt. Aber wenn ich weiterdrücke, erreiche ich Ihren Oberschenkelknochen. Wenn ich die Klinge dann ein bisschen drehe, hören wir sie vielleicht sogar über den Knochen schaben ...«

Die Schreie verstummten, Jeffrey schnappte nach Luft.

»Niemand kann Sie hören. Hervorragend schallgedämmt, so ein Bentley. Da bekommt man was für sein Geld, haben Sie gern gesagt, als Sie noch im Ministerium waren, glaube ich.«

Alex schob die Klinge ein Stückchen tiefer hinein. Jeffrey wimmerte vor Schmerzen.

»So, finden wir doch heraus, wie es klingt, wenn eine Messerklinge über Ihren Oberschenkelknochen schabt.«

»Warten Sie! Warten Sie! Ein Freund hat mir von Sasaki erzählt. Ich habe ihn von Chao Tso anheuern lassen. Sie sollten mit Chao sprechen.«

»Bisschen schwierig für mich, überall in der Stadt herumzulaufen und nach Leuten zu suchen, wo doch nach mir gefahndet wird. Und in Ihrem Bein habe ich schon eine Klinge stecken, also ...«

»Wir brauchten jemanden, der Hsu einen Schrecken einjagt, das war alles.«

»Warum?«

»Er hat nicht getan, was wir ihm gesagt haben.«

»Ach, der Präsident war ungehorsam, ja? Und warum wollten Sie Sasaki umbringen lassen? Und mich?«

»Wir hatten Angst, dass Sie reden. Aber wir wollten Sie nicht töten. Wir brauchen Sie. Es wäre gutes Geld für Sie drin, wenn Sie für uns arbeiten.«

»Verzeihen Sie meine Dummheit, Herr stellvertretender Minister, aber was würde es Ihnen nutzen, wenn ich tot bin? Wenn Sasaki tot ist, kann er nicht reden. Das kapiere ich. Aber was habe ich getan? Wollten Sie der Polizei sagen, ich sei der Mann im Happy Hotel gewesen?«

»Wir wollten Sie niemals töten ...«

Das Messer bewegte sich erneut. Als die Spitze der Klinge auf Knochen traf, drehte Alex den Griff.

»Hören Sie das? Vielleicht versuchen wir es als Nächstes mit Ihrem Ohr. Ganz anderer Klang, so ein Knorpel.«

Voller Entsetzen verfolgte Jeffrey, wie die Klinge aus seinem Oberschenkel gezogen wurde. Eine Blutfontäne spritzte ihm ins Gesicht.

»Ich habe Ihnen alles gesagt, was ich weiß.«

»Mit wem arbeiten Sie?«

»Mit niemandem.«

Das Messer schnitt in Jeffreys linkes Ohr, noch ehe die Antwort vollständig heraus war. Heiß lag die Klinge an seiner Wange, Blut tropfte auf seinen Kragen. Er umklammerte die Sitzkante, als wollte er das Leder einreißen.

»Eine Drehung, Herr stellvertretender Minister, und Sie haben ein Souvenir, das Sie mit nach Hause nehmen können. Ein guter Chirurg kann es vielleicht wieder annähen, falls Sie es schnell genug in den Kühlschrank bekommen. Bevor das Gewebe anfängt abzusterben.«

Mit der freien Hand öffnete Alex den Minikühlschrank des Bentley und entnahm ihm eine Handvoll Eiswürfel. Er warf sie Jeffrey in den Schoß.

»Damit wird es gehen, aber Sie müssen schnell sein. Eis schmilzt.«

Jeffrey wollte eine Hand auf sein Ohr drücken, zog sie aber wieder fort, als er die feuchte Klinge berührte.

»Es war Johnnys Idee«, stammelte er. »Er wollte sicherstellen, dass Hsu weiß, wer der Boss ist. Hsu hat auf niemanden gehört, wenn es um seine zweite Amtszeit ging. Er führt einen guten Wahlkampf, er hatte in den Meinungsumfragen zu Gu aufgeholt. Johnny sagte, wenn er nicht gehorcht, würden wir ihn von einem Killer ausschalten lassen, damit sie den Wahlkampf abbrechen müssen.«

»Kapiert. Aber damit Gu gewinnt? Nein, das stimmt nicht. Sie haben gerade erst mit dem Sekretär des Premierministers Steak gegessen. Okay, jetzt verstehe ich. Wenn der Präsident tot wäre, wäre der Premierminister der naheliegende Kandidat für den nächsten Präsidenten, und er würde Ihre Hilfe mehr brauchen als Hsu. Also würde er tun, was man ihm sagt. Habe ich recht?«

»Er ist nur ein Freund.«

Alex zog das Messer fort, und Jeffrey umklammerte sein Ohr. Er hatte jetzt eine Hand auf jeder Wunde. Die Stichwunde im Bein war bei Weitem blutiger.

»Ach, fast hätte ich es vergessen, Herr stellvertretender Minister, Ihr Fahrer hat mir erzählt, er würde reich werden, wenn Hsu gewinnt. Er hätte hunderttausend gesetzt, wofür er fünfhunderttausend bekommen würde. Er hat gesagt, Sie hätten mehr gesetzt, zehn Millionen. Um fünfzig Millionen zu gewinnen. Sie sind ja ein richtiger Spitzenverdiener, Herr stellvertretender Minister.«

»Dieser Mistkerl.«

»Sobald Sasaki in Taipeh war, hätte er Hsu jederzeit töten können. Aber Sie haben den Befehl nicht gegeben. Warum haben Sie so lange gewartet? Ihn zu töten hätte bedeutet, Ihren Wettgewinn einzubüßen, was?«

»Wir hatten keine Wahl. Hsu wollte sich auf keinen Kompromiss einlassen.«

»Verzeihung, ich habe nicht Politik studiert. Was meinen Sie damit, er wollte sich auf keinen Kompromiss einlassen? Und sollen wir es als Nächstes mit einer Rippe probieren?«

»Was wollen Sie wissen?!«

»Wer ist Johnny?«

»Herr Fang.«

»Oh, diesen Namen habe ich schon einmal gehört. Junior oder senior?«

»Senior.«

»Alles sehr kompliziert. Ich werde ein bisschen googeln. Jetzt passen Sie auf, was ich Ihnen sage, und vergessen Sie es nicht. Ich werde den Fahrer aus dem Kofferraum holen und wieder hinters Steuer setzen. Er wird mit hoher Geschwindigkeit losfahren und … sehen Sie das Postgebäude da drüben? Das habe ich mir vorhin angesehen, sehr solide gebaut. Jedenfalls, er wird dagegenfahren.«

»Was? Warum?«

»Keine Sorge, Sie sind vollständig versichert, sagt der Fahrer. Sie rasen also gegen dieses Gebäude. Hinterher werden Sie ein bisschen zerschlagen sein, aber die Airbags werden Ihnen das Leben retten. Man wird glauben, eine umherfliegende Glasscherbe hätte Ihr Ohr zerschnitten und … einen Moment …«

Alex nahm die Eisschaufel und rammte sie in die klaffende Wunde in Jeffreys Oberschenkel. Jeffrey schrie gellend.

»… die Eisschaufel erklärt das Bein. Der Wagen ist versichert. Sie und der Fahrer haben beide Kranken- und Unfallversicherungen, der Krankenhausaufenthalt wird Sie also nicht das letzte Hemd kosten. Vielleicht bekommen Sie sogar ein Einzelzimmer, meinte ein Freund von mir. Er arbeitet in der Versicherungsbranche. Der Unfall kann auf einen Augenblick der Unachtsamkeit Ihres Fahrers geschoben werden. Sie werden beide ein Weilchen im Krankenhaus verbringen, und Johnny wird nie erfahren, dass wir uns getroffen haben. Ich würde Ihnen raten, eine Zeit lang benommen und verwirrt zu sein, vielleicht wäre es am besten, Sie bleiben im Krankenhaus, bis die Wahl vorbei ist. Dieser Plan ist natürlich nicht perfekt. Aber er ist das Beste, was ich für Sie tun kann.«

»Sie können sich nicht vorstellen, über welche Mittel wir verfügen, Li. Alles, was Sie wollen, Sie brauchen es nur zu sagen, und es gehört Ihnen.«

»Ach, und Sasaki wird im Krankenhaus sein. Nur um Sie im Auge zu behalten.«

Mehr sagte Alex nicht. Er hatte zu tun.

Kurz darauf knallte der Bentley in das Postgebäude. Was wie eine solide gebaute Mauer gewirkt hatte, erwies sich als minderwertige Konstruktion: Ziegelsteine regneten auf den Wagen herab, zertrümmerten die Scheiben und drückten das Dach ein. Endlich waren Jeffreys Schreie zu hören.

Mit müden Füßen ging Wu nach Hause. Sein Sohn war mit seiner Freundin unterwegs, wobei Wu sich nicht vorstellen konnte, wo sie so spät am Abend noch hinwollten. Seinen Sohn zu sehen führte Wu immer ganz besonders vor Augen, wie die Zeit verstrich und dass es uns gar nicht auffällt, so beschäftigt, wie wir mit unserer Arbeit und unseren belanglosen Pflichten sind. *Und dann merkt man eines Tages, dass man vergessen hat, wie es sich anfühlt, verliebt zu sein.*

Seine Frau war nicht zu Hause. Auf dem Tisch lag eine Nachricht, aber nicht in ihrer Handschrift.

Kontaktieren Sie nicht den stellvertretenden Polizeipräsidenten Lu oder Julies Vater. Nur Alex. Er kennt meinen Namen. Sagen Sie ihm, drei Uhr morgens, viertes Loch. Er wird wissen, wo. Wenn er auftaucht, ist Ihre Frau zum Frühstück wieder da. Tuan.

Neben der Nachricht lag ein altes Mobiltelefon. Eine Ecke des Displays wies netzförmige Risse auf.

Das war nicht die Spionageabwehr oder das National Security Bureau, dachte er. Das war Johnny Fang. Er sah aus dem Fenster, schnappte sich seine Jacke und lief die Treppe hinab. Gleich darauf raste er auf dem Motorrad eines Nachbarn, von dem er wusste, dass er es verstehen würde, in die Nacht davon.

Die Buntglasfenster im obersten Stock des Gebäudes leuchteten in der Nacht. Alex stand davor und starrte die Nachricht in seinem Telefon an. *Tuan?* Ein Name, den er beinahe vergessen hatte. Zurück aufs Motorrad. Er fuhr zum Jiantan-Tempel, wo er hinter einer Säule am Eingang ein Mobiltelefon und eine Nachricht fand. Von dort aus fuhr er nach Beitou und holte aus einem Gepäckschließfach am Bahnhof einen langen schmalen Kasten.

Die nächtlichen Straßen waren leer, und Alex gab Gas. Sein Weg führte ihn durch Hügel und an einem christlichen Friedhof vorbei – er sah keine Gespenster, erschauerte aber trotzdem. Er hielt am Straßenrand, setzte das SWD zusammen und stieg dann über eine niedrige moosbewachsene Mauer. Auf der anderen Seite sanken seine Füße im weichen Gras ein.

Der Kuohua-Golfplatz war einer von Taiwans besten Plätzen. Eisenschädel, ein fanatischer Golfspieler, war in jeder freien Minute hierhergekommen. Er hatte behauptet, einmal habe er an einem Tag vierundfünfzig Löcher gespielt, dreihundert

Schläge von Sonnenauf- bis Sonnenuntergang, und bei den letzten neun Löchern sei er so ermattet gewesen, dass er den Ball einfach mit einem Eisen sieben in die ungefähre Richtung des Greens geschlagen hätte.

Während ihrer Scharfschützenausbildung waren Alex und seine Klassenkameraden zu einer dreitägigen politischen Fortbildung in die nahe gelegene Kaderakademie für politische Kriegsführung geschickt worden. Eines Abends hatte Eisenschädel ihnen gezeigt, wo man über die Mauer auf den Kuohua-Golfplatz springen konnte. Dort lagen sie im Gras, tranken Bier und mampften Hähnchenflügel. Es war das erste Mal für sämtliche siebzehn angehenden Scharfschützen, dass sie auf einem Golfplatz waren. Sie rollten im weichen Gras herum, bewunderten die sanft gewellten Fairways und staunten darüber, dass jedes einzelne Loch eine gesonderte Strategie erforderte, genau wie die Übungsschlachtfelder in der Infanterieausbildung.

Alex dachte an seine Infanterieausbildung zurück. Die langen Märsche zum Trainingsgelände gleich nach dem Frühstück, in voller Kampfmontur. Die Schlachtfelder in Rauch gehüllt, der ihn erstickte, wenn er über Gräben und Befestigungen hinwegsprang, über Stacheldraht kletterte und Maschinengewehrnester angriff, ehe er den letzten Hügel nahm.

Man hatte ihnen eingetrichtert, dass wechselndes Wetter und Hindernisse immer neue Strategien erforderten, selbst wenn sich das anvisierte Ziel niemals änderte. Jeder Tag eine neue Herausforderung.

Das vierte Loch auf dem Kuohua-Golfplatz hatte 553 Meter, Par 5. Das Fairway und das Green änderten sich natürlich nie, aber die wechselnde Position des Lochs erforderte unterschiedliche Strategien.

Einer Online-Einführung zufolge sollte der erste Schlag etwas nach links gehen, über das Wasserhindernis hinweg. Man konnte das Green mit dem zweiten Schlag erreichen, doch Obacht mit den Bäumen. Dogleg rechts, Flagge ist vom Tee aus nicht zu sehen.

Alex kroch auf das Tee zu. Er machte das Gewehr bereit, das SWD, das Sasaki in Taiwan zurückgelassen hatte. Es war in gutem Zustand – das Problem war, Sasaki hatte nur drei Patronen übrig gehabt.

Das Mobiltelefon, das Wu ihm hinterlegt hatte, klingelte. Tuans Tonfall war unverändert amüsiert.

»Alex, mein alter Freund. Was für ein schöner mondbeschienener Abend für ein Wiedersehen.«

»Dann lass Wus Frau gehen, und wir trinken ein Bier.«

»Sie ist auf der Brücke. Siehst du sie?«

Vom Tee aus blickte man hinab auf das Fairway. In etwa hundert Metern Entfernung sah Alex den See, der es in zwei Hälften teilte. Eine niedrige Brücke, kaum mehr ein Holzsteg, führte hinüber. Er blickte durch das Zielfernrohr des SWD. Am anderen Ende der Brücke war eine Frau ans Geländer gefesselt.

»Frauen entführen, Tuan? Schlechter Stil.«

»Und wie sonst sollte ich die Aufmerksamkeit von Alexander Li, dem weltberühmten Scharfschützen, erringen? Sag mir, vermisst du Eisenschädel? Ich hab nie verstanden, warum du den Dienst quittiert hast und zur Fremdenlegion gegangen bist.«

»Es war einfach noch mehr Training.«

»Ah, verstehe. Er hat sich um dich gekümmert. Und wie hast du es ihm vergolten, du Arsch? Du hast ihn getötet, du hast Fat getötet, fast hättest du auch Baby Doll getötet. Zeit für ein bisschen Vergeltung, denke ich.«

»Was hätte ich denn tun sollen? Sie wollten mich alle tot sehen.«

»Und ich will es jetzt auch.«

»Was willst du, Tuan?«

»Wo ist Sasaki?«
»Im Krankenhaus.«
»Sag mir, wo er ist.«
»Vielleicht ist er ja hier.«
»Netter Versuch, Alex. Aber ich habe ein Nachtsichtzielfernrohr, und ich sehe außer dir niemanden.«
»Vielleicht ist er ja hinter dir.«
»Oooh, beängstigend. Erzählst du mir gleich eine Gruselgeschichte? Okay, Eisenschädels Regeln. Bleib innerhalb der Grenzen des vierten Lochs. Wenn du gewinnst, nimmst du Wus Frau. Wenn ich gewinne, sagst du mir, wo Sasaki ist. Und keine Klagen, falls einer von uns stirbt und in der Hölle erwacht.«
»Abgemacht.«

Vom Golfplatz blickte man auf der einen Seite zur Mündung des Tamsui-Flusses, während auf der anderen Seite der mächtige Vulkan Datun Shan aufragte. Alex musste eine Menge Faktoren berücksichtigen: den starken Wind, der vom Berg herabblies, die fehlende Deckung auf dem Fairway, die ungeschützte Brücke, die er überqueren musste, und die drei Bunker, die zwischen ihm und dem Green lagen.

Eisenschädel hatte ihnen eingetrichtert, vor jedem Gefecht an Sunzis *Kunst des Krieges* zu denken: Viele Berechnungen führen zum Sieg und wenig Berechnungen zur Niederlage. Daher stellte Alex Berechnungen an. Sein SWD war Baujahr 1964. Der Kolben war ausgetauscht worden und zwar auch nicht mehr neu, aber ausreichend stabil. Der zweiundsechzig Zentimeter lange Lauf hatte einen Rechtsdrall mit vier Nuten. Die offizielle Reichweite betrug achthundert Meter, aber angesichts des Alters schätzte Alex es bis zu einer Reichweite von etwa sechshundert Metern als zuverlässig ein. Sasaki hatte sein eigenes Zielfernrohr mit vierfacher Vergrößerung angebracht. Keine Nachtsicht. Er würde auf Nummer sicher gehen, bis er wusste, womit Tuan bewaffnet war, und ihn dann hervorlocken, um den Vorteil, den Tuan durch sein Nachtsichtzielfernrohr hatte, ein wenig auszugleichen.

»Also, alter Freund, die Nacht ist kühl. Wie wär's mit ein paar Schüssen zum Aufwärmen?«

»Kein Bedarf.«

Tuan kicherte. »Knapp an Munition, was? Vielleicht borge ich dir welche, wenn du mich lieb bittest.«

»Das wäre nett von dir.«

»Das ist ein SWD der ersten Generation, was du da hast. Fast eine Antiquität. Neues Zielfernrohr, aber keine Hightech. Nett auf dem Schießplatz, aber in einem Nachtgefecht? Du bist halb blind, Alex. Ein Fünfpatronenmagazin, in dem zwei Patronen fehlen, weil Sasaki die Hülsen im Happy Hotel gelassen hat. Japanische Munition, Kaliber 7.62 × 54 mm, nichts, was du hier hast nachkaufen können. Drei Patronen, Alex. Du hast nur drei Patronen. Aber mach dir deswegen keine Gedanken. Du warst Zweiter in unserem Jahrgang und der Liebling des Lehrers. Ich bin mir sicher, die Fremdenlegion hat dich gut ausgebildet, außerdem hast du Kampferfahrung. Drei Patronen werden mehr als genug sein, zumal du es mit mir, dem Klassenclown, zu tun hast.«

Jeffrey hatte dafür gesorgt, dass Sasakis Waffe aus Japan hierhergebracht wurde. Deshalb wussten sie natürlich, um welche Waffe es sich handelte und wie viel Munition übrig war. Was bedeutete, dass Tuan für Jeffrey und Johnny arbeitete.

»Übrigens gefällt mir, wie das Mondlicht auf dem hölzernen Kolben des SWD schimmert. Erinnert mich an die Pfeife meines Großvaters.«

Sein Nachtsichtzielfernrohr.

Alex rollte vom Abschlagplatz herunter zwischen die Bäume, die das Fairway säumten.

Die Luft war falsch, der Wind war falsch. Er ging so schnell wie möglich in Deckung, aber eine Kugel erwischte sein Zielfernrohr. Er entfernte das verbogene Metallrohr vom Gewehrlauf. Nur Kimme und Korn also.

»Fast, Alex. Ich war ungeduldig. Eisenschädel hat mich deswegen immer angeschrien. Erst jetzt begreife ich, dass er recht hatte. Es ist mir egal, was er dir angetan hat, Alex. Du hättest ihn nicht töten dürfen. Einen Lehrer zu töten ... das ist wie einen Vater zu töten.«

Wie konnte Tuan so schnell einen Treffer landen?

»Ich kenne dieses Geräusch«, sagte Alex.

»Welches Geräusch?«

»Das ist ein französisches Scharfschützengewehr.«

»Ach, bitte, Alex. Wir verwenden beide Schalldämpfer. Du kannst nichts gehört haben.«

»Ich habe die Kugel gehört. Das ist es, was Eisenschädel uns beigebracht hat: Gewehre verursachen unterschiedliche Geräusche, genauso wie Menschen unterschiedlich husten.«

»Quatsch. Aber schön zu sehen, dass du ihn nicht vergessen hast.«

»Ein FR-F2. Teuer, du musst reiche Freunde haben. Aber du hättest das österreichische TPG-1 nehmen sollen. Viel stilvoller.«

Alex kroch etwa einen Meter weiter auf einen Baum zu. Er machte sein Gewehr bereit, lud durch und zielte. *Muss morgen einen Tempel aufsuchen,* dachte er. *Dem Himmelsgott dafür danken, dass die Nacht ruhig genug ist, um zu hören, womit ich es zu tun habe.*

»Tuan, dieser reiche Freund von dir ... heißt Jeffrey, oder? Wie viel zahlt er dir? Zweihunderttausend? Verkauf dich nicht unter Wert, damit machst du es uns Übrigen nur schwerer. Sollte eine Million sein, mindestens.«

»Versuchst du etwa, mein Geschäftsmodell in Erfahrung zu bringen, bevor du mich tötest, Alex? Eisenschädel hat immer gesagt, du seist ein Romantiker. Ich weiß noch, dass du unbedingt ein uraltes M14 benutzen wolltest, weil du fandest, dass Kimme und Korn wie eine Krone aussahen. Benutzt du das SWD deshalb? Wegen seines guten Aussehens? Hör mal, Sasaki ist Ausländer. Warum willst du zulassen, dass er unsere Freundschaft zerstört, Alex? Sag mir einfach, wo er ist.«

An einem Hang in der Ferne sah Alex Licht aufblitzen. Eine Spiegelung auf Tuans Zielfernrohr? Oder seine Brille – Tuan hatte als Einziger in der Klasse eine gebrauchen.

Erde flog Alex ins Gesicht. Tuan wusste, wo er war, und hatte einen weiteren Schuss abgegeben. Alex sah aufs Telefon. Das Telefon, das Tuan zur Verfügung gestellt hatte. Er wurde geortet. Er warf das Telefon aufs Fairway und rollte weiter hinein zwischen die Bäume, rannte ein Stück, ging in die Hocke und sprang dann in den See, der durch das Fairway schnitt. Damit erzeugte er kleine Wellen an der Oberfläche. Einen Augenblick stand er im seichten Wasser, neben der Brücke, dann ging er weiter und versuchte, das Muster, das der Wind auf der Wasseroberfläche erzeugte, möglichst wenig zu stören. Für Tuan auf seiner erhöhten Position und mit seinem Nachtsichtzielfernrohr musste er allerdings so gut zu sehen sein wie eine Kakerlake auf Reis. Ihm blieb kaum etwas anderes übrig, als eine Patrone zu verbrauchen, um Tuan abzulenken. Alex drehte sich um, zielte auf die Stange am Abschlagplatz, an der während eines Spiels ein Windsack hing, und gab einen Schuss ab. Die Stange brach durch und fiel zu Boden. Im selben Moment stürmte er aus dem Wasser und zwischen die Bäume auf der anderen Seite.

Er konnte eine Gestalt ausmachen, die sich bewegte – Tuan, besorgt, dass er sein Ziel aus den Augen verloren hatte, als er zu der fallenden Stange hinübersah.

Das Fairway vor Alex erstreckte sich über dreihundert Meter in Form eines flachen S. Am anderen Ende stand rechts eine Baumgruppe. Erhöhtes Gelände, gute Deckung. Er kroch zwischen den Bäumen hindurch und achtete darauf, Ellbogen und Beine einzusetzen wie in der Ausbildung, um das Gewehr in den Händen halten zu können. Das war mühsamer, aber man behielt die Arme dichter am Körper und machte weniger Seitwärtsbewegungen. Achtzig Meter weiter rollte er auf das Fairway und ging hinter einem Hang in Deckung. Eine Kugel pfiff an ihm vorbei. Er zielte auf die Bäume vor ihm und gab selbst einen Schuss ab – ohne Hoffnung auf einen Treffer, aber falls er Tuan so erschrecken konnte, dass er sich bewegte ... Alex rollte wieder nach rechts. Er hatte das S jetzt halb hinter sich, Tuan befand sich am oberen Ende, und zwischen ihnen standen Bäume. Keiner von ihnen konnte den anderen sehen. *So ist der Kampf fairer*, dachte Alex.

Er rückte weiter vor und setzte darauf, dass Tuan seine Position wechseln würde. Sein ehemaliger Klassenkamerad wusste, dass Alex nur noch eine Patrone blieb, und würde schätzen, dass es das Risiko wert war.

Ein Ruf kam aus der Dunkelheit: »Alex, ich habe sie. Schießen Sie ruhig.«

Alex warf einen Blick zurück zur Brücke. Wus Frau war nirgends zu sehen. Aber was tat Wu hier? Es blieb keine Zeit, um ihn zu fragen – ein Erdklumpen flog in der Nähe der Brücke im hohen Bogen durch die Luft, bevor er wie ein Frosch in den See platschte.

»Wir sind in Sicherheit, Alex. Konzentrieren Sie sich auf ihn.« Ein weiterer Ruf von Wu.

»Ja, konzentrier dich, Alex. Ein Schuss noch«, höhnte Tuan.

Die Entfernung betrug zweihundertzehn Meter. Alex, der in einer Senke am hinteren Hang des zweiten Hügels auf diesem Fairway hockte, beruhigte seine Atmung, zielte und drückte ab. Im schwachen Mondlicht raste die Kugel wie ein fliegender Fisch glitzernd vorbei an Zweigen und bebenden Blättern und in den Baumstamm, der Tuan als Deckung diente.

Es war ein Opfer, ein Handel: seine letzte Patrone gegen Distanz. Er sprintete am Rand des Fairways entlang, sprang vorwärts wie ein Hase. Das splitternde Holz des Baums würde Tuan gezwungen haben, den Blick abzuwenden. Vielleicht war sogar seine Brille zu Bruch gegangen oder saß zumindest schief. Tuan würde Zeit benötigen, um sich davon zu erholen, um Alex zu finden, um zu zielen. Bei dieser Entfernung waren die Sekunden mehr wert als die Kugel. Alex hechtete zu Boden, den Bruchteil einer Sekunde, bevor ein Schuss durch die Luft über ihm jagte. Das Gelände hier oben, näher an Tuan, war unebener, was Alex, nunmehr ohne Munition, mehr Verstecke bot.

Eisenschädel hatte behauptet, während Fat der beste Schütze und Tuan der Klügste in ihrer Klasse sei, sei Alex derjenige, der am gründlichsten nachdachte. Aber sie hätten alle ihre Fehler: Fat sei zu sehr auf Treffer aus, Alex denke zu viel nach, und Tuan sei zu ungeduldig.

Das erwies sich jetzt als wahr. Alex beobachtete, wie Tuan zwischen den Bäumen hervorkam, das Gewehr an der Schulter: »Komm raus, Alex. Ich borge dir ein bisschen Munition.«

Aus hundert Metern Entfernung schickte Tuan eine Kugel in den Hang, hinter dem Alex sich verbarg.

»Komm schon, ich weiß, du kannst in Taiwan keine weitere Munition für dieses Gewehr bekommen haben. Warum willst du den Helden spielen? Ich rede mit ihnen, ich überrede sie, dich am Leben zu lassen, wenn du Sasaki auslieferst. Es hat doch keinen Sinn, den Helden zu spielen, Alex. Bestimmt weißt du noch, dass Eisenschädel uns das immer gesagt hat. Hey, erinnerst du dich an diese Geschichte über den Idioten, der nach Drachen zum Erschlagen gesucht hat? Ich bin auch so geendet. Wurde zum Major befördert, musste dann aber gehen. Ich habe ein bisschen zu viel getrunken. Schwer, Arbeit zu finden, wenn du nichts anderes kannst, als auf Leute zu schießen. Aber wie

Eisenschädel sagte, es gibt keine Drachen zum Erschlagen. Wie zur Hölle haben sie uns also davon überzeugt, uns zu Drachentötern ausbilden zu lassen?«

Tuan war jetzt noch achtzig Meter entfernt, und Alex hörte seine Schritte im Gras. Ein weiterer Schuss, damit Alex auch ja den Kopf unten behielt.

»Insofern danke, dass du einen Markt für Scharfschützen geschaffen hast. Eine Million dafür, dass ich den Auftrag übernehme und dich töte, Ausrüstung inklusive, und eine weitere Million, damit ich dafür sorge, dass niemand jemals eine Leiche findet. Du bist ein sehr wertvoller Mann, Alex. Ich sollte dich zerschneiden und in Einzelteilen verkaufen. Du wärst mehr wert als der erste Thunfisch des Jahres.«

Zwei weitere Schüsse. Allmählich kam Tuan gefährlich nahe. Vielleicht noch fünfzig Meter jetzt. Sein Atem roch nach Betelnuss, stellte Alex fest.

»Heute begreife ich, was Eisenschädel uns sagen wollte. Wir sollten nicht zu überzeugt von uns sein. Bei der Armee werden Scharfschützen geschätzt, aber in der echten Welt sind wir nichts. Er hat uns ermahnt, uns auf den Tag vorzubereiten, an dem wir den Dienst quittieren, auf den Tag, an dem wir unsere Zeit abgeleistet und unsere Pflicht erfüllt haben. Sonst würden wir als verbitterte alte Männer enden, die für niemanden von Nutzen sind.«

Noch vierzig Meter. Tuan gab drei weitere Schüsse ab. Alex wünschte sich mehr Munition.

»Wie ich höre, hatte Eisenschädel angefangen, mit Waffen zu handeln. Ich bin einmal zu ihm, um ihn zu fragen, ob er mir Arbeit besorgen kann. Nur als Laufbursche, um mir Geld für Bier zu verdienen. Er tat so, als wüsste er nicht, wovon ich rede. Nette Art, einen ehemaligen Schüler zu behandeln. Dann hab ich ihn in den Nachrichten gesehen. Sie sagten, er sei bei einer Schießerei auf dem Treasure Hill von irgendeinem alten Bullen erschossen worden. Fake News, das war das. Kein Bulle hätte Eisenschädel mit einer Faustfeuerwaffe töten können. Das warst du, oder? Ich war nicht bei seiner Beerdigung. Ich war ihm nichts schuldig. Aber das ist nicht der Grund dafür, dass ich das hier mache. Der Grund ist, dass du dir da was eingehandelt hast, weil du aus irgendeinem Grund einen japanischen Auftragsmörder schützt. Wozu? Wir sind nur Scharfschützen, Alex. Keine Helden. Wir arbeiten allein, wir haben keine Freunde. Also warum hilfst du ihm?«

Nur noch dreißig Meter jetzt. Der Geruch von abgestandenem Bier und ungewaschener Kleidung. Ein weiterer Schuss. Erde und pulverisiertes Gras regneten auf Alex' Kopf herab.

»Du hast keine Munition mehr, Alex. Was willst du mit diesem SWD machen? Einen Tunnel graben? Wirf es weg.«

Tuan war jetzt noch zwanzig Meter entfernt.

»Du hast gewonnen, Tuan. Ich werfe es weg.«

Alex schleuderte das SWD in hohem Bogen von sich, dann rollte er nach links und um den Hang herum. Als Tuan in Sicht kam, zielte er, schoss und ... *traf!*

Tuan sackte auf die Knie, sein Gewehr war vergessen, als er auf das Blut starrte, das aus seiner Brust sprudelte. »Du ... du hattest keine Munition mehr«, stammelte er keuchend.

»Ich habe drei Schüsse abgegeben, Tuan. Allerdings hast du vergessen, dass ich noch zwei Kugeln hatte, auch wenn die Hülsen irgendwo in einer Asservatenkammer liegen.«

»Aber das ...« Tuan versuchte, sein Gewehr zu heben.

»Nicht, Tuan. Bleib fair. Das Spiel ist vorbei. Leg es hin.«

Tuan hörte nicht auf ihn. Das Gewehr ging weiter in die Höhe. »Alex, du tötest immer wieder Kollegen«, sagte er. »Was hast du vor? Willst du die ganze Klasse auslöschen?«

»Zwing mich nicht dazu, Tuan. Warum zwingt ihr mich alle dazu?«

Als der Kolben des Gewehrs Tuans Schulter erreichte und

der Lauf sich der Vertikalen annäherte, hob Alex seine Schleuder und schickte die letzte fehlende Kugel in Tuans Brust.

Ein sauberer Todesschuss.

Sasaki hatte ihm gesagt, wo er das Glück bringende Gewehr finden würde, das er in Taipeh hatte lassen müssen. Außerdem hatte Alex ein Magazin mit drei Patronen und die beiden fehlenden Kugeln gefunden, nach denen die Polizei suchte.

»Hab die Schlinge selbst gemacht«, erzählte Alex Wu. »Einmal haben sie uns in den Bergen abgesetzt und gesagt, wir hätten fünf Tage, um zurück ins Lager zu kommen. Wir hatten Messer, aber viel Glück bei dem Versuch, einen wilden Truthahn mit dem Messer zu erlegen. Also habe ich die hier angefertigt. Ist immer noch nützlich. Einfach im Gebrauch, die gleichen Prinzipien wie bei einem Gewehr. Es dreht sich alles um Kraft und Entfernung.

Ich habe sie immer dabei, aus Gewohnheit. Ich wollte Steine nehmen, aber sie halten die Fairways zu sauber. Dann fielen mir diese beiden Kugeln ein.«

Alex und Wu halfen Wus Frau, deren Beine noch immer taub waren, zum Parkplatz. »Das Criminal Investigation Bureau wird durchdrehen, wenn sie die beiden Kugeln, nach denen sie überall gesucht haben, auf dem Kuohua-Golfplatz finden«, sagte Wu.

»Wir sind immer noch im Zuständigkeitsbereich des stellvertretenden Polizeipräsidenten Lu, oder? Sie sollten ihn vorwarnen, Wu. Dann können sie bei Tuan sein, bevor er anfängt zu riechen.« Alex ging in die Knie, um die Beine von Wus Frau ins Auto zu heben. »Er wird sich freuen, wenn er endlich die fehlenden Kugeln findet. Ich fahre mit dem Motorrad zurück in die Stadt. So früh wird keine Polizei in der Gegend sein.«

Alex setzte sich auf sein Motorrad und hob zum Abschied die Hand. Dann fiel ihm noch etwas ein. »Sagen Sie Fen-ying, sie soll zurück zur Kirche fahren, Wu. Egal wie, überreden Sie sie, dorthin zurückzugehen. Oder vielleicht könnte sie eine Weile bei Ihnen bleiben, Frau Wu?«

Alex sah Wus Auto hinterher. *Sie ist es, um die ich mir Sorgen machen müsste. Haben Sie sie gefunden, Wu, oder hat sie Sie gefunden?* Fen-ying war die Einzige gewesen, die begriffen hatte, was Tuan mit dem vierten Loch meinte. *Aber warum hat sie Wu geschickt, anstatt selbst zu kommen? Und wo ist sie jetzt?*

Alex fuhr los. Golfer fangen gern früh an, und die Sonne würde gleich aufgehen.

3

Es wird immer merkwürdiger, Wu. Ein ehemaliger Major des Heeres taucht tot auf einem Golfplatz auf, ein Scharfschützengewehr in den Händen. Ich habe mit dem Golfer gesprochen, der ihn gefunden hat. Warum verkleiden die sich so, Wu? Gibt es eine Vorschrift, die besagt, dass man sich wie ein Idiot anziehen muss, um Golf zu spielen? Jedenfalls, er hat mit einem Holz eins vom Tee abgeschlagen und es wundersamerweise geschafft, den Ball auf dem Fairway zu halten. Womit er zufrieden war, bis er zu seinem Ball ging und die Leiche entdeckte, neben der er gelandet war.«

Eierkopf saß an Wus Esstisch und aß Spiegeleier und zwei gedämpfte Brötchen mit Blattsenffüllung, zubereitet von Wus Frau.

»Bing aus der Rechtsmedizin ist vorbeigekommen, um es sich anzusehen. Nimmt der doch eine Zange und rammt sie dem Mann in die Brust, ohne mich, den die Ermittlungen leitenden Beamten, auch nur zu fragen. Sie erinnern sich doch an Bing – gegen den wirken Zahnärzte sanft. Er holt also eine der Kugeln raus – Entschuldigung, Frau Wu, Arbeitsbesprechungen können ein bisschen blutig sein. Manchmal ekele ich mich selbst an. Er wollte schon die zweite rausziehen, da habe ich ihn angeschrien. Man kann doch eine Leiche nicht so verstümmeln. Das ist respektlos. Er wird uns heimsuchen. Außerdem haben sich daraufhin die ganzen Golfer, die da zuschauten, die Seele aus dem Leib gekotzt. Ich habe ihm gesagt, er soll die Leiche in die Gerichtsmedizin mitnehmen und dort arbeiten.«

Eierkopf biss in sein zweites gedämpftes Brötchen.

»In diesen Brötchen ist ja nur Grünzeug, kein Fleisch. Ich hoffe, Sie geben ihm kein Kaninchenfutter, Frau Wu. Jedenfalls, ich hatte einen Geistesblitz und habe die Kriminaltechnik die Kugeln mit den Patronenhülsen aus dem Happy Hotel vergleichen lassen. Und wissen Sie was? Sie passten zusammen. Bis hin zu den Kratzern vom Abdrehen der Patronenhülsen. Die Kriminaltechniker sagen, man musste sie hin und her drehen, um sie herauszubekommen, wie einen Korken aus einer Weinflasche. Aber die Kugeln sind aus Metall, sie zerkratzen.«

Wus Frau reichte Eierkopf eine Serviette für sein Kinn, an dem Eigelb und Senfblätter klebten.

»Und Sie sind entlastet. Die Spionageabwehr sagt, Sie waren die ganze Nacht hier, zum Beweis gibt es die Überwachungsprotokolle. Ich habe den Mann gefragt, ob er beweisen kann, dass er nicht selbst auf dem Golfplatz war. Das fand er nicht gut.«

Eierkopf wischte sich das Kinn ab, dann nahm er sich Wus letztes gedämpftes Brötchen.

»Die kamen mir ein bisschen ausweichend vor, Wu. Sie haben denen doch keine Versicherung geschenkt, damit sie Sie entkommen lassen, oder? Ich vermute doch. Und wahrscheinlich haben Sie kürzlich mit Golf angefangen. Oder vielleicht haben Sie das beide, denn zu meiner Überraschung, Frau Wu, ist Ihr Wagen auf Überwachungsbildern von der Straße zum Golfplatz aufgetaucht.«

Eierkopf schaffte es, die Hälfte des Brötchens auf einmal abzubeißen. *Ist er am Verhungern?*, fragte sich Wus Frau. *Bekommt er zu Hause nichts zu essen?*

»Aber glücklicherweise ist keiner von Ihnen verdächtig. Wir gehen einfach davon aus, dass Sie nicht schlafen konnten und mit dem Wagen eine Spritztour unternommen haben. Genau wie damals, als Sie noch jung waren. Und wir wissen nur, dass Sie in der ungefähren Gegend waren. Auf dem Fairway gibt es schließlich keine Kameras. Und was für eine romantische Erklärung. Ein älteres Ehepaar, das die erloschene Leidenschaft neu entfacht ...«

Eierkopf gluckste über seinen eigenen Witz und hätte Wu, der sich kaum noch wach halten konnte, fast Senfblätter ins Gesicht gespuckt.

»Und noch etwas, Wu. Sie erinnern sich doch, dass wir dachten, es seien zwei Schützen gewesen? Tja, das passt alles. Tsai Min-hsiung hatte die Faustfeuerwaffe. Dieser neue Bursche da, den wir auf dem Golfplatz gefunden haben, hatte das Gewehr. Und sogar das richtige Gewehr! Russisches Scharfschützengewehr, verschießt 7.62-mm-Patronen. Als das Criminal Investigation Bureau davon erfuhr, haben sie mich angerufen und gebrüllt, der Fall müsse so schnell wie möglich abgeschlossen werden. Hinterher war ich fast taub. Also, plötzlich bin ich ein Held. Das Leben, was? Wenn man gerade denkt, man fährt direkt zur Hölle, entdeckt man ein Stück vor sich eine Abzweigung.«

Eierkopf trank einen Schluck Sojamilch, warf den Kopf in den Nacken und gurgelte.

»Natürlich haben sie nicht ohne Grund versucht, den Präsidenten zu ermorden. Für Tsai Min-hsiung haben wir ein Motiv, gewissermaßen: Er war einfach ein Unzufriedener. Was der andere Bursche für ein Motiv hatte, müssen wir noch herausfinden. Die Frage ist, haben die beiden zusammengearbeitet? Na, woher soll ich das wissen? Hören Sie, Wu, ich weiß nicht, wo Alex sich versteckt, und ich will es auch nicht wissen. Sorgen Sie nur dafür, dass er sich nicht blicken lässt. Das Criminal Investigation Bureau wäre sehr verstimmt, wenn er die Dinge jetzt verkompliziert.«

Eierkopf bemerkte, dass noch eine Brötchenhälfte übrig war, und aß sie auf.

»Komischer Zufall übrigens. Dieser Bursche da auf dem Golfplatz, Tuan, war ausgebildeter Scharfschütze. Und der Mann, der ihn ausgebildet hat, hatte den Spitznamen Eisenschädel. Der Mann, den Sie, wie Sie sich erinnern werden, letztes Jahr auf dem Treasure Hill erschossen haben. Und wissen Sie was? Tuan war in derselben Klasse wie Alex Li.«

Eierkopf rülpste und sah Wu über den Tisch hinweg an.

»Gänzlich unbeeindruckt, wie ich sehe. Das mag ich an Ihnen, Wu. Sie sind durch nichts zu erschüttern. Führungskraftmaterial. Jedenfalls, die Polizei Beitou hat ein Dutzend Männer da draußen, die den Goldplatz nach Spuren absuchen. Sie haben zwei Gewehrpatronenhülsen gefunden, die zu denen aus dem Happy Hotel passen, und ein Mobiltelefon. Das Mobiltelefon lag im Gras, aber der Akku war noch nicht leer, es kann also noch nicht lange da gelegen haben. Nur ein Anruf verzeichnet, von einem Telefon, das wir in Tuans Tasche fanden.«

Eierkopf sah auf sein eigenes Telefon.

»Ein ungeklärtes Problem ist, dass die Kugeln, die Bing aus Tuans Brust geholt hat, anscheinend nicht abgeschossen wurden. Die Kriminaltechniker kratzen sich am Kopf, aber mehr können sie nicht tun mit ihrer Ausrüstung. Sie schlagen vor, die Beweismittel ans Verteidigungsministerium zu schicken. Da sitzen die wahren Experten für Projektile. Ich weiß, Sie sind kein Ballistikexperte, Wu, aber ich will versuchen, es Ihnen zu erklären: Die Kugel wird vorwärtsgetrieben, wenn das Treibmittel in der Patronenhülse explodiert. Es gibt einen Schlagbolzen, der eine Kerbe auf der Hülse hinterlässt, und es entstehen Kratzer, wenn die Kugel sich aus der Patronenhülse löst, durch das Magazin und durch den Zug, wenn die Kugel durch den Lauf katapultiert wird. Und jede Waffe ist anders, also sind diese Kratzer unterschiedlich. Wie Fingerabdrücke. Die Sache ist die: Auf diesen beiden Kugeln scheint es keine Fingerabdrücke zu geben.«

Eierkopf stand auf und strich sich ein paar Krümel von der Uniform.

»Und es kommt mir alles schrecklich merkwürdig vor. Russisches Gewehr und japanische Patronen, es muss also der Mann sein, der in dem Zimmer im Happy Hotel war. Und der ist einfach zufällig ein ehemaliger Kumpel von Ihrem Freund Alexander Li aus der Scharfschützenausbildung. Eigenartig, Wu, alles sehr eigenartig. Es geht das Gerücht, dass es in Wirklichkeit ein japanischer Auftragsmörder war, der versucht hat, den Präsidenten zu töten. Jemand namens Sasaki. Verdrehen Sie nicht die Augen, Wu, ich bin sicher, Sie haben diese Gerüchte auch gehört. Dieser Tuan ist also tot. Wo mag dieser Sasaki sein?«

Eierkopf drohte Wu mit dem Finger.

»Sie haben Geheimnisse vor mir, Wu. Ich würde Ihnen ja die Fingernägel herausreißen lassen, wenn ich glauben würde, dass Sie dann reden. Aber rufen Sie mich an, wenn Sie mir etwas erzählen wollen. Es ist anstrengend, Geheimnisse zu bewahren. Sie wollen doch kein Magengeschwür bekommen. Und danke für das Frühstück, Frau Wu. Es wird Zeit, dass ich zur Arbeit komme. Vielleicht sollte ich in den Ruhestand gehen wie Ihr Mann. Sehen Sie ihn sich nur an, empfängt Gäste im Schlafanzug. Reißen Sie sich zusammen, Wu!«

»Lass das Geschirr, ich spüle ab. Und es tut mir leid, dass du da hineingezogen wurdest. Bist du sicher, dass wir dich nicht im Krankenhaus untersuchen lassen sollten?« Wu umarmte seine Frau. »Wenn ich gewusst hätte, dass das passieren kann …

Zuerst wollte ich nur Eierkopf helfen«, fuhr er fort und drückte sie fester an sich. »Dann wurde es kompliziert und … du hattest darunter zu leiden.

Wie lange bin ich jetzt pensioniert? Ein Jahr oder ein bisschen länger, oder?« Unter großer Gefahr für seinen Rücken hob Wu seine Frau hoch. »Ich weiß, du findest, das alles geht mich nichts an. Aber Eierkopf hat sich früher um mich gekümmert. Ohne ihn wäre ich irgendwo auf einer winzigen Insel an einem Schreibtisch gelandet. Julies Vater hat mir auch mehrmals einen Gefallen getan. Ich wollte mich dafür revanchieren. Aber das ist jetzt alles vorbei. Ich muss noch Alex helfen, und das war's dann.

Wir müssen ihn mal zum Abendessen einladen, um ihm richtig zu danken. Er wird deine Fleischbällchen lieben. Und am Ende habe ich dich schließlich gerettet. Ich habe dich aus der Schusslinie geholt.« Wu atmete tief durch und ging weiter. »Okay, also Alex kommt für mich an erster Stelle, dann komme ich. Nein. Zuerst unser Sohn. Dann Alex. Ich komme an … neunter Stelle.

Und ich werde ihn nicht mehr in Schwierigkeiten bringen, das verspreche ich. Außerdem bin ich älter als er, da ist es meine Pflicht, ihm zu helfen. Ob er jetzt seine Baby Doll heiraten kann oder nicht.«

Sie erreichten das Schlafzimmer. Allmählich merkte Wu, wie viel Gewicht seine Frau zugelegt hatte, seit er sie das letzte Mal getragen hatte.

»Hey, wir könnten Alex adoptieren. Er ist Waise. Wir könnten seine neuen Eltern sein.«

Halb legte Wu seine Frau aufs Bett, halb ließ er sie fallen und genoss die unmittelbare Erleichterung in Rücken und Armen. *An sich schon fast orgiastisch,* dachte er.

Das Clubgebäude schlief noch. In den deutschen Kochtöpfen in der Küche dampfte und blubberte nichts. Werke von Zhang Daqian und Wang Yachen wurden in den Schatten gestellt von dem Licht, das kaleidoskopartig durch die Buntglasfenster auf die Wände ansonsten unbeleuchteter Flure fiel.

Der Chauffeur schaltete das Licht ein, und Johnny lenkte seinen Rollstuhl durch die Tür, eine Thermosflasche in der Hand. Er entließ den Fahrer und schaltete den Fernseher ein, auf dem sechs verschiedene Nachrichtensender neben- und untereinander angeordnet waren: Einer berichtete über Gu Yan-po, die anderen über Hsu Huo-sheng. Letztlich werden Kriege von denen gewonnen, die das meiste Geld haben. Ein Moderator verwendete einen Basketballvergleich: Wer hat die stärkste Ersatzbank? Das erschien Johnny unnötig vage. *Es geht darum, wer mehr Geld für Wahlkampfspots ausgibt und wer sich besser Gehör verschaffen kann.*

Sein Mobiltelefon klingelte.

»Ein Unfall? Warum erfahre ich davon erst jetzt? Sagen Sie ihm, er soll sich keine Sorgen machen, er muss sich jetzt um sich selbst kümmern. Bleiben Sie dort, rufen Sie mich an, falls sich etwas verändert. Ich bin im Club. Ich kümmere mich um das Geld.«

Draußen im Empfangsbereich öffnete sich mit einem Klingeln die Aufzugtür. Jemand stöckelte auf High Heels herein.

»Stellen Sie sie dorthin.«

Zwei Segeltuchtaschen wurden neben dem Sofa mit der hohen Rückenlehne abgestellt. Der junge Mann in der Uniform eines Wachmanns verbeugte sich und ging zurück zum Aufzug.

»Ich bin da, Johnny.«

Die Frau war mollig und in mittleren Jahren, und sie trug eine Chanel-Handtasche, die sie auf einen Stuhl stellte. Sie schaltete den Wasserkessel ein.

»Ich mache dir deinen medizinischen Tee, Johnny. Besser als Kaffee für dich, besonders so früh. Hast du gefrühstückt? Ich könnte dir ein paar Eier machen.«

»Ich habe gegessen. Und du solltest es besser wissen, als zu glauben, was die Teewerbung behauptet. Alles ist bereit. Gus Leute kommen als Erste. Du kannst nach vorn gehen, Judy.«

Sie stakste zurück zu ihrem Schreibtisch draußen.

Der siebte Stock war etwa sechzig Quadratmeter groß, aufgeteilt in drei Zimmer: eine Küche, einen Empfangs- und Essbereich und den Clubraum, in dem Johnny nun wartete.

Die Zeiger an einer antiken Standuhr zeigten 7:17 Uhr an.

Die Aufzugtür öffnete sich erneut, und ein mittelalter Mann, der seinen korpulenten Leib in einen Anzug gezwängt hatte, nickte Judy unsicher zu, ehe er sich vorstellte: »Tu Li-jen. Leiter Finanzen bei Gu Yan-po.«

»Sie sind dreizehn Minuten zu früh. Hier ist es«, sagte Judy mit einem Nicken in Richtung Segeltuchtaschen.

»Danke.«

Mit einem rotlackierten Finger hielt Judy eine der Taschen offen. »Fünfzig Millionen, frisch von der Bank. In Bündeln zu je hunderttausend. Zählen Sie nach. Haben Sie die Liste?«

Judy ging mit der Liste, die er ihr reichte, zur Bar, wo sie nach dem Wasserkessel sah und eine Tasse Tee machte. Dann brachte sie Tee und Liste zu Johnny. Hinter ihr eilte ein Mann in Golfkleidung herein.

»Johnny, was soll das, Jeffrey ist im Krankenhaus? Warum jetzt?«

»Gu hat seine Liste geschickt, wirf einen Blick drauf. Es ist alles, was wir wollten, keine Änderungen.«

»Hervorragend«, sagte Joe, während er las. »Wir haben siebzehn Behördenleiter oder Stellvertreter, drei staatliche Unternehmen, drei Ausschüsse.«

Draußen öffnete sich mit einem Klingeln ein weiteres Mal die Aufzugtür. Der dicke Mann rief ihnen zu: »Es ist alles da, danke. Ich gehe dann wieder.«

»Sie finden allein hinaus«, rief Judy zurück, und in ihrem Tonfall war keine Sanftheit. »Seien Sie brav.«

Johnny wartete, bis sich die Aufzugtür geschlossen hatte, dann fuhr er fort: »Aber Gu hat keine großen Aussichten, zu gewinnen. Dieses Attentat hat ihm geschadet. Die jüngeren Wähler denken nicht darüber nach, wer das in Wirklichkeit getan hat, sie sind nur wütend, und Hsu bekommt ihre Sympathiestimmen. Joe, leg die Liste ab.«

Joe ging in die Knie, um eine Schublade zu öffnen, und legte das Blatt Papier auf einen Stapel darin. »Wann bekommen wir Hsus Liste?«

»Um Viertel nach acht. Schwieriger für ihn, er hat mehr Gruppierungen zu bedienen, und alle halten die Hände auf. Was hat diese Meinungsumfrage ergeben, die Gu gestern Abend gemacht hat?«

»Er ist bei achtundvierzig Prozent, Hsu bei sechsundvierzig. So gut wie gleichauf.«

»Kein Wunder, dass Gu sich Sorgen macht. Es erklärt, warum er nicht über die Liste verhandeln wollte.«

»Gu hat mich vorhin angerufen«, erzählte Joe. »Er hat nach der Leiche gefragt, die auf dem Kuohua-Golfplatz gefunden wurde, und wollte wissen, wo Alex Li ist. Er sagte, er kann noch gewinnen, falls Li in den nächsten zwei Tagen auftaucht und eine Geschichte erzählt, die Hsu schadet.«

»Was hast du gesagt?«

»Ich habe ihn gefragt, wen sie da gefunden haben, und so getan, als hörte ich zum ersten Mal davon. Er hat aufgelegt. Also war der Mann, den Jeffrey und Chao Tso geschickt haben, nicht gut genug, oder ist Li einfach nicht aufzuhalten? Und wo haben wir den Mann auf dem Golfplatz aufgetrieben?«

»Judy hat ihn gefunden, aber über Mittelsmänner. Das ist nicht zu uns zurückzuverfolgen.«

»Wie ich höre, ist Sasaki in Taipeh. Jeffrey hat Judy heute Früh angerufen und um Wachen im Krankenhaus gebeten, er sagte, Sasaki könnte dort sein.«

»Trink einen Tee. Judys medizinischen Tee, vielleicht muntert der dich auf.«

»Wenn Sasaki auftaucht, wird es schwierig.«

»Mach dir keine Sorgen, Joe. Kümmere du dich ums große Ganze, vergiss die Details. Wir lassen jemanden in Japan herausfinden, wo Sasaki ist. Wir können ihn kaufen, und wenn wir ihn nicht kaufen können, können wir ihn ausschalten. Das wird schon. Irgendwann bekommt jeder Angst. Vielleicht hört er nicht beim ersten Mal auf uns oder beim zweiten Mal. Aber beim dritten Mal wird er nachgeben.«

Hsus Mann traf vier Minuten zu früh ein, um elf nach acht. Am Empfang wartete nur ein silberner Koffer auf ihn.

»Es ist im Koffer«, sagte Judy und streckte den Kopf durch die Tür. »Bündel zu je hundert Riesen, alle mit Banderolen von der Bank. Hundertzwanzig Millionen insgesamt. Zählen Sie in aller Ruhe nach.«

»Okay. Hier ist die Liste.«

Wieder nahm Judy das Blatt Papier entgegen. Im Clubraum nahm Joe es ihr ab und reichte es Johnny.

»Ist alles in Ordnung?«, fragte Joe.

Johnny las die Liste schweigend.

Sie hörten, dass der Koffer fortgerollt wurde. Der Aufzug setzte sich in Bewegung und fuhr ächzend und klappernd nach unten.

»Wir sollten diesen Aufzug austauschen lassen«, bemerkte Joe. »Der muss dreißig Jahre alt sein.«

»Wie du willst. Die Four Seas Group kann sich beteiligen. Wir brauchen auch neue Böden, die Dielen heben sich überall. Mein Rollstuhl bleibt ständig irgendwo hängen.«

»Ich erkundige mich.«

»Glücklich ist er damit bestimmt nicht, aber Hsu gibt uns den Stellvertreterposten bei der Zentralbank. Das muss wehgetan haben.«

»Man muss zugeben, das inszenierte Attentat war ein glänzender Einfall.«

»Er lag elf Punkte zurück«, sagte Johnny. »Er musste das Risiko eingehen. Das ist seine Stärke, er weiß, wann man etwas riskieren muss. Gu ist vorsichtiger. Zu seinem Nachteil.«

»Man sagt, er sei wie Herzog Xiang von Song. Große Worte

über Tugend und Moral, aber kein gesunder Menschenverstand.«

Judy warf einen Blick in den Empfangsbereich. »Damit ist das ganze Geld weg. Ich gehe nach unten. Was möchtest du zum Mittagessen?«

»Haifischflossensuppe, zweimal gebratener Reis mit Ei. Keine Muscheln oder Garnelen im Reis. Gebratener Reis sollte leicht sein. Wenn man noch Meeresfrüchte dazugibt, vermischen sich zu viele Geschmacksnoten.«

»Okay.«

Wieder war der Aufzug zu hören.

»Gefallen dir Hsus Aussichten immer noch?«, fragte Joe.

»Es geht nicht um Hsu. Es geht um seinen Nachfolger.«

»So wie Tang Ruowang Kaiser Kangxi seinen Nachfolger selbst auswählen ließ?«

»Tang Ruowang?«

»Der chinesische Name eines jesuitischen Missionars während der Qing-Dynastie, Schall von Bell, ein Berater des Kaisers. Kangxi wurde alt, seine Söhne warteten ungeduldig darauf, den Thron zu übernehmen, aber er konnte sich nicht entscheiden, wen er zu seinem Nachfolger bestimmen sollte. Der Missionar, der selbst im Sterben lag, riet dem Kaiser, er solle nicht an die Söhne, sondern an seine Enkel denken. Qianlong, Sohn von Yongzheng, war schlau und ein Liebling von Kangxi. Also bestimmte Kangxi Yongzheng zu seinem Thronfolger – allerdings nur, damit Qianlong eines Tages den Thron besteigen würde.«

»Hübsche Anekdote, wie es um die historische Genauigkeit bestellt ist, weiß ich nicht.«

Johnny gab Joe die Liste zurück, und dieser las sie mit gerunzelter Stirn durch. Dann gesellte sie sich zu den anderen Listen in der Schublade.

»Er ziert sich ein bisschen, oder?«

»Manche machen das eben so. Und er weiß, ihm bleiben nur vier Jahre an der Macht. Es ist schwer für einen Mann auf einem Thron, Befehle von einem Mann im Rollstuhl entgegenzunehmen.«

»Stimmt. Hör zu, wir wissen, dass unser Mann in der Huayin Street nicht auf Hsu geschossen hat. Und wir sind die Einzigen, die gewollt haben können, dass er erschossen wird. Es ist wie in einem schlechten Spielfilm. Und das eine Woche vor der Wahl. Und du hast noch schnell reagiert und es am selben Tag schon Tsai in die Schuhe geschoben.«

»Das war einfach Glück. Das National Security Bureau hatte Tsai auf Bildern aus der Umgebung des Tatorts entdeckt und fand, dass er verdächtig aussah. Dann haben sie ihn auf Überwachungsbildern vom Busbahnhof gesehen und herausgefunden, dass er den Präsidenten kannte. Für ihn war das natürlich ein bisschen unglücklich.«

»Hsu muss sich in die Hose gemacht haben, als er hörte, die Polizei hätte Tsai umzingelt. Er hat bestimmt nicht damit gerechnet, dass jemand einen Schuldigen findet. Ich habe gehört, er hätte sechs Stunden Dauerbesprechung mit seinen Beratern gehabt und sich sämtliche Infos angesehen, sobald sie hereinkamen. Und als er das Schulfoto von sich und Tsai sah, das du ihm geschickt hast, muss er ziemlich blass geworden sein.«

»Da hat er mich angerufen, zum ersten Mal seit sechs Monaten. Konnte mir gar nicht genug danken.«

»Du warst der Einzige, der das durchschaut hat.«

»Ich wollte ihn nur loswerden, damit wir eine neue Wahl bekommen. Hätte nie gedacht, dass er sich selbst den Bauch aufschlitzen würde, bevor wir an ihn herankommen. War aber kein Grund für uns aufzugeben. Er hat einen Attentatsversuch fingiert, also habe ich einen Attentäter präsentiert. Ich habe mit über achtzig den Präsidenten ausgetrickst. Darüber werde ich noch lange nach meinem Tod lachen.«

»Das Einzige, was schiefgegangen ist, war, dass Sasaki abhauen konnte und Alexander Li ihm folgte.«

»Kleinigkeiten. Sie hatten nichts, womit sie es mit uns hätten in Verbindung bringen können. Ein paar abstruse Geschichten hätten vielleicht vor der Wahl Auswirkungen haben können, aber hinterher? Dann ist es egal, da hätten sie erzählen können, was sie wollen, niemand hätte auf sie gehört.«

»Du hattest alles unter Kontrolle. Hsu ist derjenige, der sich Sorgen machen sollte.«

»Sobald die Wahl vorbei ist, ist er sicher. Aber in den nächsten zwei Tagen könnten wir Sasaki oder Li reden lassen, das weiß er ...«

»Also gibt er uns die Zentralbank.«

»Ich werde dich und Jeffrey da platzieren. Taiwans Verteidigung und Diplomatie machen nicht viel her, aber die Wirtschaft ist stark.«

»Weise Worte. Ich fahre nach unten und gehe mit Judy die Konten durch. Wenn das Mittagessen kommt, bringe ich es rauf.« Joe kippte den Tee in den Topf einer hohen Zimmerpflanze. »Es wird kalt. Ich stelle die Heizung an.«

Er drehte den Thermostat auf und ging. Die Topfpflanze raschelte, und ein Fremder trat dahinter hervor. Auf seiner Baseballkappe wippten Blätter.

»Guten Morgen, Herr Fang.«

Johnny Fang in seinem Rollstuhl prallte zurück.

»Ich bin Alexander Li. Wie ich höre, suchen Sie nach mir.«

»Wie sind Sie hier reingekommen?«

»Die Schrauben am Küchenabzug waren locker. Bin vom Dach runtergeklettert und dort eingestiegen. Entzückendes Gebäude, aber es kommt in die Jahre. Die Regenrinnen sind übrigens auch ein bisschen wackelig.«

»Wer hat Ihnen erzählt, dass ich nach Ihnen suche?«

»Ach, wissen Sie ... jeder.«

»Wie viel haben Sie gehört?«

»Das Geld, die Listen in der Schublade da. Alles. Aber das interessiert mich gar nicht. Ich bin ja nicht mal mehr Soldat. Ich bin bloß ein Koch. Hauptsächlich gebratener Reis.«

»Was wollen Sie? Geld?«

»Nein. Reiche werden immer so herablassend, wenn man Geld von ihnen will. Ich hätte lieber die Wahrheit. Ich wüsste gern, warum Sie versucht haben, meinen Freund Sasaki zu töten.«

»Ich weiß nicht, wovon Sie reden.«

»Sasaki und ich haben zusammengearbeitet, als ich Scharfschütze war. Ich habe geschossen, er war der Beobachter. Er hat das Wetter und den Wind im Auge behalten. Wir waren Partner. Jetzt decke ich ihm den Rücken, solange Sie hinter ihm her sind. Aber das kann ich nicht ewig machen. Hab selbst zu tun, verstehen Sie. Also habe ich beschlossen, zu Ihnen zu kommen und mit Ihnen zu reden. Um zu sehen, ob wir etwas ausarbeiten können, etwas, das dafür sorgt, dass wir alle drei in Sicherheit sind. Halt, das ist nicht ideal formuliert. Was ich sagen will, ist ... Sagen Sie mir einfach die Wahrheit. Sehen Sie, früher habe ich meinen Befehlen vertraut. Aber dann kamen schlechte Befehle, und ich wäre fast getötet worden, und ich habe viele Freunde verloren. Seitdem ziehe ich es vor, mir alles zuerst ganz genau anzusehen. Ich möchte nämlich keine Fehler mehr machen, verstehen Sie.«

»Es gibt keine Wahrheit, Junge. Wahrheit ist relativ. Es ist besser für Sie, wenn Sie es nicht wissen. Aber ich kann Ihnen Ihre Sorgen nehmen. Von jetzt an ist zwischen Ihnen, Sasaki und mir alles in Ordnung.«

»Wenn Sie mir das gestern erzählt hätten, hätte ich Ihnen vielleicht geglaubt. Aber nach dem, was heute Nacht passiert ist ... kann ich das nicht mehr.«

»Ihnen bleibt nichts anderes übrig.«

»Ich habe mich über Sie informiert, und über den ehemaligen stellvertretenden Minister. Sie haben beide Doktortitel von Ivy-League-Universitäten, ist mir aufgefallen. Beeindruckend. Und ich habe vorhin in Ihrem Büro vorbeigeschaut und auf den Fotos da eine ganze Menge Leute erkannt, alles mächtige Personen jetzt. In den USA aufgenommen, vermute ich, bevor Sie alle wieder nach Hause kamen. Es sieht also so aus, als wären die Legenden wahr.«

»Welche Legenden?«

»Dass all diese brillanten Köpfe, die da in den USA studiert haben, einen Club gegründet haben, The Gathering, benannt nach dem Restaurant in Washington, in dem sich seine Mitglieder immer trafen. Und alle haben später Großes erreicht. Was ich nicht verstehe, ist, warum Sie nie selbst kandidiert haben. Sie hatten das Talent, die Macht.«

»The Gathering hat sich vor Jahren aufgelöst.«

»Moment, ich hab's. Sie brauchen gar nicht Präsident zu sein. Weil Sie den Präsidenten auswählen. Sie sind der Königsmacher.«

»Wir versuchen nur, Taiwan zu einem besseren Ort zu machen. Mehr Geld in die Taschen der Leute zu bringen.«

»Natürlich«, sagte Alex, nahm die Kappe vom Kopf und zupfte die Blätter ab. »Genau wie es auch alle Politiker sagen.« Als er wieder hochsah, erblickte er die Pistole.

Johnny erhob sich aus dem Rollstuhl und stand gerade und aufrecht da. Die Hand mit der Waffe war ruhig.

»Ich sehe, es geht Ihnen besser«, sagte Alex.

Die Pistole wurde in seine Richtung gestoßen.

»Eine Browning.« Alex nickte anerkennend. »Klassisch.«

»Legen Sie Ihre Waffe auf den Boden.«

Alex zog die Schleuder hervor und legte sie auf den Boden.

»Also waren Sie es, der mir diese Nachricht geschickt hat, die so aussah, als stammte sie von Kommissar Wu? Mit der ich in die Huayin Street bestellt wurde?«

»Wo ist Ihre Schusswaffe?«

»Was haben Sie vorhin noch gesagt? Dass Sie auf Hsus Nachfolger setzen, nicht auf Hsu selbst? Da bin ich nicht mitgekommen. Aber lassen Sie mich raten: Sie rechnen nicht damit, dass Hsu macht, was Sie wollen. Also werden Sie ihn töten lassen. Es wird Neuwahlen geben, und Sie werden zur Stelle sein, um denjenigen zu unterstützen, der von ihm übernimmt? Es ist alles so kompliziert. Ach, und die Schleuder ist alles, was ich habe. Keine Schusswaffe.«

Johnny schob den Rollstuhl mit dem Fuß nach hinten und trat vor.

»Wo ist also Sasaki?«

»Wir haben gelernt, mithilfe von Tarnung nah an unsere Feinde heranzukommen, um einen sichereren Schuss abgeben zu können. Aber ich sehe, Sie sind der wahre Meister der Verstellung.«

Die mit Leberflecken übersäte Hand des alten Mannes drückte Alex die Mündung der Pistole an die Stirn.

»Es hat keinen Sinn, schlau zu sein, Herr Li, wenn Sie nichts haben, um sich Geltung zu verschaffen. Sie haben sich überschätzt.«

»Eine andere Sache verstehe ich auch nicht. Der Präsident hat die ganze Macht, wenn also der, den Sie unterstützen, die Wahl gewinnt, aber nicht tut, was Sie sagen ...« Alex warf einen Blick auf die Schublade, in die Joe die Listen gelegt hatte. »Ah, ich verstehe. Sie haben die unterschriebenen Listen. Die machen Sie publik, es gibt einen Riesenskandal, und alle verlieren. Richtig? Und Sie sind so alt, dass es Ihnen egal wäre, aber er würde den Posten verlieren, für den er gekämpft hat. Das kann er nicht riskieren. Man lernt nie aus, nicht wahr?«

»Was, glauben Sie, haben Sie gelernt?«

»Dass jeder seine wunden Punkte hat. Und je mächtiger jemand ist, desto mehr Angst hat er, dass diese wunden Punkte bloßgelegt werden und er die Macht verliert. Passt das?«

Der Zeigefinger des alten Mannes krümmte sich um den Abzug. »Finden Sie's raus. Aber alte Männer wie ich haben keine Zeit zu verlieren, Herr Li. Wo ist Sasaki?«

Wu wurde aus dem Zimmer gejagt, noch ehe er seiner Frau auch nur den BH ausgezogen hatte. »Raus hier! Alex hat mich gerettet, nicht du. Du kannst morgen wiederkommen, wenn du weißt, dass er in Sicherheit ist. Oder du schläfst bei Eierkopf auf dem Sofa!«

Jahrzehnte des Grolls darüber, die Frau eines Polizisten zu sein und bis spät in die Nacht auf einen Ehemann zu warten, der eines Tages vielleicht nicht mehr nach Hause kommen würde, brachen sich hier Bahn.

Wu befolgte Befehle. Im Hinausgehen richtete er seinen Schritt. Draußen war es windig. *Der Winter ist da.*

Er wusste, was zu tun war. Verbrechern gelingt es nie, alle Spuren zu verwischen. *Ich finde einen Faden, und dann ziehe ich einfach immer weiter daran ...*

Julies Vater saß vor dem Café seiner Tochter, eine Decke auf den Knien. Alte Männer müssen sich vor der kalten Witterung schützen, hatte Julie ihm gesagt. Zieh zu viel Kleidung an, und dir wird vielleicht warm, aber das hatte noch niemanden umgebracht. Kälte schon. Sie war eine liebende Tochter.

Er sah hoch zu Wu und den geschäftigen Pendlern auf der Straße hinter ihm, dann senkte er den Kopf und sprach zum Kater:

»Also, für Teigtaschen ist Schnittknoblauch die beste Füllung. Kohl ist zu fade und zu feucht, der wird einfach matschig.«

Der Kater antwortete nicht. Kein Teigtaschenfan vielleicht.

»Außer Chinakohl, den mag ich«, fuhr Julies Vater fort. »Aber Fenchel ist meine Lieblingsfüllung, fein gehackt. Angenehme Konsistenz, herrlich aromatisch. Das ist eine anständige Teigtasche.«

Von dem Teigtaschengeschwätz gelangweilt, sprang der Kater zu Boden und lief davon. Julies Vater ignorierte die Brüskierung und schaltete das Radio neben seinem Lehnstuhl ein. Die lieblichen Klänge von Teresa Teng passten ihm nicht, also drehte er am Knopf. Er fand die Rockmusik von Wu Bai und China Blue und machte lauter.

»Kommen wir zur Sache, bevor der Song zu Ende ist. Die Lage ist angespannt; sieht aus, als lägen sie nur dreißigtausend Stimmen auseinander. Irgendwelche neuen Hinweise?«

»Es ist immer noch ein Tag Zeit.«

Julies Vater schob einen roten Umschlag über den Tisch. Wu betrachtete den Umschlag.

»Gu bezahlt Sie für die Arbeit, die Sie geleistet haben, Wu. Nennen Sie es Spesen.«

»Will heißen?«

»Will heißen, wir sind fertig. Die Polizei hat Tsai Min-hsiung und diesen Tuan-Burschen, den sie da gefunden haben. Fall gelöst.«

»Keiner von ihnen hat ein anständiges Motiv.«

»Das Criminal Investigation Bureau hat vor zehn Minuten eine Pressekonferenz abgehalten. Tsai war wütend auf die Regierung. Tuan auch, er war arbeitslos, seit er nicht mehr beim Militär war.«

»Es gibt keine Verbindung zwischen den beiden.«

»Anscheinend haben sie dieselbe Website genutzt, irgendwas für politisch Unzufriedene. Ich weiß nicht, ich selbst nutze das Internet nicht. Julie hat es sich angesehen, sie sagt, das sind bloß Leute, die auf die Regierung schimpfen und miteinander streiten.«

»Ergibt keinen Sinn.«

Der alte Mann schob den roten Umschlag ein Stück weiter auf Wu zu. Wu schob seinen Stuhl ein Stück weiter vom Tisch weg. »Kommen Sie, Wu ...«

»Ich arbeite noch. Wir haben vereinbart, dass ich bis zum Vorabend der Wahl arbeite.«

»Stimmt.« Julies Vater beugte sich vor und legte Wu die Hand aufs Knie. »Wir wissen beide, dass die den Fall nicht hätten abschließen dürfen. Aber so kurz vor der Wahl brauchten wir etwas Hieb- und Stichfestes. Beschuldigungen, Gerüchte würden uns nur verzweifelt aussehen lassen. Es muss ein K.-o.-Schlag sein oder gar nichts. Hsu ist der, der angeschossen wurde, und deshalb gehören die Sympathien ihm.«

»Alles, was heute Nacht passiert ist ... hängt zusammen, mit dem Attentat, mit der Wahl. Und ich weiß, nichts davon geht mich etwas an, aber ich bin wohl immer noch stur. So bin ich. Also behalten Sie Ihre Spesen. Ich habe jahrzehntelang kein Schmiergeld angenommen. Ich fange nicht jetzt damit an.«

»Was wollen Sie also?«

»Die Wahrheit. Ich bin ein Bulle. Vielleicht kein sehr guter, aber ich muss herausfinden, was passiert ist.«

Die beiden Männer saßen draußen vor dem Café und warteten darauf, dass der eisige Nordwind des Winters aufkam und ihnen in die Knochen drang.

»Ich habe alles getan, was ich kann, um Gu bei der Aufholjagd zu helfen. Warum er will, dass Sie aufhören, weiß ich nicht. Aber er wird seine Gründe haben. Könnten wir bestätigen, dass Li der Schütze war, nicht dieser Tuan aus der Pressekonferenz? Und es geht das Gerücht, es sei ein japanischer Auftragsmörder gewesen, was ist da dran?«

»Ich ziehe Alex Li da nicht hinein. Er hilft mir immer wieder, und jetzt wird deswegen nach ihm gefahndet.«

Julies Vater nickte. »Aber im Ernst. Ich spiele dieses Spiel seit Jahrzehnten, das wissen Sie, Wu. Ich habe Leute im National Security Bureau, im Counterintelligence Bureau, überall. Ich höre alles Mögliche. Wenn Sie keinen Rückzieher machen wollen, weil Gu es will, schön. Aber es ist nicht nur er, auch ich bitte Sie darum.«

»So schlimm?«

Der Kater kam zurück, ignorierte Julies Vater und rieb sich an Wus Wade.

»Er riecht wohl die Süßigkeiten in meiner Tasche. Ob er gern welche hätte?«

»Wagen Sie es ja nicht. Er hat Diabetes. Von mir geerbt. Wu, bei Fang müssen Sie vorsichtig sein. Er ist gefährlich, einer der Ältesten der Grünen Bande, sehr respektiert. Er legt nicht selbst Hand an, aber das Geld fließt durch seine Hände, und die Bosse tun, was er sagt. Und es sind die Bosse, die es mir haben ausrichten lassen. Lassen Sie es gut sein. Die gleiche Warnung habe ich auch von Gu bekommen. Halten Sie sich von Fang fern.«

»Dann fahren die Fangs also wirklich zweigleisig? Der Sohn unterstützt Hsu, der Vater Gu?«

»Könnte sein. Wenn sie zweigleisig fahren, gewinnen sie auf jeden Fall. So geht es weiterhin zivilisiert zu, sie bekommen immer noch einen Termin, wenn sie etwas brauchen, und es hält die Steuerprüfer fern.«

»Es gibt da etwas, das ich Ihnen gern erklären würde«, sagte Wu.

Julies Vater beugte sich vor und spitzte die Ohren.

»Ich bin nur ein alter Bulle, aber ich habe in meiner Laufbahn einiges Gute getan. Und mein Sohn achtet mich dafür sogar. Ich wurde dank Eierkopf in diesen Fall verwickelt, und irgendwo unterwegs bin ich in etwas Fieses getreten. Jetzt schleppe ich die Scheiße überallhin mit, und das muss ich sauber machen, bevor ich aufhöre. Ich kann nicht einfach mittendrin aufhören, solange Alex noch in der Luft hängt. Sie dürfen mich anspucken, falls ich das mache. Wir sind beide Väter, Sie und ich. Wir sind schwächere Männer, als wir einst waren, und unsere Stimmen haben nicht mehr das Gewicht, das sie früher mal hatten. Aber auch wenn mein Gedächtnis schlechter wird, weiß ich noch, wie es war, als mein Sohn klein war. Als ich mit ihm Basketball gespielt habe. Als ich ihm die Baseballregeln erklärt habe. Als ich sein Held war. Sie haben sicher auch solche Erinnerungen. Und ich wette, wir wollen beide nichts mehr, als Helden für unsere Kinder zu sein.«

Julies Vater sah zum Himmel und dachte eine Weile nach, bevor er antwortete. »Sie geben sich also nicht geschlagen, damit Sie ein Held für Ihren Sohn sein können?«

»Eltern müssen Helden sein. Und Helden geben nicht auf.«

Julies Vater lehnte sich zurück, sein Blick lag kalt auf Wus Gesicht.

»Okay. Falls jemand beschließt, Sie aus dem Spiel zu nehmen, werde ich versuchen, denjenigen zurückzuhalten. Und das eben waren kluge Worte. Wir müssen Helden sein. Kein Aufgeben.«

»Ich möchte Ihnen keinen Gefallen mehr schulden.«

»Na, dann habe ich ein bisschen Klatsch für Sie: Gerade wurden die Polizeisiegel am Operationssaal im Xing'an entfernt.«

»Danke.«

Julies Vater strich seine Decke glatt, schaltete das Radio aus und sprach in normalem Ton weiter:

»Okay, kommen Sie noch vor Neujahr zu Teigtaschen vorbei. Sie müssen aber für Ihr Essen bezahlen, also bringen Sie ein Fläschchen mit.«

Wu lief durch die Gasse zur Zhongxiao East Road. Er konnte niemanden vom Counterintelligence Bureau und auch keine andere Klette entdecken. *Jetzt bin ich auf mich allein gestellt,* dachte er.

Auch wenn Eierkopf vom Criminal Investigation Bureau kaltgestellt worden war, war er doch noch immer der stellvertretende Leiter der Taipei City Police. Der zweite Schütze war identifiziert worden, aber Eierkopf sah keine Veranlassung, untätig zu erscheinen. Er hielt sich beschäftigt, indem er in dem Wagen mitfuhr, der Hsu Huo-shengs Fahrzeugkolonne bei einem Besuch im Taipeher Viertel Ximending anführte, und hatte bereits im Vorfeld Anweisungen erteilt: Der Bezirksvorsteher und die lokale Polizeiwache sollten sicherstellen, dass entlang der Route keine Knallfrösche gezündet wurden. Alle öffentlich zugänglichen Bereiche – Kinos, Restaurants, alles – waren von oben bis unten durchsucht worden. Sämtliche verdächtigen Personen sollten zuerst festgenommen und später befragt werden. Beschwerden über Menschenrechtsverletzungen waren an ihn persönlich zu verweisen.

Aus der Gerichtsmedizin war ein Bericht gekommen, in dem bestätigt wurde, dass keine der beiden Kugeln, die man in Tuans Brust gefunden hatte, mit einer Feuerwaffe abgeschossen worden war. Doch sie passten zu den beiden Patronenhülsen, die im Happy Hotel gefunden worden waren. Das Criminal Investigation Bureau war erschienen und hatte mit der Begründung, die Integrität der Ermittlungen müsse gewährleistet bleiben, sämtliche auf dem Golfplatz gefundenen Beweise mitgenommen. Tuans Leiche, das Gewehr, die Mobiltelefone, die Kugeln, die Hülsen, alles fort. Eierkopf fragte sich, ob es vielleicht schneller gegangen wäre, wenn sie einen Kran gemietet und das ganze Gebäude mitgenommen hätten. Eine Suchmannschaft der Polizeiwache Beitou war noch immer auf dem Golfplatz und suchte nach der letzten Patronenhülse. Die Beamten schritten über die Fairways und das Rough wie Golfer auf der Suche nach einem verlorenen Ball.

Eierkopf half nicht bei der Suche. Er beobachtete die Menschen, die den Präsidenten empfingen, und sein Radar suchte nach Gelegenheiten, sich wieder etwas Respekt zu verschaffen.

Als die Menschen nach vorn drängten, wurde die Fahrzeugkolonne langsamer.

Hier gab es keine Knallfrösche. Beide Gehwege waren von Anhängern gesäumt, die Hsu-Huo-sheng-Transparente schwangen. Hsu selbst stand im offenen Heck eines Jeeps – *wie viele von denen hat er eigentlich?*, fragte sich Eierkopf, und ihm fiel auf, dass der Präsident diesmal auch von hinten und von oben geschützt war – und wandte sich über eine auf dem Jeep montierte Lautsprecheranlage an seine Unterstützer.

»Ich habe keine Angst vor Kugeln. Stellen Sie mich auf die Probe! Sie können mich mit Kugeln durchsieben, aber ich werde trotzdem dafür sorgen, dass Taiwans Bürger sicher sind!«

Die Menge jubelte, und Eierkopf musste die Ohren spitzen, um die nächsten Sätze zu verstehen.

»Und ich werde die Wahrheit über das Geschehene herausfinden. Nicht für mich selbst, sondern für die Wähler.«

Auf einem kleinen Bildschirm im Wagen lief eine Nachrichtensendung: Gu Yan-po, der Gegenkandidat, machte in Tainan im Heck seines eigenen Jeeps Wahlkampf und rief in ein Megafon:

»Die Wahrheit, Hsu Huo-sheng! Wir wollen die Wahrheit!«

Hsu zeigte sich risikofreudiger als Gu. Er kletterte aus dem Jeep, mischte sich unter die Leute, schüttelte Hände und schien sich nicht um seine Sicherheit zu sorgen.

»Alles, was ich brauche, ist Ihre Stimme. Eine Stimme für mich ist eine Stimme für Taiwan.«

Die Wahl war wie jedes andere Glücksspiel auch: Je höher der Einsatz, desto höher der Gewinn. Eierkopf hatte seine breite Schirmmütze aufgesetzt und musste daran denken, wie sein Vater sich seinerzeit zu seiner Arbeit als Streifenpolizist aufgemacht hatte.

Auch bei Schritttempo war es riskant, aus dem fahrenden Wagen zu springen. Eierkopf ignorierte die Warnungen seiner Kollegen, sprang hinaus und eilte neben Hsu Huo-sheng. Er legte ihm einen Arm um die Schultern und hob den anderen, wie um zu verhindern, dass Hsus Anhänger ihm zu nahe kamen. Dann neigte er sich zum Ohr des Präsidenten, sodass die Schaulustigen kaum mehr sehen konnten als den Sonnenschein auf dem Goldbrokat seiner Schirmmütze.

»Wir wollen die Wahrheit.«

Um sie herum jubelten die Leute.

4

Leute wie Sie erfahren die Wahrheit nicht.«

Dann drückte Johnny ab. Ein scharfer Knall ertönte, und die Kugel zertrümmerte einen Lampenschirm mit Libellenmotiv, durchdrang ein Ölgemälde und bohrte sich in die Wand dahinter. Unterwegs streifte sie Alex' Wange. Eine andere Kugel traf den Lauf der Browning, sodass sie in eine Zimmerecke flog. Überrascht starrte Alex auf die runzlige Hand, die jetzt leer und zitternd in der Luft hing.

Die zweite Kugel hatte beim Eintritt in den Raum ein Buntglasfenster zertrümmert. Die farbigen Scherben lagen edelsteingleich am Boden. »Scharfschützen arbeiten immer mit einem Partner«, erklärte Alex dem alten Mann. »Die andere Hälfte meines Paars befindet sich im Gebäude gegenüber. Anscheinend erinnert er sich noch immer an seine Ausbildung.« Er hatte ein schlechtes Gewissen, weil er den Schuss nicht Fenying anrechnete, doch sie würde es verstehen. Ein imaginärer Sasaki war nützlicher.

Johnny Fang brach zusammen. Alex fing ihn auf, zog den Rollstuhl heran und setzte den alten Mann an seinen alten Platz. Seine Mundwinkel hingen schlaff herab.

»Das war knapp, Herr Fang. Ich hatte meinen Partner ganz vergessen. Zum Glück hat er mich nicht vergessen.«

Alex schob den Rollstuhl an die Wand und hob die Browning auf, deren Lauf nun eingekerbt war.

»Das war ein beeindruckender Schuss, wenn man bedenkt, wie sehr er aus der Übung ist. Vermutlich kann er sich jetzt, wo er seinen perfekten Schuss gemacht hat, zur Ruhe setzen.«

Der Mann im Rollstuhl starrte ins Leere, sabberte, packte sich an die Brust und murmelte: »Sasaki...«

»Halten Sie durch, Herr Fang.«

Alex war unsicher, was er tun sollte. Hilfe herbeirufen oder vom Tatort fliehen? Seine militärische Ausbildung setzte sich durch. Er legte den Mann auf den Boden, steckte ihm die Finger in den Mund und vergewisserte sich, dass die Luftröhre frei war. Mit zwei Fingern fühlte er Fang den Puls, dann brachte er ihn in die stabile Seitenlage. Er hörte den Aufzug draußen klingeln, beugte sich hinab und flüsterte seinem Patienten ins Ohr: »Bleiben Sie stark, Herr Fang. Hilfe ist unterwegs.«

Alex schlüpfte durch die Tür in die Küche, von wo aus er beobachtete, wie ein großer dünner Mann, den er Johnny hatte Joe nennen hören, hereinkam und gleich darauf um Hilfe rief.

Früher hatte Wu bei der Arbeit seinen Polizeiausweis an einer Kette um den Hals getragen. Er war kein Polizist mehr, aber alte Gewohnheiten legt man nicht so leicht ab, und nun war dort sein Firmenausweis beheimatet. Er trug ihn auch, als er jetzt durchs Krankenhaus ging, um unerwünschte Fragen zu parieren. Ein Krankenpfleger gab ihm sogar mit Freuden eine Wegbeschreibung.

Die Operationssäle eins und zwei waren belegt, aber Wu erinnerte sich, der Präsident war in Operationssaal drei behandelt worden. Die Tür stand offen, drei Frauen in den Uniformen eines Reinigungsunternehmens waren drinnen an der Arbeit. Eine sprühte Desinfektionsmittel auf die Wände, die anderen wischten den Boden. Neben ihrem Eimer stand ein Reinigungsmittel.

ERMITTLUNGSGRUNDSATZ NUMMER 1: LASSEN SIE DIE BEWEISE FÜR SICH SPRECHEN.

Operationssaal drei war auf Anordnung des Criminal Investigation Bureau versiegelt worden. Wenn das CIB seine Arbeit beendet und den Saal freigegeben hatte, dann hätte Wu erwartet, dass die krankenhauseigenen Reinigungskräfte dorthin geschickt worden wären. Und nicht Mitarbeiterinnen einer externen Firma. Schon gar nicht der Firma, die, wie Wu wusste, das Gebäude des Criminal Investigation Bureau reinigte.

Er kam zu spät. Der Tatort war sterilisiert worden.

ERMITTLUNGSGRUNDSATZ NUMMER 2: BEWEISE KÖNNEN KONTAMINIERT ODER ENTFERNT WERDEN, ABER SIE WERDEN NUR SELTEN ZERSTÖRT.

Von einer der Frauen erfuhr Wu, dass Mitarbeiter des Criminal Investigation Bureau sie zum Krankenhaus begleitet, das Siegel entfernt und ihnen befohlen hatten, mit der Reinigung zu beginnen. Die bei Hsus Behandlung verwendeten chirurgischen Instrumente sowie einige benutzte Tupfer und Verbände seien noch da gewesen, doch ein Angestellter des Krankenhauses habe sie mitgenommen.

ERMITTLUNGSGRUNDSATZ NUMMER 3: DIE VERNICHTUNG VON BEWEISEN IST SELBST EIN BEWEIS.

Aus seinen Jahren als Polizist und den Monaten als Schadensinspektor kannte Wu das Krankenhaus gut. Er eilte zum Müllraum hinter dem Gebäude. Wu wusste, dass der Müllraum und der Hof, an dem er lag, abgeschlossen waren. Er wusste, dass der Müll täglich abgeholt wurde. Er wusste, dass der Fahrer des Müllwagens und sein Beifahrer Schlüssel haben würden. Ebenso die Reinigungskräfte. Er wusste auch, dass sich im Keller ein Umkleideraum für das Reinigungspersonal befand. Wu schlich sich ungesehen in diesen Umkleideraum, nahm einen grünen

Kittel von einem Haken und zog ihn an, dann schnappte er sich im Hinausgehen einen Satz Schlüssel.

Wie sich herausstellte, hatte jede Krankenhausabteilung eine namentlich gekennzeichnete Mülltonne: Notfallaufnahme, Dermatologie, Orthopädie, OP 1, OP 2 ... da! Wu öffnete den Deckel der Tonne mit der Aufschrift OP 3 und riss den dünnen Müllbeutel auf, der zuoberst lag. Blutige Verbände und Tupfer, OP-Handschuhe, Masken und ... ein dünnes Stück Stahl. Er steckte den Müllbeutel in einen robusteren Beutel, brachte Schlüssel und Kittel zurück und verließ das Gebäude.

ERMITTLUNGSGRUNDSATZ NUMMER 4: ILLEGAL BESCHAFFTE BEWEISE SIND NICHT ZULÄSSIG.

Er wusste, jetzt war er in Schwierigkeiten. Die Beweise, die er gefunden hatte, konnten niemals vor Gericht verwendet werden, da er nicht erklären konnte, wie er sie beschafft hatte. Zudem war er nur noch Schadensinspektor, ihm stand kein gerichtsmedizinisches Labor zur Verfügung. *Vielleicht hätte ich sie nicht mitnehmen sollen,* dachte er. Doch das ließ sein in vielen Jahren geschärfter Instinkt nicht zu.

Eierkopf nahm einen Umweg, eine einstündige Pause inklusive, bevor er an einem kleinen Imbissstand Platz nahm, die Mütze absetzte und seine Glatze trocken rieb. Seine Bestellung klang, als würde er die gesamte Speisekarte vorlesen.

»Tofu, blanchiertes Gemüse, Schweinebauchlappen, Suppe mit Schweinebällchen, frittierte Klettenwurzeln, in Sojasoße mariniertes Schwein auf Reis und eine Cola.«

Er besah sich, was Wus Diät diesem gestattete – eine einzige Schale gebratener Nudeln –, und schüttelte bestürzt den Kopf.

»Wu, es ist nur Müll, aber es ist trotzdem Diebstahl. Haben

Sie Handschuhe getragen? Sich die Hände gewaschen? Sie haben recht, ich glaube, das ist ein Stück Klinge von einem Bastelmesser, und es ist Blut daran. Ich nehme an, Sie wollen, dass ich es an die Gerichtsmedizin schicke? Tja, auf keinen Fall. So mutig bin ich nicht. Und es ist auch egal, was Sie finden. Wir können es nicht benutzen.«

»Wir würden die Wahrheit kennen. Dann hätten unsere Seelen Ruhe.«

»Wenn Sie Seelenfrieden suchen, fahre ich Sie gern zum Xingtian-Tempel. Verbeugen Sie sich dreimal vor Guan Yu, und er gewährt Ihnen Ihren Wunsch. Und was sorgen Sie sich in Ihrem Alter überhaupt um solche Sachen?«

»Helfen Sie mir jetzt oder nicht?«

Wu fiel auf, dass Eierkopf unsicher war, was ihm gar nicht ähnlich sah. Als sein Essen kam, verzehrte er zwei Bissen Reis mit in Sojasoße mariniertem Schwein, dann legte er die Stäbchen hin und seufzte.

»Wir sind wie Brüder, Sie und ich«, sagte er. »Ich mag nach Macht und Erfolg gieren, aber ich bin alt genug, um zu wissen, dass ich deswegen einen alten Freund nicht im Stich lassen kann. Gibt nichts Schlimmeres, als alt und allein zu sein. Aber wenn Sie mir dieses Stück Metall geben, das Sie gefunden haben, ist das ein Gefallen, den ich jemandem tun kann. Ich gebe das Ding im Büro des Präsidenten ab, und die rufen mich an: Stellvertretender Polizeipräsident Lu, was zur Hölle ist das? Und ich stehe stramm und sage denen, sie sollen es wegwerfen, wenn sie es nicht wollen. Und natürlich wird der Präsident wissen wollen, wo ich das gefunden habe. Und natürlich werde ich berichten, dass es mir von Kommissar a. D. Wu gegeben wurde. Und der Präsident, der sieht, dass ich auf seiner Seite bin, wird ein paar Monate später eine Gelegenheit finden, mich zum Polizeipräsidenten zu befördern. Ach, es ist eine Versuchung, Wu. Und weil er dann wüsste, dass Sie Ihre Nase da reingesteckt haben, hätte er Sie von da an auf dem Kieker. Und Sie würden diesen kuscheligen Job, den Sie da bei der Versicherung haben, verlieren. Sie müssten den ganzen Tag im Park Schach spielen. Oder bei McDonald's sitzen und sich an einer einzigen Tasse Tee festhalten.«

Eierkopf holte Luft.

»Und dann, wenn ich Sie derart verraten hätte, würde mein Gewissen mich plagen. Wenn ich selbst pensioniert wäre, würde ich auch zu McDonald's gehen, um Sie um Verzeihung zu bitten. Aber bei McDonald's würde man mir sagen, Sie seien immer weniger geworden und schließlich gestorben. Oh, wie ich bereuen würde. Deshalb kann ich das nicht nehmen, Wu. Ich kann einfach nicht. Ich traue mir selbst nicht. Beschimpfen Sie mich ruhig, aber ich werde so tun, als hätte ich das nie gesehen. Wenn Sie das Blut daran untersucht haben wollen, müssen Sie das allein hinkriegen.«

Während er das sagte, kritzelte Eierkopf eine Telefonnummer auf das Papierchen, in dem die Einwegstäbchen verpackt gewesen waren.

»Rufen Sie Qin an. Spielen Sie den harten Bullen, aber verschrecken Sie ihn nicht, indem Sie den Präsidenten erwähnen. Die Blutgruppe des Präsidenten ist kein Geheimnis, AB, eine seltene. Wenn es AB ist, müssen Sie zur Bestätigung eine DNA-Analyse machen lassen. Aber wo zum Teufel wollen Sie eine DNA-Probe vom Präsidenten herbekommen?«

»Da lasse ich mir was einfallen.«

Eierkopf verstummte. Nur das Schlürfen und Schmatzen, mit dem er die Ansammlung von Tellern vor sich leerte, war zu hören. Dann: »Sicher verstehen Sie, dass ich mich als Staatsbediensteter nicht in Ihre illegalen Ermittlungen hineinziehen lassen kann. Aber sorgen wir dafür, dass wir beide diesen schmutzigen Kampf überleben. Dann können Sie mich zum Dank für all meine Hilfe zum Abendessen einladen, und wir betrinken uns zünftig.«

»Ja, ich verstehe.«

»Ich darf den Polizeipräsidenten nicht verärgern, und den Präsidenten schon gar nicht. Oder die Fangs und die Four Seas Group. Aber Sie sind mein Freund und ein bisschen aufbrausend, Sie darf ich also auch nicht verärgern. Selbst wenn Sie das nicht verstehen, ich hätte keine Wahl, Wu. Ich sitze in der Klemme. Ich muss es bis zur Pensionierung schaffen, und das will ich garantiert nicht auf irgendeinem miesen Büroposten bei der National Police Agency machen. Sie haben gesehen, wie das ist. Spielt keine Rolle, wie gut eine Karriere verläuft, wenn man den Falschen verärgert, endet man in der Beschwerdebearbeitung. Gute Leute, vergeudete Talente sitzen da an Schreibtischen, trinken Tee und warten auf den Ruhestand.«

»Ich habe gesagt, ich verstehe. Sie müssen ja nicht gleich übertreiben.«

»Wer ist dieser Sasaki?«

»Keine Ahnung. Er ist mit mir weder befreundet noch verwandt.«

»Sie wollen es mir nicht sagen? Na schön. Vielleicht höre ich einfach auf zu fragen.«

Eierkopf ging, nachdem er, erneut untypisch für ihn, darauf bestanden hatte zu zahlen.

»Ich bin in Uniform. Es macht sich schlecht, wenn ich mir das Essen von einem alten Mann bezahlen lasse. Die Leute könnten denken, ich lasse mich bestechen. Ich bezahle, dann schulden Sie mir zwei Abendessen.«

Aus über drei Jahrzehnten Polizeierfahrung wusste Wu, wie man einschüchternd wirkte. Qin, ein Untergrundchemiker, hatte das Ergebnis innerhalb einer Stunde: Das Blut an dem Klingenfragment war Gruppe AB.

Qin arbeitete im obersten Geschoss eines Mehrfamilienhauses hinter der Metrostation Yuanshan. Er lebte und arbeitete allein, schrieb keine Quittungen und akzeptierte keine Kreditkarten. Kein Gericht würde seine Untersuchungsergebnisse als Beweise zulassen.

Qin stand auf, fuhr sich mit den Fingern durchs Haar und wölbte die andere Hand um den Schritt seiner ausgebeulten Trainingshose. Wu trank eine Tasse Kaffee – er hatte die Tasse selbst gespült – und lernte etwas über einen weiteren Teil von Taiwans Schattenwirtschaft. Sein Kundenkreis war nicht groß, erzählte Qin, zahlte aber gut. Er hatte sein Auskommen. Die Kunden kamen mit der Unterwäsche ihrer Lebensgefährten, dem gebrauchten Papiertaschentuch einer Geliebten. Aber vor allem kamen sie, um still und heimlich die Blutgruppe ihrer Kinder bestimmen zu lassen. Und Qin tat sein Bestes, um die krausen Netze zu entwirren, die das moderne Leben webte.

»Worum geht es in Ihren Ermittlungen? Mit so einem Messer tötet man niemanden, außer man trifft die Kehle oder eine Arterie.«

»Machen Sie auch DNA-Analysen?«

»Die source ich out.«

»An wen?«

»Geschäftsgeheimnis.«

Wu griff in die Tasche, eine Geste, die in der Regel zum Reden ermunterte.

»Nicht doch«, sagte Qin. »Ich habe einen Freund, der im Labor eines Krankenhauses arbeitet. In welchem Krankenhaus, kann ich Ihnen aber nicht sagen.«

»Ich komme wieder, wenn ich etwas zum Vergleichen habe.« Wu ließ zwei Tausenddollarscheine auf dem Tisch liegen und ging.

Es war dunkel auf der Jiuquan Street, in der Luft lag winterliche Kühle. Wu zog den Reißverschluss seiner Jacke bis zum Hals zu und bedachte seine Möglichkeiten. Eine Speichelprobe von Hsu für eine DNA-Analyse zu bekommen würde nicht leicht werden. Er konnte sich mit der Blutgruppe bescheiden und den Fall als aufgeklärt betrachten. Aber er wusste, er brauchte die DNA. Nur das wäre so gefährlich für Hsu, dass Johnny Fang sich von Alex fernhielt.

Wu selbst blieben noch vier Jahre, bis er seinen Seniorenpass bekam und kostenlos mit dem Bus fahren konnte, um Ausstellungen zum ermäßigten Preis zu besuchen. Vielleicht konnten seine Frau und er sich einen Teil ihrer Pensionen auszahlen lassen und raus nach Wanli ziehen. Morgens angeln, nachmittags wandern. Den Fisch, den man fing, zum Abendessen zubereiten. Frische Luft atmen. Sie konnten dem Jungen die Wohnung überlassen. Ihm etwas Gutes tun. Träume. *Immer noch so viel zu erledigen, bevor sie an der Reihe sind, und wer weiß, wie viel Zeit dann noch bleibt.*

Er stellte sich vor, wie seine Zukunft aussehen könnte, falls es schlecht lief.

Das Büro, das ihn anrief: »Herr Wu, Ihr Vertrag ist ausgelaufen. Wir werden ihn nicht verlängern.«

Julies Vater, der ihn mit einem Winken fortschickte. »Vergessen Sie, dass Sie mich kennen. Es gibt genug andere Cafés, also halten Sie sich von dem meiner Tochter fern.«

Eierkopf, der spätabends an seine Tür klopfte und bat: »Sie sind schon pensioniert. Übernehmen Sie die Verantwortung, Ihnen können Sie nichts mehr anhaben. Dann schulde ich Ihnen was.«

Jeffrey, der einem Gericht die Vereinbarung zeigte, die Wu unterschrieben hatte: »Verletzung der Geheimhaltungspflicht, fünf Millionen.«

Er hatte erlebt, wie die Mächtigen die einfachen Leute bestrafen konnten. Potenziell konnte der Staatsanwalt ihn im Zusammenhang mit dem Attentat anklagen. Online würde er wüst beschimpft werden, weil er den Mann schützte, der versucht hatte, den Präsidenten zu ermorden. Sein Sohn würde die Polizeihochschule abbrechen müssen; seine Frau würde das Geld zusammenkratzen müssen, damit er in den USA Informatik studieren konnte. Er würde dort heiraten, die amerikanische Staatsbürgerschaft annehmen und niemals nach Taiwan zurückkehren. Wu selbst würde durch ein Gefängnistor schreiten und zu seiner Zelle geführt werden. Seine vier Zellengenossen, allesamt harte Kerle, würden mit geballten Fäusten aufstehen. »Ein Polizist? Wunderbar. Tägliche Fußmassagen für alle.«

Er erwischte die letzte Metro. 0:34 Uhr. Er hatte gar nicht gewusst, dass die Metro so spät noch fuhr. *Nett von denen, die Betrunkenen nach Hause zu bringen,* dachte er.

Der Wagen war fast leer, nur eine junge Frau in einem Rock, der so kurz war, dass man fast ihre Unterhose sehen konnte, und ein Betrunkener, der sie unverhohlen lüstern angrinste. Die Frau stand auf und setzte sich näher zu Wu. Vielleicht wirkte er freundlich, und sie hoffte, er werde ihr die unerwünschte Aufmerksamkeit vom Leib halten. Natürlich ließ sie einen Sitzplatz zwischen ihnen frei. Sie war trotzdem vorsichtig.

Immerhin roch er nicht nach Alkohol. Nur nach zu lange getragener Kleidung.

Wieso um alles auf der Welt war sie so spät überhaupt noch unterwegs?

5

EIN TAG BIS ZUR WAHL

»Ich habe es versucht, Herr Kommissar, aber er hört nicht auf mich. Könnten Sie ihn überreden?«

Wu warf dem Betrunkenen den geübten Blick eines erfahrenen Bullen zu und stellte erfreut fest, dass er noch wirkte. Sobald der Betrunkene in den nächsten Wagen umgezogen war, erwiderte er: »Ich kann nicht einmal mich selbst überreden.«

»Alle suchen nach uns. Er sagt, er muss mindestens noch einen Tag den Kopf unten halten.«

»Sie müssen wirklich vorsichtig sein. Es stimmt, die suchen nach Ihnen.«

Wu sah hoch zu einem der Werbeaufkleber, die den Wagen säumten. »Wie ich sehe, steht der Taipei Marathon bevor.«

»Ich wusste gar nicht, dass Sie laufen.«

»Ha, ich nicht. Das überlasse ich euch Jüngeren.«

»Sie meinen, wir sollten uns anmelden?«

»Nur noch ein Tag bis zur Wahl. Sobald die vorbei ist, wird das Interesse daran, Alex zu finden, deutlich sinken. Und dann dauert es wieder vier Jahre bis zur nächsten Präsidentenwahl. Wer weiß, wie Taiwan in vier Jahren aussieht? Halten Sie sich bedeckt.«

»Ich sage es ihm.«

»Sie können es versuchen. Er wird sich bloß am Kopf kratzen und sich beschweren, dass ich schon wieder sage, eins plus eins macht zwei.«

Alex und Fen-ying meldeten sich zum Taipei Marathon an, unter ihren richtigen Namen. Die Organisatoren bemerkten das und nahmen Kontakt zur Polizei auf. Der stellvertretende Polizeipräsident Lu nahm ein Team aus der IT und richtete sich im Büro der Organisatoren des Marathons ein in der Hoffnung, Alex zu orten, wenn er sich wieder einloggte. Auch das Special Service Command Center des National Security Bureau und das Counterintelligence Bureau waren nicht untätig. Selbstverständlich rechnete niemand damit, dass Alex Li wirklich auftauchen und den Marathon laufen würde. Aber sie mussten annehmen, dass er ihre Aufmerksamkeit von irgendeinem neuen Einsatz ablenken wollte. Diverse Personen, die für die Strafverfolgungsbehörden von Interesse waren, wurden ausgemacht: Wu, Julies Vater, Eierkopf, Gu Yan-po, sie alle standen unter Beobachtung.

Und alle dachten, sie wüssten etwas, was sonst niemand wusste: Finde Alex Li, und du findest Sasaki. Es ging das Gerücht, Sasaki sei in Taipeh.

Wu verbrachte den Tag bei der Versicherungsgesellschaft und tippte Berichte. Eierkopf fuhr in der Fahrzeugkolonne des Präsidenten mit, was bloß dem Kantinenklatsch Nahrung gab, er wolle dem Präsidenten in den Arsch kriechen. Gu war entweder in seinem eigenen Wahlkampfjeep unterwegs, immer dicht gefolgt von den Medien, oder hing in seinem Wahlkampfhauptquartier am Telefon. Das Criminal Investigation Bureau stellte interessiert fest, dass Julies Vater einen geschäftigen Tag hatte. Besucher gingen im Café seiner Tochter ein und aus: Vertreter der Bambusunion, der Four Seas Group, des Himmlischen Wegs, der Veteranenvereinigung, der … der Taipeher Konditoreninnung? Wie sich herausstellte, war Julie selbst dort Mitglied, und so kurz vor der Wahl mobilisierte jeder sämtliche verfügbare Unterstützung.

Alle beobachteten alle. Nichts durfte die Wahl am nächsten Tag stören.

Die Wahl eines neuen Präsidenten war vielen Menschen wichtig, wobei sich die Jungen im Allgemeinen weniger dafür interessierten. Die Schritte der Läufer, die für den Marathon trainierten, donnerten durch den Park am Fluss und über die Laufbahn im Stadion von Taipeh, dass der Schweiß in Strömen floss. Auf den Straßen ignorierten Radler die unvermittelt frostige Luft und suchten sich Berge, die sie hinaufrasen konnten. In den örtlichen Polizeiwachen war aller Urlaub gestrichen worden. Beamte waren in großer Zahl an den Kreuzungen präsent und machten Alkoholkontrollen. Im Polizeipräsidium saß das gesamte Verkehrsdezernat vor den Monitoren und beobachtete Überwachungsbilder aus der ganzen Stadt. Das Counterintelligence Bureau ließ die Stadt von Suchmannschaften nach einer einzigen Zielperson durchkämmen: Alexander Li.

Die Radfahrer drängten sich in einer dichten, mehrere Dutzend Personen starken und hundert Meter langen Traube zusammen und fuhren von der Xinghua-Polizeiwache im Neu-Taipeher Bezirk Tamsui auf den Balaka Highway und in den Yangmingshan-Nationalpark.
    Der Balaka Highway war sechzehn Kilometer lang und überwand auf dem Weg in den Nationalpark achthundert Höhenmeter. Offiziell Municipal Highway 101A genannt, galt er unter Radfahrern als mittelschwere Strecke. Üblicherweise fuhren die Radler bis zur Datun-Vulkangruppe im Nationalpark. Man startete an der Xinghua-Polizeiwache, weil diese am Beginn des Balaka Highways lag und einen Rastplatz mit Wasser für die Radfahrer und Luft für die Reifen bot. Warum? Nun, wozu wäre die Polizei sonst da, wenn nicht, um den Bürgern das Leben zu erleichtern? Allerdings waren keine Polizisten zu sehen gewesen, als diese Gruppe sich auf den Weg gemacht hatte – sie waren alle mit einem Unfall beschäftigt, der sich ein Stück die Straße entlang ereignet hatte: Ein Bus hatte einen Pkw abgedrängt, der nun mit einem Rad über dem Abgrund hing.
    »Bisschen trainieren?«, fragte die Radfahrerin.

»Hab einen Tag frei und nichts zu tun«, erwiderte der Mann neben ihr und schaltete in einen anderen Gang. »Aber das ist kein Training. Nur eine Spazierfahrt.«

»Bis ganz nach Yangmingshan?«

»Ja, und dann über den Yangde Boulevard zurück nach Taipeh. Den ganzen Weg bergab, und steil. Macht großen Spaß.«

»Alex, warum kannst du nicht einfach aufhören? Ist es wegen Tuan? Es war nicht deine Schuld.«

»Doch.«

»Ich habe dich und Sasaki auf dem Berg Koya reden hören. Es war ... berührend.«

»Ging es dir deshalb wieder besser?«

»Es ist, als ob du einen Stein mit dir herumtragen würdest, Alex, der dich niederdrückt.«

»Ich versuche herauszufinden, wie ich ihn loswerde.«

An Yu Yourens Grab hielten sie an und ließen die übrigen Radfahrer vorausrasen. Yu war vierunddreißig Jahre lang der oberste Rechnungsprüfer der republikanischen Regierung gewesen und ihr von Nanjing nach Taipeh gefolgt. Er starb 1964. Außerdem war er ein berühmter Kalligraf, wurde einst zu den besten der Republik gezählt. Er war hier beerdigt worden, auf einem Platz am Berghang, der majestätisch wie ein Fenster in die Vergangenheit aus dem häufig den Balaka Highway einhüllenden Nebel ragte.

Trotz der einsamen Lage enthielten die Vasen zu beiden Seiten von Yus Gedenkstele frische Blumen, und das Gelände wirkte gepflegt. Sie setzten sich auf die Stufen und betrachteten die steinernen Tiere, die auf ihren niedrigen zeremoniellen Säulen den Himmel anbrüllten.

»Was hat Tuan vor seinem Tod gesagt?«

»Er hat gesagt, es sei illoyal gewesen, Eisenschädel zu töten, grausam, Fat zu töten, und ungerecht, ihn zu töten.«

»Sie wollten dich töten. Du hattest keine andere Wahl.«
»Hasst du mich nicht? Weil ich Eisenschädel getötet habe?«
»Doch, anfangs schon. Aber es war auch eine Erleichterung. Er saß zu tief in mir. Ich bekam ihn nicht heraus.«
»Du hast ihn geliebt.«
»Wir sind alle Waisen. Das Militär war das einzige Zuhause, das ich je kannte. Ein Ort, an dem ich sicher war. Er war … ein Vater? Ein Bruder? Jemand, auf den ich mich immer verlassen konnte.«
»Ich habe euch alle vermisst, als ich in Frankreich war.«
»Als ich dich und Sasaki reden hörte, hat mich das an die Zeit damals erinnert.«
»Ich vermisse diese Zeit. Das Leben war einfach. Man wurde besser in etwas, worin man schon gut war, schwatzte mit den Kameraden, befolgte die Befehle und war da, wo man zu sein hatte.«
»Eisenschädel hat sich sehr verändert, nachdem er die Armee verlassen hatte. Er kam zu dem Schluss, dass das ganze Gerede darüber, Land und Leute zu beschützen, Quatsch war. Er wollte Geld, ein großes Haus, ein schnelles Auto.«
»Er hat seinen Drachen nie gefunden.«
»Daran erinnerst du dich?«
»Zhu Pingman, Erbe eines Vermögens und gescheiterter Drachentöter.«
»Was ist mit dir? Immer noch auf Drachenjagd?«
»Ich bin nicht so romantisch. Und ich habe nie an sie geglaubt.«
»Und warum lässt du das hier dann nicht sein?«
Alex stand auf und trat ans Geländer. »Du hast getan, was Eisenschädel dir befohlen hatte, und hast mich nach Rom geschickt, um jemanden zu töten. Ich habe keine Fragen gestellt, ich habe es einfach getan. Dann kam Fat, um mich zu töten, und ich habe einfach nicht begriffen, was los war. Ich musste

Fat töten, um zur Wahrheit vorzudringen. Und dann noch jemanden, in der Tschechischen Republik, jemanden, den ich womöglich kannte. Zuletzt Eisenschädel. Beinahe hätte ich dich getötet. Ich hätte einfach fliehen sollen.«

»Und das ist der Stein, den du mit dir herumträgst?«

»Tuan hat etwas gesagt, das ich mir selbst nie eingestehen konnte. Ich habe den Mann getötet, der mich ausgebildet hat, einen Mann, dem gegenüber ich hätte loyal sein müssen. Es spielt keine Rolle, welchen Grund ich hatte.«

Fen-ying stellte sich neben Alex und legte ihm die Hand auf den Rücken.

»Und ich sage mir immer wieder, dass ich keine andere Wahl hatte«, fuhr er fort. »Dass ich die Wahrheit herausfinden musste. Dass ich sie alle erschießen musste.«

»Wir alle, du, ich, Eisenschädel, Fat, wir sind alle nur Bauern in einem Spiel, das die Reichen spielen.«

»Wu hat mir früher schon geholfen. Ich wollte ihm nur meinerseits helfen. Ich hätte nie gedacht, dass jemand versuchen würde, mich zu töten. Aber jetzt kann ich es nicht auf sich beruhen lassen. Ich muss die Wahrheit erfahren, wozu wären alle diese Menschen sonst gestorben?«

»Ich verstehe.«

Alex nahm Fen-ying in die Arme und tat so, als wären seine Augen vom Nebel feucht. »Wir sollten uns was mit Huhn besorgen. Sie machen hier oben gutes Hühnchen.«

Sie kehrten zu ihren Fahrrädern zurück und sahen eine weitere Gruppe Radler herankommen. Die Fahrer traten im Stehen in widerwillige Pedale und zogen einen Schweif aus etwa einem Dutzend Rädern hinter sich her, die auf ihre Gelegenheit warteten, auf der kurvigen Bergstraße zu überholen. Alle fuhren unter dem steinernen Bogen hindurch, der den Eingang zum Nationalpark kennzeichnete. Alex und Fen-ying radelten durch den Park zu einem kleinen Lebensmittelladen an der Chinese

Culture University. Sie kauften Sandwiches und Getränke, und Alex deutete auf den Yangde Boulevard: »Den ganzen Weg bergab. Lass die Bremsen nicht los.«

»Du musst immer noch die Wahrheit herausfinden?«

»Ja. Sonst kann ich nachts nicht mehr schlafen, weil ich an meine Toten denken muss.«

»Das ist eine schwere Bürde.«

»Du könntest sie tragen. Du hast Sasaki getragen, weißt du noch?«

Alex fuhr voran bergab, Fen-ying dicht hinter ihm. Sie überholten Autos und Motorräder und waren zehn Minuten später unten im Taipeh-Becken.

Die beiden Nachrichten des Tages – die Entdeckung einer Leiche, die das Gewehr hielt, mit dem der Attentatsversuch unternommen worden war, sowie Johnny Fangs Herzinfarkt und daraus resultierendes Koma – überschatteten den letzten Tag des Wahlkampfs. Auf den Straßen Taipehs wurde es so still, als ob das neue Jahr früher gekommen wäre. Und noch wichtiger war das Wetter. Das Eintreffen der winterlichen Kälte ließ die Älteren in ihren Häusern Schutz suchen und ihre Stromrechnungen in die Höhe jagen, indem sie sich um ihre elektrischen Heizöfen scharten, während junge Männer und Frauen sich unter der Bettdecke aneinanderkuschelten und Haut an Haut rieben, um Hitze zu erzeugen.

Wus Frau spielte Mah-Jongg, sein Sohn hielt sich im Bett irgendeines Mädchens warm. Wu ging in den Gastrobereich des Einkaufszentrums Miramar. Einen Moment lang blieb er vor dem Bibimbap-Lokal stehen, dann erneut vor dem Sanuki-Udon-Stand, ehe er sich einen Hamburger bestellte. Doppel-Burger, große Cola.

Es war viel los im Gastrobereich, aber die Sitzplätze in Wus Nähe blieben leer. Vielleicht passte er nicht zu den jungen, fröhlichen Gästen. Er aß allein. Dann – vielleicht um ein paar dieser Kalorien wieder zu verbrauchen – nahm er die landschaftlich schöne Strecke nach Hause und ging eine halbe Stunde am Fluss entlang. Die Wohnung war noch immer leer. Zu leer. Er schnappte sich eine Flasche Rotwein und ging zum Baseballschauen zu Herrn Shi.

Herrn Shis Leben war eine gerade Linie. Eine Ehe, eine Scheidung. Keine Kinder – umso besser, hatten seine Ex-Frau und er übereinstimmend befunden, als der rote Stempel auf die Scheidungsurkunde kam. Er hatte früher Mathe unterrichtet, ausschließlich in der zehnten Klasse, und das jahrzehntelang. Als diese Wohnungen für Angestellte im öffentlichen Dienst wie Lehrer und Polizisten errichtet worden waren, war Herr Shi als einer der Ersten eingezogen. Nun lebte er schon jahrzehntelang hier. Jeden Tag ging er sechstausend Schritte, früher von einem Schrittmesser gezählt, heute von einer Smartphone-App. Diese Schritte, so sagte er, bedeuteten, dass er seinen Körper nicht vernachlässigte. Er war Baseballfan, ging aber nicht zu den Spielen. Zu laut, zu aufregend. Jeden Sonntag machte er dreißig gefüllte Teigtaschen, von denen er bis Dienstag aß. Zehn pro Mahlzeit, nicht zu viele und nicht zu wenige. Mittwochs und donnerstags gab es Hühnersuppe mit Nudeln. Bevor er am Mittwochmorgen aus dem Haus ging, legte er ein halbes Huhn in den Thermokocher. Wenn er zurückkam, war das Fleisch gar, und er fügte Nudeln und Brühe hinzu. Das ergab zwei nahrhafte Abendessen. Freitags aß er bei seiner Schwester. Samstags ging er essen. Und sonntags – machte er wieder Teigtaschen.

Im vorigen Monat hatte er endlich eine alljährlich ausgesprochene Einladung von Wus Frau angenommen, am Abend vor dem chinesischen Neujahr bei ihnen zu essen. Er hatte Wu gefragt, ob es angemessen wäre, einen Topf Hühnersuppe mitzubringen – es wäre ihm unangenehm, mit leeren Händen zu kommen. »Wieder Suppe?«, hatte Wu gefragt und ihm gesagt, Acht-Kostbarkeiten-Reis von Din Tai Fung wäre einfacher.

Im Fernsehen lief Che-Hsuan Lin wieder im Outfield. Diesmal fing er den Ball nicht. Ein Homerun für seine Gegner. Das Telefon klingelte. Herr Shi bedeutete Wu, er könne sich ruhig bedienen, Wu salutierte zum Dank.

»Bei Herrn Shi ... ich habe mir gedacht, dass du es bist. Ja, ich habe gegessen. Nein, ich habe es zum Aufladen zu Hause gelassen ... Und? Hast du gewonnen? ... Das Baseballspiel? Nein, wir verlieren ... Morgen gehen wir meinen Vater besuchen. Wir reden darüber, wenn ich nach Hause komme ... Wählen? Na gut, wir wählen und fahren danach ins Krankenhaus. Gib dem Jungen Bescheid.«

Wu setzte sich wieder und bemerkte eine weitere Angewohnheit von Herrn Shi: zwei Flaschen Bier am Abend, eine zum Abendessen, eine zum Baseball. Ein Mann der Gewohnheiten, der das geradlinige Leben führte, das er wollte, in seligem Unwissen um die großen Staatsangelegenheiten.

Das Spiel der Chinese Professional Baseball League endete, und es folgte eine Wiederholung eines Matchs der amerikanischen Major League. *Der Tag ist wie im Flug vergangen,* dachte Wu. *Schon Mitternacht.*

»Was für eine Sorte Mathe haben Sie unterrichtet?«

»Es gibt nur eine, Herr Wu. Und Sie würden auch gar nicht wissen wollen, welche Sorte ich unterrichtet habe.«

Verwundert rieb sich Wu den Kopf. Alex hatte gesagt, er neige zu tiefgründigen Aussagen, sein Sohn beschuldigte ihn, japanische Grammatik zu verwenden. Und jetzt erkannte er, wo er diese Gewohnheit angenommen hatte.

6

WAHLTAG

Der Tag der Wahl war wie immer friedlich. Wu schlief bis kurz vor zehn. Der Fernseher wurde eingeschaltet und dann ignoriert, und der Nachrichtensprecher erwähnte das Attentat mit keinem Wort. Eierkopf erkundigte sich nicht nach Alex' Aufenthaltsort. Das Counterintelligence Bureau schickte zu Wus Überraschung einen wunderschön verpackten Karton mit einem Dutzend Ananasküchlein. *Das ist neu,* dachte er. *Vielleicht müssen sie ihr Budget aufbrauchen.*

Seine Frau und er gingen in einer nahe gelegenen Grundschule wählen, dann fuhren sie mit dem Bus zum Mittagessen zu den Eltern seiner Frau. Wus Schwiegermutter ging mit einer Zuckerbrot-und-Peitsche-Strategie an die Wahl heran: »Schwiegersohn, du kannst zum Essen kommen, wenn du Hsu wählst. Es gibt in Sojasoße geschmorte Schweinehaxe. Wenn nicht, bist du für ein Jahr von meinem Tisch verbannt.«

Gute Beziehungen mit den Schwiegereltern erforderten häufig Notlügen, hatte Wu festgestellt. »Zwei Hsu-Huo-sheng-Wähler melden sich zur Stelle!«, rief er durch die Tür.

Seine Schwiegermutter war nicht dumm. »Schon eher zwei Gu-Wähler. Kommt rein, ihr könnt trotzdem mitessen«, sagte sie, als sie ihnen öffnete.

Eierkopf rief an, seine Aussprache war ein wenig undeutlich wegen der Bonbons, die er ständig lutschte.

»Hat sie ihre in Sojasoße geschmorte Schweinehaxe gemacht? Mir ist, als könnte ich sie riechen. Würde sie Take-away machen? Ich kann ein Uber schicken. Und eine doppelte Portion Reis. Ihre Schweinehaxe könnte glatt so gut wie die bei Fubawang sein. Und falls Sie auch Alex ins Uber setzen wollen ...«

Eierkopfs Uber kam nicht. Aber ein Uber-Eats-Wagen lieferte einen Karton Glückskekse. Wu nahm ihn mit gerunzelter Stirn entgegen. Seine Frau rief aus der Küche und erkundigte sich, was da gekommen war.

»Glückskekse«, antwortete er. »Von einem Freund.«

Er ging in die Küche und reichte ihr den Karton: »Deine Lieblingskekse.«

»Wie schön, die essen wir später zum Tee.«

Den anderen Teil der Lieferung händigte er seiner Frau nicht aus. Ein Probenröhrchen aus Plastik, das ein Wattestäbchen enthielt.

Im Fernsehen winkte Gu Yan-po jubelnden Anhängern zu, als er aus dem Wahllokal nach Hause zurückkehrte. Er würde sich etwas zu Mittag kochen – Kochen war seine zweite Leidenschaft, nach der Politik. In einem Interview hatte er gesagt, sollte er nicht gewählt werden, würden seine Frau, seine Kinder und er vielleicht ein Restaurant eröffnen, das sie »Zweiter Platz« nennen würden.

Im Haus tauschte er die Anzugjacke gegen eine Schürze. Er schaltete die Kochstelle unter einem Topf mit gedämpftem Reis und Fleisch ein, entschuppte einen Zackenbarsch, nahm ihn aus und legte ihn in einen Dampfgarer, dann blanchierte er den Brokkoli und besprenkelte ihn mit Austernsoße. Ein Gericht bestellte er: frittierte und gebratene Tintenfischmäuler, um die ihn seine jüngste Tochter gebeten hatte, weil sie das Lieblingsessen ihres Freunds waren. Gu wusste nicht, wie man sie zubereitete, und fragte sich offen gesagt auch, was die jungen Leute an diesen Tintenfischmäulern fanden.

Das alles wurde von den Crews zweier Fernsehsender gefilmt, die Gu unterstützten. Während er Gemüse im Wok herumschob, sprach er in die Kamera und sah aus wie der perfekte Ehemann und Vater: »Nach dem Essen mache ich ein Nickerchen, ruhe mich den Rest des Nachmittags aus, dann fahre ich in die Wahlkampfzentrale, um auf das Endergebnis zu warten. Und egal, was passiert, morgen ist ein ganz neuer Tag.«

Im Fernsehen verließ nun Fang Te-min, CEO der Four Seas Group, das Wahllokal und nahm zwei Anrufe entgegen, ohne die Fotografen zu beachten, die um die beste Position rangelten. Kurz darauf drehte Eierkopf sich zu Wu um: »Ich habe Fang Te-min wie versprochen angerufen. Habe ihm erzählt, wir könnten Sasaki nicht finden und seien in einer Sackgasse.«

Dann erhielt Wu einen Anruf: Chao Tso, der vorschlug, etwas trinken zu gehen. »Ich habe Fang Te-min angerufen«, sagte Chao. »Hab ihm gesagt, die Personalabteilung hätte mir nahegelegt, einen Monat früher in den Ruhestand zu gehen, und ich hätte zugestimmt. Habe ihm dafür gedankt, dass er so ein guter Chef war.«

Auf dem Fernsehschirm steckte Fang sein Telefon ein und stieg wieder in sein Auto, um ins Krankenhaus zu fahren und nach seinem Vater zu sehen wie jeder gute Sohn. Seine Frau war bereits dort. Bald wurden Bilder von Fang Te-min auf dem Balkon des Krankenhauszimmers, in dem sein Vater lag, gesendet, erneut beim Telefonieren.

Eine Zeitung hatte am Morgen einen Exklusivbericht gebracht: **Fang Te-min wird neuer Four-Seas-Präsident.**

Julie begleitete ihren Vater zum Wahllokal. Er drückte den bereitliegenden Stempel fest auf, blies auf die Tinte, damit sie schneller trocknete, faltete den Wahlzettel sorgfältig und ließ ihn durch den Schlitz fallen. Dann spähte er hinterher, als sorgte er sich, in der Wahlurne könne irgendein bizarres, stimmenfressendes Tier lauern.

Als sie das Wahllokal verließen, rief er Wu an: »Kommissar Wu, es gibt ein Mittagessen, zu dem Sie kommen sollten. Ich lade alle meine alten Freunde zum Feuertopf ein. Einfache Pfannenbrötchen und mit Schwein gefüllte Sesampfannenbrötchen gibt's dazu. Gesellen Sie sich auf ein, zwei Glas zu uns?«

Wu lehnte höflich ab: »Meine Schwiegermutter macht Schweinehaxe, fürchte ich. Nächstes Mal.«

»Eine Sache noch. Was Sie neulich gesagt haben, dass wir Väter Helden sein müssen – Sie hatten recht.«

Hsu und seine Familie trafen entspannt lächelnd in ihrem Wahllokal ein. Und natürlich mussten sie hinterher zu Mittag essen. Anstatt in den Wohnsitz des Präsidenten zurückzukehren, gingen sie in ein französisches Restaurant, das Hsu mochte. Er hatte gehört, es stehe ein neues Gericht auf der Karte: weißer Spargel, Trüffeln und Bresse-Gauloise, aus Frankreich eingeflogen.

Der Speisesaal war groß, doch der Präsident und seine Familie würden in einem separaten Raum im hinteren Bereich essen. Zwei Personenschützer würden am Eingang des Restaurants stehen, zwei weitere an der Tür zum separaten Raum, und ein letztes Paar würde den Präsidenten begleiten. Draußen wurde mit drei Satellitenübertragungswagen gefilmt, wie die Präsidentenfamilie eintraf, und man zeigte Bilder von Hsus jüngerem Bruder, der seinen Eltern ins Restaurant half – der Vater war einundneunzig, die Mutter siebenundachtzig, beide bei guter Gesundheit.

Hsus Vater hatte an diesem Morgen unerwarteten Besuch bekommen: eine Krankenschwester, die vom Gesundheitsamt geschickt worden war, um seinen Blutdruck zu messen. Sie hatte sogar mit einem Wattestäbchen seine Nasenlöcher gereinigt, die zum Jahreszeitenwechsel immer verstopft waren. »Sind alle Krankenschwestern so hübsch wie Sie?«, hatte er gefragt.

»Woher willst du wissen, wie sie aussieht?« Seine Frau hatte gelacht. »Du kannst doch kaum den Fernseher erkennen.«

Taiwan wartete. Das Ergebnis zeichnete sich normalerweise gegen einundzwanzig Uhr ab, aber bei einem so knappen Wahlausgang konnte es auch später werden. In der Nähe der beiden Wahlkampfzentralen nahm Bereitschaftspolizei Aufstellung, ausgerüstet mit Schilden und Tränengas, begleitet von Wasserwerfern. Der Direktor der National Police Agency rief die Unterstützer beider Lager dazu auf, den Wahlausgang mit Gelassenheit aufzunehmen, und warnte, wer sich zu sehr aufrege, müsse mit Wasserwerfern und Tränengas rechnen.

Hsu blieb normalerweise nicht stehen, um mit der Presse zu reden, tat es jedoch diesmal, als er das französische Restaurant wieder verließ. Er sagte, er werde im Wohnsitz des Präsidenten einen Nachmittagsschlaf einlegen und sich dann zu den ehrenamtlichen Wahlkampfhelfern gesellen und bei Rippchen mit ihnen auf den Wahlausgang warten. Und wie sein Gegner hatte auch Hsu ein paar salbungsvolle Worte parat: »Ich möchte Ihnen allen für Ihre Unterstützung danken. Ich weiß, selbst wenn ich nicht wiedergewählt werde, werde ich weiterhin mit allen Kräften daran arbeiten, den Menschen in Taiwan zu dienen.«

Wu kaute Schweinefleisch. Seine Schwiegermutter hatte die Haxe so lange geschmort, dass das Fleisch butterweich war und vom Knochen fiel. Und wie in jedem anderen Haus in Taiwan auch war die ideale Begleitung zu jeder Mahlzeit der Fernseher. Wu spuckte ein paar Knochenstücke aus, als er Gus Prognose hörte, morgen sei ein ganz neuer Tag.

»Blabla.« Das Wort rutschte ihm mit den Knochen heraus.

Seine Schwiegermutter grinste und reichte ihm noch ein zartes Stück Schweinehaxe. »Ich habe ja immer gesagt, dass Gu nichts taugt.«

Wu aß weiter. Als Nächstes kamen Hsu und seine Hoffnungen für die Zukunft. Zu diesem Zeitpunkt hatte Wu keine Knochen mehr, die er loswerden musste, doch der Kommentar rutschte ihm trotzdem heraus.

»Blabla.«

Seine Schwiegermutter warf einen gnädig kurzen Blick in seine Richtung, dann gab sie noch mehr schwabbeliges Schweinefleisch in seine Schale. »Iss einfach. Und kein Fernsehen mehr am Esstisch.«

Sein Sohn lachte. Wu warf ihm einen Seitenblick zu, und der Junge verschluckte sich an einem Knochen.

Alex führte Fen-ying in Yaos Braterei, wo sie einen Tischvoll preiswerter Gerichte bestellten, kohlenhydrat- und fettlastig. Die Kalorien würden sie bald genug verbrennen. Schließlich waren sie jung und planten eine Radtour nach Keelung und wieder zurück.

»Glaubst du wirklich, wenn du die Wahrheit herausfindest, geht es dir besser?«, fragte sie ihn.

»Sie machen hier gebratene Tintenfischmäuler. Hast du die schon mal probiert?«

»Geh fort von hier. Sogar Wu will, dass du fortgehst.«

»Früher hat man die Tintenfischmäuler weggeworfen. Jetzt brät man sie und verkauft sie für dreihundert pro Portion.«

»Wir können nach Yilan gehen. Du kannst den Laster für die Kirche fahren, und wir vergessen Eisenschädel und Tuan.«

»Zuerst frittiert man sie, und wenn sie knusprig sind, brät man sie in der Pfanne mit Erdnüssen und Chili.«

»Klingt köstlich.«

»Erinnert mich an uns. Niemand wollte uns. Wir wurden weggeworfen, genau wie die Tintenfischmäuler.« Alex trank von seinem Bier, dann hielt er mit seinen Essstäbchen ein Tintenfischmaul in die Höhe und betrachtete es prüfend. »Widerliche Dinger, nicht für den Tisch geeignet, bis man sie frittiert und mit Erdnüssen und Chili gebraten hat.«

»Und was bin ich in dieser Metapher? Bratöl? Erdnüsse? Chili?«

»Nein. Du bist Baby Doll, meine geliebte Partnerin. Und danke für dein Verständnis. Auf die Tintenfischmäuler!«

Sie hoben ihre Biere und tranken jeder einen großen Schluck.

Specs streckte den Kopf aus der Küche und hob zum Gruß eine Hand mit einer Kelle. Bald darauf wurde ihnen ein Teller mit aromatischer, zarter Schweineleber an den Tisch gebracht.

Yao kam vorbei und tätschelte Alex die Schulter.

»Specs, brauchst du da drin Hilfe?«, rief Yao Richtung Küche. »Falls du einen Assistenten brauchst, ich habe hier genau den richtigen Mann.« Er wandte sich an Alex und Fen-ying: »Viel los heute, sämtliche Wähler haben beschlossen, auswärts zu essen, statt nach Hause zu gehen. Hier, ich hole euch zwei Bier aufs Haus. Vom guten Stoff.«

Alex salutierte zum Dank.

»Noch einmal, Alex«, sagte Fen-ying. »Wirst du gehen?« Sie hatte Yao ignoriert und war sichtlich unglücklich.

»Haben wir in Taiwan einen Rechtsstaat oder nicht?«

»Du redest zu viel mit Wu. Versuch noch einmal, eine Frage mit einer Gegenfrage zu beantworten, dann siehst du, was passiert.«

Natürlich hing ein Fernseher an der Decke. Natürlich lief immer ein Nachrichtensender. Die übrigen Gäste aßen mit erhobenen Köpfen, als schauten sie sich die Sterne an, während Gu und Hsu über den Bildschirm flimmerten. Alex und Fen-ying jedoch beugten sich Kopf an Kopf über ihre Teller und suchten zwischen den Erdnüssen nach Tintenfischmäulern. Sie waren teuer dieses Jahr. Yao, der Geld verdienen wollte, überhäufte die Teller mit Erdnüssen, damit man nicht merkte, wie wenig Tintenfischmäuler darunter waren.

7

Alex stieg eine Haltestelle zu früh aus dem Bus, umging die Menschenansammlung und steuerte auf die Hintertür von Hsus Wahlkampfzentrale zu. Auf dem Platz vor dem Gebäude drängten sich Hsus Anhänger, blickten auf riesige Leinwände und warteten auf den Beginn der Auszählung. Eierkopf war in Uniform, auf seiner Brust prangten stolz seine Rangabzeichen: ein von drei vertikalen gelben Streifen gebildetes Rechteck auf schwarzem Hintergrund, zwei goldene Sterne nebeneinander in der Mitte: stellvertretender Polizeipräsident einer besonderen Kommune. Er schüttelte Alex die Hand.

»Endlich begegnen wir uns, Herr Li. Sie werden sich da drin von Ihrer besten Seite zeigen?«

»Ja, Herr stellvertretender Polizeipräsident. Ich weiß mich zu benehmen.«

Sie betraten das Gebäude und unterzogen sich an der Tür beide einer Durchsuchung. An den Wänden der Flure stapelten sich Wahlkampfmaterialien – Fähnchen, Transparente, Plakate –, und sie mussten vorsichtig zwischen erschöpften Helfern hindurchgehen, die auf Kartons schliefen, bis sie den richtigen Raum fanden. Drinnen waren Klapptische zu einem großen Konferenztisch zusammengeschoben worden, der von Klappstühlen umgeben war. Außerdem gab es ein Whiteboard, einen Projektor und eine Leinwand sowie ein üppig gepolstertes Sofa, das Eierkopf daran erinnerte, wie gern er jetzt ein Nickerchen machen würde.

Hsu stand auf und taxierte Alex.

»Alexander Li. Nehmen Sie Platz«, sagte er. »Sie können gehen, Herr stellvertretender Polizeipräsident. Wir kommen zurecht.«

Eierkopf schlug die Hacken zusammen und salutierte. Er sah Alex nicht an, als er hinausging. Nicht einmal flüchtig.

»Das Criminal Investigation Bureau ermittelt nicht mehr gegen Sie«, erzählte Hsu Alex. »Tsai Min-hsiung ist für die Pistole und Tuan für das Gewehr verantwortlich, und beide sind tot. Ich habe mich wegen des Päckchens, das Sie dem stellvertretenden Polizeipräsidenten Lu übergeben haben und das er an meinen Sekretär weitergeleitet hat, bereit erklärt, Sie zu treffen.«

Hsu deutete zum Tisch, auf dem Alex drei Gegenstände sah: ein Stück Klinge in einer Plastiktüte, einen rötlich braun gefleckten medizinischen Tupfer und ein Wattestäbchen.

»Er hat die Kriminaltechniker ein paar Tests machen lassen. Die Klinge ist neu, keine Fingerabdrücke. Der Tupfer wurde benutzt, um Ketchup aufzuwischen, nicht Blut. Was am Wattestäbchen war, analysieren sie noch. Was genau wollen Sie?«

»Ich will die Wahrheit, Herr Präsident.«

»Alle wollen die Wahrheit. Wenn unsere Sehnsucht nach der Wahrheit physischen Raum einnähme, gäbe es auf diesem Planeten keinen Platz mehr für uns. Sie sind jung und noch Idealist. Ich bin nicht mehr so jung, wie ich einmal war, aber ich möchte gern denken, dass ich noch immer ein Idealist bin.«

»Mir wurde beigebracht, Herr Präsident, dass es nur eine Wahrheit gibt. Und dass der menschliche Fortschritt auf dem Streben nach dieser Wahrheit gründet.«

Hsu trat zu Alex. Der Präsident war nicht allzu groß und etwas dicklich, aber er hatte einen festen Blick. »Ich möchte nicht, dass jemand zu Schaden kommt, Li. Ich töte nicht einmal Kakerlaken. Aber auf Drohungen reagiere ich empfindlich.«

»Ich will die Wahrheit.«

»Sie wissen nicht einmal, was das bedeutet.« Hsu wandte sich ab, verschränkte die Hände hinter dem Rücken und begann, im Raum auf und ab zu gehen.

»Doch, Herr Präsident. Die Wahrheit ist die Wahrheit. Sie muss nicht definiert oder erklärt werden.«

Hsu fuhr herum und kam wieder zu Alex, wütend jetzt. »Ich treffe mich mit Ihnen, um Sie nach diesem Päckchen zu fragen. Wenn Sie die Wahrheit über das Attentat wissen wollen, warten Sie auf den Polizeibericht.«

»Alles, was da auf dem Tisch liegt, ist brandneu. Aber es gibt noch eine Klinge und noch einen Tupfer. Benutzt und blutig. Blutgruppe AB.«

»Sie sind ein mutiger Mann, Li. Ich könnte Sie festnehmen lassen.«

»Nein, Herr Präsident, das könnten Sie nicht. Denn dann ginge ein weiteres Päckchen an Gu Yan-po, mit allem, was er braucht, um das Wahlergebnis für ungültig erklären zu lassen.«

»Na und? Ich war früher Anwalt. Ich weiß, wie man so etwas vor Gericht verzögert. Wir wären alle tot, bevor irgendetwas passiert.«

»Ach, und da ist eine gewisse Liste. Mit Ihrer Unterschrift darauf.«

»Was für eine Liste?«

»Eine Liste, die Sie Johnny Fang gegeben haben.«

Hsu ging wieder im Raum auf und ab, mit größeren Schritten jetzt, schneller.

»Was zum Teufel wollen Sie denn?«

»Die Wahrheit.«

»Die können Sie haben«, schrie Hsu und stach mit dem Finger nach Alex. Er zitterte vor Wut. »Sie wollen wissen, wie das mit dem Attentat war? Tja, ich habe niemals behauptet, dass ich angeschossen worden sei. Die Personenschützer sind einfach davon ausgegangen. Im Krankenhaus haben sie meine Wunde genäht, und der stellvertretende Chefarzt hat festgestellt, dass es eine Schussverletzung war. Nicht ich. Das Criminal Investigation Bureau hat Tsai Min-hsiung verfolgt und ihn tot aufgefunden. Ich weiß nicht, wer ihn getötet hat, aber ich war es nicht, denn ich war in Taipeh. Ich wusste nichts darüber, wer die Gewehrpatronenhülsen im Happy Hotel liegen gelassen hat, und ich habe nicht versucht, in die polizeilichen Ermittlungen einzugreifen. Abgesehen von der Verletzung hat das Ganze nichts mit mir zu tun. Das ist die Wahrheit.«

»Das ist nicht die Wahrheit, Herr Präsident. Das ist nur eine Aneinanderreihung von Begebenheiten.«

Hsu deutete auf die Zahlen, die auf dem Whiteboard standen. »Das ist eine Meinungsumfrage, die wir gemacht haben. Jetzt werden die tatsächlichen Stimmen gezählt. Wer mehr bekommt, gewinnt. Wie viele mehr, ist egal. Mit einer Stimme mehr gewinnt man auch. Das ist die Wahrheit. Ich weiß, Sie glauben, Sie können mir mit den Beweisen, die Sie zu haben meinen, drohen. Aber woher haben Sie die? Es sind nur dann Beweise, wenn Sie sie vor Gericht verwenden können, sonst ist es bloß Müll. Sie glauben, Sie haben einen Homerun, Alex, aber das haben Sie nicht. Sie haben nichts als einen Umschlag voller Müll.«

»Es scheint, Herr Präsident, Ihre Wahrheit und meine unterscheiden sich voneinander.«

»Sie haben nichts Konkretes. Aus juristischer Sicht bedeutet das, dass Sie überhaupt nichts haben.«

»Wohl wahr.«

»Und Sie sind auch noch nicht außer Gefahr. Die Polizei hat entschieden, dass Sie nicht verdächtig sind, den Attentatsversuch verübt zu haben, aber was Sie jetzt machen, sieht sehr nach Erpressung aus.«

»Ich weiß.«

»Wie auch immer, die Wahrheit kann tolerant sein, ich vergebe Ihnen.«

»Nein, Herr Präsident. Ich glaube nicht, dass die Wahrheit so nachsichtig ist.«

»Sie sind stur, Li. Sie sollten noch einmal zur Schule gehen. Vielleicht Jura studieren. Ich habe eingewilligt, Sie zu treffen, weil Sie jung sind. Ich wollte versuchen, Ihnen zu helfen, Sie von Fehlern abhalten. Und wieso glauben Sie, dass ich Sie nicht einfach verhaften lasse? Und wozu das Wattestäbchen?«

»Von einem Nasenabstrich, der erst heute Morgen bei Ihrem Vater gemacht wurde, Herr Präsident, bei einer medizinischen Untersuchung. Wegen der DNA.«

Alex beobachtete Hsus Gesichtsausdruck, der zunächst verwirrt, dann zornig und schließlich amüsiert war.

»Sie verstehen es immer noch nicht. Beweise müssen rechtmäßig erlangt werden, um vor Gericht Bestand zu haben. Und ich bin sicher, dass mein Vater Ihnen nicht die Erlaubnis gegeben hat, eine DNA-Probe zu nehmen. Sie müssen ihn ausgetrickst haben.«

»Ja, Herr Präsident.«

»Dann ist der Beweis wertlos.«

»Nein, Herr Präsident. Juristisch gesehen mag er nutzlos sein. Aber viele werden ihn trotzdem ernst nehmen.«

»Sie drohen mir schon wieder.«

»Ganz und gar nicht. Wir führen hier nur eine philosophische Diskussion über das Wesen der Wahrheit.«

»Was wollen Sie, Li?«

»Herr Präsident, ich denke, ich sollte jetzt gehen.«

»Bist du sicher, dass es das ist, was du willst?«

»Nein, aber ich glaube, es ist das Beste«, sagte er ihr. »Warte in Yuanshan auf mich.«

»Du bist stur, weißt du das?«

»Nur dieses letzte Mal noch, Baby Doll. Es ist aufregend. Schau, meine Handflächen sind verschwitzt.«

»Macht dir das etwa Spaß?«

»Ja. Vielleicht ist dann jeder Polizist in Taiwan hinter mir her, vielleicht denken sie auch nie wieder an mich. Es ist, wie eine Münze zu werfen.«

»Klingt nicht, als hätte es viel damit zu tun, die Wahrheit herauszufinden, über die du so viel geredet hast.«

»Falls die Polizei eine gerichtliche Verfügung erwirkt, bedeutet das, es besteht die Chance, dass alle erfahren, was wirklich passiert ist. Falls nicht, falls sie sagen, sie gehen dem nach, sie nehmen Ermittlungen auf, bedeutet das, dass niemand es je erfahren wird. Aber die Wahrheit existiert trotzdem.«

»Du redest Unsinn. Erzähl Wu davon.«

Alex erzählte Wu nicht, was er vorhatte. Er hatte sich mit Eierkopf in der Nähe von Hsus Wahlkampfzentrale getroffen und ihm ein Päckchen mit den falschen Beweisen gegeben. Später hatte Eierkopf ihn hineinbegleitet, um Hsu zu treffen, und hinterher wieder hinaus. Die beiden hatten nicht weit von Hsu entfernt auf dem Flur gestanden.

»Alex, wo ist Sasaki? Ich frage nicht noch einmal so lieb.«

»Das Letzte, was ich gehört habe, Herr stellvertretender Polizeipräsident, war das Gerücht, er sei im Krankenhaus.«

Als die Hälfte der Stimmen ausgezählt war, war das Ergebnis noch immer zu knapp, um einen Sieger auszurufen. Um halb neun trat Hsu vor seine Wahlkampfzentrale, um zu seinen Anhängern zu sprechen, rief sie dazu auf, Ruhe zu bewahren, und sagte, er sei sicher, dass er gewonnen habe. Mit erhobenen Händen schrie er den Leuten zu:

»Lang lebe die Demokratie!«

Und während Tausende von Anhängern seinen Namen skandierten, flog eine Kugel. Durch die kühle Luft des Winteranfangs, durch die Schwüle über der Menschenmenge, zu den Klängen des Wahlkampflieds und gegen die kugelsichere Scheibe, hinter der Hsu sprach. Vor seinen Augen prallte sie gegen das Glas und hinterließ einen roten Fleck.

Eierkopf stürzte vor und schirmte Hsu mit seinem Körper ab, noch bevor Hsus Anhänger begriffen, dass etwas nicht stimmte. Ein Dutzend Personenschützer waren einen Schritt hinter ihm, nahmen den Präsidenten in ihre Mitte und eilten mit ihm zurück ins Gebäude. Ein Polizist entdeckte unter dem Rednerpult ein platt gedrücktes Geschoss.

Ein hohles Geschoss.

Sieben Minuten später führte Eierkopf einen Trupp Polizisten in ein Bürogebäude auf der anderen Seite des Platzes. An einem Fenster im vierten Stock fanden sie eine Patronenhülse. Eierkopf, mittlerweile der Ballistikexperte der Taipeher Polizei, richtete seine Taschenlampe auf das einsame Beweisstück:

»7.62 × 54 mm. Russisches Fabrikat. Scheiße. Rufen Sie in Beitou an, sagen Sie denen, sie sollen die Durchsuchung des Golfplatzes einstellen. Wir haben die fehlende Patronenhülse gefunden.«

»Herr stellvertretender Polizeipräsident, ist es dieselbe wie die Kugel?«

»Nein, natürlich nicht, Sie Idiot. Das ist die Hülse. Die Kugel ist unten auf dem Platz. Und das ist eine hohle Übungskugel, Kaliber 5.56 mm. Das hier ist eine 7.62-mm-Hülse.«

»Das ist genau wie in der Huayin Street.«

Eierkopf sah auf sein Telefon: »Anders. Ganz anders. Es ist eine Übungskugel, nicht einmal eine richtige Kugel.«

»Die Presse fragt, wie das passieren konnte, obwohl beide Verdächtigen aus der Huayin Street tot sein sollen«, fragte ein Neuankömmling und zwängte sich auch noch ins Zimmer.

»Sagen Sie denen, die sollen das Criminal Investigation Bureau fragen!«

Als Eierkopf zur Wahlkampfzentrale zurückkam, fand er dort Alex vor und ging mit ihm zur Hintertür.

»Wo ist Sasakis Gewehr?«

»Herr stellvertretender Polizeipräsident, wir wissen beide, dass Sie keinerlei Informationen über Sasaki haben. Nicht seinen echten Namen, nicht seine Einreisedaten, nichts. Soweit es das Gesetz betrifft, existiert Sasaki nicht.«

»Vorsicht, Alex. Wenn Sasaki nicht existiert, wird Ihre Existenz wichtiger.«

»Natürlich, und ich existiere wirklich. Aber meine Existenz hat nichts mit der Huayin Street oder dem Schuss gerade eben zu tun.«

»Warum die Übungspatrone?«

»Inoffiziell?«

»Verdammt! Fünf Minuten mit dem Präsidenten geredet, und schon haben Sie Anwaltstricks aufgeschnappt.«

»Ich könnte mir vorstellen, dass das der Versuch war, jemandes Existenz zu beweisen, damit die Ermittlungen zum Attentat nicht zu den Akten gelegt werden. Damit sie nicht vergessen werden und die Polizei sie nicht einfach so begraben kann.«

»Was zum Teufel sollen wir jetzt tun?«

»Dieser Fall wird nicht vergessen werden. Vielleicht gibt es in hundert Jahren neue kriminaltechnische Verfahren, mit denen man die Wahrheit herausfindet. Bis dahin müssen wir nur dafür sorgen, dass er nicht vergessen wird.«

»Wollen Sie, dass ich Kopfschmerzen bekomme?«

»Und, Herr stellvertretender Polizeipräsident, ich glaube, der Gedanke, dass Sasaki noch lebt, wird gewissen Leuten schlaflose Nächte bereiten. Sie haben versucht, ihn zum Sündenbock zu machen, und jetzt ist er wütend. Und sein Freund auch.«

»Ich habe mal gedacht, mit Ihnen könnte man vernünftig reden.« Eierkopf drohte Alex mit dem Zeigefinger. »Jetzt kann man Ihnen noch weniger folgen als Wu. Die Berichterstattung hierüber wird die Stimmenauszählung in den Hintergrund drängen. Aber ehrlich, Alex, ich verstehe nicht, warum der Präsident sich einverstanden erklärt hat, mit Ihnen zu reden.«

»Früher oder später werden Sie es verstehen. Wu hat mir gesagt, Sie seien der schlauste Bulle, den er je getroffen hat.«

»Wenn Sie das sagen.«

»Der Präsident hat mir gesagt, dass das Gesetz nicht dazu da ist, die Wahrheit herauszufinden.«

»Wozu dann?«

»Es soll uns davon überzeugen, dass wir gerecht sind.«

Draußen hallte der Lärm der Knallfrösche von einer Wand zur anderen. Drinnen saßen Wu, seine Frau und sein Sohn im Krankenzimmer von Wus Vater. Wu hatte die Papiere unterzeichnet, die Ärzte hatten den Beatmungsschlauch entfernt, und eine Stunde später war sein Vater tot.

Er war friedlich gegangen, ohne Kampf. Wu meinte, am Ende hätte er einen erleichterten Seufzer gehört.

»Papa, war das, was ich gesagt habe, der Grund für deine Entscheidung?«

»Nein, das hatte nichts mit dir zu tun. Nur mit mir. Nächste Woche werden deine Mutter und ich eine Patientenverfügung unterschreiben.«

»Das ist ein bisschen früh, oder?«

»Es ist unsere Entscheidung, mein Sohn. Nicht deine. Komm, fahren wir in die Wohnung deines Großvaters. Wir suchen uns ein Foto von ihm, auf dem er gut aussieht, zur Erinnerung.«

»Gute Idee. Ich kann es in meinem Telefon abspeichern und ihn von seiner besten Seite in Erinnerung behalten.«

»Von mir werde ich selbst eins für dich aussuchen, das dich an mich erinnert. Ich traue deinem Geschmack nicht.«

Wu schaltete das Licht ein. Reglos standen die drei da und betrachteten das Gemälde an der Wand und die saubere, aufgeräumte Wohnung.

Das Gemälde war eines der eigenen Bilder von Wus Mutter. Sie hatte sich dieses Hobby zugelegt, nachdem sie in den Ruhestand gegangen war, und war im Lauf der folgenden zehn Jahre richtig gut geworden. Wus Vater hatte ihren Stil nie so ganz gemocht. Das Gemälde zeigte ein Zimmer. Durch ein geöffnetes Fenster an der linken Seite strömte Sonnenlicht herein, sodass diese Seite des Bilds weiß und ohne Tiefe war. Auf der rechten Seite ein Buch, eine Brille, eine Tasse Kaffee und eine Vase mit einer einzelnen Blume. Sie hatte das Bild »Mein Zuhause« genannt. Wus Vater hatte abschätzig reagiert. In einem Zuhause, hatte er gesagt, müsse es viel mehr persönliche Gegenstände geben, damit es sich wohlig und bewohnt anfühle.

In den zwei Monaten bevor er ins Krankenhaus gekommen war, hatte Wus Vater alle Angebote, ihn zu besuchen, abgelehnt. Jetzt sah Wu, dass er die Wohnung renoviert hatte. Vieles, was seinem Vater einst lieb und wert gewesen war, war nirgends mehr zu sehen. Die Fenster waren ausgetauscht und ein Schlafzimmer geopfert worden, um das Wohnzimmer zu vergrößern.

Wu betrachtete das dreiteilige Fenster und die weiß getünchten Wände. Er sah den ovalen Tisch und eine Vase mit einer Blume. Und ein Buch und eine Brille und eine Kaffeetasse. Und einen weißen Stuhl. Über der Rückenlehne des Stuhls hing die geblümte Bluse, in der Wus Mutter immer gemalt hatte.

Doch es war Abend, und es gab kein Sonnenlicht.

Kein Sonnenlicht.

Ende